隔壁两往要相帮。
相敬如宾先问好,
请坐倒茶话短长。
遇到事情先思量,
冲动容易惹祸殃。
钱财都是身外物,
些许小事莫逞强。
劳动不能算锻炼,
健身舞蹈体质强。
常行善事多积德,
福荫子孙都沾光。
家人好,
无牵无挂事事顺;
身体好,
无痛无痒样样旺;
生活好,
无愁无怨开开心;
友情好,
无悔无恨夜夜香。
粗茶淡饭最养人,
脑满肠肥多病殃。
清心寡欲一辈子,
人生百年不算长。

好逸恶劳人鄙视，
勤俭持家人丁旺。
婆媳莫生隔夜气，
妯娌同心奉高堂。
开沟沥水无蚊蝇，
垃圾分类来堆放。
杂物摆放要整齐，
畜禽分别来圈养。
旮旮旯旯不纳垢，
污物不要弄脏墙。
晾晒衣服莫乱挂，
小处看出大修养。
公共财物莫伸手，
贪污受贿会锒铛。
好话一句三冬暖，
恶语相向伤肝肠。
语言美，
和气生财路路宽。
行为美，
落落大方人敬仰。
作风美，
堂堂正正挺胸膛。
心灵美，
为人大气寿命长。
远亲不如好近邻，

人生百年不算长

清早起，开门窗，
新鲜空气让进房。
洗洗漱漱扫庭院，
舒筋活络精神旺。
年轻的，去工作，
共筑爱巢比鸳鸯。
年老的，享天伦，
喜送孙孙去学堂。
种果木，栽花卉，
开旅店，办作坊，
庭院经济莫等闲，
多种模式好主张。
寸土寸金寸光阴，
房前屋后是银行。
兴家好比针挑土，
败家好比浪打浪。

这是性情的展示，
这是个体的自我。
气定神闲，
挥毫泼墨，
力透纸背，
成就不朽的杰作！

◎歌词

中国字

中国字，
方块字，
撇捺横竖勾，
从小就要学。
这是世界的独创，
这是民族的自我。
堂堂正正，
刚正不阿，
字里行间，
流淌无畏的气魄！

中国字，
方块字，
篆隶行草楷，
一生都要学。

沅水谣

云雾山是你的故乡，
你的志向是那波澜壮阔的海洋。
弯弯曲曲是你的百转柔肠，
涨涨落落是你的个性张扬，
一道道波纹是你的思想，
一朵朵浪花是你的吟唱。
啊，沅江，我的母亲河，
你爱恋流过的地方，
留下美丽的传说千古唱响。
云雾山是你的故乡，
你为志向从不轻言放弃地流淌。
起起伏伏是你的坎坷路程，
日日夜夜是你的奋发图强。
一朝朝历史是你的藏品，
一曲曲新歌是你的伴唱。
啊，沅江，我的母亲河，
你孕育流过的地方，
续写春天的故事辉煌乐章。

沅水缘

太阳煮沸江水，月亮坠落江中，
淘出散金片片，泛起碎银点点。
春风催促着白帆，细浪轻舔着扁舟，
追随丰硕秋天，恰似扶摇九天。
笑弯的枝头，神秘的星空，
欢乐的田园，缥缈的浪漫，
对唱的情歌，脱缰的思绪，
不改的乡音万古传，不朽的文章万古传。
沅水蓝，沅水甜，沅水蓝，沅水甜。
此生结下沅水缘，此生结下沅水缘。
你就是一簇浪花，你就是一缕星光，
你就是一段丝弦，你就是一首诗篇，
潇洒人间，美丽人间。

◎歌词

武陵红

壶瓶山峦美秀峰，茶园云海白雾蒙。
采不完的新绿，揽不尽的青幽。
存上等心浮与沉，茶禅一体淡与浓；
一几一壶一幽谷，平处品味武陵红。
思归隐陶渊明，吟唱梦得秋声赋；
尘世喧嚣一杯茶，花果飘香武陵红。
一抔净土守护，一眸恬淡茶水融；
武陵红长相伴，你我静心享受其中。

梦幻清水湖

是谁撒落了一捧翡翠？
是谁引来瑶池的水？
化作九岛十八湾，
装点这方美！
海市蜃楼清水湖，
梦里游她好多回。
湖光倒影映蓝天，
翠鸟云中把鱼追。

是谁撒落了一捧翡翠？
是谁引来瑶池的水？
化作九岛十八湾，
装点这方美！
扁舟一叶银河游，
桨叶摇得星光碎。
岸柳依依惜别离，
邀来明月共我醉。

●出嫁

高高山路十八弯，
花轿闪闪你莫颠。
从此就是哥的人，
再苦再累也不怨：
冷水泡饭也喜欢。

●新婚

菩萨都是单身汉，
哪个神仙不孤单。
阿妹赛过七仙女，
不怕到期要上天：
白头到老都有伴。

情歌一组

●约会

月下风景看不清，
相拥看人美十分。
你贪我爱不松手，
情到深处咬牙根：
要把对方一口吞。

●哭嫁

女儿长大要嫁郎，
感谢父母哭一场。
眼泪汪汪心里甜，
糯米粑粑包蜜糖：
迎亲唢呐快点唱。

一双聪慧的目光，
判定世纪的变化。
一个依偎的造型，
离别中有难舍的牵挂。
当祖国繁荣强大，
你情系故里渴望回家。
用温馨结束孤独的守望，
让故事雕镌不朽的诗画。
啊，刘守玟女英雄，
你是湘妹子的典范，
你是常德人的妹娃，
你是民族精神的浓缩，
你是无字的丰碑在大地深扎。

◎歌词

无字的丰碑

——献给抗日女英雄刘守玟

一丝恬淡的笑容，
尽展时代的风华。
一抹额前的秀发，
文静中有果敢的泼辣。
当野兽闯进中华，
你投笔从戎保卫国家。
让战火见证青春的魅力，
用鲜血浇灌胜利的鲜花。
啊，女英雄刘守玟，
你有花木兰的慷慨，
你有刘胡兰的潇洒，
你是中华巾帼的骄傲，
你是七彩的长虹在苍穹高挂。

女：莫把水田当鱼塘，
　　莫把牛奶当米汤。
　　莫把秧当稗子薅，
　　莫把妹当夜来香。

男：见妹生得赛凤凰，
　　一早插完三亩秧。
　　赶回家中织张网，
　　网往凤凰屋里藏。

女：梧桐树上不张网，
　　枝高自然落凤凰。
　　不看以前穷不穷，
　　只看今后强不强。

合：嘴甜哪有情意甜，
　　真情实意结百年。

◎ 插秧情歌

半截枕头长青苔

男：一把秧苗甩过田，

女：眼睛不看耳听见。

男：自己扯秧自己栽，

　　自己割谷自己晒，

　　自己铺床自己睡，

　　半截枕头长青苔。

女：杨柳发芽等春来，

　　草籽开花把春待。

　　只有蜜蜂把花采，

　　哪有花等蜜蜂开。

男：哪口鱼塘不下网，

　　哪块水田不插秧。

　　哪个郎哥不想妹，

　　夜夜想妹到天亮。

我是快乐的保洁员，
美丽乡村我打扮。
田间地头，
沟沟坎坎，
哪里有垃圾和污染，
逃不过我们保洁员。
还我绿草地，
还我清水源，
一把扫帚一把铲，
嘿嘿，
这就是我的好伙伴。
梦想家园大家都期盼，
少不了你我他，
共同来梦圆！

◎歌词

保洁员之歌

我是快乐的保洁员，
美丽乡村我打扮。
房前屋后，
猪圈牛栏，
哪里有不洁和脏乱，
瞒不过我们保洁员。
请你来配合，
请你来把关，
一边整改一边劝，
嘿嘿，
这就是我的职和权。
梦想家园大家都期盼，
少不了你我他，
共同来梦圆！

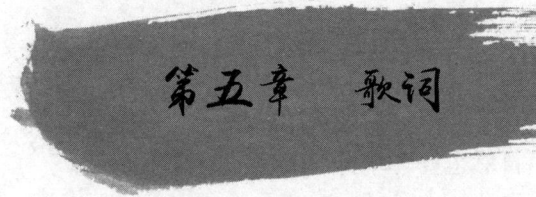

第五章　歌词

着急！

弟弟：姐姐，妈得病的事，那是演员吹胡子——不是真的。

姐姐：为么得要哄我？

弟弟：怕你嫌农村里脏，不肯回来哟！

姐姐：你硬是羊肠子河——弯弯多！

弟弟：走啊——

（唱）接得姐姐回村看，

姐姐：（唱）回村看看好喜欢。

姐夫：（唱）亲近大自然，

弟弟：（唱）人就会改变。

姐姐：（唱）自然也要环境好，

三人：（合唱）人人动手人人自觉人人爱护，

携手共创梦想家园。

姐夫：农村环境天天变，天天变。

弟弟：美丽家园时时新，时时新！

姐姐：停车停车。

弟弟：姐姐，厕所到前面。

姐姐：我又不是要方便。

姐夫：亲爱的，你想做么得？

姐姐：啊，农村空气好清新。

弟弟：再也见不到猪牛粪。

姐姐：田园风光好美丽，

姐夫：远胜过城里的水泥和钢筋！

弟弟：家家户户不关门，

　　　左邻右舍一家亲。

姐夫：哪像俺不相往来不串门，

姐姐：闷在家里好烦心。

姐姐：高楼大厦人隔生，

姐夫：广阔天地人和顺。

姐姐：俺也搬回农村住，

弟弟：想搬回来怕不行。

姐姐：哪门的？我本来就是这村里的人。

弟弟：嫁出门的女儿泼出去的水……

姐姐：那你就莫把我这个姐姐认！

弟弟：姐姐，我是开个玩笑，开个玩笑。不过呢，我也讲的是
　　　句实话。而今想到农村买地盖房子，真的是不批准哒！

姐夫：回去找爹妈商量去！

姐姐：哎哟，这一看得来把正事都忘记哒！快点回去，免得妈

洗澡的桶子用水的盆。

弟弟：屋里都有新的。

姐夫：（唱）新的要用开水烫，

　　　　　　不然用得不放心。

弟弟：姐夫，俺姐姐是不是有洁癖哟？

姐夫：你才晓得呀？

弟弟：哎哟，么得时候俺屋里祖坟贯气，养出个皇后娘娘来哒
　　　　吵！姐姐，姐夫，请上车。

姐夫：慢点。（从口袋里拿出卫生纸擦座位）亲爱的，请上
　　　　车。

弟弟：走呢——（走矮步、圆场）

　　　　（唱）车轮滚滚，

姐姐：（唱）暖风阵阵，

姐夫：（唱）看不尽一路好光景。

弟弟：（唱）不颠不簸，

姐姐：（唱）又平又稳，

姐夫：（唱）水泥公路村通村，

弟弟：（课子）农家小院胜别墅，

姐姐：家家门窗好干净，

姐夫：苍蝇蚊子杵拐棍。

弟弟：错！苍蝇蚊子无踪影。

姐姐：小沟流水亮晶晶，

弟弟：公路跑车无灰尘。

姐夫：白色污染看不到，

弟弟：对！垃圾分类保环境。

姐姐：（内：来哒来哒——一身时尚，一扭一摆地上）

（白）俗话说，讲起回娘家，两腿像扬叉。可我呢？

　　　唉——

（唱）讲起回娘家，

　　　心里就发麻。

　　　进门就闻猪粪气，

　　　出门一脚黄泥巴。

　　　沟里流的是污水，

　　　蚊子苍蝇到处爬。

　　　不是我不想爹妈，

　　　农村里环境卫生实在差！

（白）毛狗，爹妈为么得硬要今天接我回去咻？

弟弟：（旁白）我要不扯个谎，俺姐姐那是不得回去的。

　　　　呃，姐姐，是这么的。妈前天晚上做了个梦，

　　　　梦见你生病住院哒！心里急人上火，她自己倒

　　　　了床。

姐姐：（急）你怎么不把妈送到医院去？

弟弟：去哒！医生检查不出么得毛病。心理医生说，这是做娘

　　　的太想女儿哒，心病还须心药医。只有你去见个面，妈

　　　的病就好哒。呃，姐夫呢？姐夫——

姐夫：（背着大包小包，提着桶子面盆上）来哒来哒。

弟弟：姐夫，你拿这么多东西，搬家呀？

姐夫：（唱）你姐要出门，

　　　　样样带在身。

　　　　漱口的牙刷洗脸的巾，

◎地花鼓表演

回村看看

人物：弟弟 姐姐 姐夫
时间：现代

[唢呐起。

弟弟：（内：姐姐、姐夫，快走啊———一身休闲服，翻上）
　　　（唱）自从姐姐嫁进城，
　　　　　　好多年没有回家门。
　　　　　　逢年过节就来信，
　　　　　　把爹妈全家接进城。
　　　　　　这一次，
　　　　　　整治环境搞卫生，
　　　　　　乡村美丽如锦绣。
　　　　　　爹妈嘱咐我，
　　　　　　一定要姐姐回家走一程。
　　　（白）姐姐、姐夫，快点，怎么像个温家姨妈哟？

人和家兴生旺财。

男：人心只有拳头大，
　　双手最多三尺长，
　　职务不是摇钱树，
　　职责不是浪打浪（镜上相），
　　反贪反渎有尺量。

女：阿哥，

男：阿妹，

女：前年幺姑学针线，
　　今年阿妹会纳鞋，
　　白天纳的万种情，
　　夜晚纳的千般爱，
　　不是检察官你莫来。

男：牵牛花开一根藤，
　　阿哥阿妹一样情，
　　检察官阿哥都阳光，
　　检察官阿妹最真情，
　　妹给（当）阿哥当媒（牵线）人。

合：哟喂——
　　检察官阿哥进山来，
　　惹（乐）得山村（村民）心花开，
　　为国为民不怕苦，
　　女的漂亮男的帅，
　　要想不爱那才怪。

男：高高山上一树槐，

顺风香飘十里外，

沟沟壑壑百里远，

蜂飞蝶舞扑过来。

检察官阿哥你偏爱。

女：果树茶园除虫害，

山丘水田要防灾，

房前屋后除杂草，

家园和谐幸福在，

检察官阿哥是干才。

合：检察官阿哥进山来，

动物当成宠物爱，

林业检察保生态，

莫把树木当劈柴。

检察官阿哥进山来，

羊倌羔羊抱在怀，

监所检察官监外，

不安隐患要排开。

检察官阿哥进山来，

山重水复不奇怪，

职务犯罪要预防，

松柏长青春常在。

检察官阿哥进山来，

乡邻乡亲情不衰，

民事（邻里）纠纷要和解，

◎ 山歌表演唱

检察官阿哥进山来

〔演员12人，男4女8，土家族打扮。

女：（音乐声中舞上）呃——
　　隔山隔岭又隔岩，
　　唱支山歌丢过来，
　　接得到的是好手，
　　接不到的你（请）莫怪，
　　喜鹊喳喳你来猜？
男：（幕内）呃——（上）
　　岩板（陡峭）山路一层层，
　　前山喊得后山应，
　　摸着日头钻进山，
　　牵着月亮才见人，
　　检察官阿哥进了村。
合：哟喂——

必须起床靠自己。

甲白：就在尹秋仪强撑着要下床做饭之时，只见婆婆走了进
来，手里端着一碗热气腾腾的饭菜……

乙白：妈，你闻不得油烟味，怎么……

丁白：秋仪，你病得这么重，也该我这个当妈的伺候你一回
了。

乙白：妈——

唱：　泪蒙蒙看着饭菜冒热气，
颤巍巍捧着婆婆放声泣：
好婆婆不顾年迈弱病体，
下厨房叫秋仪怎能受起？
都说是婆媳间天生有隔，
这般情这份爱我永生记。

合唱：这正是——
德廉缘由孝顺起，
孝道自古尊第一。
湘北大鼓说一段，
亲情如玉悟珍稀。

婆婆年迈无能力，
一切都靠尹秋仪：
洗脸洗脚剪指甲，
端屎端尿不嫌弃。
乡下去买土鸡蛋，
营养搭配补身体。
嘘寒问暖常挂记，
大事小事都听公公出主意。
不同意，公公嘴里啊啊啊；
若同意，公公嘴角挂笑意。

甲白：尹秋仪有心挽留，却恨自己回天无力。83岁的公公临终前，婆婆哭着说："老头子，这个媳妇比女儿都贴心贴肉啊。多亏了好媳妇，让你多活了十几年呀！"

合唱：那边厢，公公驾鹤归了西；
这边厢，婆婆开刀除恶疾。
从此难闻油烟味，
不管厨房油盐米。
秋仪她变着花样做饭菜，
婆婆她乐享天伦笑眯眯。
有道是人身不是铁打的，
重感冒击倒尹秋仪。
眼看又到做饭时，
秋仪心里着了急：
婆婆不能闻油烟，
我必须——

秋仪流泪往心里：

老人的心事难琢磨，

怎么做才能不生隙？

是不是我做的饭菜不好吃？

是不是我没给他们添新衣？

是不是我的言语要注意？

是不是我的关心不实际？

（夹白）哦——有了。

乙白：陈家姨妈，您老有空吗？

己白：有空呀。

乙白：我想请您邀几个人，陪俺婆婆打个小牌玩一玩。

己白：你婆婆那个脾气……

乙白：陈家姨妈，你是了解俺婆婆的，她是老鸹子嘴豆腐心。

己白：她是前辈子修来的福，得了你这么一个好媳妇哟！

合唱：一天一天撕日历，

一年一年在更替。

这天买菜刚回家，

只见公公倒在地。

四肢抽搐吐白沫，

面色铁青双眼闭。

乙白：爹！爹——

甲白：经过医院抢救，公公虽然脱离了生命危险，但由于心脏
病和高血压突发，只能瘫痪在床，生活不能自理。

合唱：公公瘫痪躺在床，

翻身擦背要照理。

乙白：爹——

丙白：嗯。

乙白：妈——

丁白：没听到。

乙白：妈——

丁白：这么大的声音，你以为我是聋子呀！

乙白：我……

合唱：唉——

　　　吹开谷糠才见米，

　　　出水才看两腿泥。

　　　秋仪暗暗告自己：

　　　千万千万莫生气。

乙唱：娘说过，孝敬节俭为人媳；

　　　娘说过，贤淑相敬为人妻。

　　　老公打工在外地，

　　　秋仪我就当把这一家全担起。

　　　不怕公婆不喜欢，

　　　待人总要大肚皮。

甲白：从此以后，尹秋仪屋里屋外勤打扫，缝补浆洗卖力气，公婆茶饭端上手，左邻右舍常夸起。

戊白：张老倌，您屋里的媳妇能干得很呢。

丙白：农村来的，不干没得吃的。

己白：老嫂子，秋仪对您蛮好啦。

丁白：你喜欢就收到你屋里去。

合唱：公婆总是不满意，

◎湘北大鼓

孝顺媳妇尹秋仪

合唱：自古婆媳两相抵，
　　　互相设防寡情意。
　　　婆婆刁钻难媳妇，
　　　媳妇心里憋怨气。
　　　等到自己熬成婆，
　　　又是九退一还一。
　　　婆媳赛过母女俩，
　　　请学孝顺尹秋仪。
甲白：尹秋仪是武陵区府坪街道东湖巷社区居民，要说起她来
　　　呀，那真的是帆船比赛——没得讲（桨）的。
合唱：二十年前穿嫁衣，
　　　农村姑娘嫁城里。
　　　天变地变环境变，
　　　秋仪心中好欢喜。
　　　亲亲热热喊公婆：

合唱：保持好共产党员先进性，
　　　正行风创建满意树形象。
　　　全民重视抓教育，
　　　国运昌盛幸福长。
　　　蓝天下，
　　　沃土上，
　　　共和国旗帜永不变色。
　　　世世代代高高飘扬。

丁： 讲法制行为秩序有规章。

合唱： 支残助残献爱心，

扶贫帮困进学堂。

正确人生价值观，

笑看歪风和恶浪。

民族复兴千秋业，

要的是品学兼优好儿郎。

甲白： 一分耕耘，一分收获。勤于耕耘，累累硕果。

乙白： 北正街小学、金丹实验学校被评为市名优学校。

丙白： 东升小学被评为市特色学校，卫门口小学、华南实验中
学等11所学校被评为市级示范学校。

丁白： 育英小学评为省名优学校，金丹、育英、北正街先后被
评为省级现代技术教育实验学校。

合白： 武陵区的基础教育在全市全省都是体格检查量身
高——头等哩！

合唱： 基础教育抓基础，

素质教育抓质量。

甲： "三湘蒲公英"，

少儿歌舞获金奖。

乙： "奥林匹克赛"，

中小学共摘全国奖。

丙： 全国小学英语赛

一二三等都荣光。

丁： 全省教学大比武，

武陵区青年教师扛大梁。

修建教室拆危房。

甲：　再不见杂草走蛇烂操场，

乙：　再不见上课举伞把漏防，

丙：　再不见墙体扯缝破课堂，

丁：　再不见窗页糊纸挡日光。

合唱：你看那——

新修教室亮堂堂，

厕所瓷砖贴上墙，

篮排球场标准化，

绿荫丛中书声朗。

甲白：武陵区教育事业得到了市委、市政府的高度关注，区
委、区政府的极大重视，7年投资9000万元。

乙白：扩建改造城区学校17所，农村中小学校24所。

丙白：吸纳社会资金投入，办起了民办学校两所。

丁白：还通过财政拨款、社会捐助，筹集资金120多万，解决
了1500多名特困生入学问题——

合唱：校园改变旧模样，

教育管理重加强。

育人先育德，

中华美德莫沦丧！

树人先正己，

厚德载物称栋梁。

甲：　禁毒品万人签名拒腐蚀，

乙：　远离那黄黑网吧不上当。

丙：　环保行只有地球一个家，

◎湘北大鼓

云蒸霞蔚举朝阳

合唱：云蒸霞蔚举朝阳，
　　　花繁叶茂托春光。
　　　根深基实立广厦，
　　　千秋万代靠兴邦。
　　　五星红旗共日月，
　　　教育事业头一桩。

甲白：一日之计在于晨，一年之计在于春。说到人生，这晨、
　　　这春，就是我们的下一代，永远永远都有的少年儿童。

乙白：花样年华需要阳光雨露，少年儿童需要知识教育。

丙白：武陵区的教育，改革与发展同步，真抓与实干并举。

丁白：满足人民需与求。

合白：铸造教育新辉煌——

合唱："以区为主"办教育，
　　　财政投入年年长。
　　　"千万工程"进校门，

那里不是光明巷。

丙唱：舍不得，几十年的老街坊；

舍不得，爱俺帮俺的光明巷；

听不到，江主任讲话不习惯；

看不到，江主任走路心里慌。

丁唱：不是江主任，

我这辈子莫想有堂客来上床。

不是光明巷，

莫想有我的单车修理行。

光明巷里有光明，

俺愿意用俺的新房斟旧房！

合白：怪怪怪，荞巴巴里头放腌菜！奇奇奇，米窝里回到糠窝

里！

唱：　立足社区情意真，

党心民心托光明。

小事大事天下事，

一枝一叶总关情。

和谐社区唱和谐，

百姓就是一杆秤。

武陵大地歌一曲，

以人为本乐太平。

丁唱：苦日子终于熬出头，

合唱：一家人喜乐融融笑盈盈。

甲唱：旧城改造大环境，

　　　栋栋新房好"伶俐"。

　　　小梁分得一套房，

　　　新房子两室加两厅。

　　　别人看房心头喜，

　　　小梁却——

　　　愁眉苦脸，

　　　忧心忡忡，

　　　噘起嘴巴找上门！

丁白：江主任，我不要新房！

乙白：吧嘿，这才怪啵，别人有了新房，那是搬都搬不赢！他
　　　有了新房子却不要！

甲白：呃，小梁，这些新房，是政府特意安置你们这些特困户
　　　的，怎么不要呢？

丁白：我不要，俺妈也不肯搬！

甲白：梁家姨妈，住新房子不好呀？

丙白：江主任呢——

唱：　新房好，好新房，

　　　宽宽敞敞，

　　　亮亮堂堂，

　　　白白净净，

　　　还有厕所和厨房。

丁唱：那里没得江主任，

丙唱：不是那，

　　　门当户对的难答应，

丁唱：要合框，

　　　这样的媳妇难得寻。

甲白：听了半天，你们是来消我的把哟……

众白：哈……

甲白：同志们呢——

　唱：小梁条件是蛮高，

　　　俺降低要求多打听。

　　　他是社区的纯居民，

　　　俺就是他那当管的衙门。

　　　社区不为民做主，

　　　不如回家卖凉粉。

合唱：踏破铁鞋四处问，

　　　功夫不负有心人。

　　　残疾配残疾，

　　　小梁结了婚。

　　　生了个伢儿长得乖，

　　　喜得那奶奶天天都抱着小孙孙。

甲唱：社区出手再相帮，

　　　开个门面迎财神。

　　　修理单车小生意，

　　　自力更生求生存。

乙唱：又让他参加社区夜巡队，

丙唱：还替他把城镇低保来申请。

合白：国家级先进进北京！

甲唱：国家的基石是人民，

社区管的是最基层。

党和政府树形象，

离不开社区那——

合唱：大大小小、细细末末、

鸡鸡鸭鸭、婆婆妈妈、

点点滴滴的事和情。

乙唱：社区居民梁德建，

三十挂零打单身。

甲唱：江菊英看在眼里急在心，

结婚是人生大事情。

就像那，

碗配筷子锅配灶，

马配鞍子车配铃。

聋子他也要配耳朵，

瞎子他一定要拄拐棍。

丙白：江主任，听说你要给梁德建找对象，那，他的条件就

"高"得很呢——

甲白：莫逗巴，他的条件高么得吵？

丙白：哎哟，江主任呢——

唱：　　他先天残疾长得矮，

还有七十高堂老母亲，

丁唱：家里穷得像被水冲，

又没得收入难生存。

◎湘北大鼓

和谐社区唱和谐

[女演员8～12人，音乐声中上。

甲（韵白）：小小社区大天地，

人生百态都聚齐。

大事小事天天有，

今天有事——

唱：　它出得奇——

合唱：出得奇啊——

甲白：那位看官会问，你到那里唱得热闹糊哒，是个么得奇
事，讲给俺听哟！莫急莫急，常言道，水有源，树有
根，任何事发生它有原因。先请按下那颗好奇心，听我
从头——

唱：　说分明——

乙白：武陵区有个光明巷，

丙白：社区里面的大明星！

丁白：党支部书记江菊英，

助学金。另外，借你的木匠手艺，假期里整整学院里破
烂了的桌椅门窗，达到你勤工俭学的目的。

乙白：教授，师娘——

合白：这正是——

师生结对子，

情意悠悠长。

传道授业解疑惑，

学院一派新景象。

育人是根本，

锤炼出好钢。

情系学子千千结，

爱倾未来万年长。

乙白：张教授，师娘，我，我不配呀——
　　　　入学通知拿到手，
　　　　喜在心头忧断肠。
　　　　父亲病逝撒手去，
　　　　母亲病重卧在床。
　　　　家徒四壁如水洗，
　　　　只留下借款条子几十张。
　　　　看同学有吃有穿好幸福，
　　　　想自己无依无靠好凄凉。
　　　　左思右想下狠心，
　　　　抛却理想去闯荡。

甲白：晓刚呀晓刚——
　　　　你天生好学人聪明，
　　　　聪明就怕欠思量。
　　　　自强不息走正路，
　　　　风物长宜放眼量。
　　　　你本是——
　　　　天之骄子大学生，
　　　　人中龙凤高智商。
　　　　中华民族要复兴，
　　　　党和人民寄厚望。
　　　　有奉献青春才会更亮丽，
　　　　奔事业人生才会有辉煌。

乙白：教授，师娘，我错了。

甲白：晓刚，你的情况，院领导十分关注，首先解决你的特困

这孩子，有异常，

心念紊乱无主张。

我要细查访，

我要知情况。

引导晓刚吐真言，

摸清思想开处方。

甲白：晓刚，我儿子今天的生日，请你到我家去做客。

乙白：张教授，我，我而今是继妈的儿——干哥哥。

甲白：走吧走吧，哪来那么多的繁文缛节？

合唱：走进教授家，

晓刚细打量：

满桌好菜肴，

火锅烧得旺。

除开教授和师娘，

再无他人空荡荡。

乙白：师娘，您儿呢？

丙白：晓刚，你怎么连自己的生日都忘记哒？

乙白：啊？这，是为了我的生日！

丙白：晓刚啊——

你和老张结对子，

他是师父我是娘。

喝过今天生日酒，

从此家门为你敞。

你酷爱文学有理想，

老张的书籍为你藏。

张教授嘘的一声开了腔——

甲唱：晓刚来自大山区，

　　　　高中辍学当木匠，

　　　　省吃俭用攒学费，

　　　　攒够学费进学堂。

　　　　全国高考偿夙愿，

　　　　求学精神实在强。

　　　　可能是——

　　　　查找资料夜上网，

　　　　可能是——

　　　　灵感迸发忘却时间写文章。

　　　　相信他不是困极不会睡，

　　　　就让他甜甜美美、美美甜甜去舒畅。

乙白：呃，既然李晓刚那么自强不息，酷爱读书，上课时怎么
　　　　会打瞌睡呢？

丙白：依我看，事情只怕没得那么简单嘞！

甲唱：第二天，宿舍里，

　　　　张教授专程找晓刚。

　　　　只见晓刚床铺上，

　　　　杂志小报丢满床。

甲白：晓刚，你平时都是看的这些书？

乙白：哦，您说过文学是边缘学科，触类旁通。

甲白：哦，触类旁通……

合唱：李晓刚触类旁通看杂志，

　　　　张教授触类旁通细思量：

◎湘北大鼓

师生情谊长

合唱：国运昌盛靠栋梁，
　　　家道不衰靠贤良。
　　　诗书礼仪德在先，
　　　教书育人非寻常。
甲白：十年树木，百年树人。德智体美，德育为先。高等教育
　　　走进生活，触摸心灵谱新编。
合唱：那一天，
　　　东边日出暖洋洋，
　　　教室里，
　　　学生听课满满堂。
　　　忽听有人鼾声起，
　　　抬眼寻声忙张望：
　　　旮旯里，课桌上，
　　　李晓刚，睡得香。
　　　同学急忙要唤醒，

先。工程交给一个讲究孝道的人来做，我们放得心。所以，你的公司中标哒！

白：啊？哈……

唱：柳叶湖畔笑声朗，

都言秋日好时光。

舍得舍得舍有得，亲亲武陵幸福港，

德孝廉治国民安康。

日子越过越舒畅。

白：陈书记，这么好过的日子，我不想死哒呢。

白：王家奶奶，您老红光满面，一定会超过一百岁！

白：哈……

唱：党的领导好，

越走越宽敞。

儿女都孝顺，

心里灌蜜糖。

絮絮叨叨聊得欢，

猛听有人喊老王。

白：老王，王总——

白：呃，刘主任，你们，你们也来游柳叶湖？

白：王总——

唱：你决然退出竞标场，

只为照料你的娘。

为娘不去求财富，

恰似高山流水长。

德廉是准则，

孝道第一桩。

为人当子女，

莫忘爹和娘。

金钱再多官再大，

离不开十月怀胎养育娘。

白：刘主任，搭帮你的提醒，差点错过陪娘秋游过重阳。

白：王总，在所有的标书中，你们的最符合要求。百善孝为

一路直奔柳叶湖，

老年人群寻找娘。

白：妈——妈——

唱：四下里张望，

高声呼唤娘。

只见老娘轮椅坐，

推车的是书记陈桂芳。

白：陈书记。

白：狗婆，你来哒呀？

白：妈，我来给您送助力车，陪您过节的。

白：送助力车？哈……王总呢？

唱：照料中心老人多，

样样工作要到堂。

七老八十体质弱，

这些都在心里装。

等你送过来，

黄花菜都凉。

放眼四处望，

轮椅好多张。

考虑老人腿无力，

社区早就备周详。

白：陈书记——

唱：关爱老人过重阳，

社区决议好主张。

看看常德新变化，

白：呃呃呃，老王，老王——

唱：主任连声喊老王，
　　不解其意问端详。
　　国家投资的专项，
　　轻言放弃太冤枉。
　　投资是中央，
　　资金有保障。
　　今年重阳节，
　　明年又重阳。
　　错过今年明年补，
　　机会难得莫轻放。

白：刘主任——

唱：我晓得重要不寻常，
　　再重要怎比我的娘。
　　社区组织老年人，
　　柳叶湖畔过重阳。
　　陪伴就是爱，
　　爱要守身旁。
　　母亲年岁高，
　　儿女是肝肠。
　　不让厮守成奢望，
　　家长里短是温良。

白：刘主任，对不起。我走哒。

唱：离开会场进商场，
　　买来轮椅车上装。

◎常德渔鼓

竞标

唱：九月初九是重阳，
　　熏风送来桂花香。
　　金秋时节艳阳照，
　　人来车往各自忙。

甲：公司王总裁，
　　革履套西装，
　　匆匆上汽车，
　　一路奔前方。

唱：来到国际大酒店，
　　直奔竞标大会场。

白：王总，你真的是踩着钟点来的，只差两分钟就开始哒。竞
　　完标，早点回去给父母过节。

白：啊？刘主任，您是说，今朝是重阳节？

白：是啊。

白：哎哟，搞拐哒！刘主任，这次竞标会我不参加哒——

共产党员先进性，
民族复兴去实践。
和谐同步奔小康。
大中国——
民族团结，国运昌盛，
问鼎苍穹万万年。

口援助的地方哩——

合唱：对口援助整十年，
　　　援助十年回头看。

甲：　常德市援助抓教育，
　　　教室校园大改观。
　　　花园学校书声朗，
　　　山里娃考进清华园。

乙：　常德市援助抓医疗，
　　　门诊大楼新崭崭。
　　　一医院捐助设备派专家，
　　　山里人不愁病魔缠。

丙：　县城扩容提品质，
　　　铺路架桥是关键。
　　　常德市援助抓建设，
　　　常德街路面铺石板，

丁：　红星小区忙开发，
　　　吊脚楼旧貌换新颜。
　　　政府民营齐出力，
　　　养殖牧业促发展。
　　　协调带动三产业，
　　　奇珍异宝出深山。

合：　四大家领导——
　　　盘菜盘米常到古丈县城转一圈。
　　　自治州政府——
　　　嘘寒问暖勤为挂职干部解忧难。

合： 古丈毛尖天下知，
宋祖英人乖歌声甜。
天然氧吧原始林，
苗乡歌舞风情万种夜无眠。

甲： 王村又叫芙蓉镇，
猛洞河漂流玩的刺激和惊险。

丙： 地质公园红石林，
全中国绝无仅有的大奇观。

丁： 百丈山谷坐龙峡，
悬崖峭壁一线天。

甲： 脚下水穿石，
头顶瀑布溅。

丙： 钢钎木板架栈道，
铁索贴崖当扶栏。

合： 蜀道之难等闲看，
闯过坐龙峡——
方显得英雄本色真好汉！
常德市对口援助的古丈县，
恰似那野性十足、
刁蛮迷情美婵娟！

乙白：唉吧，你们怎么都晓得哟？

丙白：俺姨妈表姐的大儿子，

丁白：俺叔伯舅舅的幺女儿，

甲白：俺继妈老公的亲弟弟，

合白：都到过古丈县挂职和锻炼。那是俺常德市委、市政府对

◎澧州大鼓

和谐同步奔小康

合：　水绕山，路绕山，
　　　人坐车子绕山转。
　　　缠缠绕绕，盘盘旋旋，
　　　跃上葱茏四百圈。
　　　十万大山藏古丈，
　　　九山半水半分县。

甲白：呃呃呃，这九山半水半分县是个么得意思咧？

乙方：这就是讲呀，湘西自治州的古丈县，除了山还是山，周围都是山。水只占全县面积的0.5%，县城也只占0.5%。

丙白：哎哟，那不是只有一点点大呀？

丁白：莫看县城小，全县总面积有1297平方公里哩！

甲白：再大些，走错路哒都是山，有么得味咧？

乙白：哎哟，我讲你呀，硬是香港的对立面——乱港（讲）！
　　　莫看古丈尽是山，
　　　无价宝藏在那山中间，

不锈钢容器长时间盛放食品不安全。
身为明星要自爱,
不要给虚假的广告做代言。
坑害了百姓害自己,
钱再多也不能买个太阳不下山!

合唱: 身体是本钱,
合理来打点。
吃喝本是幸福事,
注意莫把疾病添。
健健康康好体魄,
美美满满寿延年。

德国黑啤最经典。

XO，

人头马，

洋酒里面放冰块，

葡萄酒在手慢慢转。

人在江湖不由己，

哪怕是逢场作戏也要吃吃喝喝一口干！

合唱：食品安全法，

严把入口关。

主席总理签发令，

国徽威严如泰山。

快板：入境的食品原料要检验，

饮食行业的采购票据保存至少上三年。

传染病，

化脓性渗出性皮肤病不适宜从事食品业，

疑似食源性疾病食物中毒两小时之内要报案。

行政部门要作为，

少不了工商、商务和质监。

吃吃喝喝讲科学，

营养的搭配不简单：

鸡蛋不能生着吃，

四季豆熟透少麻烦。

冰箱里储存食物不能太长久，

不是所有的人群都需要吃上加碘盐。

塑料容器都有个小小的身份证，

◎ 快板歌舞

民以食为天

合唱：民以食为天，
　　　饮食讲安全。
　　　病从口入是古训，
　　　身心健康先把关。
快板：现代的社会大观园，
　　　五花八门眼花缭乱。
　　　只说那吃的喝的太繁杂，
　　　谁不想调调口味尝尝鲜？
　　　洋快餐，
　　　火锅店，
　　　巴西烤肉印度饼，
　　　孜然烧烤牛肉串。
　　　羊排牛排肯德基，
　　　日本料理法国餐。
　　　韩国泡菜坛坛装，

都要给我们做楷模。
多勤劳，守规矩，
堂堂正正来做人，
挺起胸昂起头，
清清白白把官做。
和谐的春风吹遍祖国大好河山，
中国梦你唱我唱万人和！

唱：大人都来听我说，
　　我来给你掏心窝，
　　清风牵着你和我，
　　家家高唱幸福歌！

别用公款乱吃喝，
上学放学再也别用公家汽车来接我。

唱：小河流水波连波呀，
小鸟枝头歌连歌耶，
小手牵着大手走，
叫声大人听我说，
听呀嘛听呀嘛听我说。

说：大人都来听我说，
爸爸妈妈就一个，
一家人团团圆圆好快乐，
若要是违纪犯法少一人，
从此幸福家庭破。
人家背后指指点点来说我，
我心灵受伤好难过。
爷爷奶奶爸爸妈妈，
阿姨婶婶叔叔伯伯，
听我说，
你们经常教育我，
爱学习，守纪律，
从小就要好好学，
可您自己也要想一想，
哪些能做不能做，
一言一行一举一动，

◎ 少儿踢踏快板歌舞

大人都来听我说

唱：小河流水波连波呀，
　　小鸟枝头歌连歌耶，
　　小手牵着大手走，
　　叫声大人听我说，
　　听呀嘛听呀嘛听我说。

说：大人都来听我说，
　　爷爷奶奶告诉我，
　　好大的鸟儿好大的窝，
　　好多人吃饭好大口锅。
　　人家的东西莫伸手，
　　公家的财产别乱摸，
　　做了坏事睡不着，
　　收了红包麻烦多，
　　打牌赌博是坏毛病，

唱：　一句话，
　　　说得高桥好比鱼刺卡在喉，
　　　瞠目结舌难开口。
　　　悔不迭，
　　　早知如此何必有当初？
　　　不保护，
　　　还有生意可以做；
　　　不撤兵，
　　　我只有关门大吉早开溜。
白：　这正是——
唱：　玉祥常德当镇守，
　　　智斗高桥佳话留。
　　　民族大义千秋壮，
　　　一脉相承贯九州。

也有听话的时候。"

高桥他满心欢喜回头走,

哼歌唱调乐悠悠。

一天两天三四天,

十天半月如水流,

人家的商场如潮涌,

洋行里一件货也没有卖出手。

高桥站在洋行外,

看着看着"哎哟哎哟"直顿首!

高白：哨兵哨兵,你的,不要站了,回去回去。

哨兵：高桥先生,我们是奉了冯将军的命令来保护你的财产安
全。没有军令,不能擅自离岗。

高白：你们,你们哪——

一查二查查得无人敢登门,

一问二问问得路人绕道走。

我这里不是军营是商行,

商行里没有人流货物怎么卖出手?

哨兵不理继续问,

高桥他忙找冯大将军来请求。

高白："冯将军,请下令快把洋行的哨兵全撤走,再这样,我
的洋行就要倒闭关门了。"

冯白："哎呀,高大掌柜,我可是当着何副官立下的军令
状,为了保护你的洋行不遭受任何损失,派士兵站岗是
我的职责。万一出了纰漏,我可没有袁大头赔给你! 请
吧。"

善。"

冯白： "哦……"

唱： 冯玉祥，
听罢指示忙点头，
打拱手，
对着高桥笑开口：
"高大掌柜——
既然督军有指示，
冯玉祥作为军人当恪守。
明天我就派士兵，
为你的贸易保驾护航得自由。"
过几天，
三家洋行重开张，
大门口，
站着哨兵雄赳赳。
只见那——
哨兵尽职又尽守，
荷枪实弹精神抖。
见人上门都盘问，
查看证件问情由。

哨兵： 站住。请出示你的证件。

哨兵： 哎哎哎，看什么呢？ 走开走开。

唱： 高桥一见心暗喜：
"想不到——
想不到桀骜不驯的冯玉祥，

高白：“冯将军——

唱：　大日本来到常德开洋行，

　　　贸易往来讲自由。

　　　你到常德当镇守，

　　　维护治安，稳定秩序，保护贸易，

　　　是你的职责和操守！

　　　砸我的洋行烧我的货，

　　　你怎么旁观不出手？

　　　所有的损失列清单，

　　　你的统统地负责赔偿袁大头！”

冯白：“我的‘负责赔偿’哈……高桥呀！

唱：　人民好比江河水，

　　　可载舟来可覆舟。

　　　常德城内外侨多，

　　　为什么——

　　　只有洋行惹民怒？

　　　你思一思来想一想，

　　　扪心自问找缘由。

　　　更何况——

　　　按照军令只镇守，

　　　又怎可随意派兵动枪口？”

高白：“冯将军，我带来张敬尧督军的何副官，你的，听他说
　　　说。”

冯白：“何副官，不知督军有何指示？”

何白：“督军说，对国外的商贸往来要保护，对外国人士要亲

好似春雷炸当头。
高桥两眼直瞪瞪，
倒退两步脖子粗：
"你你你……
你们本是礼仪邦，
你怎么……"
"哈……
礼仪只对君子言，
不对强盗和疯狗！"
高桥悻悻往回走，
冯玉祥步出岗哨楼，
眼看哨兵笑呵呵，
气定神闲话悠悠：
"今天吃了闭门羹，
他日必定再回头。"
这一天——
一辆黑色"乌龟壳"，
开到府衙"嘟嘟嘟"，
前排是督军府的何副官，
后排的高桥新二摇下车窗伸出头：
"哨兵，你的，还敢不敢把我拦？
张督军给我撑腰谁敢阻！"
冯玉祥见到副官忙握手，
又对高桥新二点点头。

冯白：高大掌柜，里面请。

高桥：什么小矮子？我的，高桥新二大掌柜。

哨兵：哦——你就是那个"高倭瓜"？这个名字取得好啊，长
不像冬瓜，矮不像苻子。哎，你不开洋行，跑到镇守府
衙来干什么？出去！

高桥：我的洋行被砸，要见你们的冯玉祥冯大将军讨个说法！

哨兵：你的洋行被砸，要找冯大将军讨个说法！

高桥：哈伊。

哨兵：我看你是三天不屙屎——粪（混）账！

唱：　贼倭寇，

自古觊觎我中土，

常骚扰，

烧杀抢掠几时休？

强占台湾和山东，

欲壑难填还不够！

狼子野心昭天下，

要把中华沦为奴！

多少房屋被烧毁，

多少无辜被砍头，

多少良田被荒废，

多少山河被占有！

我要找你们的天皇问一问，

他的心肝是不是喂了狼和狗！

高桥：你你你……

哨兵：滚！

唱：　一声呵斥"滚"出口，

爱国学生反卖国，

五四运动风雷骤。

砸洋行，

求救赎。

烧日货，

群情怒。

常德街头罢课罢工罢市场，

三家洋行毁门毁窗毁店楼！

白： 这三家洋行的老板不是别人，正是那平日里耀武扬威、欺行霸市，人称"高倭瓜"，披着"日本商人"外衣，干着收集情报勾当的特务高桥新二。面对着群情激怒的人们，"高倭瓜"无可奈何干瞪眼，气急败坏闯府衙！

唱： 急匆匆——

三步当着两步走，

意惶惶——

如丧考妣愁白头。

来到常德镇守府，

抬头挺胸神气足，

不打招呼往里闯，

吔嘿？吔嘿！

这门口怎么有四根大柱头?!

高桥抬头往上看，

却原来两个岗哨都是那一米八的大个头。

哨兵： 小矮子，站住！

◎ 鼓词

冯大将军斗高桥

唱：　　山雨欲来风满楼，
　　　　黄沙遮天蔽日头，
　　　　巨浪翻江滔天起，
　　　　野火呼啸燃春秋。

白：　　话说1919年，在第一次世界大战结束后的巴黎和会上，
　　　　由于英、美、法等国的操纵，无视战胜国之一中国的
　　　　合理要求，不仅不废除日本对中国不平等的"二十一
　　　　条"，竟然把德国在山东侵占的全部权益"让与日
　　　　本"，这真是——

韵白：　恣意践踏主权国，
　　　　华夏民族岂蒙羞！
　　　　我以热血荐社稷，
　　　　不废江河万古流。

唱：　　列强凌弱蛇吞象，
　　　　巴黎和会悲九州，

川妹子喜极泪涟涟。

"十大新闻"常登榜，

常德一医盛名传。

合唱：抓环境，忙扩建，

硬件建设高起点。

门急诊大楼拔地起，

布局设计站前沿。

丁唱：现代化社会要现代，

以人为本树理念。

医院核心竞争力，

崇尚优质是关键。

RAP： 动脑筋，想办法，

出措施，作表率，

解决"看病难""看病贵"，

减轻群众的负担。

来日方长显身手，

"仁爱济世"一代一代往下传！

听我豪迈抒豪情——

广济天下，德行百年！

合唱：广济天下，德行百年！

广济天下，德行百年！

哪管他派性斗争白热化，
哪管他挂牌批斗靠边站。
心有病人千千结，
情系百姓万万千。

合唱：千千结，万万千，
　　　"春天的故事"唱不完。
　　　改革开放大步走，
　　　医疗、科研、政治，
　　　硕果累累超过以往几十年！

丙唱：不说那"全国三八红旗手"，
　　　不说那"全省最佳护士"她姓阎。
　　　不说那"十二大代表"进北京，
　　　全都怪——

合白：怪么得哟？

丙唱：怪，怪，怪怪怪，
　　　怪那些殊荣它林林总总说不完！

RAP：集医疗、教学、科研、预防、保健于一体，
　　　一医的"名片"前前后后、左左右右印不完。
　　　"三甲医院"国家批，
　　　"爱婴医院"情无限，
　　　"百姓放心"国家级，
　　　"临床学院"湘雅联。
　　　背驮式原位肝移植，
　　　心脏移植敢为先。
　　　三年后病人"探亲"来医院，

三千块光洋是募捐。
维护正义写檄文，
见证了侵华日军在常德的细菌战！

丁唱：广济改广德，
诊所变医院。
西式建筑两层楼，
目睹了第一医院的大发展。

合唱：共产党，毛主席，
领导人民坐江山。
鼓足干劲，力争上游，
社会主义建设齐争先。

甲唱：政治运动走在前，
劳动竞赛当模范，
全省全国都挂号，
援越医疗争贡献。

乙唱：本职工作不含糊，
顶着压力忙科研。
大网膜带蒂移植术，
全世界报道最早见。

RAP：　一切为了治病人，
只有红心无白专。
白衣战士是天使，
救死扶伤不等闲！
哪管他饥不果腹的苦日子，
哪管他耳旁"倏倏"飞流弹！

我叫Logan.O.T罗感恩。

女白：我是他的夫人孟氏。

乙白：我们是受美国长老会派遣到你们常德来行医、传教的。

合白：欢迎欢迎！

女白：OK！OK！

乙白：Thank you!

女白：Thank you!

合唱："仁爱济世"传教义，

"广济诊所"挂牌匾。

望闻问切遇西医，

落户湖南头一间。

RAP：　刀刀剪剪和镊子，

开膛破肚先麻翻！

国人看到洋玩意，

惊奇刺激又新鲜！

道听途说传消息，

说得是神乎其神，活灵又活现——

丙唱：那蓝眼睛、高鼻子、黄头发，

能把人的肠子肚儿都看穿！

有个人的胃次全切除，

他还红光满面活得蛮新鲜！

众白：哎吧，真的呀?!难怪他们长得像那西游记里的妖怪！

RAP：　首次报道血吸虫，

全国医学界领先。

第一台X光机现常德，

◎ 大鼓

广济天下 德行百年

[演员12人，四男在前打鼓，八女拿云板在后伴和声，
RAP时表演。

韵白：百年的树木能参天，

　　　百年的风云有巨变，

　　　百年的老人颤巍巍，

　　　百年的事业——

合唱：红红火火，激情飞扬，

　　　青春靓丽正当年！

甲唱：都说百年好漫长，

　　　其实好像是昨天。

　　　十九世纪的美国人，

　　　来到常德办医院。

乙白：（用外国人讲中国话的腔调）

　　　你好！我是美国人，

跋　喜田忠

矣。诚然，以一柱难以擎天，以一人之力难以撼山，若所有民众均生强烈之资源保护意识，则聚微尘以垒泰山，汇细流以致江河，积跬步以达千里！

在此，我湖南洞庭水殖股份有限公司，向世人庄重承诺有三：每年坚持在禁渔期间，向洞庭湖水系投放优质鱼苗，十年之内，其数量达到全国人均一条，此其一；以百万元之资，倡导建立洞庭湖淡水鱼类资源保护基金会，并诚邀社会各界及有识之士加盟，共襄善举，此其二；再以一百万元，用以寻觅求购各种难能一见，且确属濒绝之鱼类，将其以科学之手段加以繁育养殖，抢救于濒绝之危，让其生生不息，物种永传，此其三。

同时，我们呼吁——将每年的四月一日，定为"放流日"，让所有属于自然界的生物重返它们自己的家园。

是为记。亦为宣言。

洞庭宣言

——写在第五次沅水投放五百万尾鱼苗之际

洞庭湖，坐落在湘地之北，长江之南，南与西纳湘、资、沅、澧四水；北纳松滋、太平、藕池、调弦四口，浩浩汤汤，横无际涯。"八百里洞庭"之称谓，古已有之。

《柳毅传书》，道出了水生物种之争，尚需人类化解；《追鱼》一剧，颂扬了人与自然之息息相关。然围湖造田，早已将八百里洞庭瘦身；拦水筑坝，截断了鱼类之生态洄游；掠夺式捕捞，导致鱼类资源几近枯竭——原湖中160余种鱼类，至今仅见90有余，且多数已濒临灭绝！而此情之难能逆转，正日趋严重……今人不思古人之远见卓识，悲乎?!痛乎?!

当今有些国人，只知陆生动物的保护，却忽略了水生鱼类资源正处于悄然消失的过程之中。

湖南洞庭水殖股份有限公司，乃国家级农业产业化龙头企业，自当以保护淡水鱼类资源为己任。公司自上市以来，斥巨资收水面，以扩大保护范围；建基地育种苗，以繁衍濒绝鱼类；投鱼苗入洞庭，以拯救生态平衡。连续五年，近两千万尾

茶禅赋

茶之为饮，发乎神农。茶圣陆羽，书经传颂：绿红青白黄黑，茶有六色入眼；外观四形，嫩度条索色泽整碎。内品八字，汤色香气滋味叶底。国之茶道求五境，水火洁具佳宾。

天下禅宗，静寂参悟。机锋教化，海阔天空。不假外求，沐浴焚香除妄念。见性成佛，诵经吟佛破红尘。山重水复疑无路，曲径通幽禅房深。

禅定神色功四谛，外不着相，内不动心。茶入心脾润五经，廉美和敬，修身养性。茶禅一味，僧俗通韵。

鉴真东渡，赴日传经。滋贺最澄，入唐访寻。永贞元年，回归东瀛，饮茶之风，源自佛门。善会遗墨，扶桑归宗，夹山禅院，奉为祖庭。

社区"110"。

乙：好人啊，好人！

丙：践行、学习，

丁：学习、践行。

合：一个"志愿服务网络行动"，

　　在武陵大地蔚然成风。

甲：去认领微心愿吧，

　　它很可能会改变一个人的命运；

乙：去认领微心愿吧，

　　它很可能会让你有个精彩的人生；

丙：去认领微心愿吧，

　　让心与心贴得更紧；

丁：去认领微心愿吧，

　　实现中国梦需要温暖的盛春！

合：这，就是我们爱心志愿者的理由，

　　这，就是我们爱心志愿者的心声。

建议：节目最后，由姚耀林推着田工上台，与观众见面。

乙：接受捐赠的人，

就是2014年获得市级优秀志愿者的姚耀林。

丙：是机缘还是巧合？

丁：是安排还是命运？

合：不，不！

甲：这是大爱无疆，

乙：这是大德无形。

丙：这是雷锋精神的传递，

丁：这是高尚品德的植根。

合：用心去发现那些让人仰视的身躯吧，

都是由一点一滴些许小事构成！

甲：填平一个个不方便行走的小坑，

换一盏不亮的电灯，

乙：修一修滴漏的水管，

扶一扶通过斑马线的老人，

丙：拾起乱丢的纸屑，

杜绝歪门邪道的袭侵。

丁：弯弯腰，

动动手，

一个手势，

一句言语，

合：你就会真切地体会到：

泰山不让土壤，故能成其大；

河海不择细流，故能就其深！

甲：远学雷锋，近学田工。

没有一丝怨恨，

合："不要给组织和政府增添麻烦。"

这，就是他一个共产党员对党的忠贞。

甲：从此，

200多把扫帚扫了30多年的落叶；

乙：12年用心血铸就诗国长城；

丙：累计13万多元不接受媒体现场采访的捐赠；

丁：100多场的演讲不收取分文！

甲：他的物质生活虽然过得十分清贫，

精神生活却是精彩绝伦。

乙：岁阑无酒寡荤鲜，

豆腐烧葱色味全。

丙：不竞奢华修口福，

来年清白已争先。

丁：一首《吃年饭》的七言律诗，

足以让我们每一位去咀嚼、去细品。

甲：他，摇动轮椅传递着对党的赤诚；

乙：他，摆动拐杖书写着无悔的人生；

丙：他，甘守清贫信奉着寡欲的美德；

丁：他，乐善好施践行着雷锋的精神。

合：他就是获得全国道德模范提名奖的田工，

让人对他的事迹油然而生敬意的一等残废军人。

甲：2012年3月，

体育东路社区有个人患了心脏病，

田工前后拿出一万元捐赠。

◎配乐诗朗诵

爱心志愿者心声

〔演员8人，分甲、乙、丙、丁四组。

合：我们，爱心志愿者，

　　　用心串成爱的红绳，

　　　万缕情丝啊千千心结，

　　　都是爱的传承。

甲：在府坪街道体育东路社区，

　　　有这么一个人——

　　　1981年从部队退伍落户地方，

　　　生活的着落就靠着抚恤金。

乙：34元的抚恤金和妻子每月36元的护理费，

　　　整个家庭的所有开支就靠这70元支撑。

丙：没有安排工作，

　　　13年半的军龄、劳保福利以及日后的退休金，

　　　在他的身上统统清零。

丁：没有一句牢骚，

在五凌每位员工都恪尽职守，诚信为本。

甲：我们庆幸——

　　庆幸自己欣逢睿智的领航员，

　　让我们拥有一流的工作和生活环境。

乙：我们庆幸——

　　庆幸自己能成为五凌的一员，

　　让我们的人生价值得到了提升。

甲：我们感恩——

　　感恩的我们知道羊羔跪吮乳汁谢娘亲。

乙：我们感恩——

　　感恩的我们知道伯牙摔琴酬知音。

甲：坚持发展第一要务呵，

　　把装机1000万千瓦的目标锁定！

乙：做大做强的战略决策，

　　在2010年将得到历史的见证！

甲：见证五凌的勇于攀登，

乙：见证五凌的动力人生，

合：见证五凌的科学发展，

　　见证五凌的光明前程！

甲：近尾洲首创发电达到设计发电机组，
把烂泥工程改写成富民。

乙：碗米坡——
小业主，大监理，
一年三台机组全部投产，
创造出五凌的另一个精品工程。

甲：三板溪工程屡创奇迹，

乙：黑麋峰的抽水蓄能电厂，
增添了水力发电另一组编程。

甲：二十年来，
在五凌精神的感召下，
多少创业者栉风沐雨，
离妻别子，四海为家，
实现自己的豪迈人生！

乙：二十年来，
在五凌旗帜的飞扬下，
国有企业改革攻坚战，
彰显决策者的卓识英明。

甲：人均利税居于行业榜首，
减人增效，五凌跨入国际先进水平。

乙：生产区进山，生活区进城，
甩掉"企业办社会"，轻装上阵。

甲：中国人当自强，
在五凌每个人都代表中华的民族之魂！

乙：大学校，大熔炉，大舞台，大家庭，

敢于笑看困苦和艰辛。

乙：我们骄傲。

骄傲我们从水电起家，

追求卓越，

报效祖国，

义无反顾承担起造福三湘的重任。

甲：水电、火电、核电、风电，

乙：向多种电源全面进军！

合：五凌人的气概呵，

吞山河，纳日月，

遣风雨，挟雷霆！

甲：从五强溪水电工程启航，

到今天拥有5个电厂、

8个在建项目，

五凌的风帆始终饱满强劲。

乙：从五凌大厦到五华酒店，

再到综合大楼的落成，

五凌迈向现代化的突飞猛进，

我们都是亲身见证。

甲：五强溪——

一个中心，两个基地，

五凌文化的源头呵，

孕育出满目春色，一派绿茵；

乙：与凌津滩同样的贯流式机组运行，

洪江水电摘取全国最大规模的冠军；

◎ 朗诵诗

五凌颂歌

甲：是谁喝令崇山峻岭俯首称臣，
　　忍让轰轰的炮声把山头削平？

乙：是谁拦截东去的激流，
　　顺从调遣地将水位或降或升？

甲：是谁叫游荡的清风不再闲散，
　　乖乖地去转动那蓝天下的叶轮？

乙：是谁降服狂暴的原子核，
　　把充沛的能量转化成光明？

合：是我们！
　　是我们为祖国电力事业，
　　为社会经济发展做出了应有贡献的五凌人！

甲：我们自豪。
　　自豪我们从无到有，
　　从小到大，
　　从弱到强，

在这个无限大的空间里，
建设人民满意政府。
在这个无限大的空间里，
让人民和政府共同来践行科学发展观！

心仪的姑娘扭捏地看着脚面：
你这种工作太过枯燥，太不浪漫，
太过繁忙，太无空间！
啊，我心爱的人呵，
我们是为代表全市650万人民的市长工作，
情系一线，
爱系一线，
亲在一线，
这里面，不是也有你的期盼?!
有了"市长热线"，
我们的城市更和谐了！
有了"市长热线"，
人民群众的腰杆直了！
政通人和，
河清海晏。
姹紫嫣红，
白云蓝天。
一条"市长热线"，
让党和政府与人民群众息息相关；
一条"市长热线"，
让民心凝聚起千千万万；
一条"市长热线"，
让党真切地听到民众的呼唤；
一条"市长热线"啊，
让普通百姓有了与市长对话的空间！

"黑网吧"泛滥，
乱收费、乱罚款，
沅江水上餐馆的污染，
拆除一桥、二桥收费站，
我家的男人不听我管，
我儿子还在吸毒不听劝！
无论是大事小事，
无论是滴滴点点，
12345，成了人民群众最可亲的依赖。
一枝一叶总关情啊，
这时的市长热线，
成了一条婆婆妈妈的亲民线！
开通政府门户网站，
受理群众来信来电，
拓展"市长热线"的诉求面，
把一个亲民的政府、
群众满意的政府，
坦然地交给人民来督办！
在67万个电话的后面，
常年值班的，
却是六七个男女青年。
受理"市长热线"，
漂亮的姑娘憔悴了，嗓音哑了，听力钝了；
受理"市长热线"，
帅气的小伙变瘦了，

又有人想起了市长热线！
当一盒盒热气腾腾的便餐，
送到所有司乘人员的手边，
当乘客们改乘火车，
如期回家与亲人团圆，
无数双眼睛饱含着热泪，
千言万语化成一句话：
好一条常德市市长的温馨亲情线！
当农民粮补资金发放问题投诉在市长案前，
我们的市长亲自坐镇督办！
这是党中央的一项重要惠农政策，
有人竟敢违规操作，太过大胆！
不要看只是一两个村民投诉，
可他们的基数却是全市农民500万！
这时的市长热线，
成了一条国计民生的根本线！
"您好，我是市长。您请说。"
"市长，我们这儿的屠宰场废弃物没妥善处理，臭气
熏天！"
"我立即要有关部门的人去协调处理。"
市长走上了热线的前沿，
各有关单位的一、二把手，
节假日轮次来热线值班。
一盏路灯不亮了，
扰民的噪音让人心烦，

手术刚进行一半，
却突然停了电！
母子二人，
命悬一线！
这一线就是12345，
就是我们的市长热线！
刹那间，一道电波迅速地在有关部门之间回旋：
查明原因，迅速抢修，立即恢复供电！
时间在这一刻，
仿佛走得特别得慢，
熄掉了的无影灯下，
死神在一秒一秒地威胁母子的平安！
这时的市长热线，
成了一条生命求助线！
当无影灯再度开启，
当婴儿用他那响亮的"哇哇"声呐喊，
我们的市长热线啊，
捍卫了人的生命尊严！
去年百年一遇的大冰灾夜晚，
四辆浙江台州赶往湘西凤凰的大巴途经我市，
雪大冰厚的路况，
司机把车停在火车站旁再也不肯冒险向前！
车上的乘客急得直嚷嚷：
"快开车，我们都要赶回家过年！"
就在双方僵持不下之时，

你都得去协调、去解决，
一年三百六十五天啊，
每天24小时值班！
一个超负荷的运转，
一个超充盈的空间！
这个电话就是12345，
这个电话，就是我们的"市长热线"。
也许，你从没给这条线去过电话，
因为，67万只不过是全市人口的十分之一；
也许，你也从未给市长的电子信箱发过信函，
因为，会电脑还没像会呼吸那样普遍。
然而，就是这67万个电话，
它见证了我们的亲民政府啊；
正是这67万个电话，
让我们深切地感到了党的无比关怀和温暖。
那是在"市长热线"开通不久的一天，
一阵紧急的铃声响起，
电话那头传来急切的呼唤：
"我要市长热线！"
"您好，这里是12345市长热线。"
"快！快……"
"您别急，慢慢说。"
"人命关天，怎么不急呀！我要电！要电！"
原来此时在一所镇卫生院内，
一位胎位不正的孕妇临产。

◎音.诗.舞

亲民空间

［朗诵可四至六人进行。

［后有多人跳意识流现代舞。

在现代化的社会里，

忙碌的人们，都渴望有个私密空间。

让自己的身心在空间里得到放松、休闲。

这正如许多人的QQ和电子信箱一样，

只限在好友中相传。

可是，有一个电话号码，

在不到五年的时间里，

来电竟达67万次，

平均每天不下三百次，

每四分钟不到，

就有一次来电。

而每一次的来电，

红色给人的感觉是幸福和平安。

爸：孩子，你知不知道，解放军叔叔为什么穿着绿军装？因为，绿色是生命的摇篮。

妈：成千上万的橙红色，一次又一次地与洪魔拼搏，使得险象环生的大堤，坚固得如同铁桶一般！

爸：成千上万的绿军装，任你是山呼海啸，它给人民带来的是生命的绿洲、时代的春天！

妈：四个多小时过去了，不要说是在张牙舞爪的洪峰里拼搏，哪怕是在碧波中戏水，也会把人的四肢泡软！

爸：四个多小时过去了，不要说是在险象环生的洪水里拼搏，就是在宁静的花园里散步，也会叫人两腿发酸！我们的战士，有着化腐朽为神奇的力量。

妈：我们的战士，有着为人民而生、为人民而死的无私信念！

爸：终于啊终于，他们战胜了恶浪漩涡。

妈：终于啊终于，他们一同高歌凯旋！

女：妈妈、爸爸，周阿姨来了，周阿姨上了岸！

　〔周玉兰与解放军战士从台下上台。

女：周阿姨、周阿姨，你别哭，周阿姨，你怎么不说话呀？

爸：孩子，周阿姨很累、很心酸！

妈：乖女儿，周阿姨那无声的泪水，已经胜过千言万语，万语千言！

　〔现场采访周运兰。

　〔《当兵的人》音乐声大作。

爸：踏波逐浪，冒险漂流，用缆绳在建筑物之间连起来，一定要救出周云兰！

妈：一位战士带着绳索爬上了一号楼房，

爸：两名战士冒险漂流，往二号楼的顶上登攀。

妈：解放军同志小心——一排恶浪正气势汹汹地朝你们扑来！

女：哎呀，爸爸，你快点去救他们吧！解放军叔叔在水里不见了！

爸：看，他们抱着一棵树又浮了上来。

妈：战士们没有屈服，他们仍然在洪水中搏击！

爸：战士们没有退缩，他们仍然在奋勇向前！

妈：一次又一次地沉浮，

爸：一次又一次地遇险，

妈：一次又一次地挺住，

爸：一次又一次地攀缘。

妈：经过两个多小时的拼搏，他们终于来到了周运兰老师的身边。

爸：解放军来了！

妈：救星来了！这是真的？不是梦幻？啊，这湿漉漉的手，冰凉中透出了温暖！

爸：来，周老师，快把这救生衣穿上，它能给你多一分安全。

妈：不行不行！这是把生的希望留给了我，把死的威胁让你来承担！

爸：周老师，军人的天职就是如此！军人二字，就是大写的无私奉献！来，让我来背你，快把你的手搭上我的肩。

妈：孩子，你知不知道，那救生衣为什么是橙红色？因为，橙女：周阿姨，你还不快点上船？

妈：（以周运兰的口吻）孩子们，你们先走吧，我等下一船。

爸：她又何曾知道，这一等就是三天三晚！

妈：这是没吃没喝、孤零零的三天三晚，这是提心吊胆、生离死别的三晚三天。

爸：前面的楼房，在洪水的冲击下已经倒塌！周运兰避难的楼房，也开始摇摇欲坠，随时都有坍塌的危险。

妈：死神在一步一步地向周运兰逼近，周运兰的双脚，已经踏向了鬼门关。

爸：激流，打着漩涡在那里扬威，把冲锋舟拨弄得在水里横转直转。

妈：恶浪，龇着白牙扑向冲锋舟，掀翻了一艘，又一艘被掀翻！救援周运兰的行动，失败了一次，又一次失败……

女：飞机来了！妈妈，飞机飞向了周阿姨！

妈：这下，你们的周阿姨有救了。

爸：不行！风大雨急，楼房又快要倒塌，直升机根本就拢不了边！

妈：一线生机，又被无情地掐断！

女：唉吔，这又怎么办？

妈：省委副书记郑培明同志，省军区副司令员蔡家作同志，共同下达了命令：绝不容许在洪水中留下一个人蒙受灾难。

爸：常德军分区李家金司令员，广州军区某舟桥团的李新民团长，研究了一套又一套营救方案。

女：周阿姨——周阿姨，好多好多的伯伯、爷爷，还有叔叔，正在想办法救你上岸！

◎诗朗诵

生命之舟

人物：女儿 妈妈 爸爸

幕启：一束追光打在表演者身上

妈：7月24日晚上9点，汹涌咆哮的松滋河，把一场灭顶之灾，带给了我们的安造垸。

爸：四米高的浪头，以每秒6米的流速向垸内倾泻，霎时间，工厂、良田、牲畜、家园，被洪魔吞噬得干干净净，只剩下滔滔洪水，白茫茫一片！

女：洪水也淹没了我的小天才幼儿园。

妈：三十多个孩子，接孩子的家长，和周运兰阿姨一起，伴着滔滔的浊浪，萧萧的惨风，度过了一个黑沉沉、死寂寂的夜晚！

女：周阿姨、妈妈，你们看，解放军叔叔正在往这边划船！

爸：长沙警备区的冲锋舟开来了。他们把孩子和家长一船又一船地送上了岸。

我会把今天的努力告诉下一代！
如果，我们到了退休的那一天，
我们依然会为今天喝彩，
把一切的一切，
激情地传颂——
因为，我们这一辈子为电力事业做出过奉献，
因为，唯有奉献，
才是人与人之间最大的不同！

围绕安全中心，
发挥着积极的作用。
加强安全知识培训，
面试考核，
铁板一块无可通融！
严是爱，
松是害。
尽管会有泪水、委屈和难过，
那也只是短暂的疼痛。
不经历风雨，
见不到七色的彩虹；
不迈过今天的坎坷，
得不到明日的成功。
建立健全绩效考核，
提高执行力，
把每一项指令，
变成每一位员工必须恪守的举动。
牢记我们的安全誓言吧，
一支坚强、优秀的调度队伍，
正在不断地成长之中！
如果，我到了退休的那天，
我会为今天所走过的路而动容！
如果，我到了退休的那天，
我会为今天的付出而回味无穷！
如果，我到了退休的那天，

让严重的违纪违章行为，
全都闪开落空。
加快通信自动化建设，
一次次地改造施工，
一趟趟地设备安装，
一根根光缆更换移位，
一回回搬迁调试，
使我们的调度更加快捷、准确、灵动，
使我们的远动系统更加目明耳聪。
随着电力供应形势的转变，
随着国家进一步的宏观调控，
超高压、特高压电网跨区输送，
将平衡电力的求供。
当省调把220KV网络调度权下放，
当地方并网电厂的投运和调度权限的改变，
那时的我们，
不仅仅是有了新的机遇和挑战，
更多的是责任的沉重，
是安全的久永，
是经济的实用，
是特殊的光荣！
笑看风起云涌，
我自岿然不动——
思想工作求真务实，
党支部、工会、共青团，

日复一日，
年复一年，
寸步不离地守护着属于我们的星空。
地区电网的安全、经济运行，
交由我们来掌控。
这可是令行禁止、准军事化的要求，
来不得一丝一毫的任性和冲动。
32761次无差错操作，
在这看似单调的数字里，
将我们倾注的所有心血统统地包容！
度夏迎峰，
融冰防冻，
一次次反事故演习，
那审慎的考量，
那严谨的作风，
如同在指挥一场战役，
如同在浴血冲锋！
以人为本，
严格考核，
加强监督，
重抓落实。
安全工作思路，
我们坚持始终！
1767天的安全纪录，
让所有的责任性事故和障碍，

◎ 配乐诗朗诵

如果……

如果，你是朝阳，
我就是那紧紧追随着你的彩虹；
如果，你是大海，
我就是朝夕伴着你的脉搏跳动；
如果你是蓝天啊，
我就是那依恋在你怀里的白云；
如果你是春风，
我就是花朵和小草，
被你催生得娇艳妩媚，
被你吹拂得绿绿葱葱！
哦，不，
你就是你——
你就是常德电业局，
而我们，只是你的一名普通员工。
我们都植根在调度所里，

源于她曾在党旗下亲口发出的誓言。

牢记誓言吧！

无论你是当高级干部，

还是普通党员，

只要牢记自己的入党誓言，

至少，

像成克杰、胡长清那样的败类，

应该是不会出现。

除非，

你宣誓时就是小和尚念经；

除非，

一开始你就把入党当成掌权、发财的敲门砖。

啊——

亲爱的同志呀，

面对着灯红酒绿、

美女金钱，

请千万记住，

我是个共产党员，

就应该永远永远牢记入党时自己亲口发出的誓言！

有着蓝天铺不满、
大海装不下的内涵。
我是个党员，
我愿是一副铁肩，
安置残疾和无业人员就业，
尽量帮政府减轻哪怕是一分钱的负担。
我是个党员，
我愿是头孺子牛，
率领群众办企业，
把当初那三十元钱，
滚动到今天一千多万的资产。
我是个党员啊——
所以在居委会一干就是四十五年。
当初乌黑发亮的小马辫早已不复存在，
取而代之的是白发斑斑；
当初那青春的倩影，
已变得身躯微微佝偻，
脚步也开始蹒跚……
可是，当你看到那拔地高耸的六层社区服务大楼，
当你听到她娓娓描绘着新世纪、新发展的新打算，
你的眼前，
会出现一块翡翠般的绿洲，
一片明晃晃的蓝天，
一座争奇斗艳的花园。
所有这一切，

就是这根杠杆的支点。

从此,

小巷深处那叮叮当当的敲击声,

便激越得如同肖邦那首《命运》的主旋律,

灿烂得如同儿时就会唱的那首《解放区的天》。

当几千元的利润摆在大家伙的面前时,

她高兴手中有了更坚实的杠杆。

于是,

她来不及抖落满身的尘渣,

匆匆登上北去的列车,

寻求新的支点。

当她以最合算的成本,

拖回办纸箱厂所需的原材料时,

早已忘掉了旅途中那难咽的冰冻馒头和瑟瑟不停的寒战。

若不是走路时一瘸一拐,

那冻坏的双脚,

不知什么时候才会去感受热水的温暖。

丈夫看到她的肌体随着一张一张撕下的膏药抖动,

心痛地问道:

你这是为哪般?

她,只是淡淡地一笑,

平静地说:

"我是个党员。"

啊,党员,

两个普普通通汉字构成的词汇,

人们的眼前，
都不时出现一对忽悠摇摆、
乌黑发亮的小马辫。
1960年，
27岁的小马辫，
庄严地举起右手，
攥紧拳头，
面对着镰刀斧头的党旗，
发出铿锵有力的誓言，
成为千千万万共产党人中的普通一员。
为了在党旗下亲口发出的誓言，
她把一个无品无级居委会主任的职务，
看得比泰山还要沉甸。
一把扫帚都买不起的办公条件，
残疾挑水卖，
孤老捡菜叶，
群众过日子的艰难，
使得她的双眼阵阵发潮，
心中隐隐发酸。
于是，
她带头组织骨干，
几分、几毛凑起来三十元钱。
三十元，
成了她撬动贫穷这块顽石的杠杆，
制钉厂，

◎配乐诗朗诵

牢记誓言

——写在党的八十华诞之际

我志愿加入中国共产党，拥护党的纲领，遵守党的章程，履行党员义务，执行党的决定，严守党的纪律，保守党的秘密，对党忠诚，积极工作，为共产主义奋斗终身，随时准备为党和人民牺牲一切，永不叛党。

诵一遍誓言，
并不意味着就是共产党员；
而每一位共产党员，
都应该是一首誓言。
我，认识了这样一位共产党员。
当她还是个22岁的大姑娘时，
就当了居委会的治安委员。
从此，
无论是白天、夜晚，
巡逻、肃反，

乙：当汽笛长鸣，十三亿人都垂下自己高贵的头来。

丙：天，为之动容；

丁：地，为之震撼！

甲：大海，为之号啕；

乙：河流，为之呜咽！

丙：血液，在我们身体里奔涌；

丁：激情，化为悲壮的呐喊——

合：四川加油！

　　中国加油！

　　四川加油！

　　中国加油！

甲：听听吧——

合：这就是在中国共产党领导下的民众的心声！

乙：看看吧——

合：还有什么样的天灾人祸能把中国前进的步伐阻拦?!

丙：共产党员们——

　　让我们再交一次特别党费，

合：不负民众的心声！

丁：共青团员们，

甲：同胞们，

乙：姐妹们，

丙：兄弟们，

丁：朋友们，

合：让我们也来交一次特别党费，

　　为高速发展中国的推进器助燃！

"冬冬的遗体你们统一处理吧，

　　与同学们在一起，

　　他不会孤独的……"

　　怀揣着一颗淌血的心，

　　杨占彪要把爱留给活着的人！

丙：年轻的民警蒋晓娟，

　　把自己不足半岁的儿子交给自己的母亲，

　　敞开温暖的胸怀，

　　用那甘甜的乳汁，

　　一手一个抱着孤儿哺乳！

丁：她的行为，

　　诠释着母爱无边，真爱无限！

合：他们的行为，

　　诠释着大爱无边，党员争先！

合：党员，

　　中国共产党党员——

甲：无穷匮前仆后继的先锋，

乙：无穷匮敢为人先的模范！

丙：当灾民在帐篷里看到戴着红袖章的党员，

丁：他们情不自禁地说道：

　　"看到你们，我们的心里就感到温暖！"

甲：患难见真情，

乙：无私换肝胆。

丙：党，理论上说起来只是一个概念，

丁：而这个概念却让我们每个人都摸得着，看得见！

甲：当有史以来，举国降半旗为死难的平民致哀；

在优秀的一辈子全心全意为人民服务的党员的词典里，

早就没有了"安享晚年"的字眼。

丁：在安县桑枣中学，有这么一位校长，

论长相实在是平凡。

面对着谁也不敢验收的教学楼，

他连续三年求爹爹拜奶奶，

为加固教学楼"讨"来了四十万。

他力排众议，坚持让全校的师生演习"紧急疏散"。

当地震灾害突如其来时，

两千多名学生和上百名老师按"紧急疏散"的预案，

仅用1分36秒得到了安全！

加固的教学楼在废墟中显得是那么傲然！

甲：当通讯恢复的第一时间，

乙："学生无一伤亡！"

合："老师无一伤亡！"

这震撼人心的呐喊，

此时此刻，

成了中国共产党人坚持真理的宣言！

甲：还有北川县长金大中，

在六位亲人三死三不明下落的情况下，

从废墟里爬出来指挥抗灾。

乙：还有都江堰的民警杨占彪，

面对着父亲和警察的抉择，

他毅然地选择了后者。

看着被白布掩盖的十八岁高二的儿子，

他流着泪对身边的人说：

而他自己却失去了儿子、岳父等十五位亲人！

面对着记者，他坦言道："我想伤心！你能给我时间吗？"

丁：逝者如斯啊，

废墟下还有更多的生命等待着救援！

甲：年轻的女民警蒋敏，

在抗震救灾的战斗中因体力透支，多次晕厥，

苏醒过来，她依然坚持在第一线！

谁又知道，她在地震中失去了奶奶、外婆、母亲，

被深埋在地下十几米，年仅两岁的小女儿，

留给她的最后一句话："妈妈，我想你！"

乙：女儿想她，她想妈妈，

被痛爱交织着煎熬的蒋敏啊，

唯有让自己不停地去救援，

似乎只有这样，

才能向需要母爱的女儿、

需要关爱的母亲，

表达出自己那撕肝裂肺的思念……

丙：张泮林，一位川大华西医院的退休教授，

为了抢救幸存的伤员，

站在手术台前，

两天一夜连续地做手术，

活生生地累倒在手术台边，

心脏停止跳动近一分钟！

耄耋之年的老人不是在玩命，

因为他是有着46年党龄的老党员！

甲：民警来了，志愿者来了！

乙：我们的胡总书记，

乘着越野汽车，在明显的余震中，

穿越简易的便桥，穿越开裂的隧道，

赶往汶川灾情最严重的三个镇之一的漩口镇，

他满含热泪地亲吻受灾的儿童，

把党对人民的真切关爱动情地体现。

合：无须注释，

无须多言，

中国共产党最高领导的垂范，

足以让世人释怀！

甲：台湾、韩国，

乙：新加坡、俄罗斯、意大利的救援队赶来了！

丙：国际社会史无前例地都向中国伸出了援手。

丁：他们在赞扬中国政府行动迅速的同时，

看到了中国共产党人是真正地尊重人权！

甲：让那些不实的诽谤，

让那些胡言的污蔑，

让那些恶毒的攻击，

统统地见鬼去吧！

乙：党的缔造者之一毛泽东同志早就说过：

世间上人是第一个可宝贵的，

只要有了人，什么样的人间奇迹不能创造？

丙：北川县民政局长王洪发，

用十个指头，从废墟中刨出十多条生命。

合：哪里最危险，他就在哪里出现！

乙：这一次，在5.6、6.0余震不断的现场，

从成都到都江堰，

到德阳到北川到汶川，

两天一夜都没合过眼……

他的心里急呀，

急得花白的头发生在一夜之间！

丙：面对着航空兵的指挥官，

平素温雅的总理，

用他那嘶哑的嗓音，迸出了严厉的呐喊：

"不管你们怎么样，我只要这十万群众脱险！这是命令！"

丁：看到幸存下来的孤儿，

总理眼噙着泪水鼓励：

"你们幸运地活了下来，就要好好地活下去！"

甲：对着救援的所有，

总理道出了自己最大的心愿：

"只要有一线生还的希望，就要用百倍的努力。救人！"

乙：救人！

丙：救人！

丁：救人！

合：救人！

甲："救人"高于一切！

乙："救人"重于泰山！

丙：各兵种的部队从祖国各地赶来了！

丁：各省的救援队赶来了！

乙：我是！

丙：我是！

丁：我也是！

合：中华民族的钢铁脊梁啊，

　　宁折不弯！

甲：黄爱、刘泽远；

乙：杨靖宇、赵一曼；

丙：董存瑞、黄继光；

丁：焦裕禄、孔繁森；

合：还有……

甲：从1921年一路走来，

乙：无数党的优秀儿女，

丙：用鲜血浇灌理想之花，

丁：才有蓝天下那飘扬的国旗嫣红鲜艳！

合：党员，

　　中国共产党党员——

甲：一群有血有肉的凡人，

乙：一群义薄云天的男儿！

丙：当地动山摇的大灾到来之时，

丁：他们的言行是那么的可圈可点！

甲：里氏8.0级的汶川大地震发生不到两小时，

　　我们的温总理心急如焚地赶到了救灾第一线！

　　70多岁的总理呀，

　　就像对待2003年的SARS，

　　就像对待2008初年的那场罕见的冰灾，

◎配乐诗朗诵

交一次特别党费

[可分甲、乙、丙、丁，也可多人分段朗诵。

合：党员，

中国共产党党员——

甲：一个崇高神圣的称号，

乙：一个永载史册的经典！

丙：从南湖的红船到井冈山。

丁：从江西的瑞金到延安，

甲：从西柏坡到北京城，

乙：从一穷二白到繁荣富强的今天，

丙：无论是枪林弹雨的战场，

丁：还是在社会主义建设的前沿，

甲：哪里会有牺牲，

乙：哪里摆着危险，

丙：就有人挺身而出——

合：我来，我是党员！

甲：我是！

乱穿马路，
擅闯红灯……
这一切的一切，
都背离了做人的起点！
让文明蒙上了羞耻的灰尘！
文明城呼唤文明人，
文明人创建文明城。
身体力行吧，
让我们与文明同行！

无论你来自何方，
从事什么工作，
多大的年龄，
来到了常德，
你就是主人。
发扬主人翁的精神吧，
让自己与文明同行！
遵章守法，
躬行实践。
携手同行，
众志成城。
没有克服不了的坏习惯，
没有改不了的坏毛病。
没有刹不住的歪风，
没有人会不知廉耻地一意孤行！
其实，
文明离我们并不遥远，
言谈举止之间，
请注意自己行为的基准——
乱丢垃圾，
随地吐痰，
公共场所大声喧哗，
不顾他人的健康抽烟，
到处乱涂乱贴小广告，
使城市长满了"牛皮癣"！

◎配乐诗朗诵

与文明同行

有一种财富是精神，
有一种高贵是文明。
创建文明的常德，
不仅仅是一项工作，
也不仅仅是一种责任，
它应该是一种追求，
是我们每一个文明人应有的品行。
和谐礼让的氛围，
整洁美丽的环境，
有序畅通的交通，
用甜美的微笑去感染相互的心灵。
从我做起，
从现在做起，
只要每个人出一份力，
我们的家园啊，就会美丽十分！

深入社区居民的家庭。

男：一个"爱心超市"，

成了社区弱势群体的"供暖中心"。

女：倡导文明、健康的生活娱乐，

营造和谐的治安环境。

男：连续实现"六无"目标，

"全国和谐邻里建设示范社区"就是有力的证明！

女：以党建强管理，

男：以党建促服务，

女：以党建赢民心！

男：人民是天，

共产党人是镶嵌苍穹的一颗星；

女：人民是地，

共产党人是植根沃土的一根苗；

男：人民是娘，

共产党人是呵护母亲的好子女；

合：人民是江河啊，

承载着共产党人为谋求福祉风雨兼程。

"你是党员就不能搭建,

好好地把入党誓词重温重温!"

女:解民情,

察民意,

雪中送炭,

以心换心。

男:选择担当,

选择事业,

选择屈辱,

这就是共产党人的一言一行。

女:体制改革和城市化的推进,

使社区党员的数量剧增。

男:要确保党员流动不流失,

离家不离党,

城南街道体育东路社区总支建立起QQ群。

女:运用现代科技增强党组织的凝聚力,

既时尚又创新。

男:5个党支部,

16个楼栋党小组,

实行"公推直选",

谁来当骨干?

群众的心中有杆秤。

女:个性化服务,

再就业援助,

开展"相约星期四、党员谈心事",

男：一位全国优秀社区工作者，
　　获得过太多的荣誉。
　　最为珍贵的却莫过于社区居民的这样一句话：
　　"亲生闺女也不过如此。"

女：同样还是一个女人，
　　她就是东郊高坪头社区支部书记欧阳立敏。
　　利用城乡结合部的优势，
　　不出三年把村里的旧账还清。

男：党徽戴起来，
　　党旗飘起来，
　　党员形象树起来！
　　面对着征地拆迁的种种矛盾，
　　欧阳立敏率先把身板挺正！

女：第一个带头拆迁，
　　第二天搬家倒房出门。
　　面对着漫天要价的无理取闹，
　　欧阳立敏就敢于豁出性命！

男："你把这瓶高度的白酒喝下，
　　我立马签字画押走人！"
　　滴酒不沾的欧阳立敏，
　　一口气把一瓶酒喝得滴酒不剩！

女：欧阳立敏被送往医院抢救，
　　征拆户被震慑得一声不吭。

男：党员群众违章搭建，
　　坚决拆掉毫不留情：

合：衣带渐宽终不悔，

　　为伊熬得白发生。

女："小巷总理"江菊英，

　　把社区当作自家亲。

男：借来两千元当资本，

　　塑料厂就这样挂牌运行。

　　安排了十来个待业人员，

　　财富的积累往往是这样积囤。

女：方便面是最好的快餐，

　　地下室是最好的卧寝。

　　为了节省两毛钱的车费，

　　哪管它脚上的血泡一层叠上一层。

男：一年之内不仅还清了债务，

　　还赚了一万三千有零。

女：啊，原来潘多拉的盒子要这样打开——

　　秘诀，勤俭艰苦；

　　钥匙，清正人品。

男：成立夜间巡逻队，

　　拆掉违章建筑，

　　创办了"学生餐桌"，

　　照顾孤寡老人……

女：事无巨细，

　　亲力亲为，

　　一个小巷总理啊，

　　操心的是全社区这个大家庭！

忠贞信仰，忠贞革命，

忠贞国家，忠贞人民，

男：一代一代地跋涉，

一代一代地传承！

女：左五弟，一个新时期的农民，

他因地制宜改良品种，

让"金丹州"名副其实远近闻名。

男：一把剪子，剪来了日本的太田椪柑；

一把剪子，剪来了美国的甜蜜脐橙。

女：他自创"左氏柑橘培管模式"，

又忙着党员联户帮困扶贫。

男：免费提供优良品种的苗子，

请来专家到村里授课培训。

女：全村534家农户几乎户户种植柑橘，

远销鄂川赣贵浙备受欢迎。

男：政协全国委员会"优秀政协委员"、

"新闻人物"、全国劳模，

各种荣誉接踵而至，

左五弟想得更多更深。

女：优化环境，创立品牌，

让沙湖村走出常德，走向全国。

合：那时的天更蓝，地更美，

村民的笑容更自信！

男：为了母亲的微笑，

女：为了人民的开心，

入党时还是个十九岁的小年轻。

男：小小年纪，被族人推举为族校校长，

串联起三百多农民成立协会闹革命。

女："管什么过年过节，

看如何救国救民。"

一副直抒胸臆的春联，

彰显出刘泽远执意的追寻。

男：当特别法庭审判长，

处决土豪劣绅。

蒋介石"四·一二"反革命事变，

泽远的自卫军"暗杀队"以牙还牙，

被人们传颂成"天将天兵"。

女：由于叛徒的出卖，

刘泽远重伤被擒。

男："妈妈，我自落在敌人手里，就没想着活着出去了。我死

了不要紧，只是苦了您！"

女："三妹，你要替我照顾好妈妈，抚养孩子，孩子就叫遗珍

吧，她是我遗留下来的一颗珍珠啊！"

男：刘泽远永别了高堂老母和妻子，

倒在国民党反动派的枪声中，

女：牺牲时年仅22岁，

殷殷鲜血化成满天的霞云。

男：站起是高山巍巍啊，

倒下是黄河滚滚。

女：我们的共产党人，

女：一九二二年一月十六日深夜，

　　黄爱和庞人铨作为劳工代表，

　　等待着资方前来签订复工的协约，

　　他们哪里知道这竟是一个陷阱！

男：深夜两点时分，

　　一位法官带来一群荷枪实弹的军警，

　　不由分说地把人捆绑，

　　凌晨三点，刽子手上的屠刀已然鲜血淋淋……

女：中国工运先驱，

男：湖南工运领袖，

合：黄爱，就这样牺牲。

女：黄爱的革命挚友周恩来悲愤万分，

　　写下了《生离死别》的长诗悼念。

男：没播革命的种子，

　　却盼共产花开！

　　梦想赤色的旗儿飞扬，

　　却不用鲜血来染他，

　　天下哪有这类便宜事？

女：是啊，要革命就会有牺牲，

男：怕死，就不要参加革命！

女：在武陵区的丹洲乡有个"泽远村"，

　　这在常德无数村庄中是唯一一个以烈士的英名命名。

男：泽远姓刘，

　　出生在一个贫苦的家庭。

女：1926年9月入党，

这一切早就有了定论。

女：那是因为共产党一心为了民众，
　　九十年来一脉相承。

男：从天山南北到大河上下，
　　从世界屋脊到万里海疆，

女：从泱泱中华到潇湘，
　　从沅澧大地到武陵，

男：共产党人的身影无处不在，
　　为共产主义奋斗终生的精神亘古长青。

女：在武陵区的芦荻山乡小井港村，
　　有一位青年悟性过人。

男：他眼见国家积贫积弱，
　　决心要体现有价值的人生。

女：读书期间，他结识了比自己小一岁的周恩来，
　　两位热血青年碰撞出澎湃的革命激情。

男：他把自己黄正品的名字改为黄爱，
　　爱国的心志以此表明。

女：黄爱笃信"劳工神圣"，
　　在毛泽东的帮助下开展工运：
　　面对着赵恒惕的打压和腐蚀，
　　黄爱鄙视地斥责：金钱岂能买到正义！

男：成立湖南劳工会，
　　请愿、游行、示威！
　　宁肯失败到底，
　　也不屈于投降式的和平。

◎配乐诗朗诵

共产党人

男：今天，

当人们把目光投向那开启先河的古代文明，

却发现原有的恒河文化、玛雅文化、古埃及文化早已断层，

延续至今的，

只有中华文明。

女：今天，

当人们想免疫像瘟疫般在世界蔓延的金融危机。

才发觉那比率最高的欧元、英镑和美元，

根本就经不起折腾，

唯有人民币，

还是那么坚挺！

男：事实雄辩地证明了那句话：

只有社会主义才能救中国。

女：只有共产党才能当好中国这个家，理好这个政。

男：其实，在共产党成立的那天起，

那是在杀鸡取卵！

住手吧，住手！

一切制假造假贩假的行径，

都是掩耳盗铃自欺欺人的诈骗！

你们的行为，

将会导致社会运行的崩溃；

你们的行为，

将会导致经济体制的瘫痪。

皮之不存，

毛将附焉？

古之有训，

至理名言。

诚信是道德的精髓，

诚信是道德的主旋，

诚信是发展的动力，

诚信是前进的能源！

善卷先生的后代子孙啊，

切莫忘了我们为之守恒的德山。

诚信是立身之本，
诚信是立国之源。
德山啊德山，
以山名德，
足显道德的凝重伟岸；
以德喻山，
足显得道的艰辛攀缘。
有道之人，
应当摒弃对名利的蝇逐；
有道之人，
应当摒弃对福禄的垂涎！
众所周知，
"芙蓉王"是驰名中国的名烟，
创下的税利，
足以支撑起我市的一片蓝天。
对它尽心的呵护和捍卫，
是我们常德人当仁不让的责任使然！
可是，
却有那么一批利欲熏心的人，
拼命地用假"王烟"来骗钱！
朋友，啊，不，老乡——
你想过没有？
当你一箱箱将假"芙蓉王"倾销的时候，
那是在挖掘偷盗整个社会主义大厦的城砖！
当你一沓沓钞票清点的时候，

遥想先生当年的飘逸洒脱，
任思绪去翻弄岁月的书签——
周幽王为博褒姒一个笑靥，
竟随意点燃示警国家安危的烽烟！
遭戏弄的将士对烽烟的再度燃起失掉信赖，
诚信的坍塌，
导致了周幽王国破的哀怨。
商鞅徙木立信，
变法的结果，
让秦始皇圆了统一九州的夙愿。
重庆谈判后蒋介石背信弃义，
把饱受苦难的中华民族再次推入血与火的深渊。
诚信的缺失，
让蒋介石钉上了历史的耻辱柱。
笃守承诺的共产党人，
将五星红旗在全中国插遍！
"一国两制"的重诺，
使得泱泱中华收拾起金瓯片片：
香港、澳门的回归，
结束了殖民主义在中国最后的一块乐园！
啊——
诚信的缺失，
得到的只是追悔莫及的哀叹。
诚信的恪守，
拥有的是改朝换代的新天！

◎配乐诗朗诵

以德为山

德山，
一座临江突兀拔起的峰峦。
它，没有泰山的雄伟峻拔，
没有华山的千仞巍然，
没有黄山奇绝迥异的风光，
没有衡山重峦叠嶂的壮观。
可是，把天下所有险峰异岭都牵到它的面前，
都同样会失色黯然。
因为，
德山是善卷先生的瑶台；
因为，
德山是中华道德的源泉。
我，伫立在德山的峰峦之巅，
眺望那东逝洞庭的沅江之水，
极目那空旷无垠的朗朗楚天。

难道您就那么狠心，
非得要把所有的资源掏空才甘心！
当所有的动物资源被灭绝的那天，
孤独的人类将形只影单！
我们不敢想象那天的到来，
因为那会是一场人类社会从没有过的巨大战乱！
叔叔伯伯们啊——
歇歇手吧！
停下来想一想如何来保护生态，
想一想如何来寻求发展，
想一想如何让我们从你们手上来接班时，
云依然是那么的白，
天依然是那么的蓝，
山依然是那么的青，
水依然是那么的甜，
月亮依然是那么的皎洁，
太阳依然是那么的鲜艳！

说说让我们得以生生不息洞庭湖中的鱼类资源!

森林的乱砍滥伐,

植被遭到严重的破坏,

那咆哮的洪水猛兽,

不断地摧毁着一切生物的家园!

流失的土地,

一层一层填高着湖底河床;

排出的污物,

一次一次毒杀着人类的伙伴!

酷鱼的行为,

一轮一轮不断地反复实施;

濒绝的鱼类,

一天一天在悄然地增添……

湖中那原来的160多种鱼类,

如今只有90多种可见!

叔叔伯伯们啊——

您能告诉我们吗?

那些不见的鱼类到哪里去了?!

为什么我们的伙伴就那么可怜?!

难道您没看见——

八百里洞庭如今只剩下了一半,

难道您没看见——

湘资沅澧都不同程度地遭到了污染!

难道在您的眼中,

只有那永远永远也捞不完的钱?

◎配乐儿童诗朗诵

叔叔伯伯们啊，您能告诉我们吗？

我爱灿烂阳光下的绿水青山，
我爱一望无际的草原，
我爱那蓝湛湛的大海啊，
我爱白云飘浮的蓝天……
孩提时的我们，
对自然界的美妙有着无限向往；
孩提时的我们，
对未来属于我们的世界，
却无端地生出许多的忧患——
不说那大气的臭氧层有了空洞，
不说那新出现的病菌给人类带来的苦难，
不说那全球沙漠化一天天在扩大，
不说那暖冬的到来，
将给人类社会带来一些什么样的麻烦！
说说我们身边的沅江水吧，

那透彻，
不是书本上都可以学的！
孩子需要呵护，
因为他们脆弱。
老人需要呵护，
因为他们丰硕。
这呵护，
不仅仅是对中华民族美德的认可，
更是对传承与弘扬的赞歌。
德政千秋，
孝行天下，
廉洁一生，
夫复求何?!

手中的扇子不知疲倦地轻轻摇着；

怕你伤着，

父母的心啊，

化成视线把你牵着。

你的一次表扬，

是父母自豪的资本；

你的一次离别，

是父母思念的依托；

你的一次迁徙，

是父母情感跌宕的坎坷；

你的一声问候，

是父母化腐朽为神奇的灵丹妙药。

请读懂你的父母吧，

从细微之处入手，

你会得到幸福最大化的收获！

尊重单位的前辈，

感谢他们前面的开拓。

没有他们的探索，

恐怕你的第一步，

还真不知道怎么挪。

关爱所有的老人吧，

因为每一位老人都是那么的渊博：

那阅历，

那睿智，

那深远，

那视野，
那丰腴，
那辽阔，
厚德载物，
夫复求何？
是啊，
夫复求何？
求子女的健康成长，
因为他们是含苞的花朵。
求父母的健康长寿，
因为他们是人生的百科。
请不要再说什么秋叶，
再说什么夕阳，
这样的字眼，
让老人有着不爽的感觉！
请不要用工作忙事情多，
作为不关爱父母的推脱。
当你嗷嗷待哺的时候，
可知道父母受到了多少折磨？
怕你饿着，
即便是寒冬腊月，
也要敞开襟怀把你揣在胸窝；
怕你冻着，
父母的外衣是你随时加厚的包裹；
怕你热着，

◎配乐诗朗诵

夫复求何

有人说：人生如梦；
有人说：人生如歌。
其实，人生就是人生，
她有生老病死，
她有悲欢离合，
她有七情六欲，
她有喜怒哀乐。
从呱呱坠地到垂垂老矣，
漫漫人生路就如同长江、黄河，
她有涓涓细流，
她有融会交错，
她有奔涌不止啊，
她有波澜壮阔。
当她汇入大海，
那襟怀，

第三章　配乐诗朗诵

丙：厂长同志，
　　　恭喜你走马上任表心意，
　　　我送件礼物在那边！
合：晓娟顺手朝前看，
　　　厂门口，
　　　宣传栏，
　　　白纸黑字真显眼，
　　　工人围了好几圈，
　　　原来是把书记的检讨来围观。
甲：谭书记——
合：神州大地春意暖，
　　　红杏一枝出墙垣。
　　　喜鹊枝头唱新曲，
　　　赞美那——
　　　支持改革、扶植新秀、
　　　举贤荐才的好党员！

霎时全厂都传遍。
好似那高山打鼓响四方，
好似那风吹平湖起波澜。
田晓娟舒眉含笑神色坦，
到车间检查生产干得欢。
斗转星移过三天，
车间外来了陈大全，
昂首挺胸大步走，
神气活现喊晓娟。

乙：尊敬的田代理厂长——
　　书记要我把令传，
　　速速见他莫迟延。
　　定有你的好戏看，
　　莫忘记带几条擦眼泪的、
　　揩鼻涕的花手绢。

甲：谭书记，你找我？

丙：晓娟同志，
　　局党委已经作决定，
　　从今后取消你的代理衔。

甲：好，明天我就回车间。

丙：么得？回车间？
　　你回去马上做准备，
　　到明天开大会、谈打算，
　　宣誓就职把正式厂长的担子担。

甲：啊？

效法列宗和列祖，

开后门我晓娟没有这个权。

乙：你呀，硬是不进一点点油盐哟——

丙：小田，你真是这么想？

甲：是非儿戏不一般。

丙：真要这么办？

甲：泼水在地收不还。

丙：好！

田晓娟你言出法随不留情，

你开弓没有回头箭。

我今天就召开党委会，

停止你的代理不迟延。

乙：怎么样？我讲哒的啵——

顺水行舟你不干，

撤职罢官转眼间。

拜拜——

甲：等一下。

乙：后悔哒啵？

甲：陈大全、谭书记——

请你俩三天之内写检讨，

规规矩矩、端端正正，

在那上面把名签。

乙：你做事未免太绝情！

丙：走，她顶多代理两三天！

合：书记迟到要挨罚，

谭书记时常告诫我，

要做一个执法严明、坚持原则好青年。

丙：咦，小田，你们这是……

甲：谭书记，你……是不是昨晚犯了心脏病？

丙：我梦里旅游鼾声甜。

甲：莫不是孙儿军军把脚赶？

丙：我送他进了幼儿园。

甲：莫不是早上要做家务事？

丙：家务事都归"半边天"。

甲：莫不是遇到老同事？

丙：我最不喜欢扯闲谈。

甲：这、这……谭书记吧，

这不是，那不是，

为何这时才上班？

丙：是这样，小田哪……

乙：哎哟，我的代理厂长，你怎么这么不通脾吵——

我劝你代理期间灵活点，

切莫要一根直肠不拐弯。

常言道不怕县官怕现管，

我劝你少惹是非找麻烦。

甲：大全哪——

纪律本是大家定，

制度面前不讲情面。

失街亭，孔明挥泪斩马谡；

正军纪，穰苴怒把宦官斩。

只要你敢把他管，
我甘愿受罚无怨言！

合：田晓娟循声朝外探，
那一厢来了书记谭兴炎。

甲：见书记姗姗来迟步儿慢，
不由人思绪万端心不安。
书记呀——
你兢兢业业为工作，
放弃了好多星期天。
你年事已高病缠身，
撕毁了好多病休单！
论思想，论作风，
论品德，论贡献，
都夸你建设四化走在前。
千不该，万不该，
你不该此时来上班。
你要求严格纪律抓整顿，
你不该自己迟到把规章犯。
我若是徇私打个马虎眼，
群众面前怎开言？
那时候自由主义又泛起，
领导威信甩脚边。
怎么办？怎么办？
事到如今好为难。
啊——

晓娟她哐当一声把门闩。

滴答答，转眼过了三分半；

叮当当，门外来了陈大全。

咣啷啷，铁门摇晃震山响，

笑微微，晓娟开口问大全。

甲：大全，上班怎么迟到了？

莫非是你的手表停了弦？

乙：吨，我的田大姐——

实行了承包责任制，

你管我好久来上班？

甲：我们工人要有纪律性，

责任制为的是生产要翻番。

乙：只要是任务能完成，

支配时间我有权。

甲：都似你牛栏里面关猫儿，

为四化多做贡献成扯淡。

乙：大道理念得耳麻心发躁，

依脾气还想今天不上班。

甲：只要你无故转身走，

考勤表里我给你把旷工填。

乙：你厂长前面加"代理"，

泥菩萨过江难保全。

甲：当官不敢把事管，

不如回家摆茶摊。

乙：你……哎，田大姐，

◎常德丝弦

响铃之后

合：天刚晓，雀鸟喧，
　　厂门口站着田晓娟。
　　你看她，眼如清秋碧潭水，
　　眉似新月天边弯。
　　鹅蛋脸，白皙皙，
　　芙蓉腮，红艳艳。
　　扶栏带笑看，
　　笑问君早安。
　　改革中选拔新厂长，
　　晓娟她领衔行使代理权。
　　上任半月多，
　　放胆管全盘。
　　昨日定下奖惩制，
　　今天兑现来把关。
　　耳听得上班铃声叮叮响，

先生他翻身起顿觉心宽。

白：一拜天地，天地良缘。二拜高堂，喜气洋洋。夫妻对拜，
地久天长。

唱：洞房揭盖头，
先生宽衣衫。
杏萍笑靥露，
张口出上联：
（夹白）月朗星稀，今宵一定不雨（不予），
先生微微笑，
吟唱对下联：
（夹白）天寒地冻，此夜自然成霜（成双）。

白：你真坏!

唱：杏萍娇嗔把头低，
听凭先生解罗衫。
才子佳人配成对，
互倾情愫是对联。

白：回到家中，小三姐姐杏萍一听，那是又气又喜：气的是先
　　生在调戏自己，喜的是这个先生确实有才。她马上回了下
　　联：天干水浅，劝渔夫趁早回头。

唱：先生懊恼又喜欢，
　　不该伤人出上联。
　　情知杏萍是才女，
　　思恋忧郁把病添。
　　东边日出霞满天，
　　杏萍急忙做早餐，
　　不见弟弟去学馆，
　　了解原因问根源。

白：小三，你今天怎么不去读书？

白：姐姐，先生得病哒。

白：哦？病重不重？

白：不晓得。我看他时，他在说胡话。

白：讲的么得胡话哟？

白：杏脸桃腮，萍踪一面……其余的没有听清楚。

唱：一句话两片红晕飞上脸，
　　不由得杏萍心动把情牵：
　　藏头诗暗藏着我的芳名，
　　看起来先生才华不一般。
　　我未嫁他未娶与他联姻。
　　托媒婆上门去仔细打探，
　　若有意愿与他共度百年。
　　病榻上听媒婆说得仔细，

白：马小三，下联对出来了没有？

白：先生，你的上联是"学生登堂惊吾梦"？

白：嗯，不错。

白：我的下联是：先生独枕动春心。怎么样？

白：呃——

唱：先生一听惊愕然，

对仗工整不一般。

虎下脸来问小三，

谁帮你对从实言。

小三一时方寸乱，

从实招来不扯淡。

白：是俺姐姐对出来的。

白：你姐姐对的？

白：嗯。

白：那好，我再出一副，叫你姐来对。

白：还对呀？

白：不对是不是的？

唱：先生刚把戒尺举，

小三急忙躲一边。

（夹白）哎呀呀，

又是三戒尺、戒尺三，

你赶紧再出一上联。

俺姐姐的文采好，

不怕先生你为难。

白：你听好，上联是：山高林深，叫樵夫如何动斧？

白：先生，来客哒！

白：（惊）哎哟！你你你，来客哒，你轻点喊吵，人都会被你
吓死！

白：哪个晓得你瞌睡这么大吵？撩都撩不醒。

白：搞了半天，我这脸上的虫子爬，是你弄的呀？马小三，今
天罚你回家去对个对子，上联是：学生登堂惊吾梦。

白：先生，下联我，我对不来怎么办？

白：对不来呀？好办！

唱：先生说话举戒尺，

　　板起脸面问小三：

　　你是要手板三戒尺？

　　还是要屁股戒尺三？

　　马小三回家心不宁，

　　眼看着饭碗不想端。

　　姐姐杏萍看在眼，

　　忙问弟弟有何难？

　　马小三一五一十、十五二十，

　　滴滴点点、从头到尾说根源。

白：弟弟，先生的上联是：学生登堂惊吾梦？

白：嗯。

白：来来来，姐姐告诉你来对下联。

唱：姐姐附耳悄声说，

　　弟弟点头笑开颜。

　　来到学馆见先生，

　　胸有成竹气昂然。

◎常德丝弦

对对缘

唱：蝉鸣柳梢夏日炎，
　　人过午时昏昏然。
　　私塾学馆静悄悄，
　　先生他趴在讲台梦香甜。
　　忽觉有虫脸上爬，
　　慢慢悠悠，窸窸窣窣，
　　搔搔痒痒，麻麻酥酥，
　　闹人瞌睡真好烦。
　　（夹白）啪！
　　　　　　闭着眼睛打一下，
　　　　　　翻过身来朝左边。
　　　　　　哪晓得这条虫子赶不走，
　　　　　　又在脸上爬圈圈。
　　　　　　先生他刚把脸面埋中间，
　　　　　　耳旁有人大声唤。

　　　　对不起老婆良苦心，

　　　　从此后喝酒我就不姓刘。

女白：老公。

男白：嗯。

女白：九儿。

男白：呃——

女唱：适量饮酒我不管，

　　　　醉酒莫想上床头。

男白：遵命！

合白：这正是——

　　　　劝夫戒酒不说九，

　　　　莫怪老婆一张口。

　　　　夫妻恩爱长长久，

唱：　劝君少喝一杯酒。

看样子这辈子难喝酒。

眉头一锁计心头。

哎哟一声倒地上，

脚直蹬来手直抖。

老婆一看心里急，

摇着九儿开了口。

女白：老公，老公——

唱： 我劝你戒掉八加一，

只为夫妻共白头。

哪晓得那是你的命，

我而今开口就说九：

天长久，

地长久，

夫妻不过几十秋。

喝酒过量伤身体，

倘若中风歪着走。

你活得不自在，

我过得不自由。

适量饮酒有好处，

嗜酒如命早日休。

九儿一听翻身起，

抓住老婆泪长流：

男白：老婆——

唱： 只怪我把好心当成驴肝肺，

使起朋友骗你说出九。

开车带酒看老九。

男白：老九，老九。

女白：各位兄弟，我家老公不在家，有事我转达。

男白：我们特地来请九儿九月九重阳节和俺一起去喝菊花
酒。

女白：谢谢兄弟们的美意，我一定转告给他。

合唱：酒友开车悠悠走，

如此这般告老九。

老九急忙回到家，

喊来老婆问根由。

男白：老婆，我听邻居讲，今天有九个朋友开着九台车，带着
九箱酒，邀我九月九去喝重阳酒？

旁白：刘九儿心想，这么多的九，看你怎么绕过那个"九"
字。哪晓得老婆微微一笑，说道：

女白：老公嘞——

唱：今天来人三叉三，

开的小车四加五。

车里放的刘伶醉，

重阳接你喝……

男白：喝么得？

女唱：接你喝那冬至数。

男白：冬至数九。哎哟，老婆，你你你，硬是没有讲出一个九
字来！

合唱：刘九儿心里凉半截，

老婆聪明真少有。

　　　　　九儿他逗引老婆说出九。

男白：老婆，俺屋里的电话号码是好多哟？

女白：三四五六七八……

男白：还有一个数啦。

女白：十差一。

男白：我想吃蛋炒……

女白：扁叶葱。

男白：我上头有八个哥哥姐姐，我是第几个？

女白：小老幺。

男唱：重阳节是几月几？

女唱：今年头天是寒露。

男唱：后天外甥一百天，

女唱：送礼正好会朋友。

男白：我，我硬是把你没得整哟——

合唱：逢九总是绕着走，

　　　就是开口不说九。

　　　憋得九儿脑伤透，

　　　做梦都在喊喝酒。

　　　酒虫直往喉咙拱，

　　　无可奈何告酒友：

　　　要我喝酒有一条，

　　　逼得老婆说出九。

　　　酒友们，

　　　心领神会想办法，

　　　九个人，

◎常德丝弦

九儿戒酒

女唱：俺屋里的男人他姓刘，
　　　家里排行是老九。

男唱：九字沾边结酒缘，
　　　一年四季爱喝酒。

合唱：端杯就喝醉，
　　　老婆急心头。
　　　劝夫把酒戒，
　　　老九开了口。

男白：老婆，只要从今以后不从你嘴巴里讲出一个九字来，我
　　　就戒酒。

女白：一言为定？

男白：一言为定。

合唱：九儿昵称改老公，
　　　老婆天天喊在口。
　　　眼看三天没喝酒，

我送你去到阎王殿，
看你还敢出狂言！
姑娘们花容失色心胆战，
李德全从容不迫似等闲。

白：冯将军。

白：嗯。

白：冯玉祥。

白：啊？

唱：懂不懂不至灭亡得永生？
忘却了爱人如己的箴言。
若是怕你的子弹，
不会对你吐真言。

白：哈……

唱：冯玉祥突然放声开怀笑，
忙上前紧紧拥抱李德全：
坎坎坷坷你通过，
面对生死你淡然。
感谢上帝眷顾我，
把你派到我身边。
有你吹我的枕头风，
冯玉祥为国为民保江山！

白：这正是——

唱：关亭侯闯过五关斩六将，
冯玉祥设五关选德全。
求得真爱满心喜，
至今说起也新鲜。

唱：姑娘们心中满欢喜，
　　跟着将军吃大餐。
　　看到早饭翻白眼，
　　一筐红薯摆面前。
　　吃的吃得皱眉头，
　　吃的吃得蛮香甜。
　　冯玉祥边吃边表白：
　　这是我的第四关。
　　常和战士同甘苦，
　　粗茶淡饭乐安然。

白：一餐早饭，又吃走了几个。冯玉祥笑着说：你们几个，通
　　过了前四关，现在，只剩下最后一关了。这一关，我出个
　　题目：为什么要和我冯玉祥结婚？

唱：有的姑娘忙开口，
　　将军名声不一般。
　　有的姑娘接下句，
　　将来前程太可观。
　　有位姑娘好大胆，
　　对着将军吐真言：
　　上帝派我救赎你，
　　怕你乱用生杀权！

白：呃？你，你叫么得名字？

白：小学教师，李德全。

唱：将军勃然把脸变，
　　掏出手枪顶子弹：

成的成花脸。
将军队前叉腰站，
大手一挥开了言：
军令如山不可违，
半夜起床家常饭。
迟到的没过第一关。
我不需要娇小姐，
对着镜子画眉眼。
掉队的没过第二关。

白：啊？就叫俺走啊？哼，早晓得是这样，不该来的。（哈欠）啊……害得我起了个大早！

唱：这一群扭着屁股噘嘴走，
剩下的静待将军第三关。
将军再次下命令：
请大家脱掉鞋袜亮脚板。
姑娘们扭扭捏捏把鞋脱，
冯玉祥扫视一眼露笑颜：
脚板大的请留下，
脚板小的太抱歉。
当兵打仗路途远，
百十里路只等闲。
小脚女人跟不上，
贻误军机命玩完。

白：望着剩下的几个姑娘，冯玉祥笑着说道：辛苦大家了，我请大家吃早饭。

不论富贵与贫贱，

有意明早点卯时，

演兵场上当面谈。

我选老婆先面试，

通过五关结良缘。

白：得知冯玉祥将军要找老婆，订了婚的忙退婚，年龄太小的
改年龄，求的求小姨子，劝的劝小姑子，忙煞了那些一心
想要攀权附贵的人哟——

唱：军号吹得霞满天，

将军先把纪律宣：

来得早的排成行，

迟到了的请靠边。

任凭她求爹拜娘忙打点，

士兵们横着枪杆把人拦。

巡视走一遍，

个个都浏览：

揉的揉眼睛，

打的打哈欠，

抹的抹胭脂，

画的画眉眼。

将军一声命令下——

白：跑步——跑！

唱：绕着操场跑圈圈，

跑下一圈剩一半：

断的断高跟，

◎常德丝弦

将军征婚

唱：戎马半生影孤单，
　　将军求偶想续弦。
　　征婚启事大街贴，
　　惹得那——
　　街头巷尾、茶楼酒肆，
　　官商绅士、男女老少，
　　七嘴八舌，嘀嘀咕咕，
　　个个都讲蛮新鲜。
白：话说冯玉祥的老婆刘德贞因病过世，想再找一位。按说，
　　将军找个夫人，那还不是五个指头抓螺蛳——十拿九稳的
　　事？不然。冯玉祥选老婆，自有他的"小九九"哟——
唱：征婚启事七八行，
　　一二三四五六点：
　　本人今年三十六，
　　年龄相差不太悬。
　　不论长相和身材，

丙唱：宋祖英，

　　　民歌仙子下翠微。

合唱：字里行间，

　　　挥毫泼墨，

　　　音符跳跃，

　　　痴爱如酒情意醉。

众白：干、干、干！

　　　酒鬼喝酒喝酒鬼，

　　　千杯也不醉。

　　　五花马，千金裘，

　　　呼尔换得酒鬼归。

　　　酒鬼销售走天涯，

　　　湖南公司倾力为。

　　　三湘四水景色秀，

　　　烟霞春谷紫气飞。

　　　尝遍美酒千千万，

　　　还是最爱喝酒鬼。

众白：来，感情深，一口闷！

　　　哈……哈……

合唱：醉、醉、醉，

　　　美、美、美——

无上妙品敛乾坤，（打嗝）

打一个酒嗝美味回。

美，美，美——

美湘西，

湘西美，

洞藏妙品出深闺。

甲白：恒温？

众白：（点头）嗯。

乙白：恒湿？

众白：（点头）嗯。

丙白：通风？

众白：（点头）嗯。

合唱：洞、洞、洞藏酒鬼，

酒鬼背酒不嫌赘。

内参妙品悟天地，（打嗝）

喝一个千娇转百媚。

众白：喝、喝、喝！

合唱：酒鬼出湘西，

湘西如翡翠。

湘西出酒鬼，

文化展精粹。

甲唱：沈从文，

文章千古流芳菲。

乙唱：黄永玉，

画笔如神细描绘。

◎常德丝弦

醉美酒鬼酒

［幕内：一群女子的笑声传来。

［音乐声中，女子们醉眼惺忪，手拿着不锈钢酒杯，舞
上，带点京腔味地唱。

合唱：醉，醉，醉——

　　　醉酒鬼，

　　　酒鬼醉，

　　　喝起酒鬼爱贪杯。

甲白：浓香？

众白：（摇手）嗯……

乙白：清香？

众白：（摇手）嗯……

丙白：酱香？

众白：（摇手）嗯……

合唱：香、香、香都有味，

　　　馥郁香型滋味美。

心里充满安全感；

有你在，

交通变成了亲民线；

有你在，

城市和谐又文明；

有你在，

时尚的元素都在变。

甲白：沈伯伯，您，再牵一次我的手，好吗？

丙白：沈爷爷，我也要牵！

乙白：来，绿灯亮了，咱们一起走——

合唱：再牵一次我的手，

回味那流失的从前。

再牵一次我的手，

让我触摸那手中的茧。

再牵一次我的手，

让我去超越那平凡。

再牵一次我的手，

我要把楷模的精神一代一代往下传。

大祸临头命难全!

合唱:电光火石刹那间,

是你把我拉一边,

的士呼啸身旁过,

死神和我肩擦肩。

甲唱:工作在南国,

常望故乡天,

物换星移十多年,

魂牵梦绕常思念。

合唱:酷暑下,你又送过多少迷途的老人回家转?!

风雨中,你又牵手多少上学的孩子保平安?!

执勤时,你又敬礼多少开车的司机纠违章?!

假日里,你又探望多少卧床的病人送温暖?!

乙白:我,只是尽了一名警察应尽的责任。

甲白:沈伯伯,您见过她吗?

乙白:她……呃,她是北正街小学的湉湉。记得记得。

丙白:沈爷爷好!这是我的妈妈,刚从深圳回家过年。

甲白:沈伯伯,您知道我为什么没把她带到深圳,还让她在
北正街小学读书吗?就是因为有您在这里执勤,就是因
为,这里有一条爱民斑马线呀!

合唱:一条爱民斑马线,

风风雨雨二十年,

牵手的孩子长成人,

成人后的孩子你又牵。

有你在——

雨衣披雪像铠甲，

左顾右盼忙得欢，

忽听一声亲切唤。

甲白：沈伯伯，您好！

见一位——

漂亮少妇，

恭恭敬敬，

面对老沈把腰弯。

乙白：呃呃呃，你这是……

甲白：沈伯伯，十几年了……您黑了，却更显得干练；您老了，却还是那么风采依然！

乙白：你是……

甲白：沈伯伯，您不记得我，这很自然，因为，我只是您救过的无数孩子中的一员呀。

还记得，那一年，

滂沱雨，起云烟，

我撑开雨伞过马路，

刚刚跑到路中间，

一辆的士刹不住，

对着我直冲不转弯。

韵白：我吓傻了眼，

腿打战，

不晓得躲，

不晓得闪，

只晓得，

◎常德丝弦

再牵一次我的手

合唱：冷飕飕，
　　　天寒地冻腊月天。
　　　白茫茫，
　　　大雪扑面难睁眼。
　　　冰封路面滑，
　　　雪压青松弯，
　　　千树万枝鸟飞绝，
　　　路人车辆行动难。
　　　模范交警沈国初，
　　　春运执勤，确保畅通又加班。
　　　你看他——
　　　挥挥手，车辆减速莫抢道；
　　　敬个礼，行人请走斑马线。
　　　鼻子冻红声音哑，
　　　细细冰凌挂帽檐，

乙唱：夙愿定当还，

甲唱：又是菜花黄。

乙唱：农民梦，出油旺。

甲唱：中国梦，民富强。

合唱：梦梦两相遇，

　　　殷殷话衷肠：

　　　民族复兴梦，

　　　党群铸辉煌。

乡亲们交提留就有保障。
自留地忙试验不遗余力，
得良种传遍那十里八乡。

乙白：哪晓得"四人帮"余毒未清，

甲白：极"左"思潮防不胜防。

乙白：公公你遭不白之冤，

甲白：父子二人投进班房。

乙唱：二支香拜公公意志坚强，
不气馁不屈服更不彷徨。
谁能说泥腿杆不懂科学？
请专利得民心抵制毁谤。
党中央发号召改革开放，
阴霾散阳光洒风清气爽。
枷锁脱羁绊除放开手脚，
实践中出真知敢作敢当。

甲白：搬油菜闯武汉科学殿堂，

乙白：分支多结籽密艳惊四方。

甲白：这样的巨型株从未见过，

乙白：好菜籽定型后值得推广。

甲唱：三支香拜父亲怀揣梦想，
一辈子都想那菜花又黄。
父传子子承父三十八载，
哪怕是负债行也不退堂。

乙唱：阴阳隔，父子俩，

甲唱：试验田，小松岗。

◎常德丝弦

又是菜花黄

合唱：山静静风轻轻莺飞草长，
　　　情悲悲意切切小径松岗。
　　　坟冢前沈昌建神情凝重，
　　　祭父亲三叩首点燃烛香。
甲白：这正是——清明时节，
乙白：不堪悲凉，
甲白：祭奠亡灵，
乙白：倾诉衷肠。
甲白：老婆，点燃香烛。
乙白：点燃了。来——
甲唱：一支香拜父亲心地善良，
　　　千里外旅途中悬挂老乡。
　　　深山里放蜂箱追花夺蜜，
　　　发现那野油菜欣喜若狂。
　　　带回家培育出高产油菜，

合唱：壮志未酬身先死，
　　　冻骨依然是英雄。
　　　两万五千里，
　　　丰碑处处有。
　　　一曲丝弦唱不尽，
　　　红军长征，
　　　北上抗日，
　　　共产党人多奇志，
　　　英雄无语报国忧。

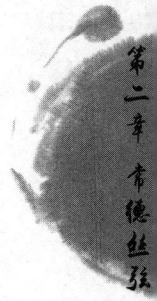

女唱：士兵围着不舍走，
　　　默默无声泪长流。

男唱：军长打马从此过，
　　　急跳下马问缘由。

男白：这是怎么回事？

女白：报告军长，他，冻死了。

男白：冻死了？呃，你们都穿着棉衣，他怎么还是一身的夏
　　　装？这么天寒地冻的地方，哪有不被冻死之理？去，把
　　　你们的军需处长给我找来！

女白：报告军长，他，就是我们的军需处长。

男白：啊？

女白：军长——

唱：　过雪山时换冬装，
　　　人多衣少供不应求。
　　　棉装全部分下去，
　　　老处长不给自己留。

合唱：同志们担心老处长，
　　　老处长哈哈乐悠悠：
　　　莫看我一把老骨头，
　　　抗寒的能力还是有。
　　　只要是大家平平安安过雪山，
　　　就保住抗日的火种燃九州……

女唱：军长抬手脱军帽，
　　　一声命令震山丘。

男白：脱帽。敬礼！

誓死不当亡国奴。

狼烟四起狂飙吹，

军旗猎猎风雷骤。

男唱：踏上长征路，

女唱：昂首雄赳赳。

男唱：踏上长征路，

女唱：救亡不回头。

男唱：踏上长征路，

女唱：生死浑不顾。

男唱：踏上长征路，

女唱：热血写春秋。

合唱：草根野菜果饥腹，

泥沼陷身施援手。

爬上雪山顶朔风，

战士端坐大石头。

男唱：你看他——

单衣单裤和单帽，

女唱：你看他——

神色安详眉不皱。

男唱：身披厚厚雪，

女唱：破衣飘飘游。

男唱：瘦骨嶙峋脸无色，

女唱：胡须花白寒风抖。

男唱：两眼平视看前方，

一根旱烟含在口。

◎常德丝弦

英雄无语

韵白：千山鸟飞绝，
　　　万径人踪灭。
　　　悲风呼怒号，
　　　漫天舞暴雪。
合唱：红军北上抗敌酋，
　　　万里长征泥丸走。
　　　围追堵截困不住，
　　　中华儿郎壮志酬。
男唱：贼日寇——
　　　欺我泱泱大中华，
　　　奸佞狡诈施黑手，
　　　出兵占领东三省，
　　　气焰嚣张虎狼兽。
女唱：共产党——
　　　号召民众抗日寇，

合：玉钗手捧情难挨，
　　热泪涟涟滚下腮。
　　尊重观众和艺术，
　　德艺双馨好人才。

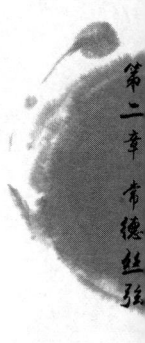

别山寨，整五载，
愧对乡亲头不抬。
整五载，别山寨，
不为面子把酒挨。
别山寨，整五载，
为还心债今又来。

合：村民点唱王昭君，
玉钗上妆再登台。
一句高腔裂长空，
凤凰涅槃叫好掌声滚滚来。
一位大爷捧鲜花，
后台指名见玉钗。

白：大爷，您找我？

白：孩子，今天你比五年前还要唱得好啊！

白：大爷，五年前您也看过我演出？

白：孩子呀——

唱：那晚我也到后台，
本想骂你太不该。
你与团长讲的话，
我清清楚楚听明白。
好一个"欠下村民一份债"，
知道你是个好女孩。
今晚送来这束花，
祝贺你把这份心债还出来！

白：大爷——

白：玉钗，出了么得事？

白：团长——

唱：昨天喝下那杯酒，
　　今天高腔唱不来。
　　嗓子嘶哑被烧坏，
　　肠子悔青太不该！
　　乡亲们为看戏翻山越岭，
　　举火把走山道七弯八拐。
　　高音区唱不上明明塌场，
　　乡亲们依然是鼓掌喝彩。
　　越鼓掌越喝彩我越揪心，
　　只觉得心里酸愧疚难挨：
　　亵渎艺术铸大错，
　　糊弄观众太不该；
　　欠下村民一份债，
　　明天剧团要离开。
　　李玉钗对着明月发誓言：
　　这份债欠在心里有朝一日我一定把它完完整整、
　　漂漂亮亮还出来。

合：悠悠白云换色彩，
　　茫茫大地人往来。
　　剧团再次来山寨，
　　前后离开整五载。

唱：整五载，别山寨，
　　不敢忘却和懈怠。

第二章 常德丝弦

193

远边塞，

当她个宁胡阏氏心里高筑望乡台。

白：好——

合：一句高腔裂夜空，

观众叫好齐喝彩。

争睹昭君扮演者，

青年演员李玉钗。

乡长慰问众演员，

备齐佳肴宴席开。

白：玉钗，我敬你。来，干！

白：乡长，我，我……

白：哎——来来来，莫扭扭捏捏，我亲自下座敬酒，这个面子
也不给？

白：乡长，盛情难却，我干了这杯，下不为例行啵？

白：好！

合：白酒一杯穿喉过，

火烧喉头不自在。

急忙吃下一口菜。

心慌气短脸发白。

唱：到夜晚再唱昭君和番出边塞，

喉头发紧高音怎么也出不来。

没奈何巧转音调往下滑，

还是有观众鼓掌齐喝彩。

李玉钗闷声卸妆暗流泪，

团长轻声问由来。

◎ 常德丝弦

心债

合：一弯新月照山寨，
　　禾场坪里搭戏台，
　　县花鼓剧团来演出，
　　唱一出昭君和番离开汉宫出边塞。
白：爹，娘——
唱：嫱儿此去番邦地，
　　今生今世难回来。
　　恕儿生就是傲骨，
　　至今未入君王怀。
　　眼看韶华似流水，
　　不甘珠黄鬓毛衰。
　　因此上，
　　请掖庭，
　　愿和番，
　　离汉宫，

合：这正是——
　　孝顺媳妇好婆婆，
　　生死关前真情显。
　　社会主义新农村，
　　和谐风尚满人间。

医生啊——

　你要保大不保小!

　娟儿啊——

　咱把身子养好过几年再把孙儿添!

甲白:妈,我的生命我做主。

丙白:那,俺就一起赴黄泉!

乙白:张婆婆,刘娟,时间不等人,

　　　再不动刀大人小孩都危险!

　合:医生不敢再迟延,

　　　婆婆刘娟分别送进手术间。

　　　门窗外,大雪纷纷兆丰年;

　　　手术室,医生头上冒热汗。

　　　小心翼翼施妙手,

　　　接生一对龙凤胎。

乙白:张婆婆,恭喜您老得了一男一女两孙孙。

丙白:快告诉我,我的娟儿她……

乙白:母子平安!

丙白:我的娟儿,你受苦了!

合:　张婆婆,热泪滚滚流满脸,

　　　刘娟她,面色苍白笑意甜。

　　　忽只见,几个身影走进门,

　　　原来是,村委主任张永乾。

丁白:张婆婆、刘娟,村委会知道你们家的具体情况,住院
　　　期间,由我们派人来值班,另外,根据农村医疗保险政
　　　策,你们的医疗费村委会报销一半!

胎位不正要早产，
亲生的孩子相见难。
婆婆啊，
今后只有麻烦你，
把孙儿带大辛苦添！

丙白：娟儿，不许你讲这些混账话！
不许你撒手不管图清闲，
不许你丢下孩子让我管。
我确确实实朝思暮想有一个——
胖乎乎、白嫩嫩、滑爽爽、巧乖乖、
长得有茶壶嘴的小孙男。
再乖的孙儿怎比得，
我那巴皮巴肉、知冷知热的好刘娟！
为治婆婆的老风寒，
你深山采药不怕险。
买来银针学针灸，
先到自己身上练。
我儿他每次寄来钱，
汇款单你每次都给我看复印件。
怀孕前，你里里外外一把手；
怀孕后，你忙前忙后无空闲。
端茶倒水你送上手，
洗衣做饭你抢在先。
都是我前世修来的福，
今世才得到我的娟。

乙白：刘娟呀，

这样的手术有风险，

保小保大快决断！

甲白：医生——

只求胎儿得平安，

我的安危丢一边！

合：　婆婆一听忍住痛，

忙把医生大声唤。

丙白：医生，

胎儿丢了不要紧。

我只要媳妇无风险！

合：　刘娟一听泪双流，

一声妈妈喊得酸。

夹白：妈——

甲：　俺张家几代人都是单传，

没想到双胞同至大喜添！

自从孩他爹外出打工离家门，

婆婆你把怀孕的媳妇捧心尖——

大清早，你给我送的是荷包蛋；

到夜晚，赶蚊子你不点蚊烟用蒲扇。

口味不好你泡酸菜，

双腿发肿你轻轻按，

心里烦躁你宽慰我，

胎儿踢我你笑容甜。

没想到，

刘娟她跌了一个脚朝天!

夹白:刘娟,小心肚里的胎儿!

甲白:我,会注意的……

刘娟她,咬着牙关忍着疼痛,

爬起来直奔卫生院!

甲白:医生,快,快……

乙白:来了来了,莫急莫急。是不是你足月快临产?!

甲白:我才7个多月,是担架上我的妈得了急症!

合:医生揭开被子看,

只见病人满头汗,

手按腹部右下边,

一按一弹出诊断。

乙白:病人是慢性阑尾炎急性发作,要开刀住院。

甲白:那就麻烦你们赶快开刀!

乙白:你,你这么大个肚子了,怎么不要你老公送来呢?!

甲白:老公外出打工,说是回家过年,恐怕被这冰雪隔在路上了。

乙白:哦……

合:刘娟她,千恩万谢送走两个庄稼汉,

医生们,消毒灭菌准备手术动刀剪。

忽只见,刘娟满脸冒虚汗,

身子下,流出鲜血一大摊。

医生们手忙脚乱做B超,

夹白:拐哒!

早产的双胞胎位不正有麻烦!

◎常德丝弦

孝顺媳妇好婆婆

合：唱的是寒冬腊月冰冻天，
　　雪粒扑面难睁眼。
　　山路上走来一行人，
　　脚捆稻草，抬着担架，拄着拐棍，喘着粗气，
　　溜溜哧哧，顶风冒雪奔向前。
　　走前的，叫刘娟，
　　大肚子挺得像临产。
　　后跟的，是两个气力莽撞的庄稼汉。
　　担架上，一个人蒙头蒙脑盖得严，
　　一路上，疼得哼哼不断线。
甲白：妈，卫生院就快到了！快！快！
韵白：常言道，心急吃不得热稀饭，
　　越急越是鬼来缠，
　　眼看就到卫生院。
夹白：哎哟！

乙白：我呀，我要的是富贵余（鱼）嘞！

这些鱼都不错堪称精品，

肉味鲜汤味美确实养人。

只可惜吃起来不大过瘾，

鱼是鱼肉是肉味道单纯。

我要那——

农民兄弟，人民群众，

富贵有余，喜庆有余，

年年有余，家家富裕，

县长我这才笑在眉头喜在心。

老王啊——

今天的酒宴我请客，

不要你破费花分文。

他们自己已交代，

以往吃的喝的拿的钓的，

一五一十、一点一滴、

一老一实全交清，

写检讨等着纪委来鉴定。

甲白：县长——

乙白：老王——

合唱：县长要鱼要得巧，

老王他一块心病去了根。

清正廉洁为表率，

人民公仆为人民。

亏得我机灵丢钓竿，
才保住——
广州买的、日本产的、
玻璃钢的命肝心。
县长要鱼要鲤鱼，
吃了鲤鱼步步升。

李白：县长——
记得去年这时光，
老孙家里添小孙。
老王得讯来恭贺，
天天提鱼送上门。
儿媳喝了鲫鱼汤，
孙儿的奶水吃不赢。
县长最好要鲫鱼，
熬的鱼汤最养人。

合唱：李渔业说得大家笑，
孙农委插话主义新。

孙唱：建议县长都不要，

乙白：要么得呢？

孙唱：只要那——
四脚爬的、有头有尾、水陆两栖、
防癌滋补的水鱼王八最圆经。

甲白：县长，他们讲的，你想要哪种呀？

乙白：老王，我要的鱼，只怕他们都没有想到哩！

甲白：那，你要么得鱼？

老王一旁暗伤心。

乙白：要鱼？呃，讲对哒！大小我是一县之长，怎么会不想要余（鱼）呢？老王，我要余（鱼），你不会打"八点"唦？

赵白：县长，你是不晓得嘞——
老王忠厚又仁义，
远近有名菩萨心。
去年端午来钓鱼，
雨打浮漂看不清，
老王干脆撒一网，
大小鳊鱼十几斤。
县长最好要鳊鱼，
肉质细嫩味道纯。

钱唱：那天我也来过瘾，
钓竿一甩手头沉。
丢下钓竿喊老王，
帮我下塘把鱼擒。
老王把水拍，
水响鱼慌神，
拖着钓竿游不动，
浮上水面才看清：
红尾巴，
金色鳞，
大鲤鱼，
十六斤。

县长他杯盏交错三巡过，

打着饱嗝笑盈盈。

乙白：老王，我有个亲戚想养鱼，能不能给他传经送点宝唦？

甲白：我，我，县长嘞——

没有经验和窍门，

只有汗水和辛勤：

朝打青草夕喂食，

日整塘坝夜守巡；

六十里外选鱼种，

七十里外请能人；

二四八月防鱼病，

五黄六月查水情；

十冬腊月撒渔网，

空下鱼塘等开春。

我劝县长劝亲戚，

切莫干这顶起碓盔玩狮子的苦事情。

乙白：哦？老王，依你这么讲，那硬是只有抱别人的儿来
养，才不吃亏啰？

甲白：这……那还不是坐轿打更，各安天命哪？（旁白）拐
哒，看这架势，只怕连鱼秧都保不住哒！

乙白：老王，我想……

孙白：县长，你是不是想要鱼唦？

合唱：县长开口喊要鱼，

赵钱孙李喜气生，

争先恐后来介绍，

从此难得有安宁：

赵物价常检查，

钱税务常登门，

孙农委常来问，

李渔业常来巡；

还有那——

张三李四背起钓竿来过瘾，

王五赵六平价鱼要"议价"称。

明天县长来看看，

我不敢得罪这管神的神。

少不了，

设鱼宴，

鱼片鱼汤鱼肚鱼子鱼脑壳，

还有那——

红烧清炖油炸黄焖囫囵吞哪。

白：县长都忍不住哒，我这一肚子讲不出的苦……唉，只有打落牙齿往肚里吞啰！

合唱：王富贵一夜忧愁添白发，

县长他一行数人骑着单车，

丁零零丁零零进了村（哪）。

王富贵满脸装笑来迎接，

同来的正是那，

赵钱孙李老熟人。

转眼到中午，

鱼宴香喷喷。

◎常德丝弦

县长要"鱼"

合唱：晚霞映红芙蓉村，
村里村外炊烟腾。
鸦雀归巢鸡上笼，
学生伢儿背着书包回家门。
只见那——
养鱼专业户王富贵，
他心上心下、满面愁容、房前屋后、
进进出出转不停。
乙白：富贵，你到那里打些么得鸡公转转吵？
甲白：村长通知，县长明天要到俺屋里来看看。
乙白：父母官大人来看你，那是难得的好事啦！
甲白：唉，哪个又讲是坏事啰。
多亏党的政策好，
养鱼致富出了名。
人怕出名猪怕壮，

书声琅琅育后人。
海纳百川迎宾客，
深深祝福吐心声。

甲白：I love you, Wuling.
（我爱你，武陵。）

合唱：对接国际谋发展，
抓住机遇奔前程。

合唱：数字电视和电影，
生活水平大提升。
方便出行路路通，
巴士的士布满城，
走到街上看背影，
青年老人分不清。

乙白：酱板鸭、牛肉粉，
高山街的烧烤出了名。

合唱：西南官话是乡音，
武陵就是常德城。
借助东风扶摇起，
揽得九天五彩云。
领跑现代常德市，
缔造幸福新武陵。

文人蔚起笔架城。

合唱：挖掘整理忙考证，

祖宗遗产要继承。

市级省级国家级，

非物质文化遗产层层挂号都有名。

乙白：俺的刘海砍樵到省里还是第一名嘞。

乙唱：文化拓宽新思路，

发展经济开财门。

合唱：湘西北门户是武陵，

云梦泽，是别名。

水路通衢达南北，

商贾云集闹古城。

车水马龙人气旺，

麻条石街路不平。

丙白：麻石街，有点怪，

你一走，它一歪，

水从裤腿里流出来。

合唱：看而今，面貌新，

文明创建争先进。

五街六乡一个镇，

科学发展长精神。

丁白：俺武陵区的各项经济指标是全市的先进！

丁唱：和谐社会人为本，

时尚社区新农村。

合唱：小学校，都翻新，

乙唱：袅袅炊烟弄晚霞，
　　　小巷传来叫卖声。

合唱：看而今，面貌新，
　　　沿河马路宽又平。
　　　旧码头变成大公园，
　　　防洪墙的诗词书画贯古今。

丙白：武陵欢歌演出开始哒！

丙唱：熠熠华灯映江流，
　　　大地飞歌颂党恩。

合唱：屈原寻梦写九歌，
　　　千古绝唱出武陵。
　　　司马讴歌唱杨柳，
　　　道是无晴却有晴。
　　　沅芷澧兰留雅韵，
　　　常德丝弦传盛名。

丁白：一曲新事多，
　　　咿儿呀咿哟，
　　　江南小曲美，
　　　俏丽又活泼。

合唱：小刘海，狐狸精，
　　　传说出在丝瓜井。
　　　府坪里有个珠履坊，
　　　老板就是春秋战国的春申君。

甲白：俺武陵区真的是人杰地灵嘞——

甲唱：历史深厚有底蕴，

◎常德丝弦

说唱武陵

合唱：地肥水美山青青，
　　　西南官话是乡音。
　　　依山傍水胜盆景，
　　　常德城区是武陵。
　　　民谣从古传到今，
　　　千年古郡有神韵。

甲白：前有金鸡报晓，
　　　后有梁山靠背，
　　　右有犀牛锁口，
　　　左有老龙镇潭。

合唱：大河街、小河街，
　　　城墙脚下门挨门，
　　　河岸边长出吊脚楼，
　　　麻阳街的萝卜腌菜香喷喷。

乙白：萝卜干儿腌菜啵——

诚信湘乡，
湘乡的明天更辉煌。
丝弦再来唱湘乡，
唱它个连台本戏《新湘乡再创新辉煌》！

合白：么得意思哟？

丙白：聪明透顶啦！

合唱：六唱东山新城提品位，

　　　新建城镇廉租房，

　　　七唱小小社区大天地，

　　　社会基石托栋梁。

　　　就业优先创新思路，

　　　城镇"低保"有保障。

甲唱：八唱关爱百姓祛病殃，

　　　为特困群体免费去除白内障！

乙唱：九唱牢固抓国策，

　　　奖励扶助金定对象。

合唱：十唱综合治理保平安，

　　　"平安湘乡"美名扬。

　　　十七大精神指方向，

　　　风清气正精神爽。

甲白：2008年，市委、市政府依然要为民办好十件实事。

乙白：把握"长株潭"经济圈发展时机，解放思想，落脚在
　　　"四个善于"上。

丙白：抓住奥运年机遇，牢固树立执政为民理念，发展为
　　　先，体现在"五个一切"上。

丁白：十个指头弹钢琴，亮开歌喉放声唱——

合唱：实力湘乡，

　　　活力湘乡，

　　　和谐湘乡，

工业理念抓农业，

喜看农民加快速度奔小康！

RAP： 乡村公路走四海，

网络信息通八方。

水库除险保安全，

广播电视要"扫盲"。

改建乡镇卫生院，

"两免一补"适龄的孩子要上学堂！

还有那——

饮水问题，沼气池，林业生态，库区移民，

机构改革，组织建设，

村民自治促进发展保健康。

特色基地产业化，

劳动力转移培训有定向。

合唱：湘乡人，都阳刚，

生就一副钢脊梁。

要干就干他个满堂红，

要干就干他个漂漂亮亮！

甲白：年头下达的任务，年尾来考核验收，俺湘乡市的工作
哟，那哑巴上台——没得讲的。样样都是百分之百地完
成，有好多还是超额完成。

乙白：俺湘乡市的老百姓哟，讲俺的那些公仆，干起工作
来，个个都是"拼命三郎"哩——

丙白：要讲起科学发展哟，俺的市委书记、市长，还有人
大、政协的那些头头脑脑，个个都是光脑壳——

基础建设大投入，
条条大路多宽畅。

丙唱：三唱非公经济占市场，
怀琪集团跻身国家龙头榜。
省著名商标11件，
省名牌产品有两双。

丁唱：四唱三产创辉煌，
商贸物流新气象。
"新潇湘休闲八景"有水府，
原始森林风情别样。

合唱：科学发展求实效，
和谐湘乡好兴旺。

甲白：俺湘乡呀，那确实蛮兴旺。就是把那些俺老百姓的那些
公仆哟，硬是忙得一天到晚巴不到床！

合白：忙些么得哟？

乙白：我晓得。从2004年起，俺湘乡连续三年，承办省8件，
湘潭市10件，自己的10件实事。这前后加起来84件，97
项指标！

丙白：哎哟，省里和湘潭市布置的事，那是门板上钉钉
子——铁定的。俺自己就莫吃了五样想六样，蒙起眼睛
舞狮子——吃瞎亏哟！

丁白：你呀，不当家不晓得柴米贵！

合白：不结婚不晓得养儿难呢——

合唱：五唱新农村建设现代化，
惠农和风遍村庄。

丁白：五百的一半——二百五呢！

甲白：呃……怎么都讲我咻？

乙白：我问你，"鉴湖女侠"秋瑾，你晓不晓得？

甲白：辛亥革命的巾帼英雄，我的偶像。呃，她是浙江绍兴人啦?!

乙白：她还是俺湘乡过门了的媳妇姑儿。

甲白：真的呀？

乙白：不是蒸（真）的，还会是煮的呀？哦，蔡畅你晓不晓得？

甲白：俺妇女运动的卓越领袖，是我仰望的伟人！

合白：她就是俺湘乡的人。还有那风流阳刚的男人……

甲白：莫讲了，莫讲了。讲得越多就越出我的"洋相"啦——

合唱：以人为本把人唱，
湘乡人才出得旺。
昔人已乘黄鹤去，
听我十唱新湘乡——

甲唱：一唱新型工业化，
"工业带动"是方向，
省级开发区工业园，
创新克难打硬仗。
突破产值13亿，
经济实力年年岁岁都增强。

乙唱：二唱新型城市化，
改观市容拆违章。

◎常德丝弦

丝弦又来唱湘乡

[音乐声中12～16名女演员上，怀抱月琴，有坐有站。

合：玉指轻揉琴弦响，

　　丝弦又来唱湘乡。

　　都说是湘乡山好水也好，

　　怎比得湘乡的女人婀娜多姿，

　　温柔美丽又时尚。

　　都说是湘乡矿藏出得多，

　　怎比得湘乡的男人英雄辈出，

　　风流潇洒又阳刚。

甲白：呃，慢点慢点！你们一会唱湘乡的女人漂亮时尚，一
　　　会又讲湘乡的男人风流阳刚，是不是看到湘乡人对俺热
　　　情，讲的些奉承话哟?!

乙白：哎哟，我讲你呀，硬是竹篙子当不得笛子吹——没有开
　　　窍！

丙白：是那和尚敲的梆梆——木脑壳！

我们民政局的领导同志，分别到各区县的敬老院进行慰问。

甲白：哎哟，你们这些领导真的是勤政为民，想得周到呢！

丁白：俺民政局的工作，为党和国家分忧，为人民群众解难。大大小小的工作内容，加起来有一百多项！在市委、市政府的正确领导和省民政厅的指导下，俺常德市民政局好多的工作，在全省、全国，都是先进的呢！

RAP：社会救助成效显，

　　　双拥优抚安置军休大加强。

　　　社区建设全国把那样板当，

　　　社会事务管理登上了新台阶。

　　　城乡基层民主政治建设取得新发展，

　　　社会福利确保特殊群体合法权益得保障。

　　　落实省市"八、十件实事"关爱民生为主旨，

　　　"惠老工程"是党和国家给老人最灿烂的红夕阳。

合唱：夕阳红，

　　　红夕阳，

　　　爱洒黄昏路，

　　　情满红夕阳。

　　　流金溢彩比朝霞，

　　　党和国家是保障。

我有儿有女帮不上忙。

久病床前无孝子，

再孝顺的子女比不上党。

敬老院，世外桃源好地方。

过日子，比起神仙还舒畅。

人到老来无奢望，

一分一秒都要活得有质量。

牵手走完人生路，

老有伙伴过得充实滋润更健康。

丁白：刘爷爷、胡奶奶，恭喜恭喜！

众白：杨院长，你这个主婚人怎么才来哟？

丁白：各位，我刚才在食堂里为刘爷爷、胡奶奶准备婚宴去
　　　哒。刘爷爷、胡奶奶，我代表敬老院，给二老送来几斤
　　　花生。

众白：哈……

丁白：呃，你们笑些么得哟？

众白：他二老加起来，一百五十多岁哒，你还要他们"花起来
　　　生"？!真的是太搞笑哒！你还是留给自己用吧！哈……

丁白：哎哟哟，莫误会莫误会。这些花生，是刘爷爷带人种下
　　　的，又大又饱满。今年大丰收，所有的院民，每人都发
　　　几斤。

戊白：哎呀，来得早不如来得巧！刘爷爷、胡奶奶，恭喜恭
　　　喜！祝你们二老和谐美满、健康长寿！

众白：刘局长！

戊白：在伟大祖国六十华诞即将到来的前夕，市委、市政府和

阅览棋牌门球场，

商店医疗洗衣房。

一样不缺，一样不少，

是个安度晚年的好地方！

胡奶奶行动不便拄拐杖，

我照顾起来能够体贴更周详。

甲白：哦——那，胡奶奶，您，是怎么看上刘爷爷的呢？

丙白：妹子呢——

丙唱：现代生活快节奏，

儿女们为了工作天天忙。

不想给他们当累赘，

回到故乡来托养。

甲白：胡奶奶，在您眼里，刘爷爷是个怎么样的人呢？

丙白：他呀，有知识。

甲白：有知识？刘爷爷他、他是个文盲啦！

众白：哎哟，胡奶奶说的意思，是刘爷爷聪明能干！

RAP：刘爷爷耳不聋眼不花会干农活有力量，

院领导让他把生产组长当。

菜地里茄子辣椒各种蔬菜长得旺，

猪栏里环保生猪膘肥体也壮。

更有那育花剪枝水电安装都能干，

对那些行动不便的老的小的瘸的跛的大事小事都相帮。

大写的爱心满院倾，

五好院民宣传栏上排头榜。

丙唱：都说是养儿可以把老防，

无儿无女靠的是政府来供养。

胡秀芳她五女一儿在深圳，

出起钱请俺民政部门来托养。

RAP：一个是糠箩，一个是米筐。

一个大富婆，一个穷叮当。

两人之间地位悬殊，

门不对来户不当。

众白：哎哟，这人生呀，他有几个阶段——少年儿童奔理

想，青年男女闯市场，成人壮年两头忙，老年人活的是

境界和健康！

甲白：那，我问问他们两个是怎么想的？呃，先问哪一个呢？

众白：不晓得。

甲白：刘爷爷，你是怎么看上胡奶奶的？你，不嫌她是个走路

拄双拐的跛子？

乙白：妹子呢——

乙唱：早些年老伴她笑返瑶乡，

一对儿患绝症追随他娘。

夜想老伴睡不着，

日见年轻人思儿郎。

守着那块伤心地，

茶不思来饭不香。

RAP：村干部动员我来敬老院，

优美的环境心舒畅。

花坛古亭荷花塘，

菜地果园健身房。

◎常德丝弦

情满红夕阳

[演员：8～12人。

[在欢快的音乐声中，内喊：吃喜糖去哟——

[演员从两侧喜悦地同上。

合唱：喜庆的鞭炮噼里啪啦快乐地响，

　　　大红的喜字端端正正贴上墙。

　　　今天是个好日子，

　　　敬老院内阳光明媚喜洋洋。

甲白：呃呃呃，结婚的是不是办公室的杨娟和大强？

众白：不是的。

甲白：那，一定是张院长和他的王云湘。

众白：你莫猜哒。是供养的刘大海爷爷和托养的胡秀芳奶
　　　奶！

甲白：哎哟，怎么是他们两个呀?!

众白：哪门的吵？

甲唱：刘大海他是社会救助的对象，

围炉守岁话不断，
骨肉同胞在台湾。
遥望大海声声唤，
一腔深情寄浪尖：
何时才相聚，
同吃团圆饭？
爆竹响，震云天，
辞旧岁，迎新年。
莫道海峡宽，
情思隔不断。
人相望，
心相连。
春色娇，
百花鲜。
大陆台湾统一日，
同声高歌唱团圆！

一腔深情寄浪尖：
何时才相聚，
同舟戏龙船？
中秋节，月儿圆，
清辉如水洒江天。
人隔两地共明月，
眼望明月想联翩。
桂花香，
月饼甜。
思亲人，
夜难眠。
桂花月饼不香甜，
骨肉同胞在台湾。
遥望大海声声唤，
一腔深情寄浪尖：
何时才相聚，
同赏月儿圆？
三十晚，吃年饭，
笑容未逝愁意添。
美酒佳肴难举杯，
团圆桌上人不圆。
空饭碗，
无人端。
除夕夜，
人未还。

◎ 常德丝弦

每逢佳节倍思亲

情切切，意绵绵，
情深意切拨丝弦。
每逢佳节倍思亲，
思亲泪里年复年。
端午节，赛龙船，
锣鼓声声笑语喧。
万船竞发齐飞桨，
条条金龙跃碧潭。
浪花飞，
湿衣衫。
号子急，
犹思念。
赛起龙船想亲人，
骨肉同胞在台湾。
遥望大海声声唤，

克难攻关保质量，
后墙不倒长城长。
军厂和谐齐发展，
情系神州铸辉煌。

乙白：总工程师，你看，这个指标已超出验收规范，批退。

甲白：啊?!我看看——哎呀，这，这是我的失职！可我们，现在是五月中旬，离合同交付进度只剩下不到三天的时间了！

乙白：总工程师，专项任务，后墙不倒！俺就是不吃不喝，也要把它拿下！

甲白：好，为了一流的质量，我现场办公！

乙白：为了质量第一，我和你一起干！

合唱：毫厘之差不能放，

　　　军工产品非寻常。

　　　关键时刻不掉链，

　　　困难时刻敢担当。

　　　一个指标，

　　　一个试验，

　　　一个记录细细访，

　　　决不让一个程序溜了岗！

　　　军厂心往一处想，

　　　为国为民求精良。

甲白：经过两个昼夜共同奋战，终于赶在工作节点前完成了整机的生产检验！

乙白：报告，专项任务，按质按量按进度完成！

合唱：朵朵桃花映春光，

　　　习习和风暖心房。

　　　条条河流向东淌。

　　　朵朵浪花奔海洋。

确保军品高质量。

乙白：总工程师，按照规定程序要求，立即整改！

甲白：好，我立即组织设计人员迅速落实！

合唱：重打锣鼓新开张，

　　　机声隆隆欢乐唱。

　　　废寝忘食无日夜，

　　　直把车间当战场。

甲唱：你看那——

　　　合金刀削铁如泥无声响；

乙唱：你看那——

　　　自动床磨得原件溜溜光；

丙唱：你看那——

　　　军代表专门盯着重点看；

丁唱：你看那——

　　　工人们节假日加班不下岗。

合唱：光阴似箭不回头，

　　　日月如梭不能放。

　　　又是一月苦鏖战，

　　　装配整机交军方。

　　　〔课子。

乙：　军代表对着整机又是看来又是量，

丙：　就像是新女婿初次遇上了老岳丈。

丁：　眼见他舒展的眉头又枯起，

甲：　总工程师情知不对忙开腔——

　　　军代表，是不是又有问题?！

合白：哎哟，这不把人都会急死呀?!

〔课子。

丁：　是不是，订购的材料不合格?

乙：　质量上乘硬邦邦!

甲：　是不是，特种工艺走过场?

乙：　全程监督有保障!

丙：　是不是，人员培训不到位?

乙：　上岗培训都到堂!

甲白：哎哟，这也不是，那也不是，零件报了废，总要有个说法哟!

乙白：这不正在日夜连台地到那里忙呀!

合唱：沉下心来查原因，

　　　技术攻关不彷徨。

　　　送走太阳迎月亮，

　　　舒展愁眉迎春光。

甲白：军代表!

乙白：总工程师! 你们查的结果是么得?

甲白：你们呢?

乙白：你看——

甲白：探伤有裂纹! 哈……你看我们的……

乙白：探伤有裂纹!

合白：哈……

　　　笑声朗朗甩过墙，

　　　军厂握手情激荡。

　　　齐心合力攻难关，

◎常德丝弦

军厂和谐齐发展

〔女演员8人。

合唱：早春三月寒气凉，

冷月高挂夜色茫。

深山窝里灯火闪，

一群汉子忙忙碌碌，

指指点点，比比画画细商量。

甲白：呃呃呃，深更半夜哒，这些人还不睡觉，忙些么得
哟？

乙白：哎哟，你是不晓得呢——

专项任务赶时间，

军厂双方日夜忙。

拿着零件去送检，

三十天的光阴泡了汤！

丙白：啊?!报废哒！

乙白：是的啦——

庚白：谢谢妈。

戊白：你就从我和白娥的身上过！

庚白：啊……妈——

戊白：我知道你要赶时间，来，白娥在家里打招呼，我用自行
　　　车驮你去！

庚白：妈，我自己来骑。

戊白：那还是一样的酒后驾车啦！

合唱：天下道理各是各，
　　　大事小事要斟酌。
　　　唱一段厥婆婆讲公道，
　　　听完自己去琢磨。

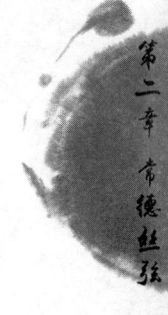

公说公有理，
婆说理由多。
厥婆婆一旁听得清，
清清嗓子把话说。

戊白：白娥。

己白：妈。

戊唱：毛坨没把大话说，
酒量是有一斤多。
县长下乡查工作，
乡长不到说不过。
我不同意你砸车，
这样的行动太过火。

庚白：谢谢妈讲句公道话。

戊白：毛坨。

庚白：妈。

戊唱：亏你还是个乡长，
讲起话来尽是错！
没有交警红绿灯，
不等于违章违法说得过！
山区公路弯道多，
这万一……
万一万一，
毛坨我也没有第二个。

庚白：妈，我，这不是有急事吗？您就让我开吧。

戊白：让你开可以。

县长要来查工作。

己唱：酒后驾车不许可，

吊销执照没话说！

己白：对不起，刘毛坨同志，请把你的执照给我。

庚白：白娥，你，你是我的老婆呢！

己白：秉公执法，不徇私情。

庚白：我要是不给你呢？

己白：不给也好办。第一，你不酒后驾车；第二，强行驾

车，我一个电话，就可以从电脑里删除你的一切信息！

庚白：好老婆呢——

唱：　知道你是关心我，

可惜地点出了错。

山里没有红绿灯，

更没得交警这一说。

县长要来查工作，

我不到场说不过。

求求你——

高抬贵手放过我，

特殊情况特别办理莫啰唆。

己白：不行！

庚白：给个面子哟。

己白：可以。只要你不开车，就不收你的驾照。

庚白：老婆，请你支持我的工作。

己白：老公，也请你支持我的工作。

合唱：这真是——

刘毛坨满面红光脚步匆匆前面走，
后面是柳眉紧锁的白娥。
毛坨钻进小汽车，
关上车门就打火。
白娥拦在车头前，
手举砖头就要落！

戊白：住手！

合唱：厥婆婆情急赶上前，
忙把白娥的胳膊托。

戊白：媳妇啊——
有话俺来慢慢说，
你看，
这是你最喜爱的品牌沃尔沃。

己白：妈，我爱沃尔沃，更爱刘毛坨。砸坏沃尔沃，可以换新
的。走了刘毛坨，没得第二个。

戊白：慢点慢点，么得走了刘毛坨，没有第二个?!毛坨，你给
我下来！

己白：妈咄——

唱：酬谢宾客把酒敬，
敬了一桌又一桌。
杯杯都是底朝天，
少说都有半斤多。

庚唱：我的酒量一斤半，
半斤白酒算什么？
刚才乡里来电话，

乐得那——

收媳妇的厥婆婆，

满面红光笑呵呵，

嘴巴扯到了后颈窝。

甲白：厥老妈，俗话讲，娶个媳妇丢个儿。婆婆不好当呢！

乙白：厥主任，剪刀两把叉，婆婆媳妇是冤家。

丙白：老嫂子，娘是路边草，还是堂客好。莫把婚一结，您屋里的毛坨，就不把你这个娘当回事哒。

丁白：厥姨妈，看你喜欢得就像是自己出嫁哒！

戊白：哎哟，您俺都讲的些么得哟——

唱：万事讲求"和"，

家和无灾祸。

婆婆媳妇两相亲，

心里有话要说破。

儿子媳妇成了家，

都有自己的小生活。

牙齿和舌子过不去，

切莫要——

扯偏劝，扳倒桨，

不问青红皂白胡乱指手又画脚。

甲白：厥老妈，你看你看——

唱：新婚的夫妇在裹索，

看你怎么来解脱。

合唱：厥婆婆，顺手看，

儿媳果然起风波。

◎常德丝弦

厥婆婆讲公道

合唱：唢呐笑，花轿落，
冲天炮飞出山窝窝。
九沟十坡、七姑八婆、
五婶六姨、三朋四友，
一起前来道恭贺。
年轻乡长刘毛坨，
带头致富是好角。
农大毕业回山乡，
一心改变旧山河。
媳妇白娥是交警，
论长相，十里八乡找不着，
都说是，新农村建设变化大，
城里的姑娘嫁到乡下把脚落。
这个夸，
那个讲，

你又给俺送现金。
自从更新记账户，
十年下来不见人。
幺女都长大成了亲，
这是我的小外孙。
六双棉鞋亲手做，
但愿你，
脚底热和，身体暖和，
健健康康舒舒服服去上门。

甲白：董大姐——
我要天天穿脚上，
不负这千针万线一片情。

众唱：常德国调人，
不辱使命行。
国家队伍、国家意识、国家利益、国家水平，
为梦想燃烧激情。

丙白：踩点？哦哦哦，和踩点差不多……

甲白：你是小偷！

众唱：保安一声吼，

上来人一群。

陈婕一看势不妙，

急掏证件说分明。

丙白：各位大叔大婶，我是国家统计局常德调查队的。为了住户大样本轮换工作顺利展开，确实是在这里绘制入户路线图，但我不是小偷。

众唱：有人遭误会，

有人纳深情。

记得去年腊月天，

国调队来了两个人：

一老一小祖孙俩，

办公室外仔细寻。

丁白：嘎嘎，还没有找到呀？

乙白：小声点，这里是公家办公的地方。

众唱：看到何霞喊连声，

两眼发光来精神。

乙白：小何……

甲白：你是……哦，我曾经的住户记账户董大姐！

乙白：想当年，

样本户中换样本，

你给我的幺女买来新衣和花裙。

看到俺家里不富裕，

国调事业接班人。

入户调查勤上门，

经常吃到闭门羹。

甲白：呃，俺屋里的收支情况，做么得要填这个本本告诉你咚？

乙白：马家姨妈，俺这住户调查，目的是为了人民群众的开门七件事。好让国家为民生、为社稷制定出最科学的方案，平抑物价，增加收入。

甲白：哦，俺这一家的情况，还有平抑物价、增加收入的功能呀？那我就每天认真地填写，让大家都能得到好处！

众唱：CPI、PPI、PMI，

国际通用是标准。

数据数据加数据，

里面藏着大学问。

老百姓记记写写事情小，

党中央根据数据写宏文。

丙白：你只莫讲起，国调队的陈婕为了摸清住宅分布，差一点被人抓到公安局去哒！

众白：呃，你讲讲看，是么得回事咚？

丙唱：大样本轮换如军情，

陈婕她来到社区摸详情。

仔仔细细画路线，

保安上前查原因。

甲白：呃，你把俺小区进进出出的路线画得这么详细，想到这里踩点吧？

为国家，统计数据呈真情，

刘炳友，带领全队秉使命，

日日夜夜、年年岁岁忙不赢。

乙白：哦，你讲的是这个常德国调队哟？那我是苏三起解——一清二楚（一青二丑）。

甲白：那你刚才讲不是不晓得，那硬是完全不晓得？

众白：俺那是牵牛花当喇叭——闹着玩的。

乙唱：价格调查科科长，

电子脑壳文丽茵。

千个商品零售价，

悉数道来如家珍。

众唱：调研文章进北京，

总理亲笔书批文。

张学军——

源头核实查家禽，

深入农家猪栏圈，

一只只，一头头，

一只一头一头一只数得清。

弄得那一身鸡屎和猪粪，

得到的详细数据准确真。

丙唱：文明创建迎国检，

陈客然领军到基层。

反馈的情况和信息，

提供给市委政府定乾坤。

丁唱：80后，小年轻，

◎常德丝弦

国家使命记在心

合唱：家国天下事，

　　　担当为己任。

　　　尚法载道义，

　　　唯实写秋春。

　　　真情报国吐心声，

　　　最是常德国调人。

甲白：讲起国家统计局常德调查队……

乙白：呃，慢点慢点，这个，这个国家队是搞么得的哟？

甲白：您还不晓得呀？

众白：不是不晓得，那硬是完全不晓得！

甲唱：进企业，了解生产和经营；

　　　走社区，问及民生与民情；

　　　访住户，抽样调查收和支；

　　　下农村，数那牲畜和家禽；

　　　到市场，看那物价涨没涨。

说唱丝弦

小妹轻轻对哥说，
高坡砍柴肚子饿。
想留哥哥吃餐饭，
筛子做门眼眼多。

◎常德丝弦

筛子做门眼眼多

郎在外面唱山歌，
顺风吹进妹耳朵。
别人听歌听不懂，
妹妹听歌甜心窝。

要洗衣服不忙搓，
提到溪边慢慢磨。
一边洗衣一边望，
妹妹溪边等哥哥。

溪水磨刀响霍霍，
妹妹偷眼看哥哥，
手舀溪水洒哥哥，
袋里拿出蛋几个。

一次特别村委会，
开出了党和人民血肉情。
平掉一座黄土坟，
丰碑长留在民心。

第八次中弹唤不醒。

村民长跪泪如雨，

松涛呜咽吊英灵。

乙唱：老村长事迹一代一代往下传，

都晓得他是青松村的大恩人！

丙白：尹书记听到这里，缓缓地站起身来，满眼含泪，深深地
向村民鞠上一躬，哽咽着说：谢谢了！谢谢乡亲们！乡
亲们啊——

甲唱：共产党前赴后继几十春，

为的是中华民族得振兴。

革命人甘洒热血写春秋，

谋的是人民幸福得安宁。

无产者不为生前名和利，

好党员不为身后利和名。

若是因一抔黄土阻规划，

老村长神不安来心不宁。

乙白：尹书记，你的意思是老村长的坟一定要平啰?!

甲白：一定要平！为了社会主义新农村的建设，为了实现党的
十七大提出的发展战略，老村长一定会同意咱们青松村
的宜居规划！

丙白：尹书记，你凭么得这样肯定，未必老村长和你讲了的
呀?

甲白：对。因为，老村长他是一名好党员，因为，他就是我的
亲爷爷！

合白：啊——

俺全村坚决不答应！

合白：对，俺不答应！

丙白：尹书记——

老村长和你一个姓，

抗战过来的老军人。

七次负伤在战场，

新中国建立的大功臣。

丁唱：老村长南下到俺村，

土改分田忙不赢。

戊唱：下雨时，他爬上房顶盖茅草；

落雪时，他脱掉棉衣给乡亲。

己唱：奶奶病，他背着翻山越岭几十里。

庚唱：防破坏，他巡岗查哨到天明。

合唱：一个风高黑月夜，

土匪骚扰到俺村，

弹如雨飞杀声紧。

老村长指挥若定宽人心——

甲白：一方面他派人马上去向区公所报信，一方面又命令工作
组成员和民兵掩护村民们转移，而他自己……

合白：他自己怎么了？！

甲白：老村长他腰插盒子炮，手提冲锋枪，带着手榴弹，

唱：　占据地形，沉着冷静，

以一当十，阻敌入村。

争取时间，转移村民。

合唱：老村长血染青松岭，

要迁它就弹劾村支书，

谁平它就封谁家的门！

有道是群众小事是大事，

更何况它牵涉到一村人！

合白：一座么得坟哟？

甲白：一座老军人的坟，一座老南下的坟，一座老村长的坟！

乙白：哎哟，那规划的红线弯一下不就绕过去了。

丙白：你讲得几多撩撇，那一弯一绕，就把村里仅有的千把亩良田，划进去好几亩，国家是不允许的！

丁白：那怎么办呢？

甲白：莫讲话，会都开始了！

戊白：下面，请市委书记尹敬心同志给我们讲话，大家欢迎！（鼓掌）

甲白：尊敬的青松村的村民同志们——

宜居小区建设好，

假山喷泉绿草坪。

再不会没有公园游菜园，

再不会出门无车靠步行。

健身器材要安装，

专利不属城里人……

乙白：尹书记——

你讲的发展俺都想，

宜居规划俺赞成。

要动老村长坟头一寸土，

◎ 常德丝弦

特别村委会

合唱：青松岭下青松村，
　　　接二连三出新闻：
　　　前几天，村民要"弹劾"村支书，
　　　这一天，村民"公决会"要举行。
　　　新来的市委书记得消息，
　　　来到现场当嘉宾。
乙白：呃，这个青松村是回么得事吵，开个村委会，连新来的
　　　市委书记都要参加?!
甲白：听我讲啦——
唱：　新农村建设抓得紧，
　　　整洁村容有标准。
　　　宜居小区出规划，
　　　村民们纷纷议论不答应。
　　　理由很简单，
　　　只因有座坟。

合唱：柴米油盐酱醋茶，
　　　衣食住行现代化。

数板：哪一件都离不开电，
　　　哪一样都有俺的那个他。
　　　身为电力人，
　　　心为电力挂。
　　　情为电力倾，
　　　爱为电力洒。

合唱：清爽夜风里，
　　　迷蒙月光下，
　　　传来的是那无限温馨，
　　　温馨无限，苦辣酸甜，
　　　酸甜苦辣的电力情话。

拜年看不到女婿伢，

冰冷的被窝睡不着，

真叫我担心着急又害怕。

甲白：难怪过年的那几天，我看你人瘦了一圈，还以为你是在
　　　"害喜"哩！

众：　哈………

乙白：你们几个没有成家的年轻人，笑些么得咚？迟早都会有
　　　那天的！

丁白：俺是笑俺几个虽然没有结婚，找的对象咚——

众唱：都被那电力一网拉。

　　　俺的那个朋友他，

　　　真呀真不差，

　　　亲朋好友个个夸。

数板：运行检修保安全，

　　　电力调度科学化。

　　　优质服务促营销，

　　　社会效益求最大。

　　　诚信和谐为客户，

　　　忠于企业电为家。

丁唱：那一天，情人节，

　　　情人相约黄昏后，

　　　他在前方，

　　　发信息送来了九十九朵玫瑰花。

众唱：表达的方式好前卫，

　　　又时尚来又潇洒。

油灯把岗下。

乙白：后来，我晓得啦——

他一趟差事个多月，

问寒问暖给我打电话。

俺又高兴又后悔，

天天都把他来牵挂。

那一晚他回到了家，

一进门就拉住俺的手，

又亲又抱，又抱又亲，

众：　吧吧吧吧吧吧，

就像是啃西瓜。

哈……

丙白：唉，讲起电力系统的员工来呀，俺当家属的那硬是又疼

又爱又莫奈何哩——

去年腊月二十八，

高压线架变冰塔，

得通知团圆桌上起身走，

整个春节都看不到他。

数板：五十年一遇大冰冻，

紧急调动齐上马，

餐风饮雪除履冰，

树丛窝棚守铁塔，

抗冰保网保运行，

电力人心中装天下。

丙唱：婆婆住院他不管，

众唱：电力九五五九八，

真诚服务千万家。

只要报故障，

马上就出发。

没有白天和黑夜，

不管春秋和冬夏。

甲：热天里工作服上结白盐，

冷天里——

众白：怎么的？

甲唱：他把那冰冷的脚板，

直往我那热和的地方擦。

众白：哈……

甲白：笑么得哟？你们未必不是一样的呀?!

乙白：和你比呀，大冷天里，我连被窝火都烘不到哩！

众白：你俩没有学以前超级大国玩冷战哟？

乙唱：那天和老公争了几句话，

赌气出门我回娘家。

哪晓得他的脾气比我还要大！

几个礼拜都见不到他。

众白：耶，这就是你不对了！

数板：那一阵农网改造限电价，

电力扶贫到山洼。

铁塔深山立，

银线绕山架。

唱：　火把退了休，

◎常德丝弦

电力情话

［女演员8～12人。

［夏夜。

合：月光如水江天洒，

夜风轻拂送晚霞。

电力花园树荫下，

一群靓女散步纳凉扯白话。

她们都把自己的男人讲，

不知是骂还是夸。

甲白：哎，俺那个老公呀，真的是三里湾的弯弯绕，讲的话

唦，硬要你的脑筋急转弯。

众白：他讲些么得唦？

甲数板：那天俺老公对我讲，

他说他的生命有数码。

我以为他去把那基因查，

哪晓得他说他的数码就是电力95598。

大全满面是羞惭。
转身对着食客们，
深深鞠躬忙道歉：

甲白：对不起，是我错了。

合白：这正是——

唱：　成由勤俭败由奢，
　　　理家治国要节俭。
　　　人人都从我做起，
　　　微尘累积成泰山。

只怕是儿女不孝顺，

弄得老人太寒酸。

你看他衣着整齐蛮灵醒，

不像是身上没有钱。

见老人放下筷子擦擦嘴，

起身来到柜台边，

上衣口袋掏皮包，

大全急忙走上前。

甲白：大爷，您刚才吃的水饺，我们已经付过钱。

丙白：我晓得。要不然，你们也不会走。

甲白：那，那你怎么还要掏皮包给钱?

丙白：孩子呀——

唱：　我是旧社会过来人，

晓得这粮食多艰难。

莫看到而今的生活过得好，

想一想你祖辈都是种过田。

一盘盘的水饺要浪费，

我看得心里直发酸。

我掏钱出来是行善，

不忍让还有好多人处在贫困线。

老祖宗留下一句话：

浪费粮食遭天谴。

老人掏出百元钱，

捐款箱内捐善款。

眼望老人转身走，

甜甜夹起水饺吃，

老人拿起价目单。

甜甜她夹起水饺吃一口，

放筷子嗲起声音喊大全。

乙白：大全，我，不想吃哒。

甲白：呃，你不是肚子饿了吗？

乙白：我，觉得有点咸。再说，我不爱吃水饺。

甲白：那你想吃么得？

乙白：我要吃牛排。

甲白：要得。走。

合唱：说话起身走，

水饺丢两盘。

老人摇摇头，

默默移面前。

倒上酱油和香醋，

一口一个吃得欢。

大全无意扭头看，

附耳轻声喊甜甜。

甲白：甜甜，你看，那个老馆子在捡俺的水饺吃。

乙白：丢人现眼。莫看哒，走吧。

甲白：不急，看他吃完了怎么办。

合唱：大全甜甜默默看，

惹得众人静静观。

七嘴八舌都议论，

水饺餐馆变论坛：

只见店内柜台上，
捐款箱子入眼帘。

甲白：迟捐早捐看你何时进店，
多给少给凭你爱意使然。
嘿，甜甜，你看，新鲜。

乙白：管它的，快点叫饺子。

合唱：价目单子仔细看，
各种馅子备得全：
芹菜、韭菜、猪肉馅，
虾球、鸡丁、牛肉馅，
任凭客人来挑选，
价格高低不一般。

甲白：甜甜，你吃么得的？

乙白：我呀……
芹菜我怕有蚂蟥，
虾球怕是假海鲜，
鸡丁又怕禽流感，
吃肉又怕体重添。
要不来个韭菜馅，
你好我好幸福源。

甲白：好咧！

合唱：水饺端上摆碟子，
酱油香醋都要蘸，
这一边，两人刚刚开口吃，
那一边，一个老人坐面前。

◎常德丝弦

吃水饺

合唱：春和景明艳阳天，
　　　游人如织穿花园。
　　　男男女女、老老少少，
　　　情侣牵手、夫妻结伴，
　　　桃花树下留个影，
　　　笑靥藏在花丛间。

甲白：好漂亮！来，甜甜，再来一张。

乙白：大全，我，我呜……

甲白：呃，甜甜，你哪里不舒服？

乙白：我肚子饿了……

甲白：嗨，肚子饿了，你哭么得，走，那边有个餐馆。

乙白：大全，我的肚子一饿，就忍不住要哭……

甲白：我晓得哒。从今以后，保证不让你再饿肚子。

合唱：大全牵着甜甜手，
　　　双双走进水饺店，

戊唱：看包装——
　　　　淡青晶莹美如玉，
　　　　君子之德润轩辕。

己唱：闻其香——
　　　　悠然随风沁肺腑，
　　　　金樽玉盏满满添。

庚唱：抿一口——
　　　　绵甜净爽壮豪情，
　　　　举杯邀月舞蹁跹。

辛唱：古法酿造德山酒，
　　　　文化遗产登宝典。

合唱：登宝典，不一般，
　　　　代代传承加科研。
　　　　百年老泥窖，
　　　　大师亲指点。
　　　　人工来装甑，
　　　　人工来晾糟，
　　　　眼观、手探、鼻闻、口尝，
　　　　全凭感官来判断，
　　　　精心酿造不嫌烦。
　　　　酒有灵性遂人愿，
　　　　才有这——
　　　　瑶池佳酿、玉液琼浆、
　　　　天庭珍藏、至尊上品，
　　　　有口皆碑天下传。

辛唱：莲池赛锦戏清涟。

合唱：德山八景遗古韵，

古风新曲德为先。

好山好水出好酒，

造就那——

德山酒业，

传承古法，

以德酿酒，

诚信经营，

德酒妙品香满天。

甲白：呃呃呃，你们哪个晓得，德山酒业有些么得酒啵？

乙白：我晓得，有御品德山、滴水洞。

丙白：有乾隆皇帝亲笔题名的德山酒。

丁白：还有人人皆知的德山大曲。

戊白：德山酒业有一款纪念酒你们肯定不晓得。

齐白：么得哟？

戊白：那就是御品德山1963。

甲白：呃呃呃，么得是1963哟？

乙白：1963年，"德山大曲"在全国第二届评酒会上一举夺得国家质量奖。这是中南五省第一块国家级奖牌，含金量很高呐！

齐白：这件事我们哪个不晓得呢！

戊白：为永远记住这个光荣年份，德山酒业隆重推出纪念酒——御品德山1963。

齐白：哦，原来是这样哦。

丁白：御品德山1963，是同类酒中的至尊上品！

◎常德丝弦

德酒妙品香满天

　　［演员16人。
　　［音乐声中上。
合唱：善德山，美名传，
　　　敢比五岳和黄山。
　　　不是那，险峻巍峨不胜看；
　　　不是那，千里云海展奇观。
　　　古善卷，帝者师，
　　　德传天下四千年。
甲唱：善卷古坛须敬仰，
乙唱：乾明春晓雀鸟喧。
丙唱：楚望雾云山川秀，
丁唱：桂园秋月银满盘。
戊唱：孤风夜雨思乡关，
己唱：万竹清风胸怀宽。
庚唱：枉渚鱼罾映晚霞，

导之以行塑新人。

合唱：武陵监狱创文明，
　　　干警上下一条心。
　　　"首要标准"摆第一，
　　　殚精竭虑重塑新生。

唱：　警车呜呜送急诊，
　　　警官付出爱与情。
　　　请来专家大会诊，
　　　开刀剖腹探病因。
　　　胃溃疡引起肠穿孔，
　　　手术成功赶死神。

甲白：在监区领导和警官们的细心照料下，苏文兵一天天康
　　　复起来。这一天，原本脸上有了笑容的苏文兵又沉闷起
　　　来。

众白：又是么得毛病哟？

戊白：我这场病花了三万多元，又怎么还得起哟？

甲白：这里的一切费用，全由监狱承担，你就安心养病吧！

戊白：警官——

唱：　我阎罗殿里去报到，
　　　是你们给了我新生。
　　　我危害社会去犯法，
　　　是你们让我重做人。
　　　父母给我养育恩，
　　　你们给我再生情。
　　　回到监狱好好干，
　　　回到社会谢党恩。

众白：这正是——
　　　对症下药除病根，
　　　因人施教好途径。
　　　真情感化晓以理，

年事已高该享福，

孤身一人苦伶仃。

到而今以泪洗面年复年，

怎忍心生老病死谁人问？

人家过年全家福，

你母亲独处一室冷冷清；

人家儿孙绕膝前，

你母亲几时才能享天伦？

戊白：管教警官，你，你莫讲哒……

唱：　一失足成千古恨，

心里总是乱纷纷。

想妈想得心里疼，

情绪不好就打人。

只想早日回家去，

偏偏两次被加刑。

无尽的烦，

无由的恨，

恨自己猪狗都不如，

不能侍奉老母亲。

甲白：经过这次谈话，苏文兵和以前判若两人，模范遵守监规

纪律，获得加分减刑。

乙白：拐哒拐哒，苏文兵病哒！

众白：啊?!不是装病哟？

乙白：哎哟——他血压低，心跳弱，呼吸急促会喔豁！

甲白：抓紧时间，不惜代价，全力抢救病犯生命！

屡教不改抗改造，
法院两次判加刑。
"大墙日记"一个字，
唉声叹气有原因。

甲白：改造先育人，

乙白：育人要交心，

丙白：交心必知情，

丁白：知情换真心。

众唱：内查外调得信息：
兄弟二人都判刑。
父亲死得早，
抚养靠母亲。
好逸恶劳成劣性，
我行我素当恶人。
苏文兵为人虽霸道，
对待母亲有孝心。
母亲生病看医生，
十几里路背母行。
（夹白）苏文兵呀——
你母亲，
含辛茹苦度日月，
只盼兄弟长成人。
哪晓得竹篮打水一场空，
怎忍心一生辛劳付流水？
你母亲，

甲白：武陵监狱党委与时俱进，在创新教育改造方式方面进行了一系列的尝试和探索。推行"大墙日记"，就是其中的一项。

乙白："大墙日记"，顾名思义，就是让监狱里的罪犯写日记啰？

甲白：眼睛是心灵的窗口，日记是心结的宣泄。

丙白：好好好，俺懂哒。你只讲那个罪犯写了一篇么得日记？

甲白：哎！

众白：你讲咯！

甲白：哎！

众白：就是一个"哎"字呀？！

甲白：他就写了一百多个"哎！"

乙白：他有毛病哟！

甲白：你都看出他有毛病哒，那管教警官和监狱领导更加会引起重视啦！

唱：　服刑犯人苏文兵，

　　　抢劫犯罪被判刑。

　　　无视监规和纪律，

　　　顶撞干警打犯人。

众唱：站着来训话，

　　　偏要往下蹲；

　　　谈话装耳聋，

　　　油盐都不进；

　　　严管关禁闭，

　　　他把歌来哼。

人造环境美如画，

环境育人得新生。

甲白：为了深入贯彻落实党中央关于加强和创新社会管理的决策部署，开展"监狱管理规范建设年"活动，俺武陵监狱呀——

众白：拟方案、发文件、强安全、除隐患、拓渠道、创特色、严考核、促规范，创建警世文化墙，亲情感化、社会帮教，方方面面，面面方方大发展。

甲白：这一天武陵监狱会议室，男女干警、大小领导，各抒己见，议论纷纷。

乙白：呃，开的么得会哟？这么热闹！

甲白：案情分析会。

众白：（神秘地）么得案子哟？

甲白：这个案子呀——就是一个服刑人员写的一篇日记。

众白：（失望地）嚯，你硬是嚯么得行！

甲白：哎，您俺是不晓得呢——

唱：　改造罪犯重教育，

方式方法要创新。

讲究那——

有效性、客观性、连续性，

"首要标准"是重任。

丙白：么得是"首要标准"哟？

甲白："首要标准"就是七个字——降低重新犯罪率。

众白：对对对，莫出现"二进宫、三进宫"的情况。

丁白：那有么得办法呢？

◎常德丝弦

重生记

[女演员10～12人。

[音乐声中上。

合唱：山青青，水粼粼，
　　　堤柳渔歌和风盈。
　　　规范管理抓活动，
　　　武陵监狱、规范执法、
　　　创新教育、监管安全、
　　　围绕"标准"创先争优踏歌行。
　　　你看那——
　　　监区洁净无尘土，
　　　大小通道平整整，
　　　监舍摆放有规律，
　　　被子叠得方方正。
　　　绿树浓荫密，
　　　花香争芳芬。

办得那——

金不换的、买不到的、自产自销、

古往今来的勤劳精神放光华。

龙白：姑娘们，请喝茶去。

众白：喝茶去哟——

丙白：盒子不小也不大，

　　　一般的东西放不下。

　　　不给金银和钞票，

　　　一定是祖传的家产交给她。

龙白：不错，还是你聪明些。

丙白：猜到哒？

龙白：挨到边哒。

众白：那，盒子里到底是放的么得嫁妆哟？

龙白：是这个——

众白：五一劳动奖章！

龙白：对！这枚奖章，是俺全家的荣誉，也是俺龙家的祖传
　　　家产。

　　　劳动奖章北京发，

　　　送给女儿做陪嫁。

　　　全国上下忙四化，

　　　靠的是自力更生来奋发。

　　　人勤地不懒，

　　　秋实靠春华。

　　　自己富、国家富，

　　　就靠着——

　　　党的政策、自己勤劳才发达！

众白：对呀！

　　　龙王沟，美如画，

　　　锦绣山乡添新花。

　　　喜事新办办得好，

只要得消息，

都愿把钱拿。

唯独我出嫁，

爹爹他一分一厘不想花。

乙白：没有给钱呀？那我来猜！

龙王沟，有风雅，

金银首饰做陪嫁。

金戒指表示娘家有财产，

银首饰表示女儿有身价。

婆家不敢小看人，

男人不敢欺负她。

怀胎十月解身孕，

养一个——

肥啾啾、白嫩嫩，

长得有茶壶嘴的乖伢伢！

丁白：哎哟，讲得丑死人哒！

甲白：怕丑呀？那你就莫结婚吵！

乙白：讲的啵，到时候你还会犟得掉呀！

众白：哈……

丙白：龙老爹，这下猜到哒啵？

龙白：错哒错哒。那金银首饰不用钱买，捡得到呀？

丙白：又错哒呀？这……呃，你两个过来吵。（与甲、乙耳
语，甲、乙首肯）龙老爹，把酒准备好，这下我肯定猜
对哒！

龙白：你只管猜嘞！

难得有花尾巴喜鹊来送她。

女儿的嫁妆随身带，

出个题目考大家。

猜得对，我摆它三天三夜女儿宴，

猜不准，我请他一人一杯云雾茶。

众白：要得！是么得题目吵？

龙白：（掏出一个小盒子）就猜这盒子里是么得样的嫁妆！

众白：猜嫁妆呀？那俺都是里手啦！

甲白：我先猜。

龙王沟，谁不夸，

龙老爹致富头一家。

自办茶叶加工厂，

人平收入八千八。

女儿出嫁不请酒，

（夹白）这嫁妆呀——

　　　　一定是老人头钞票一大扎！

丁白：菊花妹，猜错哒——

党的政策到山洼，

勤劳致富发了家。

积极纳税不拖欠，

上缴国家十万八。

省会赈灾办义演，

又把万元捐款拿。

山寨修公路，

乡里建水坝，

合唱：深秋落叶飘洒洒，

　　　不胜信笺似雪花。

　　　一家养女百家求，

　　　而今摘走龙虾花。

　　　舍不得她——

　　　冬围一炉火，

　　　春采一坡茶。

　　　舍不得她——

　　　夏玩一溪水，

　　　秋送一月斜。

　　　这个红包表心意。

龙唱：自己留下慢慢花。

　　　既然是姐妹情深本无价，

　　　又何必要用钱财衡量它。

甲白：龙老爹，是不是仗着自己发哒，看俺这几个钱不起？

龙白：呃，话莫讲到一边去哒。我既然不办酒席，就不得收彩

　　　礼吵。

乙白：不收彩礼，不办酒席，养这门大个女儿，白白地送给人

　　　家呀？

龙白：好钢用在刀刃上，钱要花在点子上。男婚女嫁寻常

　　　事，何必大操大办讲排场。

丙白：哎呀，听话听音，锣鼓听声。听你这么一讲，那是把酒

　　　席钱省下来给女儿置嫁妆哒啰。

龙白：置嫁妆？哈……

　　　我的女儿要出嫁，

昨天问他还装哑巴。

合唱：他不请客客上门，

唱一出龙宫杀来三朵花。

甲白：呃，到哒。预备——起！

齐白：龙虾花，喝喜酒哟——

丁白：（急上）哎哟，你们都来哒！到屋里喝茶去。

齐白：只喝茶呀？没得那么简单！龙老爹——

龙白：呃——（上）哎哟哟，姑奶奶们，得罪得罪！请到屋里
喝茶去。

甲白：龙老爹，俺是来喝喜酒的嘞！

龙白：哎呀，那就拐哒。今天俺屋里茶是有几桶，酒没得一
滴。

乙白：龙老爹，俺几个开了口，这杯酒只怕是硬要喝哪！

龙白：哦？那又是哪门的？

齐白：你还会不晓得吧！

合唱：龙王沟，四朵花，

谁不羡慕谁不夸！

菜花、山菊花、茶花、龙虾花，

不争春来春满洼。

甲唱：寒冬疏枝山头立，

喜鹊登枝叫喳喳。

乙唱：新春繁花争异彩，

蜜蜂寻花上悬崖。

丙唱：仲夏溪水鸣溅溅，

竹筏载客攀亲家。

◎ *常德丝弦*

猜嫁妆

〔幕启：欢快的唢呐声、鞭炮声大作。

〔甲、乙二女上，倾听。

甲唱：金唢呐——

乙唱：呜哩呜哩哇。

甲唱：冲天炮——

乙唱：噼里噼里啪！

合唱：土铳一放震天响，

　　　惊得那满山喜鹊叫喳喳。

甲白：菜花姐，是么得事哟？

乙白：我也不晓得哟。呃，（对内）茶花妹——

丙白：呃——（上）

乙白：茶花妹，你听哟，这炸炮仗……

丙白：炸炮仗？哦，是龙虾花今天出嫁啦！

甲白：是这门的呀？

　　　龙老爹，太逗霸，

嘎嘎不杀鸡呀，

伢伢吃的肯德基。

嘎嘎不杀鹅，

嘎公带我骑摩托，

嘎嘎嘎公他笑呀嘛笑呵呵哟咿儿哟。

马马嘟嘟骑，

骑到了嘎嘎去，

嘎嘎不杀鸡呀，

送我一台学习机。

嘎嘎不杀鹅，

嘎公给我吃菠萝，

伢伢我拍手笑呀嘛笑呵呵哟咿儿哟。

马马马马嘟嘟嘟嘟，

骑我的马儿骑到那个嘎嘎去，

我吃的那个肯德基，

背着那个学习机，

伢伢我笑眯眯，

我骑着那个摩托背着那个菠萝，

我好呀嘛好呀嘛好呀嘛好快活。

骑到了嘎嘎去，

嘎嘎不杀鸡呀

伢伢我要回去。

嘎嘎不杀鹅，

伢伢我要过河，

嘎嘎嘎公他奈呀嘛奈呀嘛奈我奈不何哟咿儿哟。

马马嘟嘟骑，

骑到那个嘎嘎去，

嘎嘎那个不杀鸡，

嘎公带着我吃肯德基。

嘎嘎那个不杀鹅，

嘎公带着我去骑摩托，

骑着那个铁马好呀嘛好快活。

马马嘟嘟骑，

骑到那个嘎嘎去，

嘎嘎不杀鸡，

他送我一台学习机。

嘎嘎不杀鹅，

她给我买了好多又香又甜的大呀大菠萝，

伢伢我拍手好呀嘛好快活。

马马嘟嘟骑，

骑到嘎嘎去，

◎常德丝弦

马马嘟嘟骑

马马嘟嘟骑，

骑到嘎嘎（姥姥）去，

嘎嘎不杀鸡，

伢伢我要回去。

嘎嘎不杀鹅，

伢伢我要过河。

马马嘟嘟骑，

骑到嘎嘎去，

嘎嘎不杀鸡，

伢伢我要回去。

嘎嘎不杀鹅，

伢伢我要过河，

嘎嘎嘎公（姥爷）他奈我奈不何哟咿儿哟。

马马嘟嘟骑，

甲唱：当他个联合国秘书长，
　　　号召全世界讲融洽。
　　　不要打仗要和平，
　　　不要贫穷要繁华，
　　　不要饥饿要温饱，
　　　不要愚昧要文化。
　　　全世界的小朋友，
　　　都像俺——
　　　无忧无虑、快快乐乐、健健康康地长大！
合唱：全世界的小朋友，
　　　无忧无虑、快快乐乐、健健康康地长大！
合唱：月亮慢慢往西下，
　　　小朋友们都回家，
　　　五彩缤纷七彩梦，
　　　汇成金色的年华。

乙白：我想当个科学家！

乙唱：造他个宇宙大飞船，

　　　坐上爷爷奶奶爸爸和妈妈，

　　　飞到天上去旅游，

　　　外星人那里去玩耍。

丙唱：我想当个企业家，

　　　世界各地搞绿化，

　　　沙漠变成大花园，

　　　爸爸妈妈带我去哪就去哪。

丁白：我讲我讲。

丁唱：我想当个大作家，

　　　把祖国山水细描画。

　　　昨天的历史、

　　　今天的想法、

　　　明天的梦想，

　　　一点一滴，点点滴滴都写下，

　　　看中国到全世界有好伟大。

甲白：你们都讲哒，该我讲哒啵。

合白：当然啦。

甲白：我的想法和你们都不同。

合白：你是么得想法呢？

甲白：我呀？

甲唱：我不当农民和工人，

　　　不当这个家和那个家，

合白：你到底想当个么得哟？

◎ 儿童丝弦

讲白话

合唱：星儿希，

月亮大，

葡萄树藤下，

小朋友们叽叽喳喳讲白话。

乙白：电击小子我喜欢。

丙白：我喜欢喜羊羊。

丁白：我最喜欢麦咭麦咭。

甲白：呃呃呃，莫吵，莫吵，我是不是你们的大姐？

合白：是的。

甲白：那就都听我讲！

甲唱：俺都是小学校的小学生，

莫忘记学的知识和文化。

建议大家都讲讲，

长大以后的想法。

合白：长达以后的想法呀？

说唱丝弦

金打铁，银打铁，
打把剪刀送姐姐：
剪串鞭炮炸得响，
剪对伢伢把手拍。

你也拍，我也拍，
拍得手红心里热：
一拍城市像花园，
音乐喷泉看蝴蝶。
二拍农村奔小康，
小小高楼遮住月。
三拍读书用电脑，
四拍深山通高铁。
五拍六拍七八拍，
拍得奶奶扭秧歌，
拍得爷爷白胡子黑，
拍得大家心中暖，
拍得祖国尽春色。

◎少儿丝弦

金打铁　银打铁

金打铁，银打铁，
打把剪刀送姐姐：
剪条鲤鱼富贵有，
剪个春字好过节。

金打铁，银打铁，
打把剪刀送姐姐：
剪对喜鹊登枝唱，
剪个福字倒着贴。

金打铁，银打铁，
打把剪刀送姐姐：
剪对鸳鸯在戏水，
剪对喜字排成叠。

它是那——
政令不畅、丧失民心、
缺失诚信、弄虚作假、
欺上瞒下、泯灭良心、
祸国殃民的大灾害，
若不反贪反腐你的江山不复再！
哈……
合唱：毛延寿哈哈大笑去领死，
汉文帝呆呆发愣眼鼻歪。
王昭君怀抱琵琶去边塞，
留一曲千古绝唱永缅怀。

贪念美色不舍财。

画工俸禄少，

只好做买卖：

不给钱的乖画丑，

给了钱的丑画乖。

反正你也不调研，

任凭我给你安排。

王昭君从来不肯施钱财，

烈女子冰雪聪慧看明白：

被你宠幸不过只是一夜情，

当一个宁胡阏氏也是她前世修得来。

丙白：你你你……

贪墨还有理由在，

你就不怕掉脑袋？

戊唱：我晓得今天活不成，

杀我说明你无奈。

王昭君已然出边塞，

今生今世你永远莫想把她挨！

丙白：来来来，把、把这个混账的毛延寿拉出去斩了！

戊白：哈……

上梁不正下梁歪，

你贪色来我贪财。

人之将死其言善，

文帝你且听明白：

一个贪字容不得，

文帝我越想越气越盛怒，
速传那该死画工上殿来！

丙白：画工毛延寿上殿——

戊唱：清早乌鸦当头叫，
知道今天要遇灾。
而今活着上大殿，
等下脑壳落尘埃。
横竖都是一个死，
当庭辩驳人痛快！

丙白：毛延寿，你可知罪？

戊白：我无罪可有。

丙白：呸，你还敢狡嘴？朕问你，王昭君长得乖，你为么得要
画得那么丑？

戊白：文帝，你莫捡起是块骨头，丢哒是块肉。

丙白：呸嘿，你还敢教训我？你讲，我怎么是块骨头又是块
肉？

丙唱：常言女大十八变，
长大成形就变乖。
三千粉黛养掖庭，
你就是一天一个也要好几载。
声色犬马淘空身，
哪一个替你生下仔？
而今昭君远嫁走，
你又心疼悔不该。
床笫之欢你最爱，

甲白：是。

丁唱：眼见昭君把头抬，

　　　看得我心痒不已口目呆！

　　　这女子，

　　　莺语花底娇滴滴；

　　　这女子，

　　　肌如白雪眉如黛；

　　　这女子，

　　　流盼摄魄生异彩；

　　　这女子，

　　　优雅大方惹人爱。

　　　这这这，

　　　这个宫女这么乖，

　　　朕怎么、

　　　怎么就从未宠幸拥入怀？

乙白：皇上，臣呼韩邪单于，携爱妻王昭君请辞汉宫。

丁白：啊？你你你，真的要把她带走？

乙白：是皇上的赏赐。

丁白：哦哦哦……

　　　眼睁睁看着美女出殿外，

　　　我这里心疼不已悔不该。

　　　王昭君赛过掖庭众女子，

　　　定是那画工故意来画歪！

　　　来呀！

丙白：在！

◎常德丝弦

廷辞风波

甲唱：自请掖庭别汉宫，
　　　远嫁匈奴出边塞。
　　　牵手呼韩邪单于，
　　　昭君我低眉垂眼、
　　　款款迤逦、
　　　佩环丁零、
　　　缓缓来至朝堂外。

乙白：臣呼韩邪单于，携爱妻王昭君请辞汉宫。

丙白：皇上有旨，宣呼韩邪单于携妻王昭君上殿呐。

乙白：领旨。

合唱：元帝高坐龙案台，
　　　接受夫妻俩朝拜。
　　　眼见昭君好身材，
　　　隐忍不住把口开。

丁白：王昭君，把头抬起来让朕看看。

明白女人活得累。

今日有酒今日醉，

管他宠幸哪个妃。

白：美酒……酒美……（下）

尾声

合唱：眉黛锁国运，

罗衫罩天江。

青春本无价，

舍己为国殇。

非是红颜多薄命？

心事浩茫柔克刚。

万众粉黛千般色，

竞占魁首著华章。

又至彩灯悬宫闱，
待到月牙上西搂，
忽报圣驾宠江妃。

白：哈哈，嘿嘿，啊，哈哈哈……
这，是芍药？
你妩媚艳丽又何为？
这，是红蕉？
你花色多样竞向谁？
这，是海棠？
可叹不堪风和雨！
这，是牡丹？
国色天香无人垂。
怎比我，
六宫粉黛无颜色，
回眸一笑君王醉！

白：啊，哈哈哈……呀——
叹玉环本是寿王的王妃，
华清池温泉沐浴被君窥。
先为太真女道士，
后被宠幸封贵妃。
子妾父占伦理丧，
天理昭昭君敢为。
今生命运不由己，
醉生梦死活一回。
从来酒醉心里明，

清辉隐浮云。

玉阑珊，

珠露生，

裹锦裘，

转回程，

貂蝉拜月又闭月，

大义红颜千古名。

●贵妃醉酒

白：　美酒……酒美……（醉上）

贵妃：晕乎乎，

　　　只觉得雕栏玉砌倾将危；

　　　身绵绵，

　　　只觉得胴体燥热簪花坠；

　　　神晃晃，

　　　耳听得玉辇疾驰马蹄碎。

白：　啊，君王，奴婢接驾来迟……（蹲下，跌倒，躺在地
　　　上）

贵妃：却原来，

　　　假山喷泉流水催（起）。

　　　玄宗日前相约我，

　　　百花亭里赏花卉，

　　　备齐御宴候君王，

　　　等到夕阳留余晖。

义父司徒王大人，
为正朝纲忧心焚。
与奴设下连环计，
一石二鸟玉宇清。
暗将妾身许吕布，
又献董卓大奸臣。

伴唱：娇嗔妩媚惑老贼，
秋波频勾吕布魂。

貂蝉：那一日，
相拥吕布凤仪亭，
哀哀婉婉放悲声，
哭诉董卓强霸占，
吕布他又疼又恼又气又恨咬牙根。
画廊里，
董卓窥见发雷霆，
方天画戟要性命，
羞诉吕布强挑逗，
董卓他又爱又怜又悔又急骂畜生。
离间董卓和吕布，
父子之间出裂痕，
但愿吕布早出手，
杀掉董卓朝纲正，
东汉王朝无战乱，
黎民百姓得安身。

伴唱：夜风送暗香，

女子青春有几何，
落花流水不复还。
更何况，和番本为国安宁；
当他个，宁胡阏氏心安然。

伴唱：顾影徘徊动左右，
元帝后悔恨无言，
杀掉画工毛延寿，
京城一时心胆寒。

昭君：一步一步离汉阙，
一寸一寸远江南，
一滴一滴思亲泪，
一行一行如珠链，
南飞大雁托锦书，
秭归嫱儿不再还。

●貂蝉拜月

伴唱：蟾宫高挂苍穹顶，
貂蝉来至凤仪亭。
青山眉黛低，
横波秋水盈。
莲步轻移风摆柳，
环佩叮当心不宁。

貂蝉：瑞脑销金兽，
拜月喟叹轻。

离离枯草卷成团，
嘎嘎掠过南飞雁，
楚楚昭君出阳关。

昭君：一入掖庭深似海，
春花秋月年复年，
王嫱不与画工便，
数岁未与君王欢。
本以为终老掖庭守孤独，
又岂料匈奴臣服拜汉天，
呼韩邪愿为汉婿以自亲，
汉元帝降旨赐婚后宫传。
闻听远嫁匈奴地，
三千妃嫔声声咽，
昭君自请掖庭令，
愿遵旨意去和番。

伴唱：嫱妹妹，此去匈奴天地远；
嫱妹妹，去了今生难回还。

昭君：天地远？
御驾咫尺隔关山，
月照影只单，
孤衾伴愁眠。
难回还？
只羡鸳鸯不羡仙，
红墙绿琉璃，
浮华掩哀怨。

难和儿伴打水仗，

难陪年迈爹和娘。

西施：记得范蠡送妾走，

一路炎热暑难当。

碧水潭中来沐浴，

鱼儿潜底水下翔。

范蠡荐王大赞赏，

沉鱼之貌人传扬。

夫差嬉戏日复日，

酒色财气废朝纲。

伴唱：愿只愿，

勾践十年东山起，

姑苏山上破吴王。

愿只愿，

夫差后悔时已晚，

贪图美色把国亡。

西施：到那时——

去掉浮华彩霓裳，

着我女儿旧时装，

偕同范蠡泛五湖，

寻求美满与安康。

●昭君出塞

伴唱：瑟瑟秋风沙尘暗，

●西施浣纱

伴唱：罗裙摆上悬铃铛，
　　　响屟廊上脆叮当。
　　　西施起舞笑靥露，
　　　心内苦闷哀叹长。
　　　[伴唱声中，一阵悦耳的小铃铛响起，西施舞上。

西施：勾践争霸攻夫差，
　　　兵败都城进牢房。
　　　卧薪尝胆图抱负，
　　　天下美女献吴王。

伴唱：妃子说：
　　　貌美善舞体态娇，
　　　缺一难能惹情肠。
　　　因此上，
　　　秘学技艺三年整，
　　　献于吴王埋祸殃。

西施：夫差宠妾淫心荡，
　　　敕令特建响屟廊。
　　　龙凤船上卷珠帘，
　　　春宵宫内频举觞。

伴唱：叹只叹，
　　　再难回到村姑样，
　　　再难浣纱小河旁。
　　　叹只叹，

◎常德丝弦

四美吟

开篇

合唱：渺渺时光长河中，
　　　悠悠情愫万世同。
　　　多少兴衰史，
　　　女子建奇功。
　　　说什么容颜美，
　　　说什么人出众。
　　　分明是情非已，
　　　更那堪心苦衷。
　　　四大美女传奇事，
　　　纷纷纭纭千古融。

久候不见人露面，
闯进室内四处搜。
此时刻鸟儿早已夺笼走，
鱼儿摆尾脱金钩。
喜今日黄兴免遭缧绁苦，
看明日叱咤风云壮志酬。
辛亥革命举大旗，
走向共和争自由。

（夹白）轿夫——

哎。

慢点走。君不见，几位公差汗直流？

好咧！

唱：黄兴带兵抓黄兴，

好似街心耍群猴。

捕役轿旁跑，

庆幸今日好兆头。

抢时辰，捉住黄兴功在首，

赏黄金，官位抖，

入妓院，进酒楼，

这也是前世有福命里修。

（夹白）轿夫——

哎。

快点走。莫让那，黄兴闻讯往外溜！

好咧！

唱：捕役甘把保镖当，

免得黄兴触霉头。

学堂门外停住轿，

黄兴撩衫慢回头。

白："几位公差，请进。黄兴就在校董的寓所里。"

"烦你通告黄兴出来，我们在门外等候。"

"如此，请几位公差稍候。"

唱：黄兴快步进寓所，

捕役门口暂停留。

咬碎钢牙吞进肚，

头何惜——

一腔热血绘彩图。

想到此，黄兴神情若定面带笑，

这一边捕役吼声冲出喉：

白：　"你是黄兴吗？"按说，这捕役问得也实在是愚蠢无
　　　比。可是，细细想来，也自有他的道理。其一，那悬赏
　　　缉捕的告示上，黄兴穿的是西服，眼前的这人却穿着短
　　　襟长衫。其二，此人长相虽与黄兴相仿，可是，哪里有
　　　看到捕役来了还如此镇定自若的道理？

　　　　　黄兴见捕役这般发问，便来了个顺水推舟："我是
　　　黄兴的朋友。黄兴到明德学堂去了，我正要去会他。"

　　　　　"哦——那我们一道走。"

　　　　　"敢莫几位公差会黄兴有事？"

　　　　　"请他到衙门里去喝酒哩！"

　　　　　"哎呀，他的口福不浅嘞！打轿。"

　　　　　"走——"

唱：黄兴轿中坐，

忍不住暗自笑敌酋。

隔帘看，

但见满街鹰犬走，

查行人，封路口，

户户问，家家搜，

多亏轿外几只狗，

才有这畅通无阻的好机由。

升平奏韶乐，

喜庆舞龙舟。

正思间忽听一人来身后，

惊回首却是揆一气咻咻：

（夹白）黄会长，大事不好！

清早得密报，

满天乌云稠。

巡抚下钧谕，

差役四处搜。

走、走、走，

春光已泄露。

快、快、快，

此地不宜留。

高山常青青，

烧柴何必愁？！

白：黄兴做好转移的准备，立即回到家中，方才知道，这天乃
　　是十月二十四，正是自己三十岁生日。他急忙亲自动手做
　　寒菌面准备招待姑妈，却不料——

唱：门外闯进几只狗，

　　镣铐叮当响不休。

　　躲不及，藏不住，

　　黄兴暗把手枪抽。

　　霎时间空气凝固四周静，

　　看起来今日难能脱虎口。

　　虎何惧——

黄兴他变卖祖业眉不皱；
买长枪，购火药，
黄兴他斗笠短衣只身走。
拜会那哥老会首领马福益，
歃血为盟一碗酒：
推翻清朝结同心，
甘洒热血写春秋！

白：双方共同商定：首义时间定于一九〇四年十一月十六日。
因为这天是慈禧太后七十岁生日，湖南的高级文武官
员，都要在长沙皇殿里举行祝寿活动，到时，便将这批贪
官污吏一网打尽！

唱：时光飞逝如流水，
盛暑消尽已初秋。
窗外朔风冷，
室内春意柔。
眼看首义日期近，
黄兴他思绪如潮滚滚流——
今朝举枪赴沙场，
愿将此身为国酬。
正义之师八方震，
星星之火燃九州。
到那时，四万万同胞齐怒吼，
三千里江山皆同仇！
吞胡恢汉业，
赤旗悬京都，

◎常德丝弦

鲤鱼脱金钩

唱：清朝末年多事秋，
　　朝纲乱，纪不修。
　　八国联军淫威逞，
　　腥风血雨罩九州。
　　杀同胞，无老幼，
　　掠国宝，裂金瓯！
　　似这等国耻民辱怎消受？
　　哪个愿卑躬屈膝称臣奴！
　　单有那黄兴船头立，
　　蹈海踏浪雄赳赳。

白：话说一九〇三年五月，黄兴离开日本回到阔别的故乡——
　　长沙。这一夜，以聚餐为名，与宋教仁、刘揆一、陈天华、
　　章士钊等一百多人，在明德学堂成立了"华兴会"。会
　　上，研究了武装起义的事宜——

唱：为民众，求救赎，

白：身为继母，你做事这么偏心！影响我的两个小儿，他们长
　　大了，会变成什么样的人呢？你你你，走吧！

唱：一纸休书递过去，
　　接休书的是闵子骞。
　　只见他长跪在地求父亲，
　　话语不多情意绵。

白：爹，留下母亲只是我一个人受冷，休了母亲三个孩子都要
　　挨冻呀。

唱：父亲一听头仰天，
　　继母一旁泪涟涟：
　　子骞我的好儿子，
　　继母不该偏心眼。
　　有你今天这句话，
　　往后绝不再偏袒。
　　这正是——
　　要想家和万事兴，
　　莫为些许小事烦。
　　孝心换得爱心暖，
　　芦衣顺母万代传。

白：无妨事，无妨事。

唱：话音刚落绳又掉，

父亲皱眉心中烦。

闵子骞再次捡起又掉下，

父亲怒火心中燃！

一把夺过马鞭子，

狠狠抽向闵子骞！

你这是在客人面前丢我的脸，

三番五次你贪玩！

一鞭抽下衣服破，

只见那芦花伴着雪花随风旋。

弟弟年幼不懂事，

拍着巴掌笑开颜。

白：哦——哥哥衣服里飞出好多白花花哟。

白：儿子，你、你怎么穿的芦花衣？我不是买了布和棉花，要
你娘给你们做的吗？

白：娘给我做的是芦花衣。

白：扯淡！芦花哪能御寒？你怎么不告诉爹呢？

白：我，我，怕你和娘吵架……

白：好儿子，爹错怪你了。来来来，你都快冻僵了，快坐进车
内，让爹来驾车。

唱：闵子骞少小母过世，

父亲续弦又把两个儿子添。

回到家见小儿穿得暖，

父亲他痛斥继母心太偏：

◎常德丝弦

芦衣顺母

唱：北风呼呼大雪漫，
　　天寒地冻行路难。
　　父亲送客驱车走，
　　驾车的是他儿子、孔子的学生闵子骞。
　　风啸啸——
　　狂舞冰碴扑脸面，
　　雪弥漫——
　　胜似浓雾遮双眼。
　　闵子骞歪头眯眼看前路，
　　一路驱马浑身寒，
　　双手冻僵无知觉，
　　马缰绳滑落掉一边。
　　头一次，父亲轻轻把气叹，
　　对着客人忙致歉：
白：唉，让您见笑了，这伢儿做事粗心，都是我管教不严。

言必诚信，
行必忠正。
自古皆有死，
民无信不立。

白：夫君，我知错了。

白：好娘子——

唱：承诺一定要兑现，
子女面前不食言。
严于律己是典范，
曾子杀猪千古传。

磨刀石上磨钢刀，

刀刃一晃令人寒。

妻子不解其中意，

忙问夫君为哪般。

白：夫君，你不读书，磨刀搞么得哟？

白：呃，你出门时，不是对儿子说，杀猪给他吃肉吗？

白：哎哟，我的夫君呢，你你你，怎么真的要杀猪嘞！

唱：不让儿子跟我赶，

哄他杀猪是戏言。

栏中小猪未长大，

春节再杀好过年。

白：娘子——

唱：你说杀猪是戏言，

儿子不知是妄谈。

人之初，

性本善。

子之小，

不知判。

父母言行是样板，

言传身教不一般。

你说杀猪不杀猪，

缺失诚信毁少年。

母亲说话哄儿子，

儿子待人会食言。

白：至圣先师孔夫子曰：

◎常德丝弦

曾子杀猪

唱：孔子弟子有三千，
　　曾子求学夫子殿，
　　妻子辛劳理家务，
　　相濡以沫年复年。
　　这一天妻子出门走市场，
　　小儿子跟着赶脚把衣牵。
白：娘，我也要去。
白：儿子，乖，跟爹爹留在家里，娘出去就回。
白：娘……
白：儿子乖，娘回来后，杀猪给你吃肉。
白：哦……
唱：儿子松开娘的衣，
　　妻子脱身跨门槛，
　　转程回家进后院，
　　只见曾子脱衣衫，

特派人送来孤女找亲人。

白：中国人民决不以日本士兵及人民为仇敌……必当为中华民
　　族之生存与人类之永久和平而奋斗到底……

唱：八年抗战历艰辛，
　　同胞血肉筑长城。
　　五星红旗蓝天飘，
　　改革开放启航程。

白：1980年5月28日，《人民日报》刊发了一篇题为《日本小姑
　　娘你在哪里？》的通讯，文章配上当年聂将军和美惠子的
　　合影。这真是：一石激起千层浪，尘封往事掀波云。

唱：《读卖新闻》国内寻，
　　短短六天有回音，
　　当年小小美惠子，
　　长崎县里当母亲，
　　得知将军常挂念，
　　热泪盈眶心难平，
　　赶赴北京看将军。

白：聂将军！

白：美惠子！

白：聂将军啊——

唱：宽大仁慈中国人，
　　以德报怨菩萨心。
　　中日不要再战争，
　　两国人民要和平。
　　友谊长存世世代代传下去，
　　倒行逆施定遭报应万劫不复永不超生！

白：小李呀——

唱：日本军阀和财团，
　　侵占中国挑战争，
　　野蛮霸占东三省，
　　屠刀血洗南京城，
　　到处建立封锁线，
　　哀鸿遍野游孤魂，
　　孰不可忍侵略者，
　　罪不在这小孩身，
　　她们也是受害者，
　　战争中的无辜人。

白：对这两个日本小女孩，我们一定要好好地照料，决不能伤
　　害日本人民和他们的后代。

白：司令员，我明白了。

白：为了保证两个孩子的安全，聂荣臻将军决定把她们送回
　　石家庄的日军指挥部，让日方把孩子转送回国，交给她
　　们的亲友。好娃娃，想家吗？来！照个相，明天送你们
　　回去。

白：嗯。

唱：临行前将军孤女留合影，
　　箩筐里挑着孩子送敌营。
　　聂将军心潮起伏实难按，
　　提起笔伏案疾书写书信。
　　书信中言辞恳切道理深，
　　八路军有始有终仁义军。
　　本着那国际主义之精神，

杨仲山交通壕里忙卧倒。

哒哒哒——

杨仲山一个翻滚装死人。

机枪刚停顿,

突然跃起身,

闪身钻进青纱帐,

机智勇敢甩死神。

白：救下的两个小女孩，大的叫美惠子，小的受了轻伤。被
　　紧急送到后方，交到了司令员聂荣臻的手上。

白：小朋友，你叫什么名字?

白：（日语）妈妈死了，妈妈死了……

白：这梨洗干净了，吃吧!

唱：见小孩两眼痴痴望着人，

　　聂将军仁慈恻隐生怜悯。

　　两只手比比画画做样子，

　　小女孩怯怯懦懦张嘴唠。

　　开餐抱起小女孩，

　　一口一口喂得匀。

　　聂将军慈爱可亲带小孩，

　　小女孩拽着将军到处行，

　　引得那群众战士不理解，

　　警卫员冲着将军吐心声。

白：司令员，日本鬼子在我们中国到处烧杀掳掠，连孩子儿
　　童也不放过，犯下的罪行罄竹难书! 你干吗还对日本鬼
　　子的小孩这么好?

◎常德丝弦

将军情

唱：抗日烽火烈焰腾，
　　百团大战出雄兵。
　　遍地开展破袭战，
　　反击侵略捷报频。

白：1940年8月，晋察冀军区第一分区三团，担任主攻日寇驻
　　守的井陉煤矿。一营四连连长韩金铭带着战士冲进日军碉
　　堡，只见一具日本妇女尸体旁有一个四五岁的小女孩和一
　　个襁褓中的孩子，连长马上命令："杨仲山，快把孩子护
　　送到营部的救护所去。"

白：是。坚决完成任务！

唱：碉堡外日寇机枪扫不停，
　　阵地上枪林弹雨喊杀声。
　　杨仲山抱着孩子跑得急，
　　贼日寇机枪扫射打脚跟。
　　哒哒哒——

含着奶头入梦乡。
一声啼哭娘呵哄，
一声咳嗽娘心慌。
含辛茹苦抚养大，
只盼儿女成栋梁。
有权有势再有钱，
莫忘生身的亲娘。
外交部部长洗尿裤，
孝敬之举美名扬。

权当我来孝敬娘。

白：儿啊，你是国家干部，做大事的，又大老远回来，快歇歇
　　吧！和妈妈聊聊。

白：是啊，还是我来洗吧。

唱：秋江你好不容易回趟家，
　　就应该多多陪娘说说话。
　　洗洗浆浆女人事，
　　何劳你外交部部长来相帮？

白：张茜，你莫和我争。娘——

唱：我小时您一口一口来喂养，
　　我小时您一天一天盼我长，
　　我小时您一块一块洗尿片，
　　我小时您一勺一勺喂药汤。
　　到而今您已年迈病在床，
　　就让我洗洗尿裤来补偿。
　　莫说是只有一条裤子洗，
　　哪怕是洗得再多也无妨。

白：这正是——

唱：人生都是父母养，
　　十月怀胎辛苦娘，
　　一朝分娩娘奔死，
　　撕心裂肺疼肝肠。
　　一泡屎，一泡尿，
　　一口水，一口汤，
　　半夜哭啼忙喂奶，

白：娘——

唱：新中国百废俱兴朝气旺，

忙工作身不由己难陪娘。

儿想娘常常半夜难入睡，

儿想娘常常伫立望南方。

儿为了摆脱思念娘痛苦，

我只有努力工作使劲忙。

白：儿啊——

唱：都只怪娘的身体不争气，

害得儿心里时常牵挂娘。

你出国代表新中国，

莫为娘分心出洋相。

娘有保姆来照顾，

为党为国尽管忙。

娘领儿的情和义，

胜似打针喝药汤。

白：娘，我刚才进门时，看到你把么子东西藏在了床底下。

白：没有。

白：我都看见了。

白：儿啊，娘，娘的这个病，大小便失禁。那，那是娘的一条
尿裤……

白：娘啊——

唱：娘久病不能动弹卧在床，

当儿的不能侍候在身旁。

这条尿裤我来洗，

◎ 常德丝弦

陈毅探母

唱：车轮滚滚尘土扬，
　　一路扬尘回故乡。
　　带着张茜夫人走，
　　陈毅回家看亲娘。
白：1962年，外交部部长陈毅率团从国外访问回来，路过家
　　乡，决定抽出时间，回家探望生病的娘亲。
唱：车未停稳车门开，
　　陈毅高声忙喊娘。
白：娘！娘——
　　急忙忙跨大步迈过门槛，
　　见娘亲床边东西床底藏。
　　陈毅床边坐，
　　陪娘拉家常。
　　先问恢复怎么样，
　　再说祖国新气象。

合唱：啊——

这样的军队，

这样的将军，

人民的贴心人，

人民的子弟兵。

莫道世人重金银，

金银有价何其轻。

两块银圆唱不尽，

党风军纪胜金银。

老板检验好称心。

这一件，

刘司令穿上蛮合体。

这一件，

邓政委穿上更精神。

刘邓首长捧棉衣，

似捧夫妇两颗心。

一道命令下，

一阵军号鸣，

一旅雄师铁流走，

一路温暖江南行。

刘司令发觉衣领沉，

伸手摸衣心头惊，

拆开线缝看仔细，

银圆似火烫手心。

邓政委喊来警卫员，

（夹白）警卫员！

（夹白）到！

（夹白）茶壶钱速送回蕲春。

警卫员催马去如飞，

追赶落日顶繁星。

连日带夜几百里，

雄鸡高唱胡凉亭。

甲白：孙大伯，孙大娘，我奉刘司令员和邓政委的命令，特地
　　　返回这里，给你们送还茶壶钱。请收下。敬礼！

秋风瑟瑟寒气浸。

刘邓大军做冬衣，

姑娘大嫂巧缝纫。

老孙争得任务回，

老伴制作赶时辰。

量胸量袖量衣领，

量长量短量腰身，

面料布，

裁齐整，

新棉花，

铺均匀。

一针针，

密密缝，

一线线，

切切情。

一针一线紧相连，

一说一笑凝真情。

（夹白）老倌子。

（夹白）呃——

银圆缝进棉衣领，

神不知，鬼不知，

不知不觉把它还给邓将军。

三天时间匆匆过，

两件棉衣崭崭新。

老孙试穿心满意，

邓政委，

喝口茶水提精神。

合唱：老孙边说边斟茶，

稍不留神茶水盈。

溅得那——

红箭头的、蓝圆点的、

黑弯线的军用地图水淋淋。

老孙忙用衣袖擦，

（夹白）哦嗬！

茶壶落地碎零零。

刘司令员忙劝慰，

不必介意小事情。

邓政委怀中掏银圆，

权当茶壶赔偿金。

老孙他回家说仔细，

老伴听罢怨不停。

甲白：你呀——刘将军他们为穷人打天下，没得到什么报
酬，喝口茶水还能收钱？再说，那茶壶还是你自己摔碎
的嘛！

乙白：我，我把这两块银圆退回去。

甲白：回来！你呀，硬是个榆木脑壳。他们给你了，又怎么肯
收回去呢？

乙白：那，那怎么办呢？

甲白：这……呃，有办法哒！

合唱：落木萧萧冬至近，

◎常德丝弦

两块银圆

合唱：丝竹悠悠弄清音，
　　　歌喉悠悠吐真情，
　　　江水悠悠流不尽，
　　　岁月悠悠倍思亲。
甲白：1949年，为了解放祖国的大西北，刘邓大军挥戈南下。
　　　10月的一天，刘伯承司令员和邓小平政委，在湖北蕲春
　　　县的胡凉亭研究战斗方案，这时候——
合唱：门帘卷，
　　　悄无声，
　　　脚步稳，
　　　似猫轻。
　　　农民孙志先，
　　　拎壶进房门。
乙唱：刘司令，
　　　喝口茶水润润喉；

深深弯腰三鞠躬，

默默哀悼开口言：

白：生我者父母，教我者党。同志、老师、朋友、亲情都不能
忘记。下次再回来，我还得来看他们二老。

白：这正是——

唱：一代伟人展风范，

养育之恩记心间。

至伟至高父母养，

莫把孝敬丢一边。

为民族共产党人掌政权。

合：拳拳赤子心，
　　恋恋情难掩。
　　见到乡亲们，
　　笑开童真颜。
　　家长里短聊不断，
　　乡音不改亲无间。

白：毛主席回到韶山的头天晚上，接乡亲们吃了一餐饭，第二
　　天清早，毛主席对警卫员说：走，上山去。

合：晨风蔼蔼松涛喧，
　　青草悠悠山花鲜。
　　露珠静静挂叶片，
　　鸟雀啾啾穿林间。

唱：放眼山间那条路，
　　依稀是放牛时沿着它上山。
　　再看冲里那个湾，
　　依稀是春耕时犁过那块田。
　　门前池塘玩过水，
　　门后树上抓过蝉。
　　边说边走边追忆，
　　一座坟冢立眼前。
　　毛主席疾步忙上前，
　　伫立父母合葬坟墓边，
　　恭恭敬敬插松枝，
　　面色凝重泪水涟，

◎ 常德丝弦

赤子故土情

合：回韶山，
　　回韶山，
　　情切切、急盼盼，
　　毛主席一九五九年回韶山。
唱：人在车内思绪涌：
　　故园三十二年前，
　　红旗卷起农奴戟，
　　黑手高悬霸主鞭。
　　湖南农民风起云涌闹革命，
　　敢教日月换新天。
　　秋收起义上井冈，
　　北上抗日驻延安。
　　百万雄师过大江，
　　天安门城头五星红旗映蓝天。
　　为民生义无反顾离故乡，

我们一定要建立强大的海军。
毛主席高瞻远瞩寄厚望，
看而今中国海军扬国威。
为了和平与发展，
中国人民又怕谁？

圆圆舷窗透金辉，

阳光雨露沐金葵。

甲唱：毛主席登上驾驶台，

军舰破浪快如飞。

乙唱：毛主席走下机舱房，

亲切嘱咐暖心扉。

丙白：毛主席来到厨房间，

亲手舀汤品色味。

合唱：毛主席察遍长江舰，

谈笑风生不知累。

水兵战士心头醉，

幸福情景难描绘。

甲唱：值更一班换一班，

主席窗口灯生辉。

乙唱：夜深人静莫高声，

放下铁锹手掀煤。

丙唱：细听还有沙沙声，

快把舱门紧紧闭。

合唱：莫道汗水湿衣衫，

幸福胜过甘露美。

愿主席，

好好休息精力锐；

看主席，

如椽巨笔手中挥。

合白：为了反对帝国主义的侵略，

丙唱：今天不把办法想，
　　　夙愿难以得欣慰。

甲白：小雷！大为！

乙丙：到！

甲白：你们俩后退一步……

丙白：是……哎呀，班长：
　　　平日里，
　　　令行禁止不皱眉；
　　　今日里，
　　　命令暂且违一违。

甲白：同志们！
　　　革命军人有纪律，
　　　一切行动听指挥。
　　　平日玩笑尤可开，
　　　今天命令不可违！

丙白：那……

乙白：小雷，咱们就让班长先看吧。

甲白：不，我们三人一起看！

乙丙：一起看？

甲白：对呀——
　　　咱们三人都后退，
　　　并排站好莫挤推。
　　　稍离舷窗一尺远，
　　　都能看到毛主席。

合唱：啊——

丙白：不行！

　　　战士无令不离位，

　　　锅炉熄火谁加煤？

伴唱：今天值更非寻常，

　　　干系主席的安危。

乙白：不上舱？

丙白：也不行！

　　　白天仰望主席像，

　　　夜里梦见几多回。

伴唱：而今主席来舰上，

　　　红心早随情意飞。

合唱：怎么办？

　　　怎么办？

　　　三人大眼看小眼，

　　　喉哽鼻酸滚热泪。

　　　定要见到毛主席，

　　　满腹激情心头沸。

夹白：有哒！

　　　三人同把舷窗推，

　　　头碰头来臂擦臂。

甲白：哎呀，你们两个过去一点。

乙白：你们两个把头偏一偏。

丙白：小伙子，我的头会被你们挤扁！

合唱：窗口太小人太多，

　　　谁也不肯来让位。

◎ 常德丝弦

毛主席视察"长江"舰

合唱：白雪皑皑映金辉，
　　　武汉三镇春光媚。
　　　毛主席视察"长江"舰，
　　　长江陡涨三丈水。

甲白：1953年2月19日，伟大领袖毛主席视察人民海军舰艇部
　　　队，健步登上"长江"舰，这时候——

合唱：岸上岸下歌声飞，
　　　舱内舱外喜出泪，
　　　万众欢呼毛主席，
　　　逢春花木分外美。

乙唱：甲板上，
　　　毛主席挥手笑微微。

伴唱：锅炉房，
　　　急坏了小雷、大为和老崔。

甲白：上舱去！

第二章　常德丝弦

（白）老先生，在棋艺上，您是我的老师，在胜不骄败不馁的军事问题上，您是我的先生，请您收下我这个徒弟吧！

（老）陈将军——（陈）老先生：

(1 2 3 4 | 5·5 5 5 | 5 0 3 5 6 7 | i· i i i |

i·3 2 i | 6 5 3 2 | i 0 0 i | 6 5 3 2 | 5 i |
　　　　　　　　　　　　　　　　　　　　　　与 君

3 i 3 5 | 3 i 6 | 6·5 | i i 6 5 3 2 | 5·（3
一　　　　　　　席　　肺 肝　　　　语

6 i 5 3 2 3 5 | 5 5 1 6 1 2 | 5 3 2 | 1 6 3 5 2 3 7 6 |
　　胜 似 十　　　年　　　好　　　光

5 6 5 3 2 3 5 | 1 6 5 6 5 | 5 6 1 2 5 3 2 | 5 3 5 6 |
阴　　　　陈 毅　　拜　师　　书　一

6 - | 5 5 i | 6 i 6 5 3 | 3 i 3 5 i i | 6·i 6 5 4 |
段　　人 民　与　　　党　息 息　相 关 心　连

5 0 3 | 2 i | 6·i 6 5 | 4 5 4 5 6 | 5 - ：‖
心。

$\widehat{1\ 1\ \overset{3}{\underset{\smile}{3}}}\ \overset{}{2}\ |\ \widehat{3\ 3\ \dot{1}}\ \widehat{\dot{1}\ 6\ 5}\ |\ \widehat{1\ 2\ 3\ 5}\ \widehat{2\ 5}\ |\ 3\ \dot{1}\ 3\ \widehat{3\ \dot{1}\ 6\ 5}\ |$

拔　铁　钉　有意　输　　无心　赢好　让你　镇定

$\widehat{5\ 5}\ \widehat{1\ 2\ 3\ 5}\ |\ \overset{}{2}\ 5\ 5\ |\ \widehat{3\ \dot{1}\ 6}\ 6\ |\ 6\ 6\ 6\ 6\ |\ 0\ \dot{1}\ \widehat{3\ 5}\ |$

自若　调千　军黄　桥　战　役　　　　　　获全

$\widehat{6\cdot\dot{1}}\ 5\ |\ \widehat{5\ 5}\ \widehat{5\ 6\ \dot{1}}\ |\ \widehat{1\ 1\ 5}\ |\ \widehat{5\ 3\ 2}\ 5\ 5\ |\ \widehat{5\ 6\ \dot{1}}\ 0\ 1\ |$ ¼

胜　　方知　你是　陈　司　令　　今日　景况　已

$0\ 5\ |\ 1\ 2\ 3\ |\ \underset{\cdot}{6}\ \dot{1}\ |\ \widehat{6\ 5\ 1}\ |\ 0\ 1\ |\ 1\ |\ \underset{\cdot}{6}\ \dot{1}\ |\ 2\ |$

非昨　苏北　大地　庆升　平

$\widehat{5\cdot 3}\ 2\ 5\ |\ \widehat{3\ 2\ 1}\ |\ 2\ 0\ |\ 5_m\ 3_m\ 2\ 5\ |\ 2_m\ 6_m\ \widehat{\overset{6}{\dot{1}}_m}\ |\ \overset{>}{5}\ \overset{>}{5}\ |$　清唱散板　　　　　　　　　　　乐进

　　　　　　　　　　　　　　我　这　才　　　不动

$5\ |\ \overset{>}{1}\ 2\ 3\ |\ \overset{>}{2}\ |\ \dot{1}\ 6\ 5\ |\ 3\ 5\ |\ 1\ 2\ 3\ 5\ |\ 2\ 0\ 5\ |\ \widehat{3\ \dot{1}\ 6\ 5}\ |$

将不松　钉　三局　棋　败将　军　好让你

$\widehat{5\ 5\ 3}\ |\ \widehat{2\ 3\ 5}\ |\ \widehat{5\ 3}\ \dot{1}\ |\ \dot{1}\ \dot{1}\ |\ 0\ \dot{3}\ \widehat{\dot{2}\cdot\dot{3}}\ \widehat{\dot{2}\ \dot{1}}\ 6\cdot\dot{1}\ 6\ 5\ |$

头脑　冷静　不骄　兵。

$3\ 5\ 3\ 5\ |\ \widehat{6\ \dot{1}}\ |\ \widehat{6\ \dot{1}\ 6\ 5}\ |\ 3\ 2\ |\ 1\ -\ |\ 1\ \|\ |\ 5\ 3\ 5\ 6\ |$

$\dot{1}\ \dot{1}\ |\ \widehat{6\ \dot{1}\ 6\ 5}\ |\ 3\ 3\ |\ 2\ 5\ |\ 6\ 5\ 3\ 2\ |\ 1\cdot 2\ 3\ |\ 1\ -\ \|$

说唱丝弦

052

```
0 1 | 15 | 2 6 1 | 12 31 | 2 32 | (5653 |
      带    兵 人

23 21 | 65 61 | 2) 1 | 1 65 | 31 5 | 56 72 |
        苏    北      大      地

76 65 | 6 - | 6 1 | 1 65 | 35 | 56 76 | 5 (61 |
峰      烟    起

53 23 | 5) 5 | 51 65 | 3 35 | 321 | 05 |
       胜    败     与    否     干

1 61 | 54 | 321 | (25 61 | 2) 1 | 65 32 |
系      深              有    道    是

53 2 | 65 6 | 01 | 1 65 | 25 3 | 05 | 53 1 |
三 军    不 可   失   将 帅   临 战

35 65 | 3·5 | 321 | 65 32 | 65 6 | 61 5 |
前            将 帅   不 可   添

32 61 | 54 | 321 | 232 | (223 | 5·653 |
烦 心

23 56 | 32 16 | 23 21 | 61 2) | 33 1 | 35 | 53 1 5 |
                              我 这 才   动 老   将
```

慢

$5 \underline{5} | \underline{5} \dot{3} \quad \underline{2} \underline{3} | \underline{5} \quad 0 | \underline{5} \quad \underline{5} \underline{3} | \underline{1} \underline{2} \quad 3 | \underline{1} \underline{6} \underline{5} | \underline{1} \underline{2} \quad 3 |$

坤，　　　　　　三局　直落　败　陈　毅

$(\underline{3} \underline{3}) | \underline{1} \underline{5} | \underline{5} \underline{1} | 5 | \dot{6} \underline{1} | \overset{\underline{61}}{2} | \underline{2 \cdot 3} | \underline{2} \underline{5} | \dot{6} \underline{1} | 2 \parallel$

陈毅　不由　心头　　沉。

（白）老先生前次对弈，您动了老将，我是一胜两和，今天您
不动老将，我为啥子连战皆输呢？

陈将军

$(2 \underline{2} \underline{3} | \underline{5} \underline{6} \underline{5} \underline{3} | \underline{2} \underline{3} \underline{2} \underline{1} | \dot{6} \underline{5} \dot{6} \underline{1} | 2) 5 | \underline{5} \dot{1} \underline{6} \underline{5} |$

　　　　　　　　　　　　　上　次

$\dot{1} \underline{6} \underline{5} | \underline{5} \underline{3} \dot{1} | \underline{3} \dot{1} \underline{5} | 5 (\dot{6} \underline{1} | \underline{5} \underline{3} \underline{2} \underline{3} | 5) 3 |$

虽说　不　相　识　　　　　　　见

$\underline{3} \dot{1} \underline{6} \underline{5} | \underline{3} \dot{1} \underline{3} \dot{1} | \underline{3} \underline{2} \underline{1} | \dot{1} \underline{6} \underline{5} | \underline{5} \dot{6} | \underline{5} \underline{4} | \underline{3} \underline{2} \underline{1} |$

面　料　定　　　　八　　九　分

$\underline{2} \underline{3} \underline{2} | (\underline{5} \underline{6} \underline{5} \underline{3} | \underline{2} \underline{3} \underline{2} \underline{1}) | \dot{6} \underline{5} \dot{6} \underline{1} | 2) 1 | \underline{1} \underline{5} \underline{1} |$

　　　　　　　　　　　　　出　门

$\underline{5} \underline{3} | 2 - | \underline{2} \underline{1} | \underline{1} \dot{6} \underline{5} | \dot{6} \underline{1} | \underline{1} \underline{2} \underline{3} | 1 (\underline{2} \underline{3} |$

跟着　　警　卫　员

$\underline{7} \underline{6} \underline{5} \underline{6} | \underline{1}) 5 | \underline{5} \dot{1} \underline{6} \underline{5} | \underline{3} \dot{1} \underline{3} \dot{1} | \underline{3} \underline{2} \underline{1} |$

　　　　必　　定　是　个

说唱丝弦

050

$\frac{2}{4}$ ($\dot{1}\cdot\dot{1}$ $\dot{1}\dot{1}$ | $6\dot{1}$ 65 | $\frac{4}{4}$ 40 03 21 23 | $\dot{1}\dot{1}$ $65\dot{1}$ 35 |
　　　　　　　　　部队　休整

53 $\dot{1}6$ 65 32 | $\overset{5}{1}\cdot\underset{.}{2}$ 65 1 | 16 12 55 21 |
回村　　　　　庄,　　陈毅　再度

16 53 21 16 | $\overset{1}{5}\cdot($ 3 23 5 | 75 56 16 1 |
拜先　生　　　两人

$2\cdot3$ 12 32 35 | 23 21 76 57 | $\overset{7}{6}\cdot($ 5 3 56) |
相　见如　故　　知

$5\dot{1}$ 65 32 | 50 $1\cdot3$ 21 65 | 53 $5\dot{1}$ 63 56 |
寒喧　　之后　　又　陈

$\dot{1}($ 01 21 23) | $\dot{1}$ 65 | 35 | $3\dot{1}$ 65 | 35 |
兵　　　　　先生　取下　象棋　盘

55 | 65 | 12 35 | 2 | 335 | 2123 | 5 | $5\cdot6$ |
不动　老将　不松　钉陈毅　他

16 | 5 | 26 | 1 | 5 | 1 | 2312 | 3 | 25 | 32 |
浑身　解　数　皆使　尽　老先

21 | 1 | 65 | 1 | 65 | 1 | 2 | 35 | 2321 | 76 |
生　　稳操　胜　券定　乾

$$3\ \dot{1}\ |\ 3\ \dot{1}\ |\ 3\ 5\ |\ \widehat{1\ 6}\ 5\ |\ 3\ 3\ |\ 1\ 5\ |\ 1\ 6\ |\ 1\ 6\ \dot{1}\ |$$

损炮 损车 马 只杀 得 难分 难解 难脱

$$3\ 2\ |\ 5\ 5\ |\ 5\ |\ 5\ 1\ |\ 6\ 5\ |\ \widehat{1\ 6\ 5}\ |\ \dot{6}\ |\ 2\ 3\ 1\ 2\ |\ 3\ |$$

身 虽不 见 疆场 血 水 流

$$0\ 6\ |\ 6\ \dot{1}\ |\ 3\ \dot{1}\ |\ 6\ 5\ |\ 5\ |\ 5\cdot 3\ |\ 2\ 1\ |\ 0\ 3\ 2\ 1\ |$$

却 也似 战 地 硝 烟 腾

$$6\cdot\dot{1}\ |\ \widehat{5\ 3\ 5}\ |\ \dot{6}\ |\ \dot{6}\ (\dot{7}\ 6\ 5)\ |\ \dot{6}\ |\ \widehat{1\ 6\ 1\ 5}\ |\ 6\ 1\ |\ 5\ 3\ 2\ |$$

$\frac{2}{4}$

陈毅 他 巧用 中炮

$$5\ 1\ 2\ 3\ |\ 5\ 3\ 2\ 1\ |\ 5\ 5\ |\ 6\ 1\ |\ \widehat{1\ 6\ 1\ 2}\ |\ 2\ 3\ 2\ 1\ |\ 6\ 1\ 2\ |$$

胜头 局 先生 他 妙着 解危 求和 平

$$5\ 5\ 3\ 2\ |\ \widehat{1\ 6\ 5}\ 1\ |\ 5\ 1\ |\ \widehat{2\ 3\ 1\ 2\ 3}\ |\ 6\ 6\ 5\ 5\ |$$

一胜 两 和 先生 输, 拱手 笑对

$$1\ 6\ 5\ |\ \dot{1}\cdot 3\ 2\ 1\ |\ 0\ 3\ 2\ 1\ |\ 6\cdot\dot{1}\ 5\ 3\ 5\ |\ 6\cdot\dot{7}\ |$$

陈 毅 云

$$6\ 6\ 0\ 3\ 5\ |\ 6\ 6\ 0\ 7\ |\ 6\ 7\ 6\ 5\ |\ 3\ 2\ 3\ 5\ |\ 6\ -\ \|$$

（白）（老）哎呀不才不才，同志你见笑了（陈）承让承让，先生棋艺高！陈毅将军告辞了老先生，没有几天便率领着千军万马奔赴前线，打响了黄桥战役，但只见——硝烟弥漫杀声腾，枪林弹雨鬼神惊，弹指一挥凯歌奏，黄桥战役捷报频。

（白）老先生您为啥子要把老将钉死在棋盘上？（老）哎呀讲起来你不要见笑，我下棋从来不动老将……（陈）噢，那您今天为啥子要……（老）今天您是客人，不破破例只怕是不行的噢。

1/4

(2·3 | 21 | 61 12) | 535 | i | 55 | 55 | 33 |

陈毅　　他　棋盘　前面　稳稳

315 | 11 | 61 | 51 | 2 | 25 | 53 | 165 |

坐，　神出　鬼没　出奇　兵　老先　生　手捻

123 | 651 | 253 | 55 | 55 | 16 | 1·3 | 21 |

胡　须　细细　算　变细　莫测　如有　神

615 | 67 | 65 | 67 | 65 | 6) | 3i | 355 |

你架　巡河

315 | (5) | 6·5 | 51 | 232 | (2) | 35 | 3i |

炮　　我　出　七星　兵　　你派　马卧

356 | (6) | 6·1 | 531 | 2 | (2) | 03 | 05 | 535 |

槽　　我调　车守　营　险　着　时时

6 | 01 | 05 | 533 | 2 | (03 | 22 | 061 | 22 |

出　叫　将　声声　紧　（白）将"下士""抽车将"

5·3 | 21 | 6·1 | 2) | 531 | 6 | 6 | 3i |

"回象"　　（唱）只杀　得　　损兵

$\overline{1\cdot(2\ \underset{\cdot\cdot}{\underline{7\ 6}}\ \underset{\cdot}{\underline{5\ 6}}\ 1)}\ |\ 5\ \dot{1}\ \widehat{6\ 5}\ 3\ 2\ 5\ |\ 5\cdot\dot{1}\ 3\ \widehat{5\ 6}\ 0\ (6\ 6)\ |$

尘　　　　　黑方　老将贴盘上

$\widehat{5\ 3\ 5}\ \underline{\dot{1}\ \dot{1}}\ |\ \dot{1}\cdot\dot{2}\ |\ 6\cdot\dot{1}\ \underline{6\ 5}\ \underline{3\ 5}\ \underline{6\ 5}\ 3\ |\ \widehat{\dot{1}\ 3\ \dot{1}}\ \underline{6\ 5}\ \underline{3\ \dot{2}}\ |$

棋子　中间　　　　　　钉铁

$\overset{5}{1}\cdot\dot{2}\ \overline{(\underset{\cdot\cdot}{\underline{7\ 6}}\ \underset{\cdot}{\underline{5\ 6}}\ 1)}\ |\ 5\cdot\underline{3}\ \underline{5}\ \dot{1}\ \underline{6\ 5}\ \underline{4\ 3}\ |\ \underline{2\ 2}\ \underline{2\ 3}\ \underline{5\ 6}\ \underline{\dot{1}\ 2})\ |$

钉，

$\widehat{5\ 3\ \dot{1}}\ \underline{6\ 5}\ \underline{6\ 5}\ \underline{3\ 2}\ |\ \overset{2}{1}\cdot\overline{(2\ \underset{\cdot\cdot}{\underline{7\ 6}}\ \underset{\cdot}{\underline{5\ 6}}\ 1)}\ |\ \underline{5\ 5}\ 3\cdot\underline{2}\ \underline{2\ 1}\ \underline{1\ 6}\ |$

陈毅 情切切　　　先生　笑吟

$\widehat{5\ 6}\ \overset{2/4}{(\underline{4\ 3}\ \underline{2\ 3}\ 5}\ |\ 5\ \underline{1\ 6}\ |\ 5\ \underline{1\ 2}\ |\ \underline{3\ 3}\ \underline{5\ 3}\ 5\ |\ \underline{1\ 2}\ \underline{3\ 5}\ 2\ |$

吟　　　沏茶水　端板凳 取棋盘　抹灰尘

$3\ \dot{1}\ \underline{3\ 5}\ |\ \overset{1}{6}\ -\ |\ \widehat{5\ 6}\ \underline{5}\ \underline{3\ 2}\ 1\ |\ \overset{3}{2}\cdot\overline{(\underline{3\ 5}}\ |\ \underline{2\ 3}\ \underline{2\ 1}\ \underline{6\ 5}\ \underline{6\ 1}\ |$

放 老将 松铁 钉

$\underline{2\ 2})\ |\ \underline{1\ 5}\ \underline{3\ 2}\ |\ 5\ \underline{1\ 6}\ 5\ |\ \underline{1\ 6}\ 5\ |\ \underline{2\ 5}\ 3\ |\ \underline{6\ 5}\ \underline{6\ 5}\ 1\ |$

　陈毅　　不解 其 中味　毕恭毕敬

$\underline{1\ 6}\ 5\ |\ 5\ \underline{3\ 2}\ 1\ |\ 0\ \underline{3\ 2}\ 1\ |\ 6\cdot\underline{1}\ \underline{5\ 3\ 5}\ |\ 6\cdot(\underline{7}$

问　先 生。

$\underline{6\ 6}\ 0\ \underline{3\ 5}\ |\ \underline{6\ 6}\ 0\ \underline{7}\ |\ \underline{6\ 7}\ \underline{6\ 5}\ |\ \underline{3\ 2}\ \underline{3\ 5}\ |\ 6\ -\ \|$

真对付嘿。（母）同志您想下棋，我去学堂把我老头子喊回来陪您下棋好吧？！（女儿）对，我下棋是跟我妈学的，我妈下棋是跟我爹学的。（陈）好，那我要登门求教。

（ⅰ·ⅱⅰ6 5323 5｜53 ⅰⅰ（ⅰⅰⅰⅰ ⅰⅰ）｜53ⅰ 65 5 1 65｜
　　　　　　　兴　冲冲　　　　陈毅　他　带头

165 12ⅰ65 3｜61 1（1 65 6 11）｜65 6 1 1 65 1｜
往　前奔　　走忙忙　　　　警卫员　小　田

1 6 1 2 5·3 2（3｜2·3 21 61 2）｜53ⅰ 65 55 32｜
后　面跟，　　　　　　来到　　私塾

1 1 1·2 3｜6 55 55 65 6 1｜6·1 2（5 3 2 1 2）｜
学堂里，　拜见　先生进　房　门，

3ⅰ3 5ⅰ65 3·2 21｜1 2 1 65 1 2 3｜2 1 65 52 35｜
但只见　　　　棋　盘　悬壁

53·3·5 3 2｜21 65 5 1 1 2｜3·（4 3 2 3）｜
上，

1 1 3 2 1 65 3 2 1｜2·3 5·ⅰ 65｜3·5 6ⅰ6ⅰ65 32｜
棋盘　上　面积　灰

$1\ 2\ 3\ 5\ 2\ |\ (6\ 5\ 3\ 5\ 2\ 2\ |\ 1\ 2\ 6\ 1\ 2)\ |\ 5\ 3\ \dot{1}\ \dot{1}\ |\ \dot{1}\ \dot{2}\ 6\ 5\ |$

比　输　赢,　　　　　　　　　　　陈毅　他

$5\ 3\ \dot{1}\ 6\ 5\ |\ 5\ 5\ \underline{6}\ 5\ |\ 0\ 1\ 3\ 5\ |\ 5\ \dot{1}\ 6\ 5\ 3\ |\ \underline{6}\ \underline{1}\ 1\ 1\ |$

屏　息　静　气　听仔　细　　猛然　回神

$0\ 5\ 1\ 2\ |\ 5\cdot 3\ 2\ |\ (6\ 5\ 3\ 5\ 2\ 2\ |\ 1\ 2\ 6\ 1\ 2)\ |\ 3\ 3\ 3\ 5\ |$

心头　惊　　　　　　　　　　　　母女　俩

$5\ 3\ \dot{1}\ |\ 3\cdot \dot{1}\ 6\ |\ 6\ 5\ \underline{6}\ 1\ |\ 3\cdot 5\ 6\ |\ 3\ 1\ 3\ 5\ \dot{1}\ \dot{1}\ |$

黑　灯　瞎　火　下盲　棋,　技　艺　高超

$0\ 5\ 3\ 2\ |\ \underline{6}\ 1\ 2\ |\ (1\ 2\ 6\ 1\ 2)\ |\ 5\ 3\ \dot{1}\ 5\ 3\ \dot{1}\ |\ \dot{1}\ 5\ 3\ 5\ |$

实少闻。撩　得　　　　　陈毅　棋瘾　发,

$6\ -\ |\ 0\ \dot{1}\ 6\ 5\ |\ 5\ \dot{1}\ 6\ 5\ |\ \overset{5}{3}\ -\ 5\cdot \dot{1}\ 6\ 5\ |\ 3\cdot 5\ 6\ 5\ |$

　　清　早　便　把大　娘　寻

$3\ 5\ 6\ 5\ 3\ 5\ 2\ 3\ |\ 1\cdot\ (2\ 3\ |\ 1\ 1\ 0\ \underline{6}\ \underline{5}\ |$

$1\ 1\ 0\ 2\ 3\ |\ 1\cdot\ \underline{2}\ 3\ 5\ |\ 2\ 1\ \underline{6}\ \underline{5}\ |\ 1\ -\ \|$

（白）:"大娘根据我侦察得来的情报,您老人家下象棋的水
平蛮高嘿哎,能不能够给我赐教几招?"（母）哎哟同志我怎么会
下棋只不过有时玩一玩,（女儿）同志您想下棋,我陪您下,
（母）姑娘家不晓得天高地厚,（陈）哎,初生的牛犊,我还要认

说唱丝弦

044

4/4
(5·6 i2 65 32 | 5356 i 54 5) | i3 i 65 32 |
　　　　　　　　　　　　　　　　　秋色

3 5 6 — 5 | 3 5 i 6 5 3 | 2 3 5 — i | 6·i 6 5 4 5 64 |
浓　　　　夜风　冷

5 — — | 3 2 3 5·i 6 5 | 5 3 — 2 | 6 5 6 1 2 1 6 1 |
星儿　　　疏　　月儿

(5·6 43 2 3 5) | 5 3 i i i 65 | 1 6 5 1 6 5 2·5 3 (4
明　　　　陈毅伏案　写　报　告

3·4 32 1 2 3) | 6 i 6 5 1 0 6 5 12 | 5·3 2 (5 32 12) |
写完报告　夜已　深

2 1 2 3·5 | 2·3 2 7 6 — | 0 6 1 1 6 1 5 | 3 3 2·3 5 |
夜已 深　人已　静　耳闻 房东母女俩

2/4
1 1 5 5 1 6 1 2 | 3 2 (3 | 2 2 0 6 1 | 2 2 0 3 |
传出窃窃细语　声　（白）"马五进四 炮八退二"

2 3 2 3 | 5 6 i 7 | (6765 3235) | 5 3 5 6 5 3 2 |
"炮五进三" "将四进一"　　　　　　原来

3 5 1 (1 1) | 3·5 3 i 6 5 | 5 3 i 3 5 | 6·1 5 1 |
是　　　楚河汉 界军对垒　母女二人

5 3 5) | 5 6 5 2 3 2 1 2 | 5 3 (5 3 2 3) | 5 3 5 3 2 1 |
苏北 大 地　　　战 云

2·(3 2 1 7 1 2) | 5 5 2 1 2 3 | 5 3 5 1 6 - |
布　　剑拨　　弩　张

5 3 1 6 5 3 2 | 5 0 1 6 1 6 5 | 4 5 4 5 6 1 5 - |
陈 重 兵

(5 3 5 6 2 7 6 | 5 - - 3 | 1 6 1 2 3 5 4 | 3 - - - |
(白)一九四〇年秋陈毅将军奉党中央的命令，率领新四军挺

5 3 5 - 1 | 6 1 6 5 3·2 | 1 6 5 3 2 1 6 1 |
进苏北，要把大江南北的抗日根据地连成一片，国民党顽固

5 - - - | 1·5 6 5 6 | 2 3 2 - 3 | 5·1 6 5 3 2 |
派企图趁我军立足未稳，消灭新四军，面对我军以七千之师

5 - - - | 1 3 - 1 | 6 0 1 6 5 6 | 1 2 5 3 2 1 6 1 |
对付顽固派十万之多的严重局势，陈毅将军他，拟方案析军

5 - - 0 6 | 1 2 3 5 2 1 6 | 1 - - - ‖
情，下指示发命令，运筹帷幄，日理万面，通宵达旦，沥血呕心

陈 毅 拜 师

徐泽鹏 词
宋 洁 曲

1=F 4/4 1/4 2/4 4/4

2/4 庄严、有力地

（ⅰ·ⅰ ⅰ ⅰ｜ⅰ· ⅰ｜ⅰ - 5 5 6｜ⅰ 5 ⅰ 3｜2̇ - ｜

2̇ 3̇ 2̇ ⅰ 5｜6 - 6·ⅰ 3 2｜5 - 5 3 5 6｜ⅰ ⅰ｜

2̇ ⅰ 6 ⅰ 5 5｜2 5 6 5 3 2｜1 2 3 2 1 1｜5 3 5 6 ⅰ·ⅰ｜

ⅰ ⅰ ⅰ ⅰ｜ⅰ ⅰ ⅰ ⅰ｜ⅰ 3 2̇ ⅰ｜6 5 3 2｜5·5 5 5｜

0 6 5 5｜0 6 5 5 0 6 5 6｜ⅰ 2̇ 6 5｜3 2 5｜6·ⅰ 5 3｜

5 - ）｜3 ⅰ 5 6｜ⅰ ⅰ｜ⅰ·ⅰ｜6·ⅰ｜5 6 3 2｜

战 马　萧 萧　　车 辚

5·（6 ⅰ｜5·6 ⅰ 2｜6 5 3 2｜5 6 ⅰ｜5 3 5）｜

辚

4/4 5 6 6 5｜1·2｜5 6 1 2｜5 3 2｜5 3 ⅰ 2 6 5 3 2｜

铁　　流 滚　滚　　起 风

5 3 5 6 ⅰ｜5 - （ⅰ·ⅰ ⅰ ⅰ｜6 ⅰ 6 5｜4·5 6 ⅰ｜

尘

欢快地

(i· i i i 6165 | 3561 5632 | 1235 2336 | 5 55 50) |

i i 3 5 | 3· i i i | i 6 5 ⁵3 | (i i i i 30) | 5 1 6 6 |
张大强　喇叭一按 嘀嘀　响　　　　　　车轮 滚滚

6 6 5 1 | 55 556 | 1 1 55 | 3165 55 | 5311 |
滚滚 车轮　载客 扑进了 茫茫 大雪 大雪 茫茫 直　奔

3 5 6 | i 1 0 6 | 5 6 1 2 | 654 5 - | 5 - | (3 - | 2· 2 3 |
马头　庄

i - | i· 6 5· 6 i 2 | 6165 | 4· 5 654 ⌃ | 5 - | 5 -) ‖

稍慢

（1989年获全省艺术节银奖）

"兵哥，这是市场经济的规律……"

"司机大哥，人都有个为难的时候。如果这世界上么得事都用钱来衡量和解决，那就失去做人的意义哒！" "兵哥哥……"

3432 1 | 2·354 3432 | 3·23 ‖ 5·6 3·5 |

7·2 6561 | 5-) | 661 5 | 663 2 |

        我无 知，我混 帐，

656 561 | 1- 663 63 | 2- 353 35 |

脑壳里差零 件，讲话 也慌 唐，原以为

5533 | 33i 35 | 132 | 335 65 | 053 |

人情冷暖 只认 钱，才知道 有时 候 钱也

ii 65 | 33i i | 06 | 561i 654 | 5- |

不过 是纸一 张

(5·6 43 | 2123 50) | 1·5 65 | 1232 |

         看 起 来

5151 | 156 | 5·5 66 | 5·5 55 | i5 3i3 |

做人不能 离根本，相互理解 相互帮助 天长地 久

渐慢

3i3 i 65 | 565 | 6767 22 | 7276 567i | 6- |

地 久天 长

$\widehat{6 \cdot 6}\ 67\ |\ \underline{6535}\ \underline{60}\ )\ |\ 3 \cdot \underline{5}\ \widehat{65}\ |\ \underline{65}\ 5\ |\ \underline{3}\ \widehat{53}\ 3\dot{1}\ |$

　　　　　　　　　　　　喜得那　　满车厢　男　女老少

$\underline{55}\ \underline{13}\ |\ \underline{\dot{1}\dot{1}}\ \underline{65}\ |\ \underline{\dot{1}\dot{1}}\ \underline{65}\ |\ 3\ \widehat{\dot{1}\dot{1}}\ |\ 3\ \underline{5}\ \dot{1}\ |$

伢和大小　欢声笑语　辟辟叭叭　拍巴　掌啊

$\widehat{6 \cdot 5}\ \underline{456}\ |\ 5\ -\ |\ (\ \underline{5 \cdot \dot{1}}\ \underline{65}\ |\ \underline{4323}\ \underline{50}\ )\ |$

$\underline{6}\ \underline{5}\ 5\ |\ (\ \underline{5323}\ 5\ )\ |\ 5 \cdot \underline{5}\ \underline{65}\ |\ \underline{55}\ \underline{5}\ \dot{6}\ |$

好象　那　　　　　　　　福利彩票　中大奖

$(\ \underline{6765}\ \underline{60}\ )\ |\ \underline{65}\ 5\ |\ (\ \underline{5323}\ 5\ )\ |\ \dot{1}\ \underline{35}\ |\ 3\ \widehat{55}\ |$

　　　　　　　好象那　　　　　　　山里的　伢儿

$\widehat{33}\ \dot{1}\ 3\ |\ 3\ \dot{1}\ \dot{1}\ |\ \widehat{6 \cdot \underline{5}}\ 1\ |\ \overset{6}{\underline{1}}\ \underline{1}\ 3\ |\ 5 \cdot \dot{1}\ \underline{65}\ |$

考进　了北　京　大　学堂啊

$\underline{3235}\ \underline{656\dot{1}}\ |\ 5 \cdot \underline{3}\ |\ \underline{235}\ \dot{1}\ |\ \underline{6532}\ |\ 1\ -\ \parallel$

曲六

抒情地　稍慢

$(\ \underline{3}\ \underline{1}\ \underline{23}\ |\ 5 \cdot \underline{3}\ |\ \underline{533}\ \dot{1}\ \underline{6553}\ |\ 2 \cdot \underline{23}\ \parallel:\ \underline{53}\ \underline{56}\ |$

　　白："兵哥哥，我请你免费乘车，另外，再给你一百块钱的修车费……"

　　　　"呃呃呃，不行不行！"

$\underline{7}\underline{2}\underline{7}\underline{6}$ $\underline{5}\underline{6}\underline{7}$ | $\dot{6}$ — | $\dot{6}$ — ‖

白："师傅，你这车……"

"嗯？啊，是你……哎哟，你是走……你看看，都走成一个雪人哒！"

"车子出了毛病？"

"唉，你得幸没有坐我的这辆车，你看，跑到这里它无缘无故地息火哒！我又找不出毛病。这种鬼天气，又难得找到人来帮忙……"

"肯不肯让我来试一下沙？"

"你会修车？！……呃……兵哥哥，你……不是看到我而今背哒时，故意挺翘板啵？"

"你只莫想到一边去哒，到部队我干的就是这一行"。

"哎吔，我的活祖宗，活菩萨，来来来!

曲五

稍快

($\underline{5}\underline{6}\underline{5}\underline{3}$ $\underline{2}\underline{1}\underline{2}\underline{3}$ | $5\cdot\dot{1}$ $\underline{6}\underline{1}\underline{5}$) | $\dot{1}\dot{1}$ $6\underline{5}$ | $3\underline{5}\dot{1}$ $3\underline{5}\dot{1}$ |

　　　　　　　　　当兵的　爬 上爬 下

$3\cdot\underline{5}$ $3\underline{\dot{1}}$ | $3\underline{5}$ $5\cdot$ | $\underline{5}\underline{5}$ $1\underline{2}\underline{3}$ | $5\underline{1}\underline{5}\underline{5}$ | $\dot{6}\cdot\underline{5}$ $\dot{6}\underline{1}$ |

忙 不 停 哪，张大强　递这递那 不 停

$\dot{6}\underline{1}$ $1\cdot$ | $3\underline{5}\underline{5}$ $3\underline{1}\underline{5}$ | $3\underline{\dot{1}}3\underline{5}$ $6\underline{5}$ | $\dot{6}\underline{6}\underline{5}$ $5\dot{6}$ | $\dot{6}3\underline{3}$ $3\underline{2}$ |

忙 啊 查 出问 题 在油泵，仔细 清洗 再 安装

($\underline{5}\underline{6}\underline{5}\underline{3}$ $\underline{2}\underline{3}\underline{2}\underline{1}$ | $\underline{6}\underline{5}\underline{6}\underline{1}$ $2\underline{0}$) | $5\underline{5}\dot{1}\underline{3}$ | $3\underline{3}\dot{1}$ | $5\underline{6}(\underline{7}$

白："师傅，请试一下车。""好咧"。油门一踩 马达 响啊

$\dot{1}$ 6 $\dot{1}$ $\dot{2}$)

5 - | 3 - | 2 2·3 | $\dot{1}$ - | $\dot{1}$ - 3 $\dot{1}$ |

咱　　当兵的　人，　　　　就是

6 3 | 5 - | 5 - (3·5 6$\dot{1}$ | 6532 5 | 561 216 |

不一样

5 5) 5 1 $\dot{1}$ 5 | 3·$\dot{1}$ 65 | 5 5 5 1 | 2 (2 2)

途径幺鸡　路，　　又过二狗　寨，

6·5 55 | 6 1 6 | (6666 66 | 312) | 3·5 2123 |

顶风冒雪　往前赶，　　　　　放眼

5 - | 535 $\dot{1}$65 | 32 1 (2 | 11 065 | 11 023 |

看，　迷漫　中

1·2 76 | 535 6$\dot{1}$) | 1 1 5 5 | 3535 65 | 5 $\dot{1}$ 1 3 |

长长方方　白白　净净　不声不响，

5 1 55 | 0 6666 | 61 634 | 50 (5·6 43 |

不移不动，平地　冒起　一堵　　墙，

2123 5 | (3$\dot{1}$ 55 | 3$\dot{1}$3 65 | 115) | 55 51 |

走上　前去　看仔细　原来是　客车抛锚

1 13 | 3·2 21 | 13 21 | 6 1 535 | 6·7 22 |

停路　旁。

大雪茫茫

眼看着 客车滚滚无踪影，

当兵的人 钢牙一咬 有主张，

几十里路何所惧，

来他个 雪地行军又何妨？

紧皮带 系鞋绳，正军帽整戎装，

脚下雪地沙沙响，一路高歌斗志昂

$$\dot{1}\ 6\ 5\ |\ 3\ 5\ 5\ 5\ 3\ |\ \dot{1}\ \dot{1}\ \dot{1}\ 3\ 5\ |\ 5\ \dot{6}\ 5\ 5\ |\ 5\ \dot{6}\ 5\ 5\ |$$

今哪　　桃木的梳子　要 现 钱，　差一　分 休想 坐进

$$1\ \dot{6}\ 1\ 3\ |\ 2\ (\ \widehat{2}\ )\ \|$$

这　　　车　厢。

白："开车的，你讲话也太差火哒！"

"差火？你认为我要哪门讲？而今除了妈是真的，爹都有假的。只有钱，才是真家伙！"

"他差的钱我帮他出哒！"

"兵大哥的车票我来买！"

"吔吔吔，起哄啊！开始讲票价要上涨，你们一个个吵得颈项里的青筋直冒，而今又充大方，装好人？！那我就成哒天底下最黑心，最贪财的人啰！嘿，讲穿哒，我靠那十五块钱也发不起财来。今天，哪个充大方的就请下车……"

"算哒算哒，不耽误大家赶路的时间。司机大哥，请发车，我马上下车。谢谢各位乘客！"（敬军礼）

曲四

$$(\ 5\cdot\ \dot{1}\ 6\ 5\ |\ 3\ 5\ 6\ \dot{1}\ 5\ )\ |\ \dot{1}\ 3\ \dot{1}\ |\ 3\ 5\ 6\ |\ \dot{1}\cdot\ \dot{2}\ |\ \dot{2}\ 6\ 5$$

　　　　　　　　　　张大　　强

$$3\ 5\ 6\ 3\ |\ 3\ \dot{1}\ 6\ 5\ |\ 3\ 2\ 3\ (\ 3\cdot\ 4\ 3\ 2\ |\ 1\ 6\ 1\ 2\ 3\ )$$

油门一踩　车 轮　滚，

$$\dot{1}\ 3\ 5\ 6\ 5\ |\ 5\ 3\ 2\ |\ 1\cdot\ 1\ 5\ 1\ |\ 0\ 3\ \dot{1}\ 6\ 5\ |\ 1\ 1\ 5\ 5$$

车轮　　滚滚，　滚滚车轮　扑 进了 茫茫大雪

说唱丝弦

034

6 5 | 5 5 6 | 1 2 3 | 3 2 | 3(i 1 6 5 | 3 2 1 2 |
一面 帮 个　　 忙，

3)5 | 5 5 | 5 6 | 1 5 | 6 5 | 6 6 1 | 6 1 |
到　 站 后 我 再 加 几 张 也 无　 妨

1 | 1 2 | 1(2 7 6 | 5 6 1 1) | i | i 6 5 |
啊　　　　　　　　　 当 兵 的

3 3 5 | 3 5 | i 6 i | 3 5 | 5 5 | 3 1 5 | i 6 5 |
我 凭　 么 得 相 信 你， 看　 这 军 人 的

3 5 6 5 | 5 5 | 5·i 6 5 | 4 3 | 3 5 3 2 | 1·(2 3 5
证 件

1)1 | 1 5 | 5 4 | 3 2 1 | 2 3 2 |(5·6 5 3 2 3 2 1
和 勋 章 啊　　　　　　　　　白:兵 哥 嘞

6 5 6 1 | 2 5)| 6 5 6 5 | 5 6 5 3 2 | 6·1 5 5 | 5 6 6 |
不 敢 说　　 你 的 证 件 会 有 假，

5 6 5 | 6 7 6 5 | 6·6 | 5·5 5 5 | 5 5 | 1 2 | 3 i 3 5 |
不 敢 说　　　 你 是 不 是 个 泡 泡 糖， 现 如

5 5 | 3̲1̲ 3 | 3̲1̲ 5 | 3 1̇ | 3 5 | 5 6 5 (6̲1̇ |
战　　友　值　勤　在　边　防，

5̲3̲ 2̲3̲ | 5) 5̲3̲ | 3̲3̲ 1̇ | 1̇ 3 | 3̲5̲ 3̲2̲ | 1(2̲ 3̲5̲ |
我　　探　亲

1) 1 | 1 5̲6̣̲ | 5 5̲5̲ | 6̣̲1̇ 5 | 5 1 | 1 6̲5̲ |
替　　他　把　生　病　的　娘　亲　来　看

5 4 | 3̲2̲1̲ 2̲3̲2̲ | (5·6̲ 5̲3̲ | 2̲3̲ 2̲1̲ | 6̲5̲ 6̲1̲ |
望

2) 3 | 3̲3̲ 5 | 3̲5̲ 5̲3̲ | 3̲3̲ 5 | 3̲1̲̇ 6̲5̲ | 3̲5̲ 3 |
返　回　程　只　留　路　费　十　五

3̲5̲ 5̲6̲ | 5 (6̲1̇ | 5̲3̲ 2̲3̲ | 5) 5 | 3 1̇ |
元，　　　　　　哪　知

6̣̲ 1̇ 3 | 3̲5̲ 3̲2̲ | 1(2̲ 3̲5̲ | 1) 1 | 6̲5̲ | 6̲5̲ 6̣̲ |
道　　　　票　价　上　涨

6̣̲5̲5̲ | 5 4 | 3̲2̲1̲ 2̲3̲2̲ | (5·6̲ 5̲3̲ | 2̲3̲ 2̲1̲ |
要　三　张

6̲5̲ 6̲1̲ | 2̲5̣̲) | 3̲3̲ 1̇ | 1̇ 5 | 5 ⁵3 3 1̇ |
请　大　哥　　网　开

曲二

1=F

稍快

$(\dot{1}\cdot\dot{2}\ 65\ |\ 323\ 5)\ |\ 3\ \dot{1}\ 5\ |\ 5\ 3\ 2\ |\ 5\ 5\ |\ 5\ 3\ 2\ |$

售票员 刚想　关车

$12\ 3(4\ |\ 323)\ |\ 5\ 5\ 6\dot{1}\ |\ 6\ 6\dot{1}\ |\ 23\ 16\ |\ 5\ -\ |$

门　　　忽见 有人 把手　扬，

$\underline{76}\ \underline{56}\ |\ 1\cdot\dot{2}\ 1\ |\ 3\ 5\ |\ 65\ 32\ |\ 1\ 65\ |\ 323\ |\ 5\ 1(6\ |$

一个　军人　　跳上　　车

$561)\ |\ 33\ 65\ 32\ |\ 6\ 561\ |\ 21\ 65\ |\ 3\dot{1}\ 35\ |\ 65\ 32\ |$

满脸　汗水　　映红

$5\ 0\ |\ (5\ 0)\ \|$

光。

表："到哪里？""马头庄"。"三张工农兵，买票上车"。

"呃？上午才十五块，怎么到下午……

"兵哥哥，这时间有上午和下午的区别，票价也有上和下的浮动哟。看你这么一个洒洒脱脱，标标致致，威威武武的兵哥，未必连三十块钱也拿不出来呀？"

"我……师傅哩——"

曲二

稍快 $\frac{2}{4}$

$(5\cdot6\ 53\ |\ 23\ 21\ |\ 65\ 61\ |\ 2)5\ |\ 3\dot{1}\ 65\ |$

只 因为

$\overline{3\,\dot{1}3}$ $\overline{\dot{1}\underset{\cdot}{6}5}$ $\overline{32}$ $\underline{21}$ | $\underline{6}\underset{\cdot}{5}$ $\underline{5}\underset{\cdot}{6}$ $\underline{0}\underset{\cdot}{6}$ $\underline{1}\,2$ | $\overline{\dot{1}\,\dot{2}}\underline{65}$ $3\cdot(4$

一辆车　　　即将发往　马头　庄

$\overline{32}\,\underline{123}$ | $\underline{55}$ $\underline{32}$ $\underline{6}\underset{\cdot}{5}$ $\dot{1}\cdot$ | $\overline{3\,\dot{1}3\,\dot{1}}$ $\overline{65}\underline{3\,\dot{1}\,65}$ $\underline{43}$ |

开车　的　　就是　那

$2\cdot(\underline{53}\,\underline{21}\,2)$ | $\underline{6}\underset{\cdot}{5}$ $\underline{6}$ $\underline{55}$ $(\underline{5555}\,\underline{555}$ | $\overline{\dot{1}\,3\,\dot{1}\,3}$ $\underline{55}$ |

个　体　司机　　　　张大　强啊

$\overline{5\cdot\dot{1}}$ $\underline{65}\,\underline{3235}$ $\underline{6\,\dot{1}}$ | $\overline{6\,\dot{1}65}$ $\underline{321}$ $-$ | $(\underline{533\dot{1}}\,\underline{65}$ |

$\overline{6\cdot\dot{1}53\,5}$ | $\underline{533\dot{1}}\,\underline{6553}$ | $\underline{223}$ | $\underline{5}\underset{\cdot}{6}\,1$ | $\underline{2354}\,3$ |

$\overline{2\cdot356}$ $\underline{3276}$ | $\underset{\cdot}{5}\cdot$ $\underset{\cdot}{6}\,1$ ‖: $\underline{55}$ $\underline{023}$ | $\underline{55}$ $0\underset{\cdot}{6}$:‖

$\overline{5356}$ $\underline{1613}$ | $\underline{533\dot{1}}$ $\underline{6}\,5$ | $\overline{6\,\dot{1}65}$ $\underline{3}\,2$ | 1 $-$)‖

　　音乐中白：各位乘客，本次车是今天由牛尾市发往马头庄的最后一班车。途经幺鸡路、二狗寨、三虎岭、四猴山。敬告各位，大雪纷飞开车难，票价涨到三十元……么得啊？涨达一倍？！这叫着周瑜打黄盖，一个愿打、一个愿挨。不坐我的车？可以可以，明天一绞凌，汽车停开，你还可以到城里多潇洒几天。……没得人下车呀？那好，请大家买好票。售票员，关车门！呃——等一下！

当兵的人

徐 泽 鹏 词
罗继南 姜建熙 宋 洁 曲

1=F 4/4 2/4

（6̇5 ———— 6535 67 1̇ 2̇3̇2̇1̇6 5 6535 67 1̇2̇3̇2̇1̇6 5·6 5·56 |

1̇·1̇1̇1̇ 6̇1̇65 3561̇ 5632 | 1̇·235 2365 1̇· 56 |

1̇·23 1̇·23 | 5361̇ 6̇1̇56 4·444 4532 | 1̇·235 2376̇ 6̇5 -）|

自由地 散板

3 5 56535 6̇ ———— 1̇1̇ 1̇2̇65 23· 55 6̇11̇23 3 ————

鹅毛 雪 飘飘 洒洒 漫天扬，

3̇1̇3 3̇1̇6 6·76 72̇6 ———— 5·5 2̇·1 25 3 ————

放 眼望 混混沌 沌

6̇1 1̇ 6̇ | 235 2 ———— |（2̇·2 22 0 3 5 2161 |

白 茫茫，

2·3 5351̇ 6̇1̇56 | 4·4 432 5·32 | 1̇·235 2365 1̇·6 561）|

i·iii 6i65 | 356i 535) | 常德丝弦 俏丽活泼 | 全国都喜欢 |

常德方言 独具特色 | 字正腔也 圆 | 一方山水 一方特色 | 养育一方 艺术 |

养育出了 国家级的 | 非物质文化 遗产 | (i·iii 6i65 |

356i 535) | 566i 2336 | 5565 5) | 3ii 53i |
　　　　　　　　　　　　　　　　　　　　　远方的客

3563i | 3555 3i5 | 6565 | 566i 5632 |
人　哪你到 常德来看 一看　　听我把那 丝

i23· | 566i 65i | 3203 | 6563 22 |
弦　　再给你来 唱一 段　　衣儿衣子 哟哟

6i6i 22 | 235 3532 | i23 22 |
呀儿呀儿 哟哟　衣儿 衣儿衣儿　呀衣 哟哟

5655 11 | 66 (6#56) | 053ii |
让你听得 甜甜　美美　　　　醉　心

6455 | 6·i 65 | 456 | 6 - 5 - 5 - | 50 ‖
田　哟衣儿衣子呀衣　　哟

（2009年参加中央电视台"欢乐中国行"演出）

说唱丝弦

028

6̇5 5 1 2 3 | 5̇ 1 6̇5 5 | 1 6̇ 5 3 2 3 | 0 3 3 5 5 |
现代人　　追求幸　福和浪　漫　　　　哪比得那

3 5 3 3 5 1̇ | 0 1̇ 3 1̇ | 1̇·5 6 5 3 | ⁵⁶5 - |
和尚尼姑　　《双下　山》哪衣儿　哟

(1̇·2 3 7 6 7 6 5 | 4 3 2 3 5) 传统曲目是经典 | 新创的唱段 不平凡
现代音乐 伴奏还是 | 离不开那 吹拉 | 弹拨的老琴弦
那时候的 一曲"新事 多"唱红了 | 长城内外 塞北和江 | 南 0

(5 6 3 2 7 6 1) | 6̇ 1 1 1 6 5 | 5 3 0 2 | 6 6 5 3 2 |
　　　　　　　　常　德是个　　好地

5 1(2 2 6 5 1) | 5 3 6 5 3·2 | 1 3 2 1 6 5 | 6 5 3 2 3 7 6 |
方哪　　　鱼米之乡　　美江

5(·1 1 6 1 5) | 6 1 5 6 1 | 2 3 1 2 3 | 2 3 5 3 2 2 7 |
南　　　柳叶湖　水荡清

6(·7 7 6 5 6) | 5 3 6 5 3·2 | 1 3 2 1 6 5 | 6 5 1 2 3 7 6 |
波　　　刘海砍樵遇狐

5·(1 1 6 1 5) | 5 1 5 6 | 6 1 6 5 5 2 3 | 0 5 3 5 6 5 |
仙　　　花岩溪里白鹭飞　寻梦

3 1̇ 6 5 | 3·5 1̇ | 6 4 5 5 | 6 1̇ 6 5 4 5 6 | 5 4 | 5·(5 6 |
就去桃花源　哪

6̇15 6̇5 | 6565 123 | 0 i 65 | 53i 3 |

男声女腔　一个人　　生旦　净丑

0 535 i | 645 5 | 6̇i65 456 | 5 - (5·643 2123

行　当　全　哪

5·11 235) | 长大以后　我才知道 | 常德丝弦　不简单 |

几百年　靠的都是 | 心记口传。牌子丝弦 | 板子丝弦　是主干，

托腔裹腔　衬腔垫腔 | 还有加花　听起来 | 圆润柔和　秀丽婉转。

各种曲牌　名目繁多 | 一时间我　说也说不 | 完 XX 0XXX |

(5·6i2 6543 | 2123 5) | 611 165 | 5·(11 235)|

《王婆骂　鸡》

6551 65 | 6 (77 656) | 55 165 | 32 32 |

指桑骂槐满街找　《昭君出　塞》　那

55 651 | 01 651 | 6161 232 | 1212 35 |

乡思断肠　泪　涟　涟

227 6 | 5 - | 665 651 | 51 555 | 661 123 |

《宝玉哭　灵》阴阳隔断那　有情　人

0 61 6 | 611 61 | 5565 611 | (1·276 561)|

《拷　红》把红　娘炒成　婚姻代言哪

说 唱 丝 弦

1=E 2/4

喜悦、激情地

徐泽鹏 词

罗继南 曲

026

5 - | 5 6123 | 5 - | 5 - | 5·6 1 2 6 1 6 5 | 4 3 2 3 5 |

1·2 3 5 2 3 7 6 | 5 5·1 1 2 3 5) | 0 3 3 5 3 | 3 5 5 5 3 1 3 |
小时 候爷 爷带 我

0 5 3 1 3 5 | 3 5 5 6 | 5 (1 6 1 5 6 4 3 | 2 1 2 3 5) 6 5 |
去 茶 馆哪 看那

3 5 3 1 2 3 5 | 5 5 5 6 1 6 | 0 1 6 5 5 | 6 1 2 3 | 2·(3
盲 艺 人 坐在那台 上 唱 丝 弦

5 6 5 3 2 3 2 1 | 6 5 6 1 2 5) | 0 6 5 5 1 | 6 5 5 5 5 |
六 个人 手拉着乐器

0 1 6 5 6 | 2 4 3 2 3 | 5 5 5 5 5 5 | 1 1 5 6 1 1 |
自 己唱 唱的说的 都是 常德方言 哪

(1·2 7 6 5 6 1) | 5 1 5 5 6 5 | 1 2 3 (4 3 2 3) | 6 1 1 5 5 6 |
高胡 对的二 胡 扬 琴 对的板

6 (7 7 6 5 6) | 6 1 1 6 5 3 2 | 5 6 5 6 1 1 | (1·2 7 6 5 6 1) |
鼓 琵 琶对 的是 一把三弦 哪

第一章　曲谱

界活化石之称的昆曲，您能听懂吗？都改成普通话来唱，何来地方曲艺和戏剧？何来"百花齐放"？

另外，现在的常德丝弦编曲时，"咿儿哟呀咿哟"大有泛滥之势，这其实是一种对群众的"误导"，也是一种对常德丝弦这个曲种的"慢性绞杀"。常德丝弦所存各种曲牌音乐是座丰富的矿藏，"咿儿哟呀咿哟"只是"板子丝弦"其中的一个小的曲调"剪剪花"，以"剪剪花"来代表常德丝弦的全部，使得外地记者都以为只有"伊尔哟呀依哟"才是常德丝弦，这不得不令人深感不安。这就如同黄梅戏里的"夫妻双双把家还"，以及湖南花鼓戏"手拉风箱""胡大姐你是我的妻"的唱段那样，流行的不一定是该剧种和曲种的主流。笔者以为，只有积极地去挖掘更多的常德丝弦所存曲调，才能有益于常德丝弦的传承与发展。

常德丝弦的文学特色，就在于她有自己的一定之规，但又有很宽松的创作自由。她的主要精髓在于严谨、短小、精悍、层次分明、重点突出，用具有浓郁地方特色的语言来巧妙地叙述故事，生动地描绘人物，深刻地表达主题。讲究句式，不拘泥于句式，注重抑扬顿挫，节奏感强烈，同时，要求丝弦的词作者在了解常德方言的同时，或多或少要了解常德丝弦音乐中的两种体系，及体系所包容的文学表述范畴。

反之，如果不用垛句，而是用十字句的唱词，再配以板腔体的川路，和尚、尼姑那种乐不思蜀的情感就会荡然无存。我们假定将唱词与唱腔这样来变一下：

$$
\underset{我}{\widetilde{5}} \cdots \underset{}{\overset{\frown}{3}} \cdots \underset{二}{\overset{\frown}{2} \cdot 2^{\flat}} \underset{}{\overset{\frown}{1}} \cdots \cdots \mid \underset{人}{\dot 1 \dot 1 6 5} \; \underline{4 \dot 3} \cdot \underline{4} \; 3 2 \mid
$$

$$
(\underline{7 \; \underline{6156}}) \; \underline{3 \dot 1 3 5} \; \underline{6 5 3 2} \mid \underset{一年}{\underline{3 5 6}} \; \underline{6 \cdot \dot 1} \; \underline{6 5 3} \; (\underline{3 2 3 5}
$$

$$
\underset{两}{\underline{6 5 6} \; \underline{\dot 1 2 \dot 1}} \; \underline{6 \dot 1 5} \; 6) 5 \; \underset{年脱}{\underline{6 \dot 2 \dot 1}} \; \underline{6 5} \; \underline{5 3 \dot 1} \mid \underset{袈裟}{5 - 5 \dot 1 6 5} \mid
$$

$$
\underline{4 3 2} \cdot \underline{3} \; \underline{2 5 4 3} \mid 5
$$

句式变得累赘，唱腔变得哀婉、凄切，如说如诉。果真如此，那么，脍炙人口的《双下山》和《宝玉哭灵》都将不复存在。

任何一种地方曲艺，实际上就是那个地方民风、民情、民俗的一种文化沉淀，因而也就形成了那个地方曲种的特性。

共性是普遍的，特性是个体的。

有人曾设想，用普通话来演唱常德丝弦，似乎只有这样才能让全国的人都听得懂。心意是好的，只是大错特错。试问：苏州评弹您能听懂吗？越剧您能听懂吗？更有那有着戏剧

年，(尼)蓄起　头　发，(僧)七年　八　年(尼)生下

娃娃，(僧)九年　十　年，(尼)娃娃　长大，

那时候喊叫你和尚一声爹，(僧)那时

候喊叫你尼姑一声妈，(尼)你本是

和尚的爹，(僧)你本　是尼姑的妈，和尚的爹

尼姑的妈和尚尼姑做　爹　妈

这段以四字句为主的垛板句式，配上明快的四分之一节拍的音乐，似念似唱，似唱似说，即使见不到舞台形象，人们也能从字里行间和音乐旋律中，感受到情窦初开的和尚、尼姑心中的欢快，想象到他们互相打趣、调笑的情景，使人忍俊不禁，从中受到强烈的艺术感染。

这段唱词，编上唱腔后，给人一种一气呵成、行如流云、酣畅淋漓的感觉。按编曲的行话说：唱词中含得有曲子。换句话讲，就是要求词作者或多或少都要对常德丝弦的音乐有所了解。

常德丝弦的音乐，大体上可分为牌腔体和板腔体。

前者多用来表现欢快、活泼、明了、泼辣、简洁，后者多用来表现深沉、哀婉、叙说、抒情。

既然常德丝弦的编曲讲究"按字行腔"，如果在原本是表现较快、活泼、调皮的唱段中，没有长短句、垛句或叠词给编曲者以提示，词的意境与曲的表现不能达到完美的结合，这样的丝弦唱词和唱腔注定要失败。

如在传统曲目《双下山》中，和尚与尼姑在经过一段时间的相互打探、相互爱恋，达成二人"拜堂成亲"的愿望后，有这样的一段唱腔来表明二人向往和追求寻常百姓乐享天伦的生活。

枪林弹雨鬼神惊（jīng阴平）

弹指一挥凯歌奏（zǒu上声）

黄桥战役捷报频（pín阳平）

——《陈毅拜师》

　　这两段常德丝弦唱词，第一例的句式为"三三四"，采用的"萧豪"辙，一韵到底。第二例的句式为"二二三"，采用的是"庚青"辙。第三句变辙，但仍为仄声。

　　如果一篇常德丝弦曲目，从头至尾的唱词均为"三三四""三四三"式"二二三"的句式，哪怕是唱词写得再美，编曲者一定会认为："这不是常德丝弦。"

　　常德丝弦唱词写作的奥秘在于唱段中巧妙地、恰当地运用长短句、垛句和叠词。

　　如《一包核桃》，作者开篇就是一段垛句、叠词、长短句的结合：

车轮滚、滚车轮，

赶运化肥到农村，

化工厂开出了一辆湘江牌，

开车的就是那共产党员刘小青。

你看他——

四方脸、圆眼睛、武武墩墩好端正，

方向盘掌得几多稳，

车轮滚滚、滚滚车轮如驾云（啦）。

下去了就白，白了后再唱。白在整个唱段中应尽量精简，以把该说的事说清楚为目的，大可不必节外生枝，使整个曲目结构显得松散、拖沓。

当然，以说事为主的唱段中，人物亦是有所想、有所情，而在写这种人物的情感时，遣词造句一定要精炼、准确，否则，既冲断了故事的连贯性，又倒了观众的胃口。

三、常德丝弦唱词的写作特性

常德丝弦唱段的结构特性，与长沙弹词、四川清音、东北二人转等地方曲种相比，基本上可以说是大同小异。它们的内在区别，除开各具特色的唱段，更多的还在于各自唱词的写作特性。

常德话既然属地方语系，她所拥有的常德丝弦唱词的合辙押韵，自然与普通话的"十三辙"基本上一致，同样讲究上仄下平，一韵到底。与《子弟书》不同的是，它不重视句中平仄的对应，只讲究语句通顺、流畅，朗朗上口，对句末平仄的基本规律是十分讲究的。如：

见老娘叙天伦魂牵梦绕（ráo去声）
今归来了夙愿难平心潮（cháo阳平）
车未停人未下声声呼叫（jiào去声）
情激激好似那燕雀归巢（cháo阳平）
　　　　　　　——《陈毅探母》

硝烟弥漫杀声震（zhèn去声）

败不馁的军事思想上，您是我的先生，请您收下我这个徒弟吧！"

"陈将军——"

"老先生！"

唱：与君一席肺腑语，

胜似十年好光阴。

陈毅拜师书一段，

人民和党息息相关心连心！

《陈毅拜师》这个曲目是个经典的曲目，说它经典，是因为故事铺陈的过程中，有很大的蕴藏量：大兵压境，老大娘和女儿睡觉前还在下盲棋，说明新四军所在根据地是十分宁静的，丝毫没有"兵荒马乱""风雨欲来"的感觉，而作为战役领导者的陈毅将军，却还有情趣找人下象棋，说明新四军尽管兵力悬殊，却是胜券在握。陈毅将军那种"泰山崩于前而色不变"的大将风范，跃然纸上。

老先生对陈毅将军的"先礼后兵"，充分地展示了共产党和老百姓的"鱼水情深"，陈毅将军所拜之师，不仅仅是"老先生"，更是广大的人民群众。

从战争到下棋，从老先生动老将到输棋，再从战争胜利到老先生不动老将而赢棋，故事简短，却是"一波三折"。

讲好一个故事，是"叙事"类丝弦结构特性最根本之所在。

至于唱腔写多少才能白，白要在什么时候才出现，这完全要由故事情节和作者的处理来决定。一般说来，应该是唱不临战前将帅不可添烦心！

我这才——

动老将，

拔铁钉，

有意输，

无心赢，

好让你镇定自若调千军！

黄桥战役获全胜，

方知你是陈司令。

今日景况已非昨，

苏北大地庆升平。

我这才——

不动将，

不松钉，

三局棋，

败将军，

好让你头脑冷静不骄兵！"

　　老先生的一番话，讲得入情入理，让人心服口服。到这时，故事也该结束了，也就是该写尾词了。

　　尾词：正篇将所要讲述的内容表达完整之后，尾词部分一般是用四句高度概括、精辟的话来映衬主题，提示主题和深化主题。如《陈毅拜师》的尾词：

　　白："老先生，在棋艺上，您是我的老师；在胜不骄

门 "讨教"：

唱：部队修整回村庄，
陈毅再度拜先生。
两人相见如故知，
寒暄之后又陈兵。
先生取下象棋盘，
不动老将不松钉。
陈毅他浑身解数皆使尽，
老先生稳操胜券定乾坤。
三局直落败陈毅，
陈毅不由心头沉。

白：陈毅的再次上门"讨教"，没有沾到一点点"便
宜"，被老先生杀得落花流水，他十分不解地请教老
先生："今天您不动老将，我怎么连战皆输呢？"

陈毅将军的不解，也正是观众（听众）所要了解的
原因。于是，老先生便讲出个中"情由"：

"陈将军——

唱：上次虽说不相识，
见面料定八九分。
出门跟着警卫员，
必定是个带兵人。
苏北大地烽烟起，
胜败与否干系深。
有道是三军不可失将帅，

我调车守营。

险着时时出，

叫将声声紧。

白："将！""下士。""抽车将！""回象。"

唱：只杀得损兵损炮损车马，

只杀得难分难解难脱身。

虽不见疆场血水流，

却也似战地硝烟腾。

陈毅他巧用中炮胜头局，

先生他妙着解危求和平。

一胜两和先生输，

拱手送客笑盈盈：

白："不才不才，同志见笑了。"

"承让，承让，先生棋艺高。"

陈毅告别了老先生，没几天，便率领着千军万马奔赴前线，打响了黄桥战役。但只见——

硝烟弥漫杀声震，

枪林弹雨鬼神惊。

黄桥战役捷报频！

故事讲到这里，好像应该是告一段落了，但前面留下的"扣眼"却没有解开。什么"扣眼"？就是老先生说的那句话："说出来同志见笑，我下棋从来不动老将……"

陈毅将军带兵打了胜仗，心里高兴，打仗之后，又遇到老先生这位下象棋的"高人"，自然还想再次对弈，便再次上棋盘上面积灰尘。

黑方老将贴盘上，

棋子中间钉铁钉。

陈毅情切切，

先生笑吟吟。

沏茶水，

端板凳，

取棋盘，

抹灰尘，

放老将，

松铁钉。

陈毅不解其中意，

毕恭毕敬问先生。

白："老先生，您为啥子要把老将钉死在棋盘上？"

"说出来同志见笑，我下棋从来不动老将……"

"噢，那您今天为啥子要……"

"今天您是客人，破破例。"

"老先生，请！"

唱：陈毅他棋盘面前稳稳坐，

神出鬼没出奇兵。

老先生手捻胡须细细算，

变幻莫测如有神。

你架巡河炮，

我出七星兵。

你派马卧槽，

"哎，初生牛犊，我还要认真对付哩！"

"同志，您想下棋，我去到学堂，把我老头子叫回
来陪您下棋，好吗？"

"对，我下棋是跟我妈学的，我妈下棋是跟我爹学
的！"

"好，那我就登门求教。"

作品在开篇时，就点明了"苏北大地战云布，剑拔弩张
陈重兵"的战时紧急情况。面对十万敌军，陈毅自然要根据敌
情夜以继日地拟定作战方案，夜深人静之时，无意中听到了房
东老大娘和女儿的窃窃私语，原来是母女俩在下盲棋。稍有
下象棋知识的人都知道，能够下盲棋也就说明对方下象棋的
水平非同一般了，何况是母女对弈？这一下就撩起陈毅的棋
瘾来了！爱下象棋的陈毅将军，自然不会放过这个与人切磋
的机会，找到母女二人请求对弈。通过交流，发现了"山外
有山"的另一位"高人"。故事说到这里，就再往下深入一
步，也就有了下面的故事：

唱：兴冲冲，
　　陈毅他带头往前奔。
　　走忙忙，
　　警卫员小田后面跟。
　　来到私塾学堂里，
　　拜见先生进房门。
　　但见棋盘悬壁上，

以说事为主的唱段，应尽量写出事情的弯弯拐拐、曲曲折折。下面以《陈毅拜师》的正篇为例：

唱：秋色浓，夜风冷，
　　星儿疏，月儿明，
　　陈毅伏案写报告，
　　写完报告夜已深。
　　夜已深，人已静，
　　耳闻房东母女俩，
　　传出窃窃细语声。

白："马五进四。""炮五进三，将！"
　　"将四进一。"

唱：原来是楚河汉界棋对垒，
　　母女二人比输赢。
　　陈毅他屏息静气听仔细，
　　猛然回首心头惊：
　　母女俩黑灯瞎火下盲棋，
　　技艺高超实少闻。
　　撩得陈毅棋瘾发，
　　清早便把大娘问。

白："大娘，根据我侦察得来的情报，您老人家下象棋的水平蛮高哩，可不可以给我赐教几招？"
　　"同志，我哪里会下棋，只不过有时玩一玩。"
　　"同志，您想下棋，我陪您下。"
　　"姑娘家，不知天高地厚"

小紫鹃上前来细问根芽。

从音乐起板子响，用川路一流唱完整整十句后，才出现紫鹃与贾宝玉二人的对白。

在现代曲目《心愿》中，作者以合唱和独唱两种形式交替，一口气写了三十句唱词后，才出现人物与人物之间的对白。

只有当作者十分娴熟地掌握了常德丝弦的结构形成，以及对唱词音韵驾驭自如之后，才能根据曲目内容的需要，选取简洁明快的创作手段和方法。

开篇过后便是正篇。

在开篇和正篇之间，无论开篇是韵白还是唱段，都夹有一段白来起着承上启下的过渡作用。前面所例《描容》，直到赵五娘的独白说完之后，才开始起板响乐开唱。

而《陈毅拜师》则是在唱过开篇的四句之后，音乐停下，用一段白来启出下文："1940年秋，陈毅将军奉党中央的命令，率新四军挺进苏北，要把大江南北的抗日根据地连成一片。国民党顽固派却企图趁我军立足未稳，消灭新四军。面对我军仅七千之师对付顽固派十万之众的严重局势，陈毅将军他——（垛）拟方案，析军情，下指示，发命令，运筹帷幄，日理万机，通宵达旦，沥血呕心！"接下来，便是唱腔进入正篇。

正篇是一件曲目成功与否的关键之所在，是核心部分。

在正篇的创作过程中，要求以凝练的笔调，写出故事（事情）一波三折、起伏跌宕的全过程。

生的地点，再配上极富感染力的丝弦过门音乐、唱腔音乐，使观众一下子就有一种身临其境的感觉。

而在《陈毅探母》这篇曲目中，作者对开篇的处理又有不同。

　　　[甲领唱　乐队伴唱

甲：（念）千古奇闻知多少，

　　　　　嘴笨舌拙难尽描。

　　　　　万千奇事唱一段，

伴：（白）唱一段么得吵？

甲：（唱）唱一唱人身都是父母养，小的长得大，矮的长得高。

伴：（白）这是三岁伢儿都晓得好，算么得奇事吵。

由此可见，在常德丝弦的唱段中，开篇是不可少的。尽管各有不同，从总体上来说，它起到了提纲挈领、先声夺人、引人入胜的"扣子"作用和"包袱"作用。

当然，在传统曲目和现代曲目中，也有不少的作品没有用开篇，而是直接切入所要表达的内容。如《宝玉哭灵》：

（唱）贾宝玉出门来眼观四下，

　　　只见那秋风起滚滚黄沙，

　　　大观园好凄凉亭台倒塌，

　　　怡红院静悄悄一片肃杀。

　　　……

情。开篇可诗白亦可唱。如《描容》（传统曲目）开篇：

赵五娘（诗白）
哑吃黄连苦自知，
镜花水月两相离，
望梅解渴渴还在，
画饼怎充腹内饥。

因这开篇的四句话，仅说出了一种人人皆知的现象，还不能准确地表达出人物的目的和愿望，作者便在开篇的四句话后，紧接着写出赵五娘的一段独白：奴乃赵五娘，配夫姓蔡名邕字伯喈。闻听人言，说伯喈得中头名状元。奴有心上京寻找于他，怎奈丢下二公婆的灵位，早晚无人侍奉，这又如何是好！嗯！嗯！有了，不免描画他二老的尊容带在身旁，一路上也好侍奉他二老。唉！思想起来好不惨伤人也！

相对而言，现代曲目在开篇上就要显得干净利落得多。如《陈毅拜师》开篇：

唱：战马萧萧车辚辚，
　　铁流滚滚起风尘，
　　苏北大地战云布，
　　剑拔弩张陈重兵。

短短四句话，把敌我双方即将进行一场激战、恶战的气氛尽最大可能地烘托和渲染出来。同时，又点明了战事即将发有力图去表叙一个完整的有情节、有人物、有起伏跌宕的故事，而是选准一个所要表述的大主题后，从多侧面来阐明和印证所要歌颂的这一大主题。

如《新事多》，作者的立足点在"新事"，而且是"多"的前提下，选取了从"穷山窝"这个"点"来切入"新事多"这个大主题。《新事多》全篇围绕"从前"与"而今"来写，从前是"旧"事，"而今"就是新事。

在《每逢佳节倍思亲》中，作者则是在"佳节"二字上，选取了"端午""中秋""春节"这三个中国的传统节日，通过在不同节日里不同的典型环境和氛围，渲染思亲的情感，从而达到"每逢佳节倍思亲"的意境。

《说唱丝弦》，主要立意则是通过一段唱腔，简洁明了地告诉他人常德丝弦的由来、传统表现形式及其发展。

这一类的丝弦唱段内容，更加离不开所要表述的主体。

②第二大类的常德丝弦：叙事。

叙事性的唱段，说穿了就是演唱者向观众"唱出一个故事"。有句行话说得好：口子要开得小，挖掘要深。这类的唱段，要求作者在选取一件小而又有波折的故事后，通过"立主脑，去繁绪，剪枝蔓"的提炼，创作出有人物、有起伏跌宕、夹叙夹抒、有说有唱的唱段。

叙事性的常德丝弦的基本结构形式由开篇、正篇、尾词三个部分组成。

"叙事"类丝弦结构特性辨析：

丝弦曲目的开篇一般是开门见山、单刀直入地表现主题思想，或故事发生的时间、地点，或告白即将要说唱的事识，达到让常德丝弦更好地传承和普及的目的。作品原本是为金秋艺术团创作的，所以唱词的开头就写成了现在这样：

小时候爷爷带我去茶馆，
看那盲艺人坐在台上唱丝弦。
六个人手拉着乐器自己唱，
唱的说的都是常德方言。
高胡对二胡，
扬琴对板鼓，
琵琶对的是一把三弦，
男声女腔一个人，
生旦净丑行当全。

作者通过九句唱词，把传统的常德丝弦演唱时所需的器乐、演唱时坐的方位以及演唱的内容，活灵活现地表述得清清楚楚、明明白白。在基本了解常德丝弦的开场情况后，作者接下来就是把常德丝弦的音乐特色表述出来。在这部分，作者用了世界流行的RAP方式来表述，既能迎合现代人的口味，又避免了在编曲上的麻烦。

《说唱丝弦》在唱词和编曲上都力求创新，通过唱一段又说一段的说说唱唱，使得这个曲目深受社会各界的欢迎，多次在中央台和重大场合展演播出，2015年底还唱到了联合国教科文总部。

综上所述，"表情"这类的丝弦作品中抒情性的丝弦唱段没有叙事性唱段那样有十分明显的开篇、正篇和尾词，也没新事要用火车拖。

四句开篇之后，接下来就通过"穷山窝"的"从前"和"而今"的鲜明对比，唱出好多好多的"而今的新事"。

结尾处用了两句唱词来深化主题：

社会主义在前进，
明天的新事更加多。

《每逢佳节倍思亲》的开篇是这样写的：

情切切，意绵绵，
情深意切拨丝弦。
每逢佳节倍思亲，
思亲泪里年复年。

在接下来的铺陈中，作者选取了"端午""中秋""年三十"这三个中华民族的传统节日，从情景交融的叙说中，充分表达出大陆同胞"遥望大海声声唤／骨肉同胞在台湾"的呐喊和思念之苦，到最后唱出：大陆台湾统一日／同声高歌唱团圆。

再以《说唱丝弦》为例：作者创作的初衷，就是要通过一个高度概括的唱段，把有关常德丝弦演唱形式的基本常识、所蕴含的丰富音乐及传统经典唱段全部表达出来，从而使得只要会唱《说唱丝弦》，就能够了解常德丝弦的一些基本知也是最重要的必修课。

二、常德丝弦唱段的结构特性

曲艺，既然是种一人多角、进进出出、说说唱唱的说唱艺术，那么，作为一种地方曲种的常德丝弦，当然也离不开这种模式。

常德丝弦的表达形式，根据笔者几十年创作的经验来说，大致上应该可以分为三大类：第一大类，表情；第二大类，叙事；第三大类，丝弦戏剧。

在这三大类之外，还有一种丝弦歌。曲作者在给歌词作曲时，加进一些常德丝弦的音乐元素，使之唱起来带有丝弦的韵味。比如《心中的桃花源》《走常德，听丝弦》等歌曲，都是这方面的代表作。但歌曲就是歌曲，有了丝弦的音乐元素但不是曲艺结构，因而不在常德丝弦唱段的结构特性之列。

①第一大类的常德丝弦：表情。

所谓表情，就是截取生活中的一个点，然后以点带面铺陈开来。这类作品，基本上是"开门见山"，直奔主题，抒发自己的情感。典型曲目有《新事多》《每逢佳节倍思亲》《说唱丝弦》等。

"表情"类丝弦结构特性辨析：

先说说《新事多》，它的开篇是这样写的：

红太阳光辉照山河，

社会主义新事多。

非是姐妹们嘴巴巧，

塑性和包容性。所以说常德"官话"的人，很容易学说各种方言，更容易说好普通话。

常德丝弦，流传于沅、澧一带的地方曲种，在这块说常德"官话"的地上植根、繁衍、继承和发展。

常德人说话，很注意将人与事予以形象化，讲究比兴，因而显得通俗易懂、风趣幽默、泼辣，使之具有很强的文学性。

如：这个伢儿就养得好啊，你看那手和腿，一筒一截，像是藕节巴。

在这段话中，表述者以又白又嫩又圆滑的莲藕，形容小伢养得白白胖胖。尽管大家没有亲眼看到这个小伢，但用众所周知的实物来形容，脑海里浮现出的那个小伢形象，与现实生活中的那个小伢形象便相差无几。用常德话来说，就叫"差九不离十"了。

形容人的手掌大：那只手伸出来像是一把蒲扇。

形容人的个性强：犟得像头牛。

形容人愚笨、倔强、不会拐弯：蠢得像头猪。

形容吝啬、尖刻：一年卖粑粑，二年卖粽子，越卖越尖。

形容人脑筋不灵活：蚕豆花花——黑心。

形容事情差不多能成了：楼板上铺席子——只差一层黄篾硐哒。

另如：落雨躲到堰塘里；屋檐水滴到现窝窝里；前头的乌龟爬开路，后头的乌龟照路爬；茅坑板上开铺——离屎（死）不远哒；床底下放风筝——要求不高；灶门口插杨柳——死多活少；等等。

掌握常德方言的特性，是创作常德丝弦唱词的第一步，陷，水涸，连三岁不止。"

天灾人祸，使得土居的常德人或死或流离失所。江西、四川、贵州、湖北的移民不断地涌入，朱元璋打败陈友谅之后在常德"屠城"，岳飞所带的北方兵南下洞庭攻打杨幺，李自成率陕西剩勇流入石门夹山寺等多种因素，使常德这块地处湘语系的大地，形成了自己所特有的属北方语系的方言——常德话，被人定性为西南官话。

简而言之，常德话即是陕西、河北、四川、贵州、湖北话与常德土居人话语的混合体。

市属各区、县方言的发音大同小异。其中，以市党、政、经济、文化中心所在地武陵区城区方言的发音为代表或主体，形成常德的地方"官话"。

常德"官话"中，最大的也是最明显的特征是发音中没有声母zh、ch、sh、r，只有z、c、s。同时，也没有上声、去声、后鼻音。

以最简单明了的一至十的发音为例：普通话的发音为一（yī），二（èr），三（sān），四（sì），五（wǔ），六（liù），七（qī），八（bā），九（jiǔ），十（shí）。

常德话说起来，就基本上没有了阴、阳、上、去的音韵。

常德"官话"中，将"俺ǎn"念成为"wǎn"，将"了liǎo"念成为哒"dǎ"，将"啥shá"念成为"sá"。最常用的数量表述是"几"，如"几多人""几多好""没得几个"等。

正如万事有一弊则有一利那样；由于常德"官话"中没有上声、去声、后鼻音、舌尖后元音，因而使之具有极强的可

一、常德方言的特性

首先要强调的是：常德丝弦必须用常德话来写作和演唱。

任何一种地方语言的产生和形成，都有着它的复杂性、长期性和必然性。

常德位于湖南北部，是湘西北平原天然中心。春秋战国时属楚。秦属黔中郡。西汉属索县，隶武陵郡。南北朝属临沅县，仍隶武陵郡。宋初属朗州，后属鼎州，政和七年（公元1117年）起，属常德军，旋属常德府。三国时属荆州之域。因宋、明、清皆以"常德"名府，影响深远，故沿袭至今。

宋朝诗人杨川在《游武陵》一诗中写道：

武陵控扼五溪遥，
路入京城万国朝。
石柜雄排抗水势，
浮图高耸接云霄。

寥寥四句话，常德市地理位置的重要性及其概貌便跃然纸上。

由于常德地处要冲，自古为兵家必争之地，因而在长达数千年的历史过程中，这里的战事不断，自然灾害也较为严重。据《唐书》和《常德府志》记载，自唐永贞四年到清同治初年，常德发生地震计十次。"崇祯四年（公元1631年）七月十七日夜，府城地震，吼声如雷，日三四次，塌压居民无数。露处者月余。各处土裂，涌黑泉，高二三丈。田地复

浅谈常德丝弦的文学特色

◎徐泽鹏

国家级非物质文化遗产项目常德丝弦，是一种在湖南乃至全国都有较大影响的地方曲种。她以其小巧玲珑、活泼俏丽的牌腔体系，厚实质朴、凝重端庄的板腔体系及过场音乐，为世人所乐道，为音乐家、作曲家所钟爱、追寻和探求。

在常德丝弦的编曲过程中有句行话：按字行腔。也就是说，编曲者要按照常德丝弦文学作品所提供的唱词来装上唱腔。所以，常德丝弦的音乐称为编曲而不叫作曲。常德丝弦的一度创作（文学创作），是产生一段好的常德丝弦唱腔的关键之所在。

常德丝弦的文学创作，因其方言的特性、结构的特性，构成了她风格独特、个性鲜明的文学特色。

师生情谊长 　/ 325

和谐社区唱和谐 　/ 330

云蒸霞蔚举朝阳 　/ 335

孝顺媳妇尹秋仪 　/ 339

检察官阿哥进山来 　/ 344

回村看看 　/ 347

第五章　歌词

保洁员之歌 　/ 353

半截枕头长青苔 　/ 355

无字的丰碑 　/ 357

情歌一组 　/ 359

梦幻清水湖 　/ 361

武陵红 　/ 362

沅水缘 　/ 363

沅水谣 　/ 364

中国字 　/ 365

人生百年不算长 　/ 367

第三章　配乐诗朗诵

夫复求何　／233

叔叔伯伯们啊，您能告诉我们吗？　／237

以德为山　／240

共产党人　／244

与文明同行　／253

交一次特别党费　／256

牢记誓言　／264

如果……　／269

生命之舟　／274

亲民空间　／278

五凌颂歌　／285

爱心志愿者心声　／289

茶禅赋　／293

洞庭宣言　／294

第四章　鼓词

广济天下　德行百年　／297

冯大将军斗高桥　／302

大人都来听我说　／310

民以食为天　／313

和谐同步奔小康　／316

竞标　／320

德酒妙品香满天 / 125

吃水饺 / 128

电力情话 / 133

特别村委会 / 138

筛子做门眼眼多 / 143

国家使命记在心 / 145

厥婆婆讲公道 / 150

军厂和谐齐发展 / 156

每逢佳节倍思亲 / 161

情满红夕阳 / 164

丝弦又来唱湘乡 / 169

说唱武陵 / 175

县长要"鱼" / 179

孝顺媳妇好婆婆 / 185

心债 / 191

英雄无语 / 196

又是菜花黄 / 200

再牵一次我的手 / 203

醉美酒鬼酒 / 207

将军征婚 / 210

九儿戒酒 / 215

对对缘 / 220

响铃之后 / 225

浅谈常德丝弦的文学特色　／001

第一章　曲谱

说唱丝弦　／026

当兵的人　／030

陈毅拜师　／042

第二章　常德丝弦

毛主席视察"长江"舰　／056

赤子故土情　／061

两块银圆　／064

陈毅探母　／069

将军情　／073

曾子杀猪　／077

芦衣顺母　／080

鲤鱼脱金钩　／083

四美吟　／089

廷辞风波　／098

金打铁　银打铁　／103

讲白话　／105

马马嘟嘟骑　／108

猜嫁妆　／111

重生记　／118

丝弦赋

◎欧湘林

2017年金秋，老友造访，嘱余为《说唱丝弦》泼墨。呜呼！金秋收获吾先品，盛情难却，遂援笔涂鸦。

《说唱丝弦》，阅过百珍，洋洋洒洒，辛勤耕耘。丝弦叮叮，天籁之声；说唱艺术，诲人谆谆。从者鱼贯，不乏精英。

泽鹏矢志传承，曲苑娇花，日新月异；难忘语吾，家乡丝弦，常德名片，亦曾进京；从娃抓起，再跃龙门。

于是乎，几多星辰，送走残月；几多寒暑，力作叠层；《金打铁 银打铁》《陈毅拜师》《每逢佳节倍思亲》《马马嘟嘟骑》《说唱丝弦》等蜚声中外。英国美女作家海伦，拜倒在丝弦大师黄挥麾下当了兵。

嗟呼！秋至满山皆秀色，春来无处不花馨。这将是丝弦艺术大放光彩、尽情歌唱的崭新时代；前呼后拥，前程似锦。

呦呦鹿鸣，食野之苹；我有嘉宾，鼓瑟吹笙。不亦乐乎？

2017年9月14日

图书在版编目（CIP）数据

说唱丝弦：原创曲艺作品选：全2册/ 徐泽鹏著. — 北京：中国戏剧出版社，2018.9

ISBN 978-7-104-04700-1

Ⅰ．①说… Ⅱ．①徐… Ⅲ．①曲艺－作品综合集－中国－当代 Ⅳ．①I239

中国版本图书馆CIP数据核字(2018)第184404号

说唱丝弦——原创曲艺作品选

特邀编辑 许晓梅 董田歌
责任编辑 黄艳华
责任印制 冯志强

出版发行 中国戏剧出版社
出 版 人：樊国宾
社 址：北京市西城区天宁寺前街2号国家音乐产业基地L座
邮 编：100055
网 址：www.theatrebook.cn
电 话：010-63385980（总编室）
传 真：010-63383910（发行部）

读者服务：010-63381560
邮购地址：北京市西城区天宁寺前街2号国家音乐产业基地L座（100055）

印 刷：湖南省汇昌印务有限公司
开 本：889mm×1194mm 1/32
印 张：23
字 数：511千
版 次：2018年9月 北京第1版第1次印刷
书 号：ISBN 978-7-104-04700-1
定 价：98.00元（上下卷）

版权专有，违者必究；如有质量问题，请与出版社联系调换。

中国戏曲艺术大系

说唱卷

潮剧音乐的继承与发展

陈蔗庭 著

中国戏剧出版社

湖南省文艺创作扶助基金会
资助出版

下卷

说唱丝弦

原创曲艺作品选

徐泽鹏 著

中国戏剧出版社

第六章　音乐情景小品

白云深处　／002
采访　／009
春夏秋冬　／015
心中的帆　／018
十字路口　／025
冰灾突袭　／032
乡村恋　／039
幸福的港湾　／044

第七章　故事

爱上一个不回家的人　／051
血染的风采　／055

第八章　戏曲

市长站岗　／061
阿弥陀佛　／070
荷花飘香　／085
河街秀才　／096
情醉桃花源　／129

第九章　动漫文学剧本

刘海与狐仙　/ 174

后　记

人生的幸福　/ 330

第六章 音乐情景小品

◎音乐情景小品
白云深处

人物：小李——代表湖南省援四川茂县电建的常德电业局职工，队长，30多岁。
　　　小黄——代表湖南省援四川茂县电建的常德电业局职工，30多岁。
　　　依那——红艳的妈。
　　　红艳——羌族姑娘。

　　["锅庄"音乐起，减弱。
　　[幕内：有人断断续续地唱着："跑马溜溜的山上，一朵溜溜的云哟……"稍许，身着电业工作服的小黄气喘吁吁地跟着小李上。
小黄：（疲惫不堪、气喘吁吁地上）哎哟，我的个妈呀！（一屁股坐下，喝水）干死我了。（向李示意自己的水壶空了，李把自己的水壶递给小黄，黄边喝边喘着气讲）李队，海拔1600米，这山，也太高吧了！

小李：1600米算什么？再高，还不是被我们踩在了脚下?!（环视四周）啊，真的是登高望远呀！你看，岷江如白练，丛岭如波涛，人车如蚂蚁，云在半山腰……

小黄：（惊恐地大喊）李队！危险！

　　〔小黄话音刚落，小李的脚下一滑，人倒地，小黄就地扑过来，抓住小李的手往回拉。

小李：（二人爬起，观察）没想到，一块这么大的岩头，还经不住我轻轻地一脚。

小黄：经过"5.12"，山上的岩头都松动哒。李队，在这个地方建一座35千伏的变电站，施起工来，怕是不太安全吧？

小李：这是经过勘察，跨越岷江最理想的地方。

小黄：这还是最理想啊?!落差260米，近80度的悬崖，再加上这呼呼响着的狂风……

小李：沧海横流，方显英雄本色。困难越大，更展常电风采。在茂县，我们是代表湖南省，在省公司，我们是代表常德电业局。我们的技术不过硬，作风不过硬，能叫我们来吗？

小黄：那确实。从大地震发生后到现在2009年，哪一期援川少得了我们常德局。

小李：好了，气喘过来了，干吧。

　　〔两人按建造变电站的需要，丈量着方位。

小李：（二人边干边说）这是一片多好的樱桃林！

小黄：再好，也不得不挖掉它一片。

小李：长成这么大，还真不容易。呃，你听到过这首歌吗？

（唱）"樱桃好吃树难栽，不下苦功花不开。幸福不会从天降，社会主义等不来。"

小黄：李队，你唱得真好！

小李：呸！我这是有感而发。

小黄：李队，还有水吗？渴死我了。

小李：刚才不是被你喝完了吗？

小黄：（诡秘地）李队，你说这一片马上就要砍伐的樱桃，能不能吃它几颗？

小李：三大纪律、八项注意，吃不吃得，你自己看？

小黄：（悻悻地自嘲）好吧。我是狐狸，它是葡萄，酸不溜秋，不吃也好。

　　［在红艳的搀扶下，依那上。

依那：说什么呢？

　　［小李、小黄冷丁不防，同时吓了一跳。

小黄：（吓到了）哎哟！（见是两位羌族人，夸张地）我的个妈呀？！

小李：哎哟，老人家，这么高的山，您是怎么爬上来的？快快快，休息一下。（四下巡看）这，还真没地方坐……

依那：小伙子，这是我的地方，你是客，我是主人。（对小黄）你呢，刚才一见面就喊我'妈'，今后呀，你就是我们家红艳的男人了。

　　［在以后依那说话期间，红艳不断地拉扯着依那的衣服暗示，依那总不让红艳开口。

小黄：（愕然）啊？我的个妈呀？这，这……李队，这是他们羌族的风俗吗？

小李：我也不太清楚。不过……（打官腔）这民族政策，要注意哟。

依那：怎么，小伙子，你不愿意？

小黄：我？我？李队……

小李：还是你自己去向阿婆解释吧。

小黄：阿婆，我……

依那：我们家红艳不漂亮吗？

小黄：美如天仙。

依那：这就对了，满世界都知道的'天仙妹妹'，就是她的姐姐。

小黄：（惊）啊?!（望着小李不知所措）

小李：这位老人家还知道得不少。还不快去说清楚。

小黄：（磨磨蹭蹭地过去）不是，哦，阿婆，我说，'我的个妈呀'，是我的口头禅。再说，我家里还有老婆……

依那：哦……（拍拍红艳的手，宽慰）呃，你们两人，在这片樱桃树林里干吗？

小李：阿婆，我们在这里丈量变电站的位置。

依那：给我说过吗？

小李：我们勘测好了，回头再与您联系。

依那：我要是不同意呢？

小黄：为什么？

依那：为什么？就为你们刚才唱的那句歌。

小李：歌？哦，就是那句"樱桃好吃树难栽，不下苦功花不开"？

依那：这一片樱桃树长成这么大，容易吗？我们这儿的樱桃，可好吃了，全国有名！三十多块钱一斤，卖到外地，那可是五六十。

小黄：（面露难色）阿婆……

小李：阿婆，我知道，灾害发生和灾后重建给你们带来了不小的损失。尽管国家拿出了一定的补偿，但与你们的付出，是不能成正比的。不过，困难是暂时的。为了下一代能过上好日子，有些牺牲也是难免的。

依那：就不能选别的地方？

小李：（带着依那走到前面，红艳拉住依那）阿妈，您看，我们在这建立一座变电站，就是要让电线飞越岷江。如果高压线走低了，对其他的线路安装、对人民群众的生命安全都有影响。

依那：（不相信地）哎呀，那怎么过嘛？这百丈悬崖你们能下？

小黄：不能下也要下。

依那：那奔腾不息的岷江也要过？

小李：我们不仅仅是人要过，就连电线也要过。

依那：哎呀，娃儿，你们，你们真的是党和政府派来的天兵天将啊！

红艳：阿妈，我不是早就给你说过，他们是冒着生命危险来帮助我们茂县灾后重建……

依那：娃儿，你们过来，过来！

小李；阿婆。

小黄：阿婆。

依那：刚才呀，是阿妈和你们开个玩笑。政府的人呀，都和我们说清楚了。阿妈,是专程上山来看你们的。

红艳:我和阿妈都上来好一会了。你们为了我们重建家园,不远千里,背井离乡,舍生忘死,意志弥坚,真的让人感动……

依那:更叫人心痛!来,这是阿妈特意给你们带来的"莎朗""日咩西"……

小黄:(不解地)什么是"莎朗""日咩西"……

红艳:"莎朗"就是用苞谷粉裹上大米做出来的面蒸蒸,"日咩西"就是青稞酒。

小李:哦,阿婆说的是'尔玛'语。

红艳:对。

小黄:李队,什么是"尔玛"语?

小李:"尔玛"在羌族语里面就是"本地人"的意思。

小黄:(调侃地)李队,不错嘛,我看,你可以当"尔玛"的女婿了。

小李:呿!

依那:呃,你们怎么都不吃?

小黄:阿婆,我们,有纪律。

依那:你们有纪律,我们有风俗。开始你叫我什么来着?

小黄:我?叫你阿婆呀?

依那:不对。

小黄:不对……哦,"我的个妈呀"?!

依那:呃——妈都喊了,不当女婿,当干儿子总可以吧?

〔小李、小黄对视一眼,同声地:阿妈——

依那:(喜笑颜开)呃——红艳,去把樱桃摘下来,给你的两

　　　　　个哥哥吃。
红艳：呃——（摘樱桃，强塞给黄、李后，插入二人之中，抓
　　　　住二人的手腕）哥，我们来跳"锅庄"吧？
小李：我们不会。
小黄：我们不会。
红艳：我教你们。
依那：（过来）来呀！
　　　〔"锅庄"音乐大作，大家欢快地跳着。
　　　〔剧终。

◎ 小品

采访

人物：一男记者
　　　一对老年夫妇
场景：木制沙发

　　　　［大叔大妈上。
大叔：日子过得好，人也不显老，莫看我六十多，零件都蛮好。社区通知我，记者要来找，说是上电视，还要登上报。一晚没合眼，兴奋心直跳，当明星的感觉，原来这样美妙。好比是胡了个杠上花，又好像捡了个金元宝。
大妈：你莫兴奋得太早，我的态度比较低调，当明星的感觉虽然美妙，出名后要防止各种骚扰。尤其是提防狗仔队，把俺用八卦新闻恶搞。
记者：大家好，虎年走，兔年到，"十一五"规划传捷报。人民生活水平大提高。今天要采访一对老年夫妇，谈谈武陵区变化的新面貌。大叔大妈，让你们久等了。

大叔：不是太久，一天一晚没有睡觉。

大妈：他到床上鲤鱼扳籽睡不着，被窝风害得我差点感冒。

记者：大叔大妈，不要紧张，我们就随便聊聊。

大妈：扯懒谈呀?!找到俺老倌子，那就是瞎子的眼镜——合眶。

大叔：南京的城隍，北京的土地，天上的事晓得一半，地上的事晓得完。

记者：大叔大妈，今天只想听听武陵区在你们眼里的变化。

大妈：武陵区的变化呀，那就真的是讲起来话长，逗起来把长。从哪里讲起呢……

记者：随便。

大妈：那就讲他年轻时是怎么把我骗到手的。

大叔：那都是周瑜打黄盖——一个愿打一个愿挨的事。小汪都说了，讲武陵区的变化！

大妈：那是小汪前面说的，刚才说的是，"随便"。

记者：大叔，是不是不好意思曝光呀？

大叔：其实，我那是学雷锋做好事。她的腿摔伤了，怕她影响学习，我就天天背她上学。

记者：大叔，你这是助人为乐。

大叔：顺路。

大妈：顺路？他住在东门城门口，我住在大西门三岔路，这路都顺拐弯了。

记者：哦，就这样好上了？这是早恋呢。

大妈：也没恋。感觉嘛，就是自己失身了，非他不嫁了。

记者：啊？都，都到那样了？

大叔：那时候，读书分男女界限，课桌上还画一条三八线。我把她背来背去，零距离接触。

记者：大叔大妈，那时候你们结婚热闹吗？

大妈：热闹！你送一套《毛选》，他送《毛选》一套。几斤糖果，一张黑白照，几桌酒席，几挂鞭炮，噼里啪啦，结完婚了。跟现在一比，感觉我们那个年代的人啊，活的质量真的不高。

大叔：怎么不高？！结婚时我还派了车。

记者：哦？是自行车吧？

大妈：比自行车大！他派哒一辆驴车，我家离武陵区远，原定七月十五结婚，结果到他家都七月十六了。

大叔：十五的月亮十六圆。十五的婚十六结嘛！

记者：大叔大妈，你们照的结婚照好看不？

大妈：那时候没有彩照，颜色都是人工涂上去的。那天他把照片拿回来一看，都成雾里看花了。

记者：哦？大叔，那是怎么回事？

大叔：我生平第一次和女人照相，从照相馆走出来，我是一路走一路看，一路看一路走，脚下一绊，摔了一身泥不讲，照片掉进路上的水坑里了。

记者：看来那个时候，的确很落后，现在的人结婚，漂亮的婚纱、奢华的婚纱照、专业的婚庆公司、高档酒店，成为婚礼中不可或缺的元素。大妈大叔，你们现在的居住环境怎么样？

大叔：现在的条件和以前比那是天壤之别啊！以前房子小不够住，全家人都挤一张床上，结个婚亲个嘴什么的，太不方便了！

大妈：我们结婚的时候，和他父母同处一室，拉下布帘就算是特区了！

大叔：那叫雅座，那个谁不是说过一叶障目不见泰山嘛，咱这叫一帘拉下，不见爹娘，稀里糊涂，只管上床。

记者：结婚后，是不是旅游度蜜月?!

大叔：到北京去了一趟。29块8一张的火车票，花了我一个月的工资。

大妈：那时俺常德没有火车，坐汽车到长沙要大半天，还得起个早。

大叔：记得那年，我带着怀孕的她从北京到长沙，到石家庄她就早产了，回到武陵区，儿子都会喊爸爸了！

记者：火车有这么慢吗？

大妈：他坐错车了！跑到乌鲁木齐，没钱回来，生活三年才回到武陵区，那儿子可不是会叫爸爸了?!

记者：哦？原来还有这样的小插曲，现在从北京回长沙，几个小时就到了。再坐火车到常德，也不过一天的时间。

大叔：今非昔比，昔不如今啊。

记者：那你们二老抚养孩子也很辛苦吧！

大妈：那是千辛万苦！

大叔：一切都在不言中，像雾像雨又像风。（自我陶醉状）

记者：大叔大妈你们能不能说得具体点?!

大叔：那年月你是不知道，一切东西都要票。粮票油票糖票副食票，肉票布票棉花票，国票省票工种票。为了多得二两油，我儿子的汉族改回族。

记者：为什么？
大妈：回族一个月五两油，汉族才三两。
大叔：还供不应求。买个吃的用的，排好长的队。
记者：那时候是不是很盼望过年。
大叔：那确实，望过年比讨个堂客的想法还强烈。
记者：大叔，不会吧？
大叔：你莫不信，那时候，二斤猪肉能换个堂客，现在，我这堂客（用手指自己媳妇）给我20头猪我都不换。
大妈：你看你这人怎么说话呢？听你的意思，要是有人出30头猪，你就把我给换了？
大叔：你看我不是打个比方嘛！你怎么能和猪比呢！不是，猪哪能和你比呢？
大妈：你？
记者：现在你们的房子怎么样？
大叔：不瞒你们说，现在我家的房子，堪比美国白宫，我在里面老是迷路。
记者：大妈，大叔说的是真的吗？
大妈：房子大是真的，关于迷路是这么回事，去年吧，有段时间，他脑袋不怎么好使，不知道是失忆了，还是健忘症，在家里见谁就问，奥巴马呢？快点让我来接见他。
大叔：你这么一讲，我也不是有得健忘症，就是一脑壳里进水的精神病！
记者：居住环境改变了，这是事实对吧！
大妈：是啊！抚今追昔，感慨颇深，展望未来，真的还想再结一回婚。

大叔：汪记者，你赶紧走吧！你看你这采访，还采出婚外恋哒！我这边还没有提出离婚，她那边就想"二锅头"哒。

大妈：说错哒，是重新结一回。

记者：好了，大叔大妈，今天的采访就到这里了。感谢大叔大妈！

大叔：人家赵本山临结束的时候还说两句呢！能不能也让咱们说两句啊！

大妈：讲的啦！为了你这个采访，我是熬红了双眼，动伤了思想，写酸了肩膀，就想要让世人看看，改革开放后的老太太不同凡响。

记者：那好吧！你们二老说吧！

大叔：我们作了两首诗。她一首，我一首。

记者：你们会作诗？

大妈：学小靳庄的时候会的。女士优先，我先来。（从兜里掏出稿纸）改革开放沐春风，武陵正在发展中，衣食住行翻天变，点点滴滴大不同。

记者：好！（鼓掌，大叔也跟着鼓掌）

大叔：（也掏出稿纸）该我哒。改革开放山高水长，武陵彻底变了模样，社会和谐百姓安康，幸福生活天天向上。国内发展的模式，成了国外的榜样。不要怕某些势力兴风作浪，伟大的中国屹立东方！

〔谢幕。

◎小品
春夏秋冬

地点：公园的一角，台左有一高大粗壮、枝繁叶茂的枫树。左右各有一条长椅，随着四季的不同，树叶变换着嫩绿、浅蓝、朱红和灰的色彩。

春

春意盎然，鸟欢雀鸣。台左树下左侧坐着一孤独老太太，她一动不动，宛如一尊塑像。

——年轻貌美的公园女管理员，在清扫着曲径小路。

——男青年健身跑步，不小心踢翻了女管理员扫拢了的垃圾。

女管理员：你……

男青年：（笑着一摊双臂）不是故意的。（边跑边回头说话，差点与提着鸟笼子的老大爷相撞）哎哟！对不起！

女管理员：喂，你干吗，你干吗不对我说"对不起"？

男青年：等你成了老人家！拜——

老大爷见树左有根横枝，欲挂鸟笼，见老太婆坐在那里，一声不响地来到树右侧挂好坐下。（切光）

夏

树叶绿得发蓝。知了聒噪。

老太太仍然坐在树下左侧，一动不动，宛如一尊塑像。

年轻貌美的公园女管理员，在清扫着曲径小路。

男青年健身跑步，对女青年：早上好！

女管理员嫣然一笑。

老大爷提鸟笼上。

男青年对老大爷点点头，帮老大爷把鸟笼挂在大树左侧的横枝上。

老大爷和老太太坐在同一条长椅上。

秋

树叶红遍，宛如燃烧的火焰。

女管理员扫地。

男青年跑上，见长椅空空的，诧异地：咦——

女管理员用手一指：他们来了。

老大爷搀扶着老太太上。来到树下，老太太扶着老大爷挂鸟笼……

男青年与女管理员看着，两人渐渐靠拢。

女管理员突然打了男青年一下：讨厌！转身急下。

男青年略微一怔：嗯？接着追下。

冬

落叶纷纷。

女管理员扫地,扫一段路推一下身旁的婴儿车。

男青年跑上:唉,会冻着他。

女管理员:谁叫你天天跑步,快把他拖回去。

男青年:是。他刚欲推车,突然怔住了。

老太太颤巍巍提着鸟笼上,左臂挽着黑纱。

男女青年默默地看着老太太来到长椅旁,她欲挂鸟笼,挂不上。

男青年急忙过去帮忙:啊?空的!

老太太:原来就是空的。

……

〔幕落。

◎话剧小品

心中的帆

人物：丫丫——女，9岁
　　　爸爸——38岁

［幕启：普通人家客厅，一旧方桌，两方凳，老式五屉柜，上放热水瓶，茶杯。左有一侧门，看来家境很是一般。

丫丫：（身着不合体罩衣，拿着酱油急上）哎哟，水开了！（进侧门提开水壶上，搬凳子爬上五屉柜，小心翼翼地捧下热水瓶灌水，毕，将凳上一围腰系上，拿酱油欲走，又返身清点钱数，将零钱放入自己的口袋）

爸爸：（精神疲惫，身心憔悴，咳嗽上）

丫丫：（喜，急迎）爸！爸！下班了。

爸爸：下班了。（咳嗽，掏药）丫丫，帮爸爸倒点开水吃药。

丫丫：呃。（急爬凳子拿杯子倒开水）爸，你自己怎么也不小心呢？

爸爸：（困惑）爸爸怎么不小心了？（接开水吃药）

丫丫：你不是说，丫丫不小心病了，爸爸上班没时间照顾丫丫。爸爸不小心病了，丫丫上学也没时间照顾爸爸呀。

爸爸：嗯，爸爸这次是不小心病了，下次一定小心。（边说边掏出干瘪的香烟盒，抽出一支点燃，吸后咳嗽）

丫丫：爸，你咳嗽还抽烟？（欲抢）不许你抽！

爸爸：（躲闪）丫丫，爸爸要是不抽烟，心里会更难受……

丫丫：那……好吧。呃，爸，烟盒空了吧？

爸爸：（看烟盒）还有一支……

丫丫：爸，那干脆把这支烟也抽了得了……

爸爸：呃，丫丫，你怎么一会儿反对爸爸抽烟，一会儿又鼓励爸爸抽烟？

丫丫：爸，我想要空烟盒。

爸爸：好，烟盒给你，这支烟我等下再抽。

丫丫：谢谢爸爸。

爸爸：嗯？丫丫，灶上煮的是什么？

丫丫：（惊）哎呀，饭！（急进，端锅上，沮丧地）爸……

爸爸：饭糊了？没关系……

丫丫：不是……

爸爸：（上前看，责备）你，你怎么煮饭不放水呢？

丫丫：（懊恼）我真没用……

爸爸：好了好了。来，围腰给我，肚子饿了吧？

丫丫：嗯。我的肚子好饿好饿。

爸爸：别急，爸爸给你来个高速度，你先做一会作业。（拿酱油，数钱）呃，这酱油又涨价了？

丫丫：（紧张地偷偷看了爸爸一眼，悄然拿着书包走开）

爸爸：唉——（把钱放入屉柜）呃，这里面好像是放了五块三，怎么又少了三毛？丫丫，是不是你拿了？

丫丫：（轻声地）没有……

爸爸：厂里的效益不好，家里的钱，还要省着点花……

丫丫：（突然发问）爸，是不是真的有了钱就有了一切？

爸爸：谁说的？

丫丫：你呀，你上次喝酒的时候对我说的呀。

爸爸：哦，那是爸爸喝多了，瞎说的。

丫丫：瞎说的？那就是假的啰？

爸爸：唉，怎么说呢？反正，只要你有了钱，就可以办自己想办或者该办的事。你爸爸就是因为没钱，你妈……（戛然而止）好了好了……（欲走）

丫丫：爸！最后一个问题。

爸爸：你呀……说吧。

丫丫：那些大……哦，那些大款的钱，是不是攒起来的？

爸爸：（心烦）你怎么……好好好，是的是的，快做作业吧。

丫丫：（喜，自语）大款的钱是攒起来的！有了钱，就可以办一些自己想办的事……（突然皱眉，捂胸口）哎哟……（端桌上的开水喝了几口，又思）到底要有多少钱才行呢？

爸爸：（上，见丫丫失神呆坐）丫丫，你坐在那里想什么？

丫丫：嗯？啊？哦，爸，我，我做作业。（慌乱地翻书包，一叠五颜六色的本子掉了出来，急忙拾起塞进书包）

爸爸：呃？丫丫，刚才掉下的是什么？给我看看。

丫丫：爸……

爸爸：拿出来。

丫丫：（怯怯地拿给爸爸）

爸爸：这是什么？作业本？（翻念）95、90、80、85……你怎么用烟盒纸做作业本？

丫丫：爸，我是，我是看着烟盒纸白净净的，丢了怪可惜……

爸爸：噢？是吗？

丫丫：是。

爸爸：丫丫，你们老师是不是经常教育你们要做一个诚实的孩子？

丫丫：是。

爸爸：你是不是一个诚实的孩子？

丫丫：……是。

爸爸：好，那你就诚诚实实地回答爸爸的问题。

丫丫：……是。

爸爸：爸爸是不是给过你钱，叫你买作业本？

丫丫：……

爸爸：本子呢？（扬手中烟纸作业本）就这？

丫丫：……

爸爸：昨天还给了你一块钱买本子，就算这本子再薄，你当发票撕也不该撕完吧？

丫丫：……

爸爸：（发火地）说呀！（扬手）

丫丫：（本能地抬起胳膊欲拦）

爸爸：你……（扬起的手轻轻落下，顺势拿起香烟，点燃猛吸一口）你……（心疼地一把抓住丫丫的胳膊）丫丫，你看你这胳膊，像香火棍，养得像个猴子……丫丫，你身上是不是有哪里不舒服？

丫丫：没有。

爸爸：没有？人呢，越来越瘦，经常中午又不想吃饭。不行，过两天我带你上医院检查一下。

丫丫：爸，我没……（转念）爸，你要带我上医院检查？

爸爸：嗯。

丫丫：爸，你每天要到工厂上班，没时间带我上医院。要不，您把钱给我，我自己去医院检查。

爸爸：不行，一定要爸爸带你去！（欲走）丫丫，今天爸爸给你弄你最爱吃的火腿肠，要多吃两碗饭啰。

丫丫：（乖巧地）爸，我听话，从今天晚上起，我每餐都多吃点饭。爸，爸……（昏倒）

爸爸：咄？丫丫，丫丫，你怎么啦？爸爸刚才没打你呀？丫丫，丫丫——

丫丫：爸，我饿……

爸爸：饿了？我给你拿饼干吃！（从柜子里拿饼干）来，爸爸喂你……丫丫，中午爸爸不是给了你钱，叫你买面包吃吗？

丫丫：爸……我没买。

爸爸：你没买？钱呢？掉了？

丫丫：……没掉。

爸爸：没掉？那怎么不买东西吃？

丫丫：爸，我把钱都攒起来了。

爸爸：（茫然）把钱攒起来干吗？

丫丫：真的。爸，你看……（从柜内拿出一个玩具存钱盒，倒出一大堆零钱）

爸爸：（震惊）这……你，你把买作业本的钱和平时的零花钱都攒起来了？（生气地）你……你给我站过来！（扯丫丫的衣，口袋破，钱从口袋里掉出来）嗯？这是哪来的钱？两毛三？这，是不是买酱油多的钱？说呀！

丫丫：是。

爸爸：这抽屉里的三毛钱，也是你拿了？

丫丫：是。

爸爸：好啊！我说这家里的钱怎么今天差几分，明天少几毛，原来是你……你给我跪下！

丫丫：……

爸爸：跪下！

丫丫：（跪下，不吭声）

爸爸：想不到你小小年纪，好的不学，居然财迷心窍！看我不打死你！

丫丫：（高声地）爸，别打丫丫。爸——

爸爸：不打？不打你不会长记性！我平时给你说少了吗？在外面捡了钱要交给老师，在家里没经过爸爸的同意不能自己拿钱。你听话了吗？竟然偷偷拿家里的钱，养成了坏习惯，长大了能有用吗？我要打死你！（拿起扫帚，掂了掂放下，解下围腰欲打丫丫）

丫丫：（倔强地）爸，我还要攒好多好多的钱。

爸爸：你攒那么多钱干吗？

丫丫：（理直气壮地）我要当大款！

爸爸：（愕然）你……要当大款干吗？

丫丫：爸，妈妈是跟大款走的。我当了大款，就把妈妈接回来。

爸爸：丫丫，我的傻女儿……（疼爱地抱住丫丫）

◎小品

十字路口

人物：（以出场先后为序）
　　　严　钦——年轻的交警
　　　刘　总——某公司老总
　　　娟　娟——严钦的女朋友，刘总的秘书
场景：街口十分热闹，灯光闪烁。严钦站在十字路口中央，打出一组漂亮的交通指挥手势。突然，路边的情况引起他的注意……

严钦：（吹口哨）呃，老人家，横穿马路危险，请您走斑马线！小朋友，注意红绿灯，看清了再走！
　　　［幕后传来汽车马达轰鸣声。
严钦：（纹丝不动地立在路中，示意汽车停下）靠边停下！（汽车急刹声。严钦走上前去）敬礼！（手机响，接）喂，娟娟呀？我正在育才十字路口执勤。没忘，今天是你母亲五十五大寿。还有半个钟头下班。你来？好吧！

我要处理一起违章，就这样，挂了。

刘总：（上，走路有些摇晃）几……杯白酒啊下……肚，喝得……我稀……里糊涂。好……像有人撞……了车，我脚……板一踩……啊不停留。管他是……死还……是活，我大……不了放血赔油油。

严钦：（上前）同志，您闯了红灯。请出示您的驾驶执照！

刘总：嗯？看到交警把礼敬，醉酒的都被他吓醒！好比晚上走夜路，碰到一个拦路鬼。嘿嘿，大哥，抽……烟！

严钦：刘总？

刘总：嗯？！你是……（凑上前看）哦，哦，哎呀，是严钦严……警官呀！来来来，抽……烟，抽烟。

严钦：刘总，你酒后驾车？！

刘总：没、有，没有！

严钦：没有？我拿测试仪给你量一下。

刘总；好！支……持你的工……作！

严钦：（用测试仪给刘总量后，无语地摇摇头）

刘总：怎么样？没……事吧！

严钦：没事？都到2点了！严重的醉酒驾车！

刘总：不……不可能！要……不！能把我喝……倒的人，那还……到丈母娘的肚……子里！

严钦：刘总，您就别充能了。

刘总：牛皮……不是吹……的，火车不是啊推……的！

严钦：好好好，我都信你的。只是今天你喝高了，按照……

刘总：我实话对你……说吧。今天和港商谈……了一笔大生……意，应酬、应酬。再说，我、我也就意思……

意思。

严钦：意思意思？您这个"意思"，起码不少于半斤吧?!

刘总：你晓不晓得，我……的酒……量有好……大？一斤半！半斤……酒，那、那是小……克斯！

严钦：刘总，做生意，应酬是应该的，可您喝了酒就不应该开车！

刘总：不……是娟娟的妈……妈过生日，这……酒就归她喝、喝哒！我……（欲吐，忍住）怎么样，俺、俺公司的娟美眉蛮乖……乖吧?!（欲吐，忍住）拜、拜！

严钦：刘总，请您留下！

刘总：哪、门的？是不是想、想请我吃夜、夜宵？今、今朝就、就算、哒啰。（欲走）

严钦：刘总，请您站住！

刘总：嗯？严……严警官，你……不会是要、要把我这个娟娟娘屋里的怎、怎么样吧？

严钦：刘总，对不起。您醉酒驾车，又闯了红灯，严重违反道路交通安全法……

刘总：我……没喝多。你……那个仪……器不、不准！

严钦：不准？那好，你像我这样，右脚单脚站立，左脚提起，离地十五厘米，时间，30秒！（示范）

刘总：好，右、右脚单脚站立，左脚提……起，离……地十五、十五厘米，时间，30秒！（站立不稳，反复试验）

严钦：所有喝高了的，用这个简单的方法就可以检测出来。

娟娟：（提一盒生日蛋糕上）认识个交警叫严钦，威武帅气有精神。今天是个好日子，妈叫我把他领进门。严钦！刘总?!呃，你们这是……

刘总：哎呀！娟……娟，你快、快过来！

娟娟：刘总……

刘总：（把手搭在娟娟的肩上）你、看！我站……稳哒！娟娟，你真、真的是我的好、好秘书。忠不忠，看……行动，关键……关键的时候打……冲锋！余下的事情我……不管，小……小两口内部去……通融。（欲走）

严钦：刘总，请您站住。这车，您不能再开了。

娟娟：严钦，俺刘总怎么啦？闯红灯？

严钦：醉酒驾车，闯红灯！

娟娟：严钦，这一次，你就放过俺刘总吧。

严钦：娟娟，他酒后驾车，又闯红灯，已经严重地违反了道路交通安全法，威胁了他人的生命安全，无论是依法、依理、依情，我都无权徇私舞弊呀！

娟娟：这么大个十字路口，你一个人在这里上班值勤，谁看得到？

严钦：娟娟，正是我一个人在这里上班值勤，就更不能那样去做！上有皇天、下有后土，中间，有我这颗良心！

刘总：娟……娟，你怎么找……个白眼狼哟？老、老子才看见……

严钦：刘总，请您说话放尊重些！

刘总：尊重？你尊、重我了吗？你、你要娟……娟讲，她原来在公司当听……差，为什么会到办……公室里来？只……因为她和你谈……恋爱，我有……个当……交警察的家……

属吃得开！哪个开…车的不、出意外？内……部有人他……就能把那后……门开！

严钦：请出示您的驾驶执照！

刘总：严钦，你……硬要劈脸无情处罚我，一根头发遮住脸？我……接受处罚，你……开单！两百块是、是不是？给、给你！（丢钞票）（对娟娟）你要……是还和……他谈恋爱，明朝不用来……上班！（欲走）

娟娟：（急）严钦——刘总刘总，您消消气，让我来和他再说几句。（拉严钦一边）严钦，你爱我吗？

严钦：爱。

娟娟：真爱?!

严钦：真爱！

娟娟：那就请你看在爱我的份上，这次就放过刘总。好吗？求你了！

严钦：你就那么爱这份工作？

娟娟：唉，你是捧着铁饭碗，不晓得讨米的艰难！我大学毕业，在家都待了大半年！有的工作专业不对口，有的工作看不起我，看得起我的工资又少得可怜……

严钦：（思）娟娟，你是学文科的，应该知道春秋战国时赵奢的故事。赵奢原来是一个普通的收取田税的官吏。一次，他来到惠文王的弟弟、平原君赵胜家里收取田税，赵胜的管家仗势欺人，拒付税款。赵奢并不怕赵胜的权势，他毫不客气地依照赵国法令杀了那些无事生非的闹事者。赵胜怒气冲天，一定要赵奢抵命，赵奢对赵胜说："您是赵国栋梁之材，是受朝廷重用的大官，应该遵守国家法令,以昭示天下百姓。而现在您的管家却依靠您的权势,公然违反国家法令。如果百姓都拒不付税,那么天下还会太平吗?国家还会富强吗?您要是能够奉公守法,那么百姓也会以您为榜样,天下就会稳定,国家就会富强。"

娟娟:赵胜听了这番话,惭愧万分,转怒为喜,将赵奢保举给赵惠文王,赵王封了他一个掌管整个赵国税收的官。

严钦:(拿出对讲机)

娟娟:你干吗?

严钦:通知队里来拖车!

娟娟:当真不能原谅?!

严钦:不能。

娟娟:在你通话之前,请你认真地考虑一下我,考虑一下我们的将来。

严钦:我考虑过。我想,你现在的心情,应该是和我一样,处在这十字路口。但我更多的是考虑社会的安定、人民的生命安全。如果你还想到他那里上班,对不起,我爱你,又不得不和你分手!(对对讲机)张大、张大,育才路口有人涉嫌醉酒驾车,请把拖车开过来。

刘总:你开……罚单可以,不能拖……我的车。

严钦:你已经不能开车了!

刘总:娟……娟,你……来把车开……回去!严……警官,这……可以吧?

严钦:(对娟娟)请出示你的驾照。

娟娟:你知道我的驾照还没考下来。

严钦：请不要无照驾车。（对讲机响：育才路口，育才路口，刚才有辆车牌号为09413的轿车撞倒人后逃逸，有可能往你那里去了！）

严钦：知道了！九死一生。

娟娟：（惊）9413?!这，不是……刘总？

严钦：刘总，你肇事逃逸，漠视他人的生命，我要按照道路交通安全法，对你进行拘留。

娟娟：（手机响，接）妈——我是。请问您是谁？交警？啊?!我妈被车撞了！在医院抢救！什么？车号是九死一生！姓刘的，你还我妈的命来——（打刘）

严钦：（拉开）打人犯法！你想和他一块拘留吗?!

娟娟：妈——（急下）

　　〔内汽车轰鸣。

严钦：刘总，请吧！

　　〔画外音：经血液化验，这位刘总血液酒精含量为90毫克，属于醉酒驾车。按照《中华人民共和国道路交通安全法》的有关规定，予以罚款2000元，扣6分，行政拘留十五天。

◎音乐情景剧
冰灾突袭

人物：宋司机——物流司机
　　　大　妈——当地村民
　　　大　宝——王大妈之子，先天性愚型
　　　小　玉——王大妈之女
　　　刘主任——当地村委会主任
　　　群众若干

〔北风呼啸，一阵紧似一阵。风中夹杂着汽车开动的轰鸣声……

〔风声中画外音：2008年春节前的某天，我开着一车价值千万元的卷烟往广州赶。骤降的气温，迷漫的大雪，肆虐的寒风，使得路面转瞬间顶上了一层冰盔！装上了防滑链的车行在上面，仍然摇摇晃晃如同一个醉汉。傍晚时分，好不容易爬上湘南的一处山路，后轮仍不听使唤地滑进了路旁的流水沟……

〔汽车的马达声大作，一次，两次……
〔幕启。

宋司机：（十分郁闷地从台左上，背着风点燃一支烟，边抽边四下里眺望，突然，口袋里的手机响）喂？林书记，我刚到湘南的国道上，好大的冰雪！车抛了锚！什么？气温还要下降？冰灾？看来我中了头彩，百年不遇的都让我给遇上了！是，一定注意安全，确保国家物质不受任何损失！我正在想办法，这个地方前不靠村，后不巴店……喂，喂……怎么没信号了？（举着手机，到处找信号）

大　妈：（牵着大宝，顶着狂风，艰难地从台右上）

大　宝：（看到举着手机找信号的宋司机，觉得好玩，松开手学样）

大　妈：（脚下一滑，人前扑跌倒在地）

大　宝：（见状，学样，故意倒地，匍匐地爬到王大妈身旁）

宋司机：（突然发现，急上前欲扶）哎哟，大妈……

大　宝：（大声地对宋司机喊道）卧倒！

宋司机：（愣住）卧倒?!

大　妈：同志，别听他的，来，帮我一下……

宋司机：（把王大妈扶起，关切地）大妈，没摔到哪里吧？

大　妈：谢谢。大宝，起来吧，演习结束了！

大　宝：是。嘿嘿嘿，妈，演习结束了！（自己爬起）

宋司机：（不解地）演习?!

大　妈：嗨，你看他那样。怀他那阵，我感冒发烧得了肺炎，打针吃药，生下了个痴呆儿，作孽呀——都三十的人

大　妈：了，跟三岁的小孩一样，特别爱学解放军。

宋司机：哦……呃，这么大的冰雪，您老带他……回去？

大　妈：到他妹妹家去过年。

宋司机：哦。大妈，请问这里是什么地方？

大　妈：这里呀，叫二十里铺。从这里往东的村叫上二十里铺村，往西叫下二十里铺村。他妹妹嫁到上二十里铺村，我和他住在下二十里铺村。

大　宝：（突然大声地）妈，我肚子里在叫，我的肚子里在叫！

大　妈：（哄大宝）大宝，再坚持一下！乖，听妈的话。

宋司机：这么说，我现在的位置正好在东西二十里之间？哎哟，这些好事怎么都让我给赶上了?!唉，我这是冬瓜皮做衣领，背的卷卷时哟——

大　妈：呃，同志，你一个外地人，怎么待在这个前不靠村，后不巴店的地方？

宋司机：哦，大妈。我是物流的司机，车开到这里抛了锚！后轮子掉进水沟里上不来……

大　妈：到这里抛了锚？你可真会选地方……

大　宝：（突然大声地）妈，我肚子在叫！妈，我的肚子它叫得疼！

大　妈：（哄大宝）大宝，学解放军，再坚持一下！乖，妈在和部队首长讲话……

大　宝：我不！我不——妈，肚子不听话，它不坚持——

宋司机：大妈，他说"肚子在叫"是什么意思？

大　妈：肚子饿了。

宋司机：肚子饿了？呃，我车上还有点吃的！你等等，等等！（急下）

大　宝：妈，肚子还在叫！

大　妈：乖，部队首长给你拿去了！

宋司机：来了来了！你看，有面包、苹果，还有开水……大妈，您也来吃！来！

大　宝：嘿嘿，好吃！嘿嘿，好吃！（边吃边把苹果往自己的口袋里装）

大　妈：（欲制止）大宝……

宋司机：（拦住）大妈……没关系，让他拿。

大　宝：（吃得太急，噎着了）

宋司机：来，大宝，喝点开水……

大　宝：（把水壶喝了个底朝天）

大　妈：同志，贵姓？

宋司机：免贵姓宋。

大　妈：宋师傅，这么恶劣的天气，你待在这里怎么熬得过去？要不，你跟着到我女儿家里去住一晚？

宋司机：大妈，不行呀。不说我得在规定的期限内赶到，把一车国家的东西丢在这无人烟的地方，我又怎么放得下心？

大　妈：怎么放不下心？难道这些国家财产比你的生命还重要？人只能活一次，财产损失了还可以重新生产。

宋司机：大妈，确实如你所说，生命只有一次，可是如果只为自己活，那就太没质量了。

大　妈：怎么活才是有质量？

宋司机：为他人，为社会，为国家。

大　妈：你，是党员？

宋司机：对，我是一名共产党党员。

大　妈：好，好！从你的身上，我看到了我们党的形象！

宋司机：大妈，您高抬我了！

大　妈：唉，有些当官的人，恨不能把国家的银行都搬在自己的家里去！真不知他们是怎么当上党员的！

宋司机：大妈，那样的人，在我们国家，毕竟是少数。再说，他贪了，有好结果吗？有法律来治他！机关算尽太聪明，反丢了卿卿性命！

王大妈　宋师傅，说得好啊！大宝，来，回家去。

大　宝：（对宋）来，回家去。

宋司机：你去吧，哥哥不能走。

大　宝：（对大妈）你去吧，哥哥不能走。

大　妈：大宝，哥哥要在这里站岗，你和妈妈回家抓特务去。

大　宝：哦，我回家抓特务去哟——

宋司机：哦，大妈，我给你把车灯打开，还可以照得一段距离！（欲走）

大　妈：宋师傅，来来来，把我这条围巾围上！

宋司机：不不不……

大　妈：怎么不？一层麻袋一层风，十层麻袋过一冬！这么大的冰冻，你待在这荒郊野岭，不冻死才怪！我走路，身上一点也不冷！戴上！

大　宝：（取下自己头上的帽子）来，戴上！嘿嘿嘿。

宋司机：大妈……

大　妈：什么都别说。多活动活动抗寒！
宋司机：大妈，您小心点，慢慢地走！（急下，台后射出两束光柱）
大　妈：放心吧，大妈我硬朗着呢！（带着大宝原路返回）
　　　　［画外音：大妈走了，留下她的红围巾，带着她那傻得可爱的儿子走了。当我估计他们已经走出了光束照明的范畴，关掉车灯时，突然想起，他们应该是往西到女儿住的上二十里铺，怎么又回下二十里铺？天空中残留的一点暗灰色的光没了，四周黑压压一片，死寂沉沉。车箱里的油不是太多了，我不敢发动车子取暖，只好在车上坐一会，又在车外活动一下。
宋司机：（不停地在雪地里活动着）
　　　　［画外音：夜深了，把食物都给了大妈母子俩的我，切切实实地体会到了什么是饥寒交迫……多亏了大妈的围巾和大宝的帽子，要不然，真会冻僵在这荒郊野岭。即使是这样，我的手脚开始麻木，精神也恍惚起来……
宋司机：（强行地控制自己，颤声地大喊）呃——呃——
　　　　［突然，从台的左侧，现出几束手晃动的电光……
宋司机：（警觉地打起精神，想了想，急忙从车上拿出摇手柄，守立在暴风雪中）
小　玉：（带两三个人晃动着手电筒上，照在了宋司机身上，从宋的身上看到了红围巾和大宝的帽子，惊叫）啊——你，你是干什么的？
宋司机：（握起摇手柄）你……你们……是干……什么的?!

小　玉：（几个人立即将宋围起来）快说！你，你把我妈和我哥怎么了？

宋司机：我……什么……怎么……了？

小　玉：他们的围巾和帽子怎么在你的身上?!

宋司机：你……是小……玉？

小　玉：恩。恩？你怎么知道我的名字?!

　　　　〔台右晃动着好多手电光。

大　妈：（台内喊）宋师傅——宋师傅，我们来了——（众上）

大　宝：（上）宋师傅，我们来了。

小　玉：（激动地迎上）大宝！妈——

大　妈：小玉，你怎么来了？

小　玉：我和他一路接你和大宝，一路来到了这里……

大　妈：宋师傅，我们村的刘主任带人来帮你了！

刘主任　宋师傅，来，快喝点热开水！

宋司机：谢……谢……

大　妈：哎呀，人都快冻僵了！小玉，快用雪替宋师傅擦擦手和脸，擦到发热为止！

刘主任：大王，你去帮宋师傅开车，我们大家帮忙把车从沟里推上来！

大　宝：推上来！嘿嘿，推上来！（台后射出两束光柱）

　　　　〔无字歌声起：啊——

　　　　〔汽车轰鸣，众人喊号子：一、二、三！一、二、三！

　　　　〔幕徐徐落。

◎音乐歌舞剧

乡村恋

人　物：彭九妹——芦山李白溪小学老师
　　　　丫丫——李白溪小学学生，10岁左右
　　　　一群李白溪小学的学生
　　　　二十个歌伴舞的女演员
场　景：学校操坪

　　　　〔舒缓、颂扬的音乐起，女演员飘逸地舞上。
歌　词：春风荡漾，
　　　　鸟语花香。
　　　　生机盎然，
　　　　茁壮奔放。
　　　　〔女演员排成两列，宛如老师站在校门口迎接学生，学校上课下课铃响，孩子们背着书包，三三两两从台的两侧上学……
学生们：沿着田间的小路，

背着书包来到学堂,
沐浴习习春风,
享受暖暖阳光。
和花儿比美丽,
和树苗比成长,
和蓝天比理想,
和小鸟比歌唱。
　　〔丫丫背着书包急上。

丫　丫：不好了！不好了！

学生们：丫丫，怎么啦?!

丫　丫：彭老师住院了！

学生甲：昨天晚上，彭老师还到俺家里给俺补习功课。

学生乙：就是。彭老师还到过俺家帮我洗脚。

丫　丫：是真的！彭老师昨天晚上回去的时候摔断了腿！医生讲的要卧床休息一个月！

学生们：啊?!

学生甲：（懊恼地）嗨，要不是爸爸妈妈出去打工，彭老师就不用天天晚上来给我们辅导了！走，我们去看彭老师！

众　白：走！
　　〔彭九妹拄着拐杖上。

彭九妹：同学们好！

学生们：彭老师?!（涌上，围着彭老师）彭老师——
　　（唱）见到您熟悉的脸庞，
　　　　　我们心里舒畅。

　　　　　　见到您亲切的笑容，
　　　　　　我们充满阳光。
　　　　　　老师您应该躺在病床上，
　　　　　　怎么又来到学堂？

彭九妹：彭老师想你们。
丫　丫：（搬一把椅子上来）彭老师，您坐着。
彭九妹：丫丫，今天又没梳辫子？
丫　丫：彭老师，我——梳不好。
彭九妹：来来来，老师给你梳。
　　　　〔彭九妹给丫丫梳辫子。
　　　　　〔幕后伴唱：轻轻地梳理那细细的头发，
　　　　　　　　　　　热热的泪滴在眼角上悬挂。
　　　　　　　　　　啊——
　　　　　　　　　　彭老师，
　　　　　　　　　　您不是妈妈，
　　　　　　　　　　您胜似妈妈。
　　　　　　　　　　在您的呵护下，
　　　　　　　　　　我们就是一个大家。

彭老师：好了！你看，这下多精神，多漂亮。
丫　丫：彭老师，我怎么老是梳不好？
彭老师：丫丫，你还小。等你再长大一些就能自己梳了。
丫　丫：（感触地）彭老师，您要是不走该多好啊！
彭九妹：丫丫，你听谁说我要走？！
丫　丫：昨天我到办公室去听老师们说，您家里的人，要把您调到城里的学校去。

学生们：啊?!彭老师，我们不让你走——彭老师——

　　　　〔音乐起。两束聚光灯分别打在彭老师和学生的身上。

彭九妹：（独白）师范毕业回到农村，乡亲们给予了满腔热情。他们把孩子交给我时，只留下一句话：要打要骂都行！

丫　丫：（独白）那一天我失手，打破了彭老师的热水瓶。老师急忙说：快给我看看，烫着了没有？眼睛里，充满了妈妈的心疼。

彭九妹：（独白）木板上刷墨当黑板，送走了一批批学生。我记不住太多的学生，可每当过年的时候，总是收到来自各地的信……

学生甲：（独白）冬天，光着脚丫穿套鞋，好冷好冷。彭老师把我的脚搓了搓，揉了又揉，直到冷脚转温。

学生乙：（独白）大病小病，彭老师总是陪着我去看医生。

学生丙：（独白）衣服破了，缝补时，我发现彭老师戴上了老花眼镜。

彭九妹：（独白）我向往霓虹灯下手牵手，又爱恋荷塘月色美如锦。

学生丁：过生日的时候，老师和我的脸，相互抹上了奶油，大家都笑得那么开心……

学生甲：彭老师，您别走，我保证每天都完成作业，再也不让您操心。

学生乙：彭老师，我再也不和同学打闹了。

学生丙：彭老师，你走了，我怎么办？

彭九妹：（独白）城里纵有千般好，怎比这乡村山明水秀、凤

　　　　清气正、鸡鸭唱和、牛铃声声!
学生们：彭老师——
彭九妹：同学们，老师不走了。
丫　丫：彭老师，你真的不走了?!
彭九妹：不走了。这一辈子就扎根农村!
学生丙：老师，拉钩!
彭九妹：拉钩!
众：　　拉钩上吊，一百年，不许变!
学生们：哦——老师不走啰——
彭九妹：孩子们，上课去——
　　　　〔音乐起。
众：（唱）生活是一条流动的河，
　　　　事业是一首传唱的歌。
　　　　唱歌就唱爱和情，
　　　　生活就品苦和乐。
　　　　苦是乐的源头，
　　　　情是爱的漩涡。
　　　　苦是匆匆的过客，
　　　　爱是永远的欢乐。
　　　　〔歌声中剧终。

◎音乐情景短剧

幸福的港湾

人物：（以出场先后为序）
　　妈　妈——妍妍的母亲
　　妍　妍——金丹小学学生，12岁（汉族）
　　王　英——理县来金丹的学生，12岁（羌族）
　　卓　玛——理县来金丹的学生，12岁（藏族）
　　洁　洁——金丹小学学生，12岁（汉族）
　　洪老师——金丹小学老师
　　理县来金丹的学生数个

　　[某星期六的上午。
　　[幕启。妍妍家。妈妈在忙着把瓜果分别放进水果盘中，摆在茶几上。墙上的挂钟敲了9下。
妈　妈：妍妍，妍妍，该起床了——
妍　妍：（睡眼惺忪）妈妈，我想多睡会儿……
妈　妈：还多睡呀？都九点钟了。你不是说，从四川理县来的那些同学,每天都起得很早吗?待会儿她们来了,你还没起来,好意思?

妍　妍:妈妈,她们今天不会来了……

妈　妈:为什么?不是说好这个星期六来吗?

妍　妍:妈妈,别问那么多了……

妈　妈:呃,那我倒要问问清楚。告诉妈妈,到底出了什么事?

妍　妍:我们吵架了。

妈　妈:为什么?

妍　妍:也不为什么。就是昨天我们六年级的篮球比赛,我们的同学一进球,她们理县的同学就一起大喊:(学四川话)四川的同学雄起!四川的同学雄起!

妈　妈:哦。那,没什么呀!他们的同学进球,你们怎么喊呢?

妍　妍:我们呀……

妈　妈:吞吞吐吐干吗?说实话!

妍　妍:我们就(伸舌头,怪腔地)Ye——(同时把两只手的食指往下伸)

妈　妈:就为这?

妍　妍:嗯。是她们先找我们吵的。

妈　妈:你认为谁对谁错?

妍　妍:其实,都是为了集体的荣誉……

妈　妈:要是你们的同学进球后,她们也像你们那样,你们会高兴吗?

妍　妍:不会。

妈　妈:你再想想,谁错了?

妍　妍:(低头不语,想了想,拨通电话)洁洁,是我,妍妍。洁洁，昨天，是我们错了。你也是这样想的？太好了！今天，我怕她们不会到我家来了。我们一块去接她们好吗？那好，我等你。

〔王英和卓玛身穿羌族和藏族的服饰上，按门铃。

妈　妈：谁呀？

王　英：妈妈，是我，王英和卓玛。

妍　妍：妈妈，等等，我换衣去！（妍妍急下）

妈　妈：呃，来了来了！（开门）

王　英：（和卓玛同时抱住妈妈）妈妈——

妈　妈：哦，（左右端详）王英，卓玛，我的女儿们，你们好啊！妈妈还担心你们今天不来了。

王　英：妈妈，我们干吗不来？

卓　玛：妈妈，我们好想你！

妈　妈：来来来，屋里坐，屋里坐。

王　英：妈妈，别客气，我们不是客人。

卓　玛：我们是你的女儿呀。

王　英：妈妈，妍妍呢？

妍　妍：（换了衣出来）嗨！

王　卓：（同时）嗨！

王　英：妍妍，对不起。（用羌族的礼见面）

卓　玛：我们昨天不该发生争吵。（用藏族的礼见面）

妍　妍：不不不，是我们不对！真的，应该是我对不起你们——（敬鞠躬礼）

　　　　〔妈妈笑着下。洁洁上，按门铃。
　　　　〔王英要去开门，妍妍拦住，示意她们俩躲起后开

洁　洁：妍妍，快走。王英她们从四川理县离家千里来我们金丹小学读书，到了星期六和星期天，肯定想家。去迟了，别让她们心里难受。

王　英：洁洁——（上前和洁洁拥抱在一起）

洁　洁：王英！卓玛！我为昨天的事向你们道歉！

卓　玛：都过去了，还说他干什么？

王　英：妍妍，洁洁，我们所有理县来的同学，都不想在武陵区金丹这么好的学校、老师和同学面前，留下终生的遗憾。

卓　玛：我都担心，长大后我们还能不能认识？

王　英：要是你们还不理我，我会哭的。

洁　洁：卓玛！（相互拥抱）

妍　妍：王英！（相互拥抱）

妈　妈：喂喂喂，别那么伤感好不好？来来来，吃水果，吃水果。

妍　妍：呃，下周我们不是有个拼盘比赛吗？来，我和王英一组，洁洁、卓玛一组。我们先来演习一下好吗？

洁　洁：好啊！卓玛，你想拼个什么？

卓　玛：我想拼个五星。大地震中，是解放军叔叔救了我，我一睁开眼睛，就看见了那颗闪闪的红星！长大后，我一定要当个解放军！

王　英：我想拼一座房子！

众　：什么房子？

王　英：一座不倒的教室，不再让我的同学被压进废墟了！

卓　玛：（突然想起什么）我还想拼一个人！
众　　：（同时）拼谁？
卓　玛：洪老师！
众　　：拼洪老师?!
卓　玛：昨天晚上，洪老师喊我起床上厕所，我在黑暗中，迷迷糊糊以为又地震了，就把洪老师的手咬了一口。
众　　：（同时）啊?!
卓　玛：我，真的对不起洪老师，不知道她会不会原谅我。
王　英：你快去给洪老师道歉！
卓　玛：呃……

　　　　〔欲走，洪老师带几个身着民族服饰的同学上。按门铃。
妍　妍：（开门，惊）洪老师?!妈妈，洪老师来了！
妈　妈：（上）洪老师。
洪老师：你好。我和同学们来找卓玛……
卓　玛：洪老师，昨天晚上，我……
洪老师：哈……你呀，洪老师没事。同学们，来！预备——起！

　　　　〔同来的同学齐唱：祝你生日快乐！祝你生日快乐……
洪老师：卓玛，今天是你满12岁的生日！
卓　玛：（激动）老师——（抱住洪老师哭）老师，你的手还疼吗？
洪老师：傻孩子，老师不疼。来，吃生日蛋糕！

　　　　〔同学们相互把奶油抹在脸上，一派欢乐的笑声。
妍　妍：卓玛，我给你送张贺卡！
卓　玛：谢谢！

妍　妍：（念贺卡）你很开朗。希望自己和你一样开朗！
王　英：洪老师，我想给您朗诵一首诗！
洪老师：好啊！
王　英：我是一只快乐的小鸟，我希望每天清晨的第一缕阳光照耀在我那美丽的羽毛上。我的家境贫寒，但我勇敢、坚强，我希望我能越飞越高。因为地震，我再也不愿站在枝头高歌，因为地震，来到了常德，来到了武陵，来到了金丹。你们为我们献出的太多太多，我知道你们不求任何回报。如今啊，我这只小鸟又开始了欢笑。你们就是我力量的源泉，我相信我能越飞越高！我们四川灾区明天会更加美好！
洪老师：王英，你写得太好了！
卓　玛：洪老师，我还想给您唱支歌！
同学们：好——
卓　玛：（想）我，就唱《卓玛》吧！（唱歌）
妍、洁：（鼓掌）同学们，让我们跳起来吧！
同学们：好！（音乐起，大家跳起了欢快的锅庄）
　　　　〔音乐声中闭幕。

第七章 故事

◎文化故事大讲堂

爱上一个不回家的人

"突突突……"一辆摩的沿着"村村通"急速地前行,眼前闪过一大片一大片绿油油的烟叶种植地。

"嘎——"摩的停下,"大姐,到了。这里就是太浮乡的烟叶种植地。"

"谢谢。"斜坐在车尾的一位四十上下的中年妇女轻轻滑下,只见她:白里透红面容娇,凹凸有致身材好;一袭素色中短裙,手提时尚单肩包;男女老少喊大姐,百家姓里她姓肖。

肖大姐沿着烟叶种植地的田埂边走边看,从一群钻在浓密烟叶丛中的人里,她看到了一个既熟悉又陌生的身影,便提起嗓音试着喊道:

"修平!黄修平——"

喊了几声,人群中,一个男人慢慢地站了起来,他朝着喊声的方向看了看,脚步有些迟疑地朝前走了几步后,急忙拐个弯,从地里走上田埂,蹬蹬蹬地跑过来,又惊又喜又有些困惑地问道:"老婆,你,你怎么找到这里来了?!"

"我……"见到自己的丈夫，肖大姐本想埋怨几句，当她抬眼细看，只见眼前的这个人：黑得像坦桑尼亚，满脸胡子拉碴，不是声音没变，哪里是心中的那个他！

肖大姐心中一酸，轻声说道："我到你办公的地方，说你到这里来了。半年都不回家，还不能让人来看看？"

"看吧，"黄修平笑着伸了伸胳膊和腿，"零配件都在，完好无损。"肖大姐抿嘴一笑："好个屁！晒得像个黑乌龟！"

"黑好啊！黑芝麻黑黄豆，黑色的木耳降血脂，黑大米长年食用益人寿，黑茶能够防癌变，黑色的人种体质优。"

"你别炫耀，我给你看样东西。"肖大姐说着，从单肩包里取出一沓照片，一张一张地拿给黄修平看，"工商的老赵公安的老钱，文化的老孙博物馆的李大全，移动的周科长电信的武白帆，国土的郑文武水利局的王明天……"

"拿这些男人的照片干吗？不会是有人想给你做介绍吧？"黄修平开玩笑地说。

"都是你，一年四季不回家，人家以为我离了婚，好些人上门给我介绍对象。"

看着妻子满脸无辜，黄修平哈哈大笑起来！

"你呀，你是'徐娘半老，风韵犹存'。招人喜欢，我黄修平娶了你，真是前世修来的福气！"

"去，少来。明天，你一定要陪我回家上街走走！"

"哎呀，亲爱的老婆，明天不行啊！明天我们要在太浮宝丰等四乡八村继续搞试点。"

望着老公那愧疚的神色，肖大姐的思绪飞到了十多年前：从1986年以来，黄修平一直在烟叶生产第一线忙碌，连个星期天也没有。

90年代初，临澧县种的是旱地烟，产的是低次烟。刚任烟叶科主任的丈夫，眼看着上级要把临澧划到烤烟生产的黑名单，心急如焚，不分白天黑夜，骑着单车下乡调研。东到柏枝九里，西到文家五道，南到太浮王化，北到官亭桃树。写下了二十多万字的调查报告，提出品种优良化、种植区域化、栽培管理规范化的烤烟生产"三化"。意见被上级采纳，临澧县局成为常德第一个走上"科技兴烟"发展道路的县公司，并引进了新的烟叶品种——云烟87。

然而，由于气候条件和地理条件的恶劣，新品种引进遇到了很多技术难题。丈夫手把手地教烟农给育苗盘消毒、控制温湿度，配置农药。顶着严寒酷暑，到一百多个村采土化验，分经纬度给土壤研制营养液。在烟叶烘烤中，更是24小时蹲守，在烟农家一住就是十天半个月，回家的时间越来越少……

想到这些，肖大姐有些伤感，她收起照片，默默地跟着丈夫来到办公室。

进了办公室，肖大姐傻了眼。桌上、椅上、沙发上、地上，全是书，《栽培学》《土壤学》《地质学》《昆虫学》《烟叶种植学》《烟叶栽培学》《烟叶病理学》，读书笔记一大沓、图纸厚厚一大摞。地上的蚊香灰，角落里的空饭盒。破旧沙发放被褥，电话机就在枕边搁。一张肖大姐的休闲照，端端正正摆在桌。霎时，肖大姐什么都明白了，这些年来，丈夫的日子其实不好过，却始终把她放在心窝窝。

肖大姐麻利地帮丈夫收拾着，黄修平指着车窗外绿意盎然的山丘、平原，告诉妻子，那些都是新品种烟叶，多年来，他成功突破了漂浮育苗、膜下移栽、测土配方、分级烘烤等十多项技术难关，"科技兴烟"让广大烟农脱贫致富。

　　肖大姐看着丈夫那说话时喜滋滋的神情，既欣赏又佩服，情不自禁地枕在丈夫的怀里，眼里噙着泪说：

　　"这就是命啊，谁叫我'爱上了一个不回家的人'！"

◎文化故事大讲堂
血染的风采

第七章 故事

　　说的是2011年元月某天的深夜，寒风刺骨，大雪纷飞。两台用防水油布包扎严实、挂着闽字车牌的十吨大卡车刚过德山高速收费站，一辆小车在前面带路，驶向桥南大市场。

　　一辆红色雅马哈载着两个人，从岔路口"突突突"远远地跟上。

　　大卡车的司机，从反光镜中看到了摩托车手的精湛车技：斗冰雪、御寒风、挟铁骑、舞游龙，上坡好像马嘶鸣，下坡恰似虎追风！战天斗地豪情涌，冰天雪地敢争锋！

　　看着看着，大卡车司机突然感到心虚，急忙让副手给前面大卡车司机拨通了手机：

　　"阿发，我们后面好像有了'尾巴'。"

　　"什么'尾巴'？"

　　"一辆摩托车跟在后面。"

　　"这个鬼天气，人都会冻死，还有人骑摩托?！"

　　"就是啦！常德打假抓得紧，厉害要数刘小平。重案大队大队长,是个靓仔人年轻。跟踪暗访最拿手,不畏强暴敢拼命!冰天雪地骑摩托,八九不离是他本人。"

"怎么办?!"

"前面有个加油站,我们去加油。"

红色雅马哈"突突突"地从后面赶上来,也开进了加油站。

车手和坐车的,把头和脸捂得严严实实,车尾上盖着塑料布的两个大纸箱上,印着"芙蓉王"香烟的字样。

阿发撇嘴一笑:"阿家,烟草专卖法规定,运输零售卷烟不能超过五十条,人家拖了一百条,是属耗子的同行啦。看来,常德不像你说的那样嘛!"

阿家懒得理睬阿发的讥讽,看到依旧跟在后面的摩托,很是发毛。一阵盘算,又给阿发打来电话:"阿发,你去桥南市场送货。"

"你呢?"

"过沅水大桥,走207,往城里去……"

"不行!"阿发把车停下,跳下来怒气匆匆地朝阿家吼道:"你什么意思啦?到常德,你就怕,疑神疑鬼老怕抓!是祸想躲躲不脱,退路早就被他卡!"

阿家挥起一拳打向阿发,恶狠狠地说:"摩托车,不简单!这件事,有点悬。分开两边走,看他怎么办?他再跟谁谁负责,半路摆平保安全!"

前面小车上下来几个人。拉开了阿发和阿家,其中两个人上了阿家的车,拐上大桥而去。

驾驶红色雅马哈的,正是湖南烟草专卖局一等功臣、常德烟草稽查大队重案大队队长刘小平。

　　桥南鞭炮仓库早已被包围。刘小平带着队员小张来到德山守候。只要这两车假烟进了常德市，哪怕临时变更交货地点，也叫它有来无回。

　　没想到贩假烟车主还真在这里来了个"分道扬镳"！

　　往桥南走，肯定会进入伏击圈。走207国道，到哪里交货？刘小平心里没底！跟下去，对方人多势众；不跟，这伙人就会逃避打击！经过紧张思索，刘小平说："小张，你打的跟前面的车去桥南。"

　　"刘队，你呢？"

　　"过河！"

　　"有危险！"

　　"小张，敢冒险，贩假烟，利润大，太可观！芙蓉王，二百三。假烟差价翻了番。国家利益受损失，消费群体遭劫难。身为卫士护专卖，坚决打击不手软！"

　　刘小平刚跟上几里地，前面的汽车缓缓地停下，关掉了所有的车灯。四周顿时黑沉沉的一片！

　　根据经验判断，刘小平知道今天遇上了穷凶极恶的亡命之徒！

　　刘小平放慢速度，把开着大灯的摩托停在离汽车一二十米远的地方，站在路中间大声地说："出来吧，你们跑不了啦！"

　　从大卡车的左右两边，走出了阿家、副手和另外两个人："你是谁？"

　　"常德烟草稽查大队刘小平。"

"刘大哥，车上的烟全部给你，只求你放我们一马！怎样?!"

"我同意。"

"多谢刘大哥！"阿家和副手等人边说边走了过来。

"国家的法律不同意！"

"我就知道你会这样说！"阿家说着话，猛然挥起早就拿在手中的摇手柄，朝刘小平打了过来！

当过三年武警的刘小平把头一低，躲过摇手柄，顺势抓住往前一带，只听得"啪嗒！哎哟！"结了冰的路面使阿家跌了个"狗啃屎"，直直地趴在地上！

副手挥舞着扳手扑了过来！刘小平转身闪过，一个"劈叉"，向另外两人左右踢去！

"他妈的，这小子真他妈扎手！"躺在地上的阿家爬起来，一挥手，"把他围起来，一齐上！"

常言道：双拳难敌四手！更何况还是四个穷凶极恶的歹徒！在一阵拳脚交加之后，刘小平眼见不敌，瞅准阿家，一个"擒拿手"，将他扑倒在地，死死地抓住不放！

"快！快把他的手给老子掰开！"在阿家的喊叫声中，副手举起扳手朝刘小平的右手狠狠地砸过来！

12吋的大扳手狠狠地砸在了刘小平右手的中指上，鲜血霎时染红了雪地，刘小平只觉得一阵痛彻心扉的疼痛！

见刘小平仍没松开，副手举起扳手又是狠砸一下！再砸一下……

正当副手再次举起大扳手时，只听得"砰"的一声枪响："不许动！"

公安治安大队大队长带着部分干警和稽查队员及时赶到，阿家等人当场就擒。

"一共有多少货？"刘小平忍着疼痛问治安大队长。

"据阿发交代，两车共有五六十大箱！"

"好家伙，这可是一次'国标网络案'！价值人民币120万元！"

刘小平的中指因粉碎性骨折被截。大家为他惋惜，他却说："为了国家和消费者，值！"

第八章 戏曲

◎丝弦小戏
市长站岗

时间：现代
地点：大街十字路口，路旁有一条石凳、花木
人物：（以出场先后为序）
　　　胡大妈——60多岁　文明交通劝导员
　　　马市长——40多岁　本市市长
　　　张　霞——30多岁　市长秘书
　　　［红灯亮。
　　　［幕内：一阵"嚯嚯"的口哨声响起。
胡大妈：（内唱：戴袖章挂口哨神清气爽——挂着胸牌，带着"文明交通劝导员"红袖章上，亮相。
唱：　胡大妈又来到路口站岗，
　　　红绿灯指挥着人来车往，
　　　偏有人不看灯横路违章，
　　　坏习惯改过来彰显文明。

新时代就要有新的气象,
每个人都成为形象大使,
老百姓也要有大国担当。

〔对内；呃呃呃,那位美女,还有5秒！还有5秒才亮绿灯！呃,你怎么讲不听呢？

〔急下,绿灯亮,马市长拿着公文包上。

马市长：（唱）路边店里吃早点,
　　　　　　安步当车去上班,
　　　　　　体察市容大街走,
　　　　　　一派祥和乐安然。

〔手机响,从公文包里掏手机。

马市长：（接电话）你好,我是老马。哦,张霞张秘书。有什么事？你说。上午九点半,市委常委会上的发言,我做好准备了。财政局刘局长在省党校写的论文在不在我这里？莫挂机,我看看……

〔马市长坐在石凳上,打开公文包清点,滑落一张在地上,正好被上场的胡大妈看见。

马市长：（边打电话,边把材料放入包内）喂,张霞,在我这里。

〔滑落的纸被胡大妈捡起,观看。

胡大妈：（唸）"论精准扶贫的社会主义价值观……常德市财政局刘德保"……

〔绿灯转红灯,马市长没注意,边打电话边走。

胡大妈：站住——

〔马市长不以为然地继续走。

胡大妈：那个穿西装、打电话的给我站住！

马市长：（止步，困惑地看了看四周）大妈，您，叫我？

胡大妈：没有长耳朵呀！这除了我就是你，不喊你我喊魂呀？

马市长：（不明白地）有事吗？

胡大妈：（扬了扬手中的纸张）你乱丢纸屑！

马市长：我？（凑过去看）哎哟，真是我掉的。谢谢……

（欲拿）

胡大妈：（闪开）想得美！

马市长：（不解地）咦……

胡大妈：你闯了红灯！

马市长：哎哟哟，打电话去了，没注意……

胡大妈：没注意？哼，嘴巴里含灯草——说得轻巧。

（唱）市容秩序要监管，

我是那义务监督员。

乱穿马路丢纸屑，

你是两条错误都沾边。

马市长：实在是不好意思，下次……

胡大妈：没有下次哒！犯起哪办起哪。

马市长：您的意思是……

胡大妈：你，在这里站岗半小时。

马市长：半小时？能不能少一点？

胡大妈：45分钟。

马市长：我真有急事！

胡大妈：一个钟头。

马市长：大妈，我真有急事！我是……

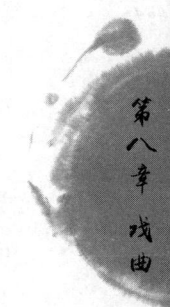

胡大妈：打住！我不管你是哪个！王子犯法与么得么得同罪……

马市长：庶民。

胡大妈：对。庶民！呃，庶民是么得民哟？

马市长：庶民就是指平头百姓。

胡大妈：呃——你现在就是个平头百姓。这一个钟头归我管。

马市长：（尴尬地）我……唉，（比画）这个，我，我不会……

胡大妈：不会？

（唱）会不会以权谋私胯里扒？

马市长：（唱）清正廉明洁身不阿。

胡大妈：（唱）会不会弄虚作假打嚓嚓？

马市长：（唱）立党为公决不浮夸。

胡大妈：（唱）会不会老子第一横着爬？

马市长：（唱）群众监督自律自查。

胡大妈：（唱）会不会两面三刀耍奸猾？

马市长：（唱）表里如一碧玉无瑕。

胡大妈：哎呀，红口白牙，能说会道。不过呢，这讲得好不如干得好。来来来，把红袖章戴起。

马市长：（无奈地把袖章戴在右臂上）

胡大妈：（打量，发现问题）呃呃呃，未必你读书时没当过值日生呀？

马市长：（莫名地）当过。

胡大妈：当过？怎么袖记会戴反呢？

马市长：哦？哦哦……（重新戴）

胡大妈：来，还有口哨。

马市长：哦。（把口哨放在嘴里吹）嚯——

胡大妈：（急拦）呃呃呃，这口哨就是命令，不能乱吹！
马市长：那要么得时候吹？
胡大妈：（唱）红灯停，绿灯行，
　　　　　　提醒就用口哨声。
　　　　　　红绿灯管的是汽车，
　　　　　　口哨管的是斑马线上的行路人。
马市长：哦，我明白了。（吹口哨）
胡大妈：呃呃呃，你吹的些么得哟？左手的是红灯。
马市长：我看到右手的绿灯了。
胡大妈：你把脑壳纠过来吹。
马市长：哦。（又吹口哨）
胡大妈：呃呃呃，你怎么又吹唦？右手的亮红灯哒。
马市长：唉……

　　　（唱）我平时都把小车坐，
　　　　　　哪晓得规距这么多？
　　　　　　红绿灯管理不能错，
　　　　　　大街上车多人多如穿梭。
　　　　　　看起来吹吹口哨好简单，
　　　　　　弄得我脸上冒汗滚坨坨。
　　　　　　马路站岗学问大，
　　　　　　我今天真得好好学。

　　　〔绿灯亮。
　　　〔马市长吹哨子，打手势，指挥人们过马路："老人家，慢点！"欲下。胡大妈拦住：我去我去。（下）
　　　〔内：马市长，还亲自站岗呀？老马，站岗呀——

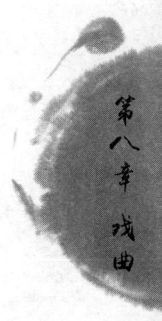

第八章　戏曲

马市长：（尴尬地笑：嘿——）

　　　　（唱）尽管我再三地端正思想，
　　　　　　　听人喊这脸上还是发烫。
　　　　　　　看起来还是有官位思想，
　　　　　　　挂不住放不下面子难伤。
　　　　　　　红灯停绿灯行人来车往，
　　　　　　　照镜子正衣冠拿定主张：

胡大妈：（悄然上，观察）

　　　　（旁唱）只见他指挥得有模有样，

马市长：（旁唱）文明礼仪要提倡。

胡大妈：（旁唱）我一旁悄悄地手机录像，

马市长：（旁唱）体会站岗蛮恰当。

胡大妈：（旁唱）发到那朋友圈大家欣赏，

马市长：（旁唱）交通法规要加强。

胡大妈：（旁唱）这样的好干部值得表扬。

马市长：（旁唱）新时代要有新气象。

胡大妈：刘德保。

马市长：（四处张望）

胡大妈：嗨，刘德保，是个局长吧。

马市长：刘德保，是局长，财政局局长。

胡大妈：（二人同时）呃，财神菩萨，我有个问题想问你。

马市长：（二人同时）大妈，我有个问题想问你。

胡大妈：你先讲，你是父母官。

马市长：您先讲，您是父母。

胡大妈：你一个大局长，被我抓到哒，完全可以不理我转身就走……

马市长：守规矩是每个共产党员必须做到的。政府清廉、政治清明，干部要清正。

胡大妈：你呀，幸亏没走，要是走的话，可就出丑啰——

马市长：哦？怎么个出丑法？

胡大妈：只要你不理我转身走，我就会敞开了喉咙喊：都来看呐，当官的带头不守交通法规……

马市长：哎哟哟，幸亏你没喊，真得谢谢你。

胡大妈：还是谢谢你自己吧。来，你的东西还给你，我的东西还给我。你快走吧。

马市长：慢点慢点。

胡大妈：舍不得走呀？

马市长：大妈，我还没有问你啦。

胡大妈：哦哦哦，你看我姓胡人也糊。刘局长，您讲。

马市长：胡大妈——

（唱）交通法规红绿灯，
　　　经常违反是哪些人？

胡大妈：（唱）摩托车、电动车，
　　　老抢头灯和尾灯。
　　　停车停在斑马线，
　　　阻拦过往行路人。

马市长：（唱）管理条例要细化，
　　　一定要有针对性。
　　　平安出行走天下，
　　　社会和谐国安宁。

（白）胡大妈，谢谢你给我讲的这些。要我站岗，真的是受益匪浅。

胡大妈：嗨，莫讲起莫讲起。我本来也没有安好心，想出一下你这些当官的"溴水"。哪晓得，你，你还真不错。

马市长：胡大妈，其实呀，一开始我还蛮不好意思：身上麻麻汗，脸上热辣辣。

胡大妈：那而今呢？

马市长：为民办实事，不能讲空话。

［内，汽车急刹声。

张　霞：（与司机两人急上）妈——

胡大妈：霞儿？你怎么来哒？

张　霞：妈，不看到你发给我的录像，差点点就弄出个大事！

胡大妈：啊？么得大事？

张　霞：一个市的市长突然人间蒸发，这件事还不大呀？马市长，我妈她……

胡大妈：（望着马市长）你，不是刘局长？

马市长：不是。胡大妈，原来您是张霞的妈妈呀。

胡大妈：呃，他不是刘局长呢？那，那"论精准扶贫……"

张　霞：妈，那是刘局长交给马市长，请他指导的。

胡大妈：哦……你看我，张冠李戴，真的糊涂。

张　霞：妈，我们走哒。

马市长：胡大妈，再见。

［众急下。

胡大妈：啊？原来是马市长呀！哈……天大的新闻，堂堂的马市长，居然被我一个老妈子罚在马路上站岗！

哈……这个马市长他不"马"呢！哈……（哼唱）我们的未来，在希望的田野上……

［胡大妈继续吹口哨，指挥。

［剧终。

第八章 戏曲

◎小戏曲
阿弥陀佛

人　物：小幼尼　少和尚
　　　　女青年　男青年

〔幕启：树茂林密。雀鸟鸣啼。台右一简易茅房，门上贴无字对联与眉批。
〔音乐声中，少和尚挑一担砍柴，小幼尼一旁陪伴着上。

小幼尼：
　　瞒师悄悄逃寺院，
　　尼姑和尚双下山。
　　不怕他佛祖头上三光显，
　　不怕他菩萨知晓把罪添。
　　搭起小茅屋，
　　天地配良缘。

少和尚：

小幼尼：夫君，　　　　　　　男人，尼姑的男人！
　　　　（异口同声地）……哦嚸，又忘记哒！　　哈……
少和尚：娘子，　　　　　　　堂客，和尚的堂客！
小幼尼：我养鸡喂猪，
少和尚：我开荒种田，
小幼尼：缝补浆洗，
少和尚：打柴浇园。
　　　　从此后再不受那盘腿打坐，
　　　　背诵经文，青灯黄卷，
　　　　形只影单冷清苦，
　　　　相亲相爱相依相伴到天年。
　　　　［少和尚将柴担放在门外，小幼尼端过一树桩凳给少和尚坐。
小幼尼：累不累？
少和尚：不累。
　　　　［黄鹂啼鸣，山雀鸣啾。
小幼尼：这地方真好。
少和尚：寺院外真好。
小幼尼：（望少和尚，深情地）你真好！
少和尚：（望小幼尼，动情地）你真好！（抓住小幼尼的手，二人正欲依偎，蓦地一阵鸟鸣，二人慌忙散开……）嘿嘿，堂客，我，我提水去。（进屋，拿一对锥形底木桶出）
小幼尼：快去快回。
少和尚：好嘞！（下）

小幼尼：路上小心——（目送少和尚远去，架起晾衣的三脚架
　　　　与竹篙，下）
　　　　〔内喇叭声：嘀嘀——男青年、女青年骑摩托上。
男青年：喇叭声声，
　　　　喇叭声声车轮滚。
女青年：车轮滚滚，
　　　　车轮滚滚绕山村。
男青年：山上树木多，
女青年：树多连成林。
男青年：林中藏百鸟，
女青年：鸟肉最养人。
男青年：喜鹊肉紧不好吃，
女青年：麻雀肉少诊头晕。
男青年：翠鸟肉腥味不正，
女青年：还是那斑鸡肉嫩香喷喷。
　　　　〔一阵斑鸡叫。
女青年：斑鸡！
男青年：轻点声！（停车，端枪瞄准）
女青年：嗨，飞哒啦！呃，停在那棵树上哒！
男青年：这下我看你还跑得掉！（隐蔽着下，女青年尾随）
小幼尼：（端一木盆衣上，晾衣。内枪响：呼！一只斑鸡
　　　　"扑"地从天而降，正好落在她跟前）啊？阿弥陀
　　　　　佛，罪过罪过！（拾起死斑鸡，闭眼默念超生经）
男青年：（寻找着上）呃咳，掉在哪里哒呢？
女青年：（寻找着上）这就怪哒，我明明看它是掉在这……

嗯？（见小幼尼手中的斑鸡，一把抢过来）呃，这只斑鸡是俺打下来的！你臭美些么得？

小幼尼：施……同志，上天有好生之德，你何必要伤它的性命？

女青年：呲咳，新鲜！你晓不晓得，鸟肉含有丰富的高蛋白、人体需要的多种维生素。用它的生命，延长我的寿命，天经地义的事！

小幼尼：轮回转世，都该顺其自然，听天由命。切不可枉伤性命，滥杀无辜……

女青年：哟，这是从哪里拱出来的活菩萨？只怕是观世音菩萨显圣哟……

男青年：（劝阻）算哒算哒。

女青年：哼！

男青年：你不是想喝开水吗？这方圆几十里，除开这户人家，只怕是没得第二家了。大姐，行个方便，给点开水喝啰。

小幼尼：开水？有，有。（用钵盂倒开水递过去）请用茶。

男青年：多谢多谢。

小幼尼：积善施乐，理当如此。请便。（下）

女青年：怎么弄这么一个破钵钵倒茶？

男青年：将就些吧。

女青年：（无奈地）唉——（稍抿一口，继而一口仰干）

男青年：（从钵底发现什么）嗯？（从女青年手中接过钵盂）给我看看！

女青年：看么得哟？

男青年：（看钵底）……元么得……

女青年：给我来看看！（琢磨）嗯……哦，这是个“贞”字。贞……观元……年，“贞观元年”？吔，这是个唐朝李世民时候流传下来的东西！

男青年：啊？这是个无价之宝啦！（看钵，思忖）怪事……

女青年：么得怪事哟？

男青年：（唱）这女人，

为何山中来安身？

你看她眉清目秀模样俊，

偏偏却衣着严实，举止老成，

斯文古板，

好像是七老八十老妇人。

女青年：对呀！

（唱）这个钵，

为何属于这女人？

它本是旷世珍宝价难估，

为什么装茶盛水，随意放置，

漫不经心，

好像是两分一个的罐头瓶？

男青年：哪来的女人哪来的钵？

少和尚：（内：堂客，我回来哒！平撑两臂拎两桶水上）堂客，我……

女青年：

（异口同声）小和尚？

男青年：

少和尚：（冲二人憨厚地一笑）嘿嘿。堂客。
小幼尼：（急出）辛苦辛苦，让我来。（平撑两臂拎两桶水进屋）
男青年：（接唱）原来是尼姑和尚配成婚。
　　　　［少和尚坐下，解衣扇风驱热。
小幼尼：（出）我给你倒碗水喝……哦，二位可还要用茶？
男青年：这……（欲递钵）
女青年：（一把接过钵）我，还想喝……
小幼尼：不妨事，请便。（进屋又拿一个钵盂出来，倒茶给小和尚）
女青年：（惊）你看，她还有！
男青年：哦，我晓得哒，这是化缘钵，尼姑、和尚一人一个。
女青年：呃，管它圆钵方钵，反正他们又不识货，找他们买一个……
男青年：买？
女青年：蠢家伙，多少给点钱就行哒，价钱出高哒他们还不会卖？
男青年：那……试一试吧。（上前作揖）二位师傅，请了。
少和尚：
　　　　（急忙起身合掌）施主请了。
小幼尼：
男青年：二位师傅，我们想把这个钵买下来，不知你们要好多钱，请开个价。
少和尚：开个价？这个钵？我们不开价。
女青年：你们不想卖？

小幼尼：出家人不爱财……

女青年：（抢过话头）不爱财？不爱财好办，我们拿东西和你们换。

少和尚：拿东西换？

女青年：喏，尼康照相机，地道日本货。现在市面上牌价几千。你看，崭新的。

少和尚：这个尼……机，是搞么得的？

女青年：照相的。

少和尚：照相有么得用哟？

女青年：你看，这是我去年在青岛海滨浴场照的相。（递给少和尚）

少和尚：（看照片）啊？（急捂眼扭头）

小幼尼：（拿过照片）啊？（愠怒地）女施主，为妇之道，当是笑不露齿，话不高声。怎可在光天化日之下，大庭广众之中袒胸露臂，裸露胴体？更有甚者，居然用这种伤风败俗的淫秽画片赠予男子观看，成何体统？拿去吧！

女青年：（恼怒地）这有什么？死脑筋！你要是看到那些穿比基尼三点式的女人，不气死才怪呐！

小幼尼：阿弥陀佛——这种藏污纳垢的邪恶之物，我们实难受用。

男青年：呃呃呃，小师傅。

少和尚：施主。

男青年：你看这支出口转内销的双管猎枪如何？

少和尚：猎枪？（自语）这种兵器，为何从未听师傅说起过？

施主，可否将此枪的招式演绎一二，让贫僧见识见识？

男青年：招式？哦，可以可以。俺两个可以用它来切磋一下武功。

少和尚：如此甚好！以武会友，点到为止。

男青年：对对对，以武会友，点到……哎呀，小师傅，被它点到不是"为止"，而是死。

少和尚：哦？

男青年：这样吧，俺用它来比发暗器。

少和尚：也好。发暗器讲究有三：准头、迅疾、力道。

男青年：小师傅，你用什么做暗器？

少和尚：我……（四下打量）有了，就用这几颗小石子。

男青年：你看，前面那棵树上有两颗松果，你打左，我打右。

少和尚：施主请发招吧。

男青年：（端枪瞄准射击：呼——）

女青年：打下来了！

少和尚：着！（甩手一扬）

小幼尼：打下来了！

少和尚：施主，比准头俺俩是个平手。现在比迅疾，看谁发得快。

男青年：好吧。

少和尚：前面那棵树上有两只鸟，你打左我打右。发招！着！
（甩手一扬，但闻惊鸟远飞之声）

男青年：（尚未瞄准，沮丧地）唉——

女青年：小师傅，比快是你赢哒。咱们比远！

少和尚：施主若能打中悬崖下的那朵红花，贫僧自认不如。
男青年：好吧。（开枪）
女青年：打中哒！
少和尚：阿弥陀佛。善哉善哉。
男青年：小师傅，这支猎枪如何？
少和尚：施主，恕贫僧直言，此物虽能远击，然准、快二字说来，也不足为奇。
男青年：好吧，我用这部"银座125"进口摩托和你换。
少和尚：

（打量）这有何用？

小幼尼：
男青年：用它来驮人，性能好，速度快，每小时能跑一百多码。
少和尚：神行太保？
女青年：嗯？哦，对对对，不不不，比神行太保还要快！125，就是一百二十五匹马力。
小幼尼：它有一百二十五匹马的力气？
女青年：对对对。
少和尚：嗯？（上前提了提，不以为然地）嘿嘿，嘿嘿。
男青年：不相信？你来试一试？
少和尚：我？怎么试？
男青年：我发动后，看你能不能抓住它，不让他走。
少和尚：好吧。（运气、站桩，抓住车尾）
男青年：抓稳啦，我加油了！
少和尚：（大喝一声，抓住车尾不动）
女青年：（惊）啊？

小幼尼：（喜）啊！
男青年：（熄火、敬佩地）师傅，神力，神力！
少和尚：承让。
女青年：还和他比速度。
男青年：算哒。想不到这些现代化的东西，在某些方面，还比不上老祖宗留下的一些本事。
女青年：就这么放弃哒？
男青年：嗯……还有最后一个办法。
女青年：么得办法哟？
男青年：莫问那么多，你只管打合手。（走上前）二位师傅，恭喜你们了。
少和尚：施主，我们喜从何来？
男青年：看这情景，你们二人是"尼姑和尚成了家——"
少和尚：出家人不打诳语。不知施主意欲如何？
男青年：我想先问你们几个问题。
少和尚：请施主赐教。
男青年：（唱）你们俩成家可有结婚证？
少和尚：
　　　　（唱）我们是天地为媒配成婚。
小幼尼：
女青年：（唱）天地为媒？那怎么行呢？
　　　　　　结婚要有结婚证，
　　　　　　非法同居要判刑。
男青年：（唱）你们俩结婚可曾到年龄？
少和尚：（唱）她年方二八正青春。

小幼尼：（唱）他春秋鼎盛好年轮。
女青年：（唱）生儿育女要指标，
　　　　　　　没有指标不准生。
　　　　　　　一对夫妻生一个，
　　　　　　　想要多生不可能。
少和尚：若是双胞胎呢？
女青年：这……这是特殊情况。
男青年：（唱）你们俩在此安家谁批准？
少和尚：（唱）出家人四海为家任我行。
女青年：小师傅——
　　　　（唱）土地全部归国有，
　　　　　　　建房造屋要盖印。
男青年：（唱）你们俩成家之后怎么过？
少和尚：
　　　　（唱）我们俩开荒种田自谋生。
小幼尼：
女青年：（唱）封山育林有规定，
　　　　　　　不准开荒毁山林。
男青年：（唱）你们俩可有户口本？
　　　　　　　没有户口是"黑人"。
少和尚：我黑吗？（惊）我们是黑人？（相互打量双方都摇头，困惑）这……黑人？
小幼尼：我黑吗？
女青年：黑人就是没有户口或身份证的人，像你们呀，就要送回寺庙去。

小幼尼：（慌）要……要送回寺庙？

少和尚：这可怎么办？

女青年：他爸爸是管户口的，他妈妈是管计划生育指标的，他姐姐是民政局干部，专管结婚证的。

少和尚：阿弥陀佛。既是如此，烦劳施主替我们通融通融。

男青年：好说好说。只要你够哥们，这些事，我全都替你们摆平。

女青年：还可以帮你找文化体育部门联系，办一个武术馆或者健身馆。

男青年：那比起你们两个在这山上开荒种地，强上一万倍！

女青年：（唱）一年两年，立业成家，

男青年：（唱）三年四年，就把财发。

女青年：（唱）五年六年，修栋大厦。

男青年：（唱）七年八年，抱个娃娃。

女青年：（唱）九年十年，娃娃长大。

男青年：（唱）喊叫你一声金爸爸，

女青年：（唱）喊叫你一声银妈妈。

男青年：（唱）你就是有钱的爹，

女青年：（唱）你就是有钱的妈。

男青年：（唱）有钱的爹，

女青年：（唱）有钱的妈。

男青年：

（唱）和尚尼姑做爹妈。

女青年：

少和尚：好哒好哒，莫喊哒，莫喊哒，喊得我脸上发热。

小幼尼：阿弥陀佛。二位施主如此仗义,不知要我们如何感谢才是?

男青年：这个问题嘛,好说。俺一不要你们的烟酒,二不要你们的钱财,只要你们把这个钵盂送给俺。

小幼尼：阿弥陀佛。施主,这钵盂乃是我二人师父所赠。如今我们背师下山,只有拿它来作为我们的念想了。

女青年：哎哟,这么两个钵盂有么得舍不得哟?俺帮你们办那么多事,不晓得要贴进好多银子。

少和尚：有道是:君子不夺他人之爱。请施主收回此念。阿弥陀佛。

男青年：(光火地)阿弥陀佛,阿弥陀佛,你们两个就在这里阿弥陀佛吧!(对女青年)走!

女青年：唉,硬是一对不开窍的活宝!

男青年：喂,你们记着,过几天,我会带着公安、民政、文物局的干部,一起来找你们这两个阿弥陀佛!

〔二人骑摩托下。

〔小幼尼、少和尚痴呆呆地目送男女青年下,二人对视一眼,长叹:唉——

小幼尼：(唱)只以为冷冷佛门清苦多,
何曾似青山绿水花红妁。

少和尚：(唱)只以为朗朗乾坤清平乐,
何曾似释迦牟尼戒律多。

小幼尼：(唱)堪羡那——
男耕女织,
牧童横笛,

　　　　　　桃花源里唱山歌。
少和尚：（唱）世道变,
　　　　　　今非昨。
小幼尼：（唱）迷茫茫,
少和尚：（唱）惶惑惑。
小幼尼：（唱）师尊我佛大,
少和尚：（唱）我言法力薄。
小幼尼：
　　　　（唱）既称佛门法无边,
少和尚：
小幼尼：
　　　　（唱）为何要与尘世脱?
少和尚：
小幼尼：
　　　　（唱）理不顺,
少和尚：
小幼尼：
　　　　（唱）费琢磨。
少和尚：
小幼尼：
　　　　（唱）师父没有教我们。
少和尚：
小幼尼：
　　　　（唱）难说,难说。
少和尚：

小幼尼：

（二人同时地）问师父去？不行，师父会把你关起来，那俺两个就会……唉，怎么办呢？（二人背靠背地站着）

少和尚：

［蓦地，遥闻远处钟鼓齐鸣。

小幼尼：

（二人异口同声）阿弥陀佛——（同时慢慢坐下，眺望）

少和尚：

［幕内合唱起：师父没有教我们，
　　　　　　难说，难说……

◎小戏

荷花飘香

时间：现代

人物：刘大爷——东湖乡刘家岗村村民　60多岁
　　　胡又春——东湖乡刘家岗村村主任　40多岁
　　　刘珍珍——东湖乡纪委书记　30多岁

　　　[幕启：田园风光，台右一间平房，上面一个大大的"拆"字，房后有一大片荷塘，房前一把椅子，一方凳，一热水瓶，远处有一小拱桥，凌空飞过高架桥。
　　　[音乐声中，刘大爷提两瓶酒和一块肉上。

刘大爷：刘家岗整体规划要搬迁，
　　　　我这里抢修抢搭赶时间，
　　　　拆迁办那里先举报，
　　　　这件事由我自己来捅上天。
　　　　要是村主任敢行蛮，
　　　　（从身上拿出一个深色的小玻璃瓶）

（唱）老子把它一口干！

师傅们，加油干……（咳嗽）

胡又春：（急忙忙上）停下来！

刘大爷：停不得！

胡又春：停下来！

刘大爷：停不得！师傅们，中午好酒好菜招待！（咳嗽）

胡又春：刘老倌，我的老祖宗呐——

（唱）我作揖磕头求求你，

　　　赶快停工莫迟疑，

　　　抬头不见低头见，

　　　乡里乡亲不容易。

　　　只要瓦匠马上撤，

　　　材料工钱算我的，

　　　事情不往乡里捅，

　　　你有条件只管提。

　　　俺大事化小，

　　　小事化了，

　　　平平安安，

　　　亲亲热热，

　　　和气一团，

　　　一团和气。

刘大爷：一团和气？

胡又春：一团和气。

刘大爷：嘿嘿。

胡又春：嘿嘿。

刘大爷：哈哈……

胡又春：哈哈……

刘大爷：胡主任，早晓得你是这个态度，我就不得让乡里晓得啦——

胡又春：么得啊？你，你，你，告诉给乡里哒？你……
一扒屎不臭你挑起臭，
你究竟为的是哪一头？

刘大爷：前头的乌龟爬开路，
后面的跟着往前游。

胡又春：你就是一粒老鼠屎。

刘大爷：我就要搅乱你的一锅粥。

胡又春：（暴跳）你……（胡主任手机响，看，脱口而出）王乡长？王乡长好。我是胡又春。抢搭抢建？有有有，我正在做工作。乡党委新来的纪委书记处理这件事？好好好，辛苦领导哒！领导辛苦哒！

刘大爷：（学腔）领导辛苦哒！

胡又春：好啦，好啦！把乡党委的纪检书记都招来哒！这下奶奶倒在楼上下不来——抬啦！（没奈何急下）

刘大爷：（窃笑）急死你！

胡又春：（听到回头）嗯？

刘大爷：（若无其事地高唱）我就像那冬天里的一把火……
（下）

刘珍珍：（上）珍珍我好多年没回家乡，
既熟悉又陌生怯怯情肠。
一排排水杉树朝天生长，

　　　　　满堰堂荷花悠悠飘清香。
　　　　　那一座小拱桥弯住岁月,
　　　　　这一条高架桥追逐时光,
　　　　　刘家岗马上要大变模样,
　　　　　宽马路大花园高大楼房。
　　　　　（见胡又春）舅舅？
胡主任：（惊）呃？珍珍！你是个稀客呀！今天怎么有空过来哒？
刘珍珍：有人反映,刘家岗村有人在抢搭抢建,乡党委派我下来了解情况……
胡主任：乡党委派你……哦,你就是新来的纪委书记呀？哈……刘老倌,你看哪个来哒！
刘大爷：（拿一块牌子上,上写：基建重地,闲人免入）珍丫头！你这些年都到哪里去哒？让幺爷爷人毛都看不到？
胡主任：呃呃呃,喊些么得？刘珍珍,我的亲外甥女,俺东湖乡新来的纪委书记！（兴奋神气地）刘老倌嘞——（课子）你活得不耐烦,硬要扯皮,县官、现管都配齐！恭喜你干瞪眼！
刘大爷：咕咕咕！
刘珍珍：幺爷爷,这些年,我一直在外县工作,刚调回来。这不,屁股还没有挨板凳,就要我来刘家岗处理抢搭抢建的事。
刘大爷：珍丫头,哦,刘书记,俺今天锣做锣打,鼓做鼓敲。不是幺爷爷驳你的面子,我的事你来处理？只怕是梁山军师——无用（吴用）。师傅们,尽管加油干,不

　　　　　会亏待你们！
　　　　　［内应：好咧，老爷子——
刘珍珍：幺爷爷，我怎么是梁山军师——吴用哟？
刘大爷：哪个要你是他的亲外甥女呢？
胡又春：刘老倌，你，你……
唱：　　给脸不要脸！
刘大爷：与你不相干！
胡又春：真的是老来无人情，
　　　　一根头发遮住脸。
刘大爷：和你沾亲又带故，
　　　　天王老子也枉然。
胡又春：再不把工停，
　　　　我有你好看。
刘大爷：不停不停就不停，
　　　　你能把我怎么办？
胡又春：思想工作做不通，
　　　　我就只有武霸蛮。
刘大爷：你要把我逼急了，
　　　　拧开瓶盖我一口干！
　　　　（拿出身上那个深色的小瓶子）
刘珍珍：（急拦）哎哟，幺爷爷，千万千万干不得！舅舅！你身为村主任，是怎么做群众工作的？
胡又春：你这是威胁领导！
刘大爷：你霸蛮试试看！（咳嗽）
　　　　［刘、胡二人各自背对背。

刘珍珍：呀——

（唱）幺爷爷一路来通情达理，
为什么这一次硬要横肠？
我必须摸清楚整个情况，
这才好对病症配好药方。

（白）舅舅，我刚到乡里，就听到讲你这个村主任，当得不怎么样嘞。

胡又春：珍珍，那，那一定是些别有用心的人，不负责任地乱讲！

刘珍珍：舅舅，人在做天在看。天地间自有一杆秤，善恶好歹分得清。

胡又春：珍珍，我是你的亲舅舅，你妈的妈糊点，马的马虎点……

刘珍珍：舅舅，党纪国法在那儿，我没得这个权力呀。

胡又春：我……刘老倌，都是你要把我往死坑里逼呀！

刘大爷：呃，莫乱讲哦，坑是你自己挖的，作死的是你，关我屁事。

胡又春：你不向上反映，怎么会来人？

刘大爷：你怕么得，来的是你的亲外甥！

刘珍珍：幺爷爷……

刘大爷：（掩饰，装）哎哟，哟……我的颈项……

刘珍珍：幺爷爷，快点坐下来，我来帮你揉。

刘大爷：哎呀，那怎么行？你而今都当书记哒……

刘珍珍：（亲热地）哎哟，来啰。幺爷爷呐——

（唱）我当书记是工作，

　　　　　到你面前依然还是珍丫头。

刘大爷：（唱）人生易老天难老，
　　　　　长大以后成陌路。

刘珍珍：幺爷爷，没有嘞——
　　　　（唱）忘不了——
　　　　　妈妈生我时难产，
　　　　　你拖着板车跑得浑身汗直流。

刘大爷：（唱）是你的命大福大造化大，
　　　　　我只是尽个本分搭把手。（欲起身倒水）

刘珍珍：（按住）幺爷爷……（倒水回）
　　　　（唱）忘不了——
　　　　　我堰塘玩水被水淹，
　　　　　你救我把脖子扭伤病根留。

刘大爷：（唱）忘不了——
　　　　　那年村里修村部，
　　　　　有人偷砖悄悄藏在屋檐头。

刘珍珍：（唱）我当众揭发无情面，
　　　　　被人骂我黄眼狗。

刘大爷：（唱）幺爷爷我坚决支持你！

刘珍珍：奖赏我一杯葡萄酒！

刘大爷：珍珍，你还记得呀？

刘珍珍：那是我第一次喝酒，怎么不记得？呃，幺爷爷，那天是你祝36吧？

刘大爷：嗯嗯嗯。呃，珍丫头，后天幺爷爷的生日，你有空的话，就来喝杯酒……

刘珍珍：后天呀……（掐指算日子）幺爷爷，你只怕记错日子哒哟？你的生日，还有33天啦！

刘大爷：（激动地起身）珍丫头，幺爷爷的生日，你记得这么清楚？

刘珍珍：幺爷爷，我就是不记得自己的生日，您老的也绝对忘不了！

刘大爷：珍丫头，你真的没有变？

刘珍珍：变哒！丫头变成妈妈哒！嘻……

刘大爷：你敢保证自己是党的好干部？

刘珍珍：我一定要当个好干部、好纪检！幺爷爷——

　　　　（唱）受党的教育好多年，
　　　　　　丫头我不忘初心和誓言。
　　　　　　幺爷爷——
　　　　　　莫非你而今性情变，
　　　　　　明知不对为什么偏要对着干？

刘大爷：珍珍，你来看——

刘珍珍：前面一栋烂尾楼。

刘大爷：看那边——

刘珍珍：整整齐齐一庭院。

刘大爷：珍珍啊——

　　　　（唱）刘家岗要搬迁早就唱响，
　　　　　　可偏偏这两年修楼建房。
　　　　　　外来户使这里人丁兴旺，
　　　　　　一打听都是些大官富商。
　　　　　　我曾经写过好多举报信，

　　　　每一次无声无息心冰凉。
　　　　我这才，
　　　　大造声势，
　　　　抢搭抢建，
　　　　盼望着上级重视来查访，
　　　　告御状拉倒这批贪腐狂！
刘珍珍：哦——幺爷爷，你搞违章建筑是故意的哟。
胡又春：刘老倌，你你你，真的是老丝瓜——筋多！
刘大爷：珍丫头，来，这是我的告状信！状告刘家岗村村主任胡又春，勾结他人在抢搭抢建的问题上打"时间差"，用"提前量"来侵占国家利益，巧取豪夺国家财产！
刘珍珍：幺爷爷，我代表东湖乡纪委，接受您老的告状信！
　　（唱）这一封告状信好有分量，
　　　　沉甸甸热辣辣不同寻常。
　　　　幺爷爷他故意违章抢建，
　　　　骨子里期盼党正气弘扬。
　　　　打老虎灭苍蝇惩治贪腐，
　　　　这工作恰似那山高水长。
　　　　时间差提前量翻新花样，
　　　　靠群众来监督无处躲藏。
　　　　舅舅啊——
　　　　小村官大贪腐殃民害党，
　　　　难道说人的心喂了豺狼？
　　　　你扪心问一问，
　　　　改革红利你享没享？

你扪心问一问,
立党为公你长不长?
你扪心问一问,
党组织怎么来培养?
你扪心问一问,
你为党争了哪些光?
你还是不是位共产党,
记不记得入党誓词和党章?
党中央——
一带一路联通世界架桥梁,
我们要——
同心同德,
奋发图强,
中华复兴,
屹立东方!

胡又春:珍珍,舅舅我表个态,那些房屋修得再好也一律拆掉,只要按政策品补,绝不会出现抗工阻工现象。

刘珍珍:胡又春同志,所有违章建筑,除了追究责任人该负的责任外,国家不给一分钱的补贴!

刘大爷:(学胡又春,课子)咂,咂,你以为只手可遮天,亲外甥来了也枉然,她是党的好纪检,恭喜你有个地方住单间!

胡又春:我,我……这不是冬瓜皮做衣领——背的卷卷时呀!

刘大爷:哈……(咳嗽,拿出深色玻璃瓶,拧开盖子欲喝)

刘珍珍:(急)幺爷爷……

刘大爷：珍珍，这是止咳糖浆！
胡又春：啊?!
刘大爷：（大声地）师傅们，紧手——
　　　　〔内：老爷子，不干哒?
刘大爷：目的达到哒！问题解决哒！中午照样好酒好菜招待！
　　　　〔内：哦——
众　唱：刘老倌，告御状，
　　　　独出心裁建违章，
　　　　民心向党成共识，
　　　　筑梦路上歌声扬！

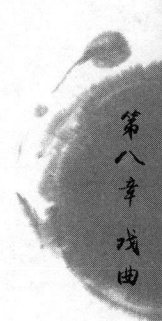

◎新编历史剧

河街秀才

时间：清光绪年间1911年夏末——1911年秋
地点：常德城内
人物：以出场先后为序

  粟甄玖——秀才   20岁
  曹把头——驿码头把头 37岁
  幺 婆——驿码头搬运工 25岁
  王 嫂——曹把头嫂子 39岁
  肖福祥——桐油行老板 40岁
  陈班头——府衙班头   28岁
  徐梅清——盲艺人   40岁
  红 玉——徐梅清养女 16岁
  刘老板——茶馆老板   45岁
  搬运工若干
  市民若干

第一场　求生计

　　[幕内起：

　　　　　大小河街麻阳街，
　　　　　依城傍水见兴衰。
　　　　　几多轶事泛江流，
　　　　　钩沉一段出水来。

　　[幕内搬运工雄浑的号子声响起：嘿——幺幺喝嘿——嗨呀喝喝呀，来呀哈起——呀！

　　[大幕开：沅江江畔，台右有一牌坊，上书下南门；靠中有一块招牌，上书驿码头；驿码头旁悬挂一招牌：肖福祥商号。

　　[号子声中，身着补丁长袍，肩上披着一条汗巾的粟甄玖，郁郁地上。

粟甄玖：唉——

　　　　（唱）人不行时走背弓，
　　　　　　　十年寒窗一场空。
　　　　　　　春闱之后盼秋贡，
　　　　　　　一道谕告如雷轰。
　　　　　　　清朝廷宸衷独断废科举，
　　　　　　　我好比风筝断线飘无踪。
　　　　　　　想做生意无本钱，
　　　　　　　不会手艺路不通。
　　　　　　　为求生计江边走，
　　　　　　　但愿这苦力群中把身容。

[雄浑的号子声响起：嘿——幺幺喝嘿——嗨呀喝喝呀，来呀哈起——呀！

曹把头：伙计们，这船货下完哒，吃烟的吃烟，喝水的喝水，窝尿的窝尿。

粟甄玖：（怯怯地）这位大哥请了。

曹把头：（一屁股坐下，掏出小烟杆，不爱搭理地）嗯。

粟甄玖：（讨好地）我观大哥力拔山兮如霸王，声如洪钟亚赛当阳桥头张翼德！定是这驿码头的把头也。

曹把头：（没好气地）么得西（兮）呀东的？讲人话。

粟甄玖：在下想在你处谋个生活。

曹把头：哦，想讨口饭吃？

粟甄玖：非也非也。志士不饮盗泉之水，廉者不受嗟来之食，我只是想同你们一样，抬抬货物扛扛包。怎么能是"讨"呢？

曹把头：就你？抬抬货物扛扛包？

粟甄玖：（首肯）啊。

曹把头：（突大笑）哈……幺婆，你们，都过来，都过来。

众苦力：曹把头。

曹把头：他，要跟你们一样，"抬抬货物扛扛包"！

众苦力：（调侃）你一个书生，肩挑不得四两，手提不得半斤，还扛么得包啰！你真的是嘴巴里含灯草——港（讲）得轻巧。

粟甄玖：呃呃呃，我我我，我四肢健全，有何不可？

曹把头：秀才，你四肢健全不错，能不能和他比试一把？（指幺婆）

粟甄玖：和他比？他比我矮了一大截。

众苦力：牛大压不死虱。

粟甄玖：怎么个比法？

曹把头：你要是扛起包，原地转上三圈，就留下来。

粟甄玖：如此尚可。

　　　　〔曹把头说话间，早有人把两个包抬上来。粟甄玖学着幺婆的样，把身子躬下。

众苦力：嘿——幺幺喝嘿——嗨呀喝喝呀，来呀哈起——呀！

　　　　〔幺婆扛着包转身看着粟甄玖……

众苦力：嘿——幺幺喝嘿——嗨呀喝喝呀，来呀哈起——呀！

　　　　（把包放在粟甄玖背上）

粟甄玖：（挣扎了许久，就是直不起来）哎哟哟，我的腰……

曹把头：（箭步上前，一把将包掀下，粟甄玖瘫坐在地，关切地）秀才，没伤到腰吧？

肖福祥：（上）曹把头，有你几个兄弟的信。

曹把头：（接）谢谢。（发信）幺婆。麻古。牛大力。陈癞子。

幺　婆：肖老板，请你帮我念下啰。

肖福祥：（不屑地）呔！我是你的书童呀？莫名其妙！

粟甄玖：（坐在地上，指幺婆）呃，你，拿来拿来。我帮你念。

幺　婆：（喜出望外）啊？好好好！（扶起粟甄玖，几个苦力围了过来）

肖福祥：呃，这不是粟甄玖，粟秀才吗？你怎么……

粟甄玖：肖老板好……（给幺婆念信）

　　　　〔内，王嫂：二弟，二弟——气急败坏地上。

曹把头：（迎上）大嫂……
王　嫂：二弟嘞——
　　　　（唱）可恨那红头发的蓝眼睛，
　　　　　　　搞么得免费坐船大酬宾。
　　　　　　　还有那一肚坏水矮脚腿，
　　　　　　　上了船免费吃饭送毛巾。
　　　　　　　你哥的轮船无人坐，
　　　　　　　一律都靠码头停。
　　　　　　　你也是吃的衙门饭，
　　　　　　　能不能请县官老爷来调停？

麻　古：头，大哥的轮船停摆，一家子人喝西北风呀？
肖福祥：唉，照这个情势发展下去，喝西北风的，恐怕远远不止是曹大哥一家子哟——

众苦力：肖老板……
肖福祥：去年，巡抚瑞方奏请朝廷，要把俺常德准为自开商埠，对河南岸善卷村一带，划为"各国商家租建之区。"

众苦力：朝廷是哪门讲的？
肖福祥：朝廷呀？"如所议行。"
幺　婆：呃呃呃，这"如所议行"是个么得意思哟？
肖福祥：就是照这个提议办的意思。而今前头的乌龟爬开路，后面的乌龟扯长爬，我的这个油行，恐怕也会跟着关门哟……

众苦力：（惊）啊？那，那俺的饭票子也要过河啰？
粟甄玖：不会！你们的饭票子不会过河。

众苦力：怎么不会？

粟甄玖：在不平等的条例下，民众视如草芥兮，倾轧血汗；强占国土兮，掠夺资源；国将不国兮，呜呼，华夏沉沦也。

王　嫂：秀才，你莫到那里之乎者也，帮俺出下主意哨！

粟甄玖：主意嘛——倒有一个。

曹把头：莫卖关子。

粟甄玖：联名上书，奏请朝廷。

众：　　行不行哟？皇帝都是金口玉言，怎么会窝尿变呢？

粟甄玖：肖老板，清廷是不是准奏："如所议行"。

众：　　（附和）是啊。

粟甄玖：为什么不是"钦此""准奏"？本秀才以为，所谓"如所议行"，既可以是"照此办理"，也可以是"如果这个议论行，就照此办理"。

众：　　呃？好像也是可以这么去想。

粟甄玖：各位呀——

（唱）现如今风云际会多变幻，
　　　有多少仁人志士立誓言：
　　　改良派鼓噪要立宪，
　　　革命派立志平地权。
　　　众怒难犯平民怨，
　　　朝廷不想惹祸端。
　　　只要联名上诉书，
　　　十有八九会了难。

众：　　（议论纷纷）粟秀才说得有道理！对，就这么办！

陈班头：（带着衙役上）呃呃呃，你们吵吵嚷嚷搞么得？想聚众闹事呀？

曹把头：陈班头，话莫乱讲哟！都是吃衙门饭的人呐。

陈班头：曹把头也在呀。朝廷有旨，闲杂人等，不得聚众喧哗！散哒，散哒。

曹把头：散哒？好啊！兄弟们，今天陈班头请客，走！

陈班头：呃呃呃，我么得时候讲（港）请客哟？

肖老板：陈班头，你叫他们散哒，我的货哪个来下？

曹把头：我的弟兄们没工钱，你不管饭哪个来管？

陈班头：二位二位，例行公事，例行公事。（脚踢衙役）走哇！

　　［突然，二胡拉奏的《孟姜女寻夫》曲调慢悠悠地响起。

　　［盲艺人徐梅清带着养女红玉，拉着《孟姜女寻夫》曲调慢慢走来。

　　［众人无语，目送着他们二人穿场而过。

粟甄玖：（注视，突然把身上的新汗巾丢给曹）曹把头，送你！（跟下）

第二场　找门路

　　［紧接前场。

　　［内叫卖声：（麻阳话）萝卜嘎儿腌菜啵——

　　［幕启：台右为河边吊脚楼，台左用竹竿挑着一灰白布凉棚，一块牌子写着"茶"字，另有一张字条，上书：莫谈国事。茶馆外立着一块黑板，上书：下午场丝弦演唱《凤仪亭》　演唱者：红玉，伴奏：徐梅清

〔来河边洗菜的、行路的市民来来往往，挑水的吆喝：河水；一个人挑着担子穿过吆喝：（长沙话）补锅呀，补洋瓷盆子补锅呀；另一人挑着担子穿过，（邵阳话）等（整）伞啵，等（整）洋伞纸伞，补套鞋。
〔二胡拉奏的《孟姜女寻夫》响起，徐梅清在红玉的搀扶下，来到茶馆。

刘老板：徐先生，红玉，你们来了。您的茶，早就给您泡好了。
徐梅清：（声音沙哑地）刘老板，好像茶馆里没得么得生意呀。
刘老板：会来人的。来来来，里头坐。红玉，你的白开水？
红　玉：多谢刘伯伯。
粟甄玖：（唱）码头苦力非我能，
　　　　　　偶遇艺人弄琴声。
　　　　　　想我十年寒窗苦，
　　　　　　也懂音律能抚琴。
　　　　　　这条路子行得通，
　　　　　　循着琴声紧紧跟：
　　　　　　摸清行市拜师父，
　　　　　　改天也唱杨柳青。
徐梅清：刘老板，都怪俺的喉咙唱不出来，影响你的生意哒。
刘老板：哪里哪里。如今，时局不稳得很！（神秘地）这些年来，这起义、那起义不断。今年4月，广州起义，死了好多人。
红　玉：（惊）要推翻清政府呀？
　　　　〔粟甄玖进。
刘老板：（急示意）嘘——（指莫谈国事）客官，请坐请坐。给您来碗银针普洱？

粟甄玖：若是今年的新茶，就来碗石门银峰。

刘老板：好嘞。银峰茶一碗——（给粟甄玖端茶）徐先生，你的喉咙唱不出来哒，那就再收一个徒弟嘛。

徐梅清：唉，再说再说。红玉，还是先开开场吧。

红　玉：嗯。（徐梅清二胡起）

（唱）八哥歪歪，
　　做双花鞋。
　　今年做起，
　　明年安排。
　　红袄袄，
　　绿袄袄，
　　打发幺姑儿送嫂嫂。
　　嫂嫂你莫哭，
　　东边是你的房，
　　西边是你的堂，
　　中间坐的那白胡子老头是你的郎。

粟甄玖：（拍巴掌）好，好！行腔珠圆玉润，表达绘声绘色。只是，有些可惜……

徐梅清：客官，为何可惜？

粟甄玖：小生以为，似这等低俗不堪的淫词蝶语，从红玉这样"普天壤其无俪，旷千载而特生"的女子口中唱出，岂不痛哉，惜哉？

红　玉：你，爹……（生气扭身，一条绣花方帕掉在地上）

徐梅清：唉……秀才所言不差，只是，这种叫花子讨营生的事，不博人一笑，又哪里会有人前来听曲？

粟甄玖：（拾起方帕，来到红玉身旁施礼）红玉姑娘，适才小生言重，这厢赔礼了。

红　玉：（见方帕，一手抓过）你讲，唱么得才好？

粟甄玖：问得好！据我所知，道光年间，有位师傅，他所演唱的曲目，既讲究唱段的内涵，且声腔上又有创新。

徐梅清：愿闻其详。

粟甄玖：他老人家整理编写了一批丝弦曲目，如《迭断桥》《银纽丝》。尤其是把汉戏的《老路》引进丝弦唱腔，实为一大创举！您听这《描容上路》的老路一流：（自哼过门自唱）未举笔不由人珠泪双降，哭一声亡得苦疼儿的爹娘啊……悲怆、哀婉，音乐一响，开腔就叫人动容。

徐梅清：先生言之所指，敢莫是贺小昆贺师傅？

粟甄玖：对对对，正是贺师傅。

红　玉：贺师爷是俺爹的师父。

粟甄玖：哎呀呀，失敬失敬！在下姓粟，名甄玖。小生这厢给先生施礼了！

徐梅清：免礼免礼……

　　　　［陈班头带着衙役巡视着上。

陈班头：刘老板，今朝怎么这么冷清呀？

刘老板：哎哟，陈班头，托您的福……

陈班头：嗯……呃？怎么港（讲）的话？

刘老板：口误，口误……（塞碎银）陈班头，我这茶馆，本来就是人越多，生意才会越好……

陈班头：红玉呀，好一副花容月貌，真是我见犹怜呀！（轻佻地欲动手）

粟甄玖：（打开折扇拦住）陈班头，君子不苟求，求必有义。

陈班头：么得意思？

粟甄玖：其一嘛，做人爱惜自己的名声，对于欲望要有所节制，再者……

陈班头：呫呫呫，啰里吧嗦！莫谈国事。这小曲也不能乱唱。（下）

徐梅清：粟秀才的丝弦唱得好，敢问在哪里高就？

粟甄玖：（调侃）高就？我现在是高不成低不就哟……

徐梅清：此话怎讲？

粟甄玖：朝廷废除科举，我这个秀才，算是白当了。徐先生，实不相瞒，小生今日前来，就是想拜您为师的。

徐梅清：拜我为师？秀才，你这个玩笑开大哒。我自己都是才出窝的麻雀——翅膀不硬……

粟甄玖：徐老先生……

肖福祥：（与曹把头、王嫂急上）粟秀才，粟秀才，你果真在此呀？害得俺一阵好找！

粟甄玖：哎哟，不知肖老板、曹把头找我何事？

肖福祥：粟秀才嘞——
　　　　（唱）你走后我去了工商联会，
　　　　　　提建议工商联陈情一回。

曹把头：常德人不是那软皮柿子，
　　　　怎能让外夷族胡作非为。

肖福祥：粟秀才，

（唱）生意人扒算盘里手得很，
　　　动笔墨写文章莫打湿水。
　　　想请你挥动那如椽大笔，
　　　若成功定让你大醉一回。

粟甄玖：哈……好说好说。
王　嫂：粟秀才，顺便把俺老公的事也带上一笔！
徐梅清：秀才，这是使起拳头打钉子的事——吃亏不讨好！
王　嫂：那，那，粟秀才，你，你不好写就算哒！
粟甄玖：孔子曰：为政以德，譬如北辰，居其所而众星共之。我本秀才，操刀捉笔，乃分内之事。
肖福祥：听听听听，我就晓得粟秀才是个仗义之人，粟秀才，我们这就走吧？
刘老板：客官，茶钱。
粟甄玖：哦哦哦。（掏腰包，不好意思地笑了笑）我这囊中羞涩……
肖福祥：我来我来。老板，这是我的名帖。今后，凡粟秀才在你处的茶钱，均由我来结账。
刘老板：（看名帖）肖福祥？您就是常德河街里最大的桐油老板？
肖福祥：见笑见笑。小生意，小生意。
　　　［与粟甄玖下。
徐梅清：唉——年轻人啊，有胆识，有能耐，就是不晓得江湖险恶哟！

第三场　拜师父

〔前场数日后。

〔远处传来叫卖声：(桃源话)茶卤蛋呀！桃源的鸡蛋大又大，两个一小碗，五个一堆尖娄碗。

〔贴着城墙搭建的一间低矮茅棚，中间拉着一道布帘分成两处，前处有张床，一盏桐油灯，豆大的火苗忽闪忽闪。

徐梅清：(坐在床上，拉着采花调过门)

红　玉：(轻声地唱着)正月采茶无花儿采，二月里来采花杏花开。三月桃花红似火……

王　嫂：(提着一条鱼上，站在茅棚外听了一阵，喊)红玉！红玉！

红　玉：(按住徐梅清的二胡)哎，王婶，来哒。(出)王婶。

王　嫂：红玉，我听到你爹在拉胡琴，就过来看看。哎，怎么晚上没有去茶馆？

徐梅清：王嫂，而今坐在家里都不得安生，外面又兵荒马乱的，红玉一个姑娘尕，我不敢带她出门。

王　嫂：唉……而今俺老百姓过日子，就是那挑瓦罐的打破哒——没得一个好的。

徐梅清：王嫂，曹大哥是船上的大副，应该还好吧？

王　嫂：哎哟，莫讲起哟——

　　　　(唱)洋鬼子火轮不要钱，
　　　　　　世人都想把便宜沾。
　　　　　　公司的轮船无人坐，

　　　　　　老板宣布要大裁员。
　　　　　　男人他无事荡起桨,
　　　　　　网起网落犀牛口边。
　　　　　　今天的运气蛮不错,
　　　　　　多的还拿去卖了钱。
　　　　来,这是俺男人今天下河打的鱼,给你们拿来尝尝鲜。
徐梅清:眼下这秋高气爽还好,到了寒冬腊月,又怎么过呢?
王　嫂:唉——等几天再说吧。粟秀才带着全城工商的联名书,专门到长沙见巡抚去了……
红　玉:(情不自禁地)啊?外面兵荒马乱的,他一个人怎么行呀?
王　嫂:红玉,俺二弟陪他去的,莫担心。
红　玉:(羞涩地)我,担么得心哟……(急忙低头提鱼下)
王　嫂:(端详红玉身影)梅清兄弟,我说你也不要光顾着这里唱那里唱,要多顾顾身边的红玉嘞!
徐梅清:红玉?我天天都顾着呀。
王　嫂:梅清兄弟吔——
　　　　(唱)常言道,
　　　　　　男伢十五立父志,
　　　　　　女伢十五掌家人。
　　　　　　红玉好比荷花美,
　　　　　　清清爽爽水灵灵。
　　　　　　张开的花儿要结果,
　　　　　　长大的猫儿要叫春。
徐梅清:唉——

（唱）怪她自己投错胎，
　　　　被亲生父母丢出门。
　　　　好大的鸟儿好大的窝，
　　　　看她的运脚行不行。

王　嫂：呃，我看有个人和她配起来蛮好！

徐梅清：哪个？

王　嫂：就是那个粟甄玖粟秀才啦。

徐梅清：他呀？只怕俺是兔子爬树——高攀不上。

王　嫂：呃，粟秀才不是势利眼。再说，这男欢女爱，只要是王八看绿豆——对得上眼就行。等哪天，我把秀才的生庚八字弄来哒交给你。

徐梅清：有劳王嫂。

王　嫂：嗨，都是河街里的，讲么得客气吵。我走哒。（下）

红　玉：（出）爹，进屋啵？

徐梅清：你不进屋呀？

红　玉：我想在这外面还待下下。

徐梅清：莫走远哒。河风吹老少年人。（下）

　　　　〔远处，有节奏敲竹筒的声音由近渐远：梆梆，饺儿面呐！梆梆，饺儿面呐！

红　玉：随爹爹唱丝弦走街串巷，
　　　　看不尽人世间冷暖沧桑：
　　　　摆架子抖阔气纨绔子弟，
　　　　街痞子动手脚耍尽流氓！
　　　　欺侮俺弱女子盲眼爹爹，
　　　　好叫人无奈何没有主张。

　　　　粟甄玖虽穷困却有胆量,
　　　　秉正义抒豪情敢作敢当。
　　　　更难得懂音律能写会唱,
　　　　若和他结连理幸福悠长。
　　　　（思）呀——
　　　　联名书若能成拯救工商,
　　　　若不成岂不会去见阎王?
　　　　哎呀呀,哎呀呀,
　　　　好不叫人忧断肝肠。
　　　　〔望着江水呆坐……
　　　　〔远处传来叫卖声:（桃源话）茶卤蛋呀!桃源的鸡蛋大又大,两个一小碗,五个一堆尖娄碗。

粟甄玖:（内唱）代工商赴长沙求见抚衙,（提一小盒礼品上）
　　　　　　　递交上联名书急忙回家。
　　　　　　　那一天拜师不成被打岔,
　　　　　　　今日里特地来恳求予他。
　　　　　　　一路寻一路问得人指点,
　　　　　　　徐师傅就住在这个尬尬。（探寻）
　　　　　　　却为何乌漆墨黑不见亮,
　　　　　　　莫不是去了茶馆没回家?
红　玉:（呵斥）是哪个到那里鬼鬼祟祟,探头探脑!
　　　　〔徐梅清闻声悄上,倾听。
粟甄玖:（吓）哎哟,是我是我。
红　玉:粟秀才?
粟甄玖:红玉?

红　玉：（关切地）你，从长沙回来哒？

粟甄玖：嗯。呃，你怎么晓得我去长沙哒？

红　玉：我……你到这里来做甚？

粟甄玖：拜师父。

红　玉：你走吧，我爹他不会收你。

粟甄玖：为何？

红　玉：为……哪个要你是个秀才哟……

粟甄玖：呃，秀才怎么了？薛平贵身为西凉国王不弃糟糠，王景隆担任山西巡抚救苏三于水火……

红　玉：（不好意思地）秀才，你讲的些么得哟？

粟甄玖：我？（顿悟）哎哟，文不对题，打错比方哒。对不起……

红　玉：（含羞地）哪个要你道歉哟……讨厌。

徐梅清：红玉，你在和哪个说话？

红　玉：（慌乱地）爹，是，是那个秀才来哒！他要拜你为师。

徐梅清：我不收徒。

红　玉：爹，我都给他说了您不收徒，可他偏要跪在这里！
　　　　（示意粟甄玖跪下）

徐梅清：（偷笑）他跪他的，你进屋。

红　玉：（把徐梅清扶出门）爹……

徐梅清：秀才呀，你来拜师，我是雨伞断了骨——撑（称）不起。

粟甄玖：徐师傅，拜您为师，我是一口吃个秤砣——铁了心。

徐梅清：秀才满腹经纶，何苦来寻老朽？

粟甄玖：师父典藏雅韵，真是羡煞后学。

徐梅清：红玉，你看呢？

红　玉：爹，他嘛，是有些呆头呆脑……

　　　　〔粟甄玖连连对着红玉打拱手。

红　玉：（抿笑）不过，看在他敢阻挡陈班头对我非礼的份上……

粟甄玖：多谢红玉小妹成全。

红　玉：磕头。

粟甄玖：师父在上，请受弟子参拜。

　　　　〔红玉顽皮地站在徐梅清身旁，一同接受粟的参拜……
　　　　〔粟甄玖对着红玉摇头苦笑。

徐梅清：秀才，在茶楼酒肆卖唱，是个丢面子的事，你要想好。

粟甄玖：师父，肚子比面子重要。

徐梅清：好！我就喜欢听你这句大实话！

粟甄玖：（拿出带来的小盒子）这是弟子从长沙带来孝敬师傅的。

红　玉：（接过）这是什么呀？怎么一股臭气？

粟甄玖：火宫殿的臭豆腐。闻起来臭，吃起来香。

红　玉：就像你一样……

徐梅清：拿来拿来。我喜欢臭豆腐。

红　玉：爹，臭豆腐，我也喜欢。

第四场　唱丝弦

　　　　〔前场半月后。
　　　　〔二幕前。
　　　　〔王嫂急急地走着。

幺　婆：王嫂，王嫂！

王　嫂：哎，幺婆，你今天怎么有空？

　　　　〔陈班头带着衙役上，一旁偷听。

幺　婆：今天的货少，搬完哒。大街小巷都讲粟秀才的丝弦唱得蛮好，我特地去听一听。

王　嫂：秀才的丝弦确实唱得蛮好，尤其是那段《新小寡妇上坟》，给人提气。

幺　婆：我就是去听这个的。

王　嫂：走哇，我听了好多遍哒。（边说边下）

陈班头：嘿嘿，《新小寡妇上坟》？小寡妇？呃，有意思。走，俺也去听听。

衙　役：呃。（下）

　　　　〔二幕启：台右为河边吊脚楼，台左用竹竿挑着一白布凉棚，一块牌子写着"茶"字，另有一张字条，上书：莫谈国事。茶馆外立着一块黑板，上书：下午场丝弦演唱《小寡妇上坟》　演唱者：粟甄玖、红玉，伴奏：徐梅清。

　　　　〔来河边洗菜的、挑水的，行路的市民来来往往。一个人挑着担子穿过吆喝：（长沙话）补锅呀，补洋瓷盆子补锅呀；另一人挑着担子穿过，（邵阳话）等（整）伞啵，等（整）洋伞纸伞呀，补套鞋。

　　　　〔茶馆里坐了几个人。

徐梅清：各位客官，今天的段子，是我的弟子粟秀才写的，由他和红玉共同演唱《新小寡妇上坟》。

众　　：好——

〔陈班头带衙役上，一旁听着。

粟甄玖：风凄凄草瑟瑟落叶飘荡，
　　　　黄花岗小径上走来孤孀。
　　　　穿布鞋结孝球麻衣素缟，
　　　　抛纸钱燃香烛悲泪千行。

红　玉：我的夫啊——
　　　　（唱）一炷香哭亡夫血气方刚，
　　　　　　　视腐朽如毒瘤脓包疥疮。

粟甄玖：（唱）横刀立马赴国难，
　　　　　　　血洒荒丘慨而慷。

红　玉：（唱）二炷香哭亡夫敢作敢当，
　　　　　　　保宗族护祠堂不惧虎狼。

粟甄玖：（唱）昆仑肝胆两去留，
　　　　　　　雨洒花石映海棠。

红　玉：（唱）三炷香哭亡夫走得匆忙，
　　　　　　　撇妻子别父母家失栋梁。

粟甄玖：（唱）不气馁，
　　　　　　　不彷徨，
　　　　　　　野火烧不尽，
　　　　　　　春风草更长。
　　　　　　　推波涌浪汇巨流，
　　　　　　　翻腾怒涛蹈海江。
　　　　　　　满地举起方天戟，
　　　　　　　清平世界乾坤朗。

众：　　　好——

陈班头：（凶神恶煞）好个屁呀！啊？看哪个起哄，跟老子抓起来！

刘老板：（迎上）陈班头……

陈班头：（粗暴地推开）滚开！公然聚众祭奠乱党，你等着吃官司吧！

粟甄玖：陈班头，哪个在祭奠乱党？

陈班头：你！（指红玉）还有你！你这个《新小寡妇上坟》，就是替黄花岗死亡的乱党祭奠！还有、还有后面四句藏头唱词，你以为我听不出来？竟敢公然唱出"推翻满清！"

粟甄玖：陈班头，这是你说的哟！我自己都不清楚，你怎么……

陈班头：少强词夺理！你就是个革命党！

粟甄玖：我？革命党？哎呀呀，承蒙班头高看一眼！

陈班头：不承认是吧？（对衙役）解他的辫子！

徐梅清：（举起身旁的棍子对陈班头劈头打过来）不许抓我的弟子！

陈班头：（蒙着头）你这个死瞎子！看我不……

众　　：你敢——

衙役甲：班头，他没剪辫子，不是革命党。

陈班头：（打衙役一耳光）就你他妈的多事！没剪辫子也带走！

粟甄玖：唱段是我写的，与其他人等无关。

〔众把红玉护起来。

陈班头：走。

红　玉：师兄——

粟甄玖：照顾好师父……

第五场　陷囹圄

　　　　　　〔县衙牢房。
粟甄玖：（身着红色囚服，戴着脚镣手铐）
　　　　（唱）秋风起黄叶落凉气袭浸，
　　　　　　　牢房内潮湿重霉气熏人。
　　　　（喊）来人，来人！
狱卒甲：喊么得？喊么得？
粟甄玖：（唱）牢房里稻草没一根，
　　　　　　　不能睡下难安身！
狱卒甲：莫急莫急，县尹廖世英廖大人，已经叫人到乡下去收集稻草，估计，还有半个月……
粟甄玖：（大声地）你们这是草菅人命！
狱卒乙：（抱很多东西上）呃呃呃，莫吵莫吵！（对狱卒甲）开门开门。粟秀才，这是恒丰日杂的老板给你送来的棉絮，安昌布铺老板送来的包被，这是洪发圆老板给你送来的酒菜，这是，红玉小女子给你送的绣花小方帕。
粟甄玖：（接过绣花小方帕）红玉！呃，红玉她人呢？
狱卒乙：东西只能送到牢房外，人都走哒。俺来帮你铺床。
　　　　（与狱卒甲给粟甄玖铺床）
粟甄玖：（唱）见方帕想红玉心境难平，
　　　　　　　好一位聪慧女脱俗清新。
　　　　　　　自那日拜师父结缘兄妹，
　　　　　　　情相悦意相许未曾言明。

　　　　　　只以为这辈子相互帮衬，
　　　　　　蒙师恩把丝弦代代传承。
　　　　　　没想到时局乱风起云涌，
　　　　　　一段词把自己送进牢门。
　　　　　　送方帕表明了她的心迹，
　　　　　　出牢后定与她鸾凤和鸣。

狱卒乙：粟秀才，床铺好哒，俺走哒。
粟甄玖：呃呃呃，二位老哥慢走。
狱卒乙：粟秀才，工商联给俺塞了银两，要俺听你的吩咐。有事你尽管讲（港）。
粟甄玖：二位忙了这么久，帮我把这酒菜吃下去。
狱卒甲：你不吃？
粟甄玖：一个人吃不了这么多。
狱卒乙：那行，那行。
　　　　〔狱卒帮忙摆开酒菜，三人席地而坐喝酒。
粟甄玖：呃呃呃，喝闷酒没得味，俺来行酒令！
狱　卒：行酒令？不会。
粟甄玖：那就划拳！
狱卒乙：你会划拳？
粟甄玖：不太里手。
狱卒甲：来！高升起来呀——
　　　　〔三人各喊各的：八匹马、三多多、五魁五魁……
粟甄玖：老哥哥，他们那些人穿的是白衣，我穿的是红衣，是不是看我是个秀才，特意关照的？
狱卒甲：这……你觉得呢？

粟甄玖：你想啊，戏台上，哪个秀才考上状元，不是身着大红袍，宫帽插花，打马游街？真可谓"昔日龌龊不足夸，今朝放荡思无涯。春风得意马蹄疾，一日看尽长安花"。

狱卒乙：秀才，在牢狱里穿红衣，不是中状元，是中头彩！

粟甄玖：中头彩？呃呃呃，快告诉我，奖什么？

狱卒甲：咔嚓！砍头！

粟甄玖：哦，咔嚓！砍……砍……头……（晕厥）

狱卒甲：（慌乱地）秀才！秀才！

狱卒乙：掐人中，掐人中！

　　　　[经过一番紧张地抢救，粟甄玖慢悠悠地苏醒过来。

狱卒甲：秀才，你醒哒？

粟甄玖：（唱）猛听得要杀头意乱心慌，
　　　　　　　气血涌心骤停手脚冰凉。

狱卒乙：秀才，你刚才会把俺两个吓死……

粟甄玖：我刚才怎么啦？

狱卒甲：听到讲要杀头，吓晕过去了。

粟甄玖：（羞愧地）唉……惭愧！方才，本秀才让二位见笑了。

狱　卒：正常。正常。

粟甄玖：呃，我熟读圣贤书，深谙"气节"二字，乃君子之风！
　　　　（唱）汉苏武抱旄节北海牧羊，
　　　　　　　青文胜为民生宫门悬梁。
　　　　　　　有多少先贤哲以身殉道，
　　　　　　　我怎能丢气节变得窝囊？
　　　　　　　大丈夫生当人杰死鬼雄，

不过是身首异处隔阴阳!

来,喝酒!(喝酒)那,好久问斩呢?

狱卒乙:秋后。

粟甄玖:(喝酒)是这个秋后,还是明年的秋后?

狱卒甲:这俺就讲不好哒。

粟甄玖:哦——

(唱)看起来我已是朝露晨霜,

倒不如写唱本留住时光。

就让它伴随在红玉身旁,

把丝弦唱得那满庭芳香。

(白)二位哥哥,可曾吃好?

狱卒甲:好好好。

粟甄玖:有劳哥哥把这酒菜都端出去,请搬来一张方桌,加文房四宝,多准备几支蜡烛。

狱卒乙:你你你,不睡觉哒?

粟甄玖:睡觉?等脑壳搬家,就长睡不醒啰。

〔狱卒拿来文房四宝,点亮蜡烛,下。

粟甄玖:(铺开纸张,蘸着墨)

(唱)铺陈纸笺把笔润,

牢房里面写韵文。

悲自己更悲国运,

叹民族更叹民生。

每一次都是不平等条约,

每一年都要赔花花白银。

反欺凌仗义执言浑不怕,

　　　　　写一曲宝玉哭灵悼清廷。
　　　　〔伴唱起：漫漫秋夜长，
　　　　　　　　　曳曳烛光黄，
　　　　　　　　　紧紧抢滴漏，
　　　　　　　　　急急书华章。
　　　　〔伴唱声中，粟甄玖时而伏案疾书，时而踱步思考，
　　　　　复又写，天渐亮。
狱　卒：（甲、乙提酒菜上）粟秀才，恭喜呀！
粟甄玖：喜从何来？
狱卒甲：喝完这千年酒，吃完这断头饭，明天，你就要上路哒。
粟甄玖：老哥，能否替我办三件事？
狱卒乙：秀才请讲。
粟甄玖：这第一，请替我把这把折扇交给红玉。
狱卒甲：要得。
粟甄玖：其二，把这个《宝玉哭灵》的唱本交给红玉。
狱卒乙：没得问题。
粟甄玖：这第三嘛……
狱　卒：么得？
粟甄玖：拜托二位老哥，千万千万，不要把我吓晕过去的事传扬出去。
狱卒乙：粟秀才，不是我要讲你，外国佬到常德开商埠，那是朝廷的事。你写么得诉状？还撇开县衙、知府，越级送到省巡抚余诚格余大人那里去……
粟甄玖：哦，这就是定我乱党罪的缘由？
狱卒乙：衙门早就想抓你下大狱，怕激起罢工罢市，这才没有

狱卒甲：动你，哪晓得，你又公开唱么得《新小寡妇上坟》……
还暗藏"推翻满清"，这、这不是活得不耐烦哒？

粟甄玖：既是如此，来来来，老哥哥，借你的钢刀一用！

狱卒甲：（警惕地护刀）想自杀呀？干不得！衙门里非常看重你的脑壳，要用你的头杀一儆百，不能让你死在狱中！

粟甄玖：自杀？笑话！我比衙门里还看得起我这颗脑壳些！我要用我的头颅落地、鲜血抛洒，唤醒千千万万的民众，推翻清政府！老哥哥——

（唱）清政府三令五申有饬令，
　　　无辫子就是反朝廷。
　　　我既然定罪革命党，
　　　怎么能带着长辫去服刑？
　　　革命党要有革命样，
　　　去掉辫子长街行！
　　　成全衙门抓到真乱党，
　　　踩着血迹往上升。

狱卒乙：好样的！哥哥我就成全你！（拔出钢刀，割掉粟甄玖的长辫）

粟甄玖：好，痛快！哈……我也是革命党人了！我也是革命党人了！

第六场　闹法场

〔寒风阵阵，景同第一场，一张官府布告张贴在城墙的拐角上，上面画一个大大的红勾。

〔码头上冷冷清清。

〔红玉内唱:腥风摧沅江水卷起浊浪,红玉身着结婚彩服上。

红　玉:(唱)噩讯传常德城愁云乌泱。
　　　　　　探监去送方帕表明心迹:
　　　　　　许终身和甄玖合衾同床。
　　　　　　好期盼耳鬓厮你写我唱,
　　　　　　好期盼把丝弦传唱发扬。
　　　　　　又谁知遭厄运校场问斩,
　　　　　　我怎能与甄玖相隔阴阳?
　　　　　　身着彩服闹法场,
　　　　　　死也不喝孟婆汤。
　　　　　　甄玖呀,秀才——
　　　　　　我和你生不同床死同穴,
　　　　　　学梁祝蝶舞翩翩伴春光。
　　　　　　爹爹呀——
　　　　　　自从你把我来抚养,
　　　　　　就成了你的心肝肠:
　　　　　　要我骑上顶马马,
　　　　　　唱着童谣赏月光。
　　　〔幕内儿歌起:虫虫虫虫飞,
　　　　　　　　　　两个虫虫斗嘴嘴。
　　　　　　　　　　大的跟娘走,
　　　　　　　　　　小的要娘背。
　　　　　　　　　　想起如同昨天事,
　　　　　　　　　　——迴响在耳旁。

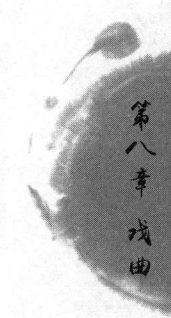

爹爹呀——

恕儿不能孝敬你，

来世再把女儿当。

〔红玉欲下，幕内突然响起二胡拉奏的《孟姜女寻夫》。

红　玉：（惊，止步）爹，您怎么来哒？

徐梅清：红玉，来，扶着爹，我们一起去闹法场！

红　玉：爹——

〔二人圆场，来到法场。徐梅清坐在一块石头上，拉《孟姜女寻夫》，王嫂、刘老板、穷苦百姓等众人渐上。

红　玉：各位街坊，今天在这杀人的法场，红玉有个不情之请：粟甄玖断了头，小女子定当与他同赴黄泉，路上也好有个伴照应。只是我这风烛残年的爹爹，拜托各位父老乡亲，天热时给他一碗凉水，天冷时送他一口热汤……

〔内：陈班头：走——

粟甄玖：（戴着脚镣、枷锁，背上插着死囚标牌，上）

（唱）一步一步出牢门，

一时一刻近死神。

看街头人头攒动朝前涌，

不由我热血满腔满豪情。

红　玉：（悲怆地）师兄——

粟甄玖：师妹！

红　玉：秀才……

粟甄玖：红玉呀——
　　　　（唱）我也曾奢望金榜能题名，
　　　　　　　着红袍帽插宫花游京城。
　　　　　　　我也曾企盼洞房花烛夜，
　　　　　　　着红袍与师妹鸾凤和鸣。
　　　　　　　没承想而今红袍穿在身，
　　　　　　　却是个戴枷锁镣问斩人。
　　　　　　　虽不知孙大炮何等模样，
　　　　　　　也不识蔡锷黄兴宋教仁。
　　　　　　　今日里领受万人来瞻仰，
　　　　　　　雄赳赳老子就是个革命党人！
　　　　　　　再唤红玉来来来，
　　　　　　　莫悲怆，
　　　　　　　休伤心，
　　　　　　　大大方方，
　　　　　　　痛痛快快，
　　　　　　　再唱一次《新小寡妇上坟》。
　　　　［徐梅清二胡拉响《新小寡妇上坟》。
粟甄玖：风凄凄草瑟瑟落叶飘荡，
　　　　黄花岗小径上走来孤孀。
　　　　穿布鞋结孝球麻衣素缟，
　　　　抛纸钱燃香烛悲泪千行。
红　玉：我的夫啊——
　　　　（唱）一炷香哭亡夫血气方刚，
　　　　　　　视腐朽如毒瘤脓包疥疮。

粟甄玖：（唱）横刀立马赴国难，
　　　　　　　血洒荒丘慨而慷。
红　玉：（唱）二炷香哭亡夫敢作敢当，
　　　　　　　保宗族护祠堂不惧虎狼。
粟甄玖：（唱）昆仑肝胆两去留，
　　　　　　　雨洒花石映海棠。
红　玉：（唱）三炷香哭亡夫走得匆忙，
　　　　　　　撇妻子别父母家失栋梁。
粟甄玖：（唱）不气馁，
　　　　　　　不彷徨，
　　　　　　　野火烧不尽，
　　　　　　　春风草更长。
　　　　　　　推波涌浪汇巨流，
　　　　　　　翻腾怒涛蹈海江。
　　　　　　　满地举起方天戟，
　　　　　　　清平世界乾坤朗。
众：　　　（喝彩）好——
陈班头：好么得好？哪个再喊，就与他一起问斩！
众：　　　陈班头，那你就做好事哒。
陈班头：呃呃呃，么得意思？都想死呀？
徐梅清：把俺同粟秀才一起砍哒算哒！
众：　　　把俺同粟秀才一起砍哒算哒！
陈班头：为么得要砍您俺？犯的么得罪？
王　嫂：粟秀才又犯的么得罪？
陈班头：他是乱党！

王　嫂：我呸你的述呢！
　　　　（唱）你的眼睛没有瞎，
　　　　　　　看不见俺中国人受欺榨？
　　　　　　　轮船停摆几个月，
　　　　　　　坑害了好多穷人家！
刘老板：你们是中国人的衙门口，
　　　　就应该帮俺撑腰不是抓！
　　　　倘若是激起民变罪责大，
　　　　弄不好降罪下来掉乌纱。
陈班头：我我我，我只是执行命令。
粟甄玖：同胞们，民众们，我粟甄玖死不足惜，只是连累了大家！
王　嫂：粟秀才，是俺连累你哒才是。
众：　　是俺连累你哒！
　　　　［内：蓦然地响起枪声：砰！砰砰！
曹把头：（内：杀——端着枪，带着码头搬运工冲上来）
众苦力：不许动！放下刀和枪！
陈班头：曹把头，你要造反呀！
曹把头：陈班头！
　　　　（唱）武昌起义大爆发，
　　　　　　　宣统皇帝楼台塌。
　　　　　　　各地成立军政府，
　　　　　　　官员们交出印巴巴！
　　　　　　　你睁开眼睛看一看，
　　　　　　　不革命的有几家？

众苦力：你睁开两眼看一看，
　　　　不革命的有几家？
　　　　〔曹把头带领大家扯掉假辫子，一起丢掉，威武亮相。
　　　　〔陈班头所带衙役也扯掉了辫子。
众　　：（欢呼）好——
陈班头：（惊诧问衙役）咦？你们也是革命党？
衙　役：班头，曹把头不来，粟秀才的人头，也是不会落地的。
曹把头：同胞们！昨天，湖北军政府宣布废除清宣统年号，建立中华民国！今天，我们常德成立了军政府，县官廖世英交出了他的大印！
陈班头：（突然拔出钢刀）
曹把头：陈班头，你想搞么得？
陈班头：（割掉自己的辫子）我也要革命！
　　　　〔陈班头解开粟甄玖身上的枷锁，众人拥着粟甄玖欢呼。
众　　：（合唱）不气馁，
　　　　　　　　不彷徨，
　　　　　　　　野火烧不尽，
　　　　　　　　春风草更长。
　　　　　　　　推波涌浪汇巨流，
　　　　　　　　翻腾怒涛蹈海江。
　　　　　　　　满地举起方天戟，
　　　　　　　　清平世界乾坤朗。
　　　　〔剧终。

◎原生态音乐无场次歌舞戏剧
情醉桃花源

时　间：晋太元中（394年）
地　点：武陵郡崇义乡乌头村（后为桃花源）
人　物：陶渊明——29岁
　　　　渔　夫——60多岁
　　　　翟　翁——80多岁
　　　　翟桃花——女，21岁
　　　　翟桃叶——女，18岁
　　　　胡桃符——50多岁（巫师）
　　　　胡桃姣——女，16岁
　　　　刘桃根——20岁
　　　　王桃土——24岁
　　　　兵丁若干
　　　　村民、村妇若干

〔幕启：沅水，两岸杨柳吐翠，岸旁枯黄芦苇茂盛。

　　　　　　［幕内兵丁喧哗：抓——

陶渊明：（手提包裹，急惶惶逃上）

　　　　（唱）恨桓玄飞扬跋扈意在篡权，
　　　　　　　得消息急忙密报刺史仲堪。
　　　　　　　不料想春光泄漏惹下大祸，
　　　　　　　桓玄他发出军令要把我歼。
　　　　　　　为逃生昼夜兼程把路赶，

　　　　（白）哎呀呀——
　　　　　　　我怎么跑到这沅水河边？

　　　　［内兵丁大喊：抓住他——

　　　　（白）唉——
　　　　　　　求上苍庇佑我逃过此难，
　　　　　　　保性命哪管它春江水寒。

　　　　（将手中包裹扔向一旁，跳入水中、躲进芦苇丛）

渔　夫：（内：哟嗬——悠然地划扁舟上）

　　　　（唱）一生住在沅水旁。
　　　　　　　两岸芦花似罗帐。
　　　　　　　下河喜看鱼戏水，
　　　　　　　上岸常闻稻谷香。

　　　　［众兵丁追上。

兵丁甲：咦，刚才明明看到就在前面，怎么转眼就杳无踪迹呢？

兵丁乙：喂，老渔夫，可曾看到一年轻书生打此经过？

渔　夫：军爷，恕老夫眼拙，我眼里看的是鸬鹚，心里想的是
　　　　鱼儿，书生没看到，看到是军爷。

兵丁甲：八成是藏进了这芦苇丛中，搜！

〔众兵丁搜芦苇丛,渔夫见状,又唱。

渔　夫：哟嗬——

油菜开花遍地黄,

养女莫嫁打鱼郎,

白天守的是生人寡,

夜晚睏的是半边床。

兵丁甲：嘿嘿,老渔夫,莫非你这把年纪,还在思春不成?

渔　夫：哈……我这是人老心不老,图嘴巴快活。

兵丁乙：老渔夫,再唱一段给我们听听如何?

渔　夫：再唱一段无妨,只求军爷们听过之后到他处去搜,以免惊跑了这方水中的鱼儿。

兵丁甲：好好好,你唱完了俺就走。

渔　夫：哟嗬——

打鱼的,遭风浪;

种田的,吃米糠;

泥瓦匠,住草房;

当兵的,睡棚帐;

纺纱的,没衣裳;

抬棺材的死路旁。

兵丁甲：唉,这老头唱的可都是大实话!

兵丁乙：俺当兵的,还不照样死路旁。

兵丁甲：走吧走吧!到那边去搜一搜。

〔众兵丁悻悻下。

渔　夫：年轻人,快出来吧!来,抓住这把桨。

陶渊明：(爬上扁舟,浑身颤抖地)谢,谢老伯搭救之恩。

渔　夫：来来来，快喝口水酒，暖和暖和身子。

陶渊明：多、多谢了！（捧起葫芦就喝）

渔　夫：年轻人，刚才那伙兵丁为何要追杀于你？

陶渊明：在下姓陶名潜，字元亮。乃桓玄之幕僚，潜偶得桓玄有谋反篡晋之意，报与殷仲堪刺史，不料桓玄知晓，故遣兵丁欲杀我灭口。

渔　夫：哎呀，想那桓玄如今乃为长江之盟主，拥兵自重，耳目众多，先生又有何处可安身哩？！

陶渊明：陶潜并非贪生怕死之辈，只可惜我这一腔报国之热血，一旦白白流失，实在是可惜。

渔　夫：呃，我曾祖父的曾祖父曾说过，沿这沅水逆江而上，北岸的山之阴有一洞口，听说在嬴政时，有批楚人为躲避兵燹之灾，悉数藏进此洞。

陶渊明：哦？至今，岂不有近六百年的光阴？

渔　夫：我也曾疑是传说，驾舟去看，果有一洞口半掩入水中。

陶渊明：如此，烦老伯将陶潜带往此洞。

渔　夫：你真想进洞？

陶渊明：眼下这天地之大，陶潜却无立锥之地，倒不如进洞去先避一避，再图他日。

渔　夫：眼下看来，这倒不失为一条权宜之计。老夫素有进洞一看之意，今日便与你同往。

陶渊明：老伯，陶潜乃生死两茫之人，老伯又何必……

渔　夫：呃，老夫年过花甲，生死早已不计，况我一生淡泊无奇，若与你进洞偶有所得，也了却我早欲进洞看看的夙愿。

陶渊明：老伯真乃豪爽之人！

渔　夫：年轻人也不乏猛志呀！

陶渊明：老伯，待我取回丢掉的包裹，换上一身干爽的衣……

　　　　（上岸拾回包裹，换，仍冷）

渔　夫：年轻人，冷吧？你把我那床棉被盖在身上暖和暖和。

陶渊明：多谢老伯。（盖被，闭眼休息）

渔　夫：走哇——哟嗬——

　　　　（唱）桨叶劈细浪，

　　　　　　　扁舟踏清波，

　　　　　　　船动我不动，

　　　　　　　坐看好山河。

　　　　嗬哦——

　　　　〔二人下。

　　　　〔黑暗中，画外音。

陶渊明：老伯，这洞中伸手不见五指，又是齐腰深的水，脚下可要小心。

渔　夫：陶先生，此去生死难卜，你怕不怕？

陶渊明：开弓没有回头箭，事到如今……呃，呃……唉哟……

渔　夫：陶先生，怎么了？！

陶渊明：我的脚崴了！

渔　夫：陶先生，来，我来扶你……哎呀，你浑身都在发抖！

陶渊明：（说话打战）我、我浑身都湿，湿透了，好、冷，冷……

渔　夫：坚持一下……来，喝几口酒！呃，你看，前面好像有些光了！

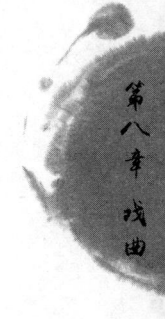

〔洞口隐约有光，且越来越亮。

〔洞口外，乌头村千丘田。

〔青山绿水，杂有桃花，

　鸟雀鸣啾，山岚袅袅。

胡桃姣：桃根哥——桃根哥——（上）桃根哥——

　　　　〔山岚回音，根哥——哥——哥——

胡桃姣：嗯，都说桃根哥往千丘田来了，怎么不见人影呢?!

　　　（思索）莫不是躲着逗我？好，看我不把你唱出来!

　　　（唱）春光洒满乌头寨，

　　　　　　催得满岭桃花开，

　　　　　　风不吹花花不摆，

　　　　　　妹不唱歌哥不来。

翟桃花：（幕内唱）山脚盘歌山里和，

　　　　　　　　　和上三十九道坡，

　　　　　　　　　一道坡上三棵树，

　　　　　　　　　一棵树上三个窝，

　　　　　　　　　妹妹呀——

　　　　（身背草药篓子上，唱）你选哪个做情哥？

胡桃姣：（原本恼怒，见是桃花，喜笑颜开）桃花姐!

翟桃花：（放下背上药篓）桃姣，又到这里来找桃根哥?!

胡桃姣：（羞涩的）知道了还要问……

翟桃花：看起来，你和桃叶妹之间，少不了一场盘歌大赛啰。

胡桃姣：桃花姐，只要你这个盘歌仙子不出面帮你的桃叶妹，

　　　　我就敢和她盘歌!

翟桃花：桃姣，你讲这种话就生分了吧？她是我的妹妹，你又

喊我么得？还不是姐姐呀！你呀，人小鬼大！

胡桃姣：桃花姐，刚才你盘的歌我答不上来，求求你告诉我好不好？

翟桃花：好哇，我现在就告诉你……

翟桃叶：（内唱：你盘歌来我唱和，上）

（唱）答上八十一道坡，

坡上选那常青树，

树上选那恩爱窝，

妹妹呀——

选你勤劳种田哥。

翟桃花：（鼓掌）答得好，答得好！

翟桃叶：花姐，姣妹。

胡桃姣：桃叶姐，俺两个都看上桃根哥了，你说怎么办？

翟桃叶：噢！你说呢？

胡桃姣：我要和你盘歌。

翟桃叶：姣妹，输了，会按村规惩处，那时，后悔就来不及了。

胡桃姣：哼，我才不怕哩！来，现在就开始，由桃花姐主持公道。

翟桃花：呃呃呃，莫把我牵扯进来，我没有资格。

胡桃姣：桃花姐，你是盘歌仙子，最有资格哩！

翟桃花：你们俩盘歌是盘给哪个听？

翟桃叶：

（互相对指）她！

胡桃姣：

翟桃花：错。应该是盘给桃根听。

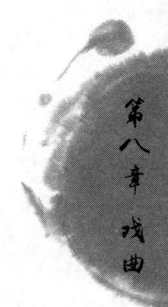

翟桃叶：

　　　　（互相首肯）对！

胡桃姣：

翟桃花：再说，这歌哩，应该是桃根来盘，由你们两个人来答，谁答不上来谁就输。只有这样，才会公平。

翟桃叶：

　　　　（互相对视）公平！

胡桃姣：

翟桃花：好了，我也歇息够了，该回家去处理这些草药了。
　　　　（刚背上药篓欲走）

王桃土：（幕内喊：桃花——身背空药篓气喘吁吁地上）桃花……

翟桃花：桃土哥？找我有事？

王桃土：俺两个一起采药去啦。

翟桃花：采药？哈……你看，我的篓子都已经装满了。

王桃土：（沮丧地）唉——桃花，你硬是不给我一点点机会呀？

翟桃花：桃土哥，不是我不给你机会，而是……

王桃土：而是什么？

翟桃花：……不可能。

王桃土：怎么不可能？

翟桃花：我、我不想出嫁。

胡桃姣：啊？不想出嫁？桃花姐，你都二十一了，还不想出嫁？我年方二八，都想有个婆家哒。

翟桃叶：姐，我看桃土哥人本分，就给他一次机会唦。

胡桃姣：桃花姐，就给桃土哥一次机会！

王桃土：桃花妹……

翟桃花：好吧，桃土哥，今天我当着叶妹和姣妹的面，给你一次机会，看你能不能把握住。

王桃土：好！

翟桃花：（唱）妹问哥哥何为天？
　　　　　　妹问哥哥何为地？
　　　　　　何为日月轮换转？
　　　　　　何为是夫妻？

王桃土：嘿嘿……桃花妹，这么简单的问题，你莫反悔哩！

翟桃花：决不反悔。

王桃土：桃花妹，你听好啰！

　　　　（唱）头顶是天，
　　　　　　脚踩是地，
　　　　　　太阳下山是月亮，
　　　　　　你我成婚是夫妻。

胡桃姣：

　　　　（同时大笑）哈……

翟桃叶：

王桃土：（得意地）怎么样，答对了吗？

胡桃姣：

　　　　（异口同声）错！

翟桃叶：

王桃土：错?!呃，怎么是错？怎么是错？

胡桃姣：

　　　　（异口同声）俺也答不上来，不过，肯定没这么简单！

翟桃叶：

王桃土：桃花妹？

翟桃花：（点点头）桃土哥，对不起……

王桃土：桃花妹，你、你来个简单的……

翟桃花：（微笑着摇头）

王桃土：那，要不，就把这次机会延长，我一定回答得让你满意……

刘桃根：（内：呃——快来人哪！急上，大声）来人哪——

桃花等：（同声）桃根哥，出了什么事？

刘桃根：快！我在秦人古洞出口处，发现一老一少两人，浑身湿透，冻得不省人事了！

胡桃姣：我去喊爹来给他们招魂！（急下）

翟桃叶：我去喊爷爷给他们煮擂茶趋寒避邪！（急下）

翟桃花：快，把他们先抬到廊桥！

王桃土：快走！

〔众人急下。

〔切光。

〔紧接前场。

〔廊桥。

〔四周修竹茂密，树木葱茏，桃花烂漫。

〔陶渊明、渔夫二人平躺在木板上。

〔桃花忙着给二人针灸，按摩。

〔幡旗招展，鼓锣声声。

〔众人戴面具。

〔胡桃符戴面具，跳傩舞，众村姑等伴舞。

胡桃符：（唱）魂兮归来魂急归来，
众： 归来归来兮，
胡桃符：或跨鹤或乘麂，
众： 胡不快快归来兮，
 归来兮。
胡桃符：怅望仙洲莫如凡土，
众： 归来归来兮。
胡桃符：上供品上素酒，
众： 魂且快快来尝兮，
 来尝兮。
陶渊明：哎哟……
翟桃花：（惊喜地）醒了，他们醒过来了！
陶渊明：（唱）耳听得黄钟声声似天籁，
 冷冷地归去暖暖地来。
 睁眼看琼楼玉宇藏青山，
 红红的祥云朵朵地开。
渔 夫：（唱）莫不是跳出三界外，
 位列仙班脱凡胎？
翟 翁：好了，好了，二位终于完全清醒过来了！
陶渊明：（翻身下木板，脚疼，哎哟……）
翟桃花：（情急地）别动！
陶渊明：（顺从地坐下）
 （唱）眼蒙眬，见仙君，
 相貌各异非凡人。
渔 夫：（唱）领头的，有两个，

　　　　　　　一个武来一个文。
陶渊明：（唱）这武的，
　　　　　　　虬髯豹眼开天目，
　　　　　　　定是那灌江真君二郎神！
渔　夫：（唱）这文的，
　　　　　　　鹤发童颜神情逸，
　　　　　　　莫非是兜率宫里太上君？
　　　　　［二人急跪下叩谢。
陶渊明：
　　　　多谢仙长搭救之恩！
渔　夫：
翟　翁：
　　　　仙长？哈……
胡桃符：
翟　翁：快给二位端上擂茶来！
陶渊明：（接过桃花递来的擂茶）有劳仙姑！
翟桃花：（抿嘴一笑）快趁热喝下，驱寒暖身。
陶渊明：
　　　　（对视一眼）喝擂茶！
渔　夫：
陶渊明：哎呀呀，喝一口生津和胃，
渔　夫：喝两口神清气爽，
陶渊明：真乃琼浆玉液。
渔　夫：不是地上的凡品。
陶渊明：请问仙长，不知此处为何仙境？

翟　　翁：此地乃武陵郡崇山乡乌头村。

陶渊明：乌头村？我看此地桃树遍地，中无杂树，恐怕为天下的桃花之源头！

翟　　翁：桃花源，哎呀，好名字，好名字呀！

翟桃花：爷爷，怎么个好法？

翟　　翁：桃花，我等世代在此，日入而息，日出而作，既不担忧战难兵燹，又不惆怅苛税，和睦相守，其乐融融。岂不是世外桃源？

胡桃符：（取掉面具）我等也不是仙人。

刘桃根：你们进来的洞口，名叫秦人古洞。当年，秦人就是从那个洞口逃进这桃花源之内的。

陶渊明：秦人古洞？叫它桃花洞也不为过。

翟桃叶：把你们抬过来的地方叫千丘田。

王桃土：这个地方叫廊桥。

陶渊明：廊桥？！老伯，若不是有劳各位搭救，我们二人早已死于非命。对我们二人来说，叫它遇仙桥，恐怕再合适不过了。

众　　：遇仙桥？！

渔　　夫：对对对，再造之恩，宛若神仙，改得好，改得好！

翟桃花：刚才二位喝下的不是琼浆玉液，是我们这里的土特产——擂茶。

渔　　夫：擂茶？

陶渊明：何为擂茶？

翟桃花：用生姜、生米、生茶叶，放在岩钵里用茶木棒擂成糨糊，放在开水中搅匀，便成了擂茶，又名"三生汤"。

陶渊明：哦，姜生津，茶清神，好茶，好茶。
翟　翁：不知二位贵客来自何方，又为何冒死闯进秦人古洞？
渔　夫：我们都来自晋国。
胡桃符：（警觉地）晋国？晋国和嬴政是什么关系？
〔空气骤然紧张。
渔　夫：啊！我也弄不清，要问他这个大秀才。
陶渊明：老伯，嬴政者，秦始皇也，迄今已有五六百年的历史，早已不复存在。
众：　啊?!那，楚国呢？
陶渊明：楚国早在秦朝灭亡之前便已消亡，此后又经过了汉、后汉、三国，方到今日的晋朝。
翟　翁：唉，我等先辈为避秦乱，冒死穿过你们来路上的洞口，躲到此处安生，生生息息，想不到天下历经数次改朝换代了！
陶渊明：真可谓洞中方七日，世上已千年。（对渔夫）老伯，你看这里，红树青山斜阳古道，桃花流水福地洞天！真的是世外方域，人间天堂啊！
翟　翁：先生果真是饱读诗书之人，出口成诗，工整对仗。
翟桃花：（偷看陶渊明，心喜，悄声）爷爷，先生的脚扭伤了，一时半会尚不能自由行走。
陶渊明：多谢……（欲走动，脚疼）老伯，这里可有客栈？
翟　翁：这客栈嘛，闭上眼一间也没有，睁开眼到处都是。
众：　（纷纷攘攘）请客人到我家去！
翟桃花：（情急地）不行不行！
〔众静场。

翟 翁：桃花，他们为什么不行？

翟桃花：（扭捏地）爷爷……

众： （纷纷攘攘）桃花，说出你的理由！

翟 翁：桃花，你不说出个合情合理的理由，乡亲们只怕不会同意呀。

翟桃花：为什么？

翟 翁：你是个姑娘家嘛。

众： （起哄）哦……桃花，说出你的理由！是不是想结桃子了？

王桃土：（欲拦）桃花……

翟桃叶：（将王桃土拦住）桃土哥，难道，你还看不出我姐的意思？

翟桃花：（鼓起勇气）说就说！

（唱）我家宽敞有空房……

众： （笑）哈……

（唱）三月春暖桃花放，
　　　满山满洼送暗香，
　　　五月桃子包果核，
　　　桃仁就在核内藏。
　　　家家有空房。

翟桃花：（唱）我会针灸懂岐黄……

众： （唱）长成的竹子编箩筐，
　　　出土的竹笋炖鸡汤，
　　　竹排能破千层浪，
　　　嫩竹难能顶房梁。

第八章 戏曲

草药都治伤。

翟桃叶：（唱）枝细叶嫩不用慌，

根植大树见天长。

翟桃花：（唱）自有长辈来指点，

何愁秧苗不长粮？

翟　翁：哈……这丫头把我都拉出来了！乡亲们，你们觉得呢？

众：　　（纷纷攘攘）有翟翁出面，咱们没说的！

胡桃符：翟翁，那就答谢主人——

翟　翁：答谢众亲邻吧！

胡桃符：答谢亲邻——（戴面具，跳傩舞）

（唱）风调雨顺百草丛生，

和字贵为尊，

有往来有情义，

大帮小忙靠乡邻——

众：　　（唱）似亲人。

胡桃符：（唱）户主有情接走贵宾，

内外要操心，

不收金不收银，

三帝君王保佑你——

众：　　（唱）万般兴。

〔舞蹈中，桃叶、桃姣因争与桃根共舞，时常你推我挤，终于爆发。

翟桃叶：（摘掉面具）爷爷给孙女做主！

胡桃姣：（摘掉面具）爹爹给女儿做主！

翟　翁：

胡桃符：
翟桃叶：
　　　　（同声）嗯？你们二人为了何事？

胡桃姣：
翟桃花：（同声）她……哼！

翟　翁：
胡桃符：爷爷、胡伯，她们俩是为了争着跟桃根跳舞。

翟　翁：噢？哈……

胡桃符：
陶渊明：哦，原来是二女争一夫。

渔　夫：年轻人好艳福！

翟　翁：桃符，依你之见？

胡桃符：按土家的传统，盘歌。

翟　翁：好！盘歌！

胡桃姣：盘歌就盘歌！

翟桃叶：还要倒挂金钩！

胡桃符：谁为中人？

胡桃姣：应该是桃根。

翟桃花：我看，还是请陶先生作中。

陶渊明：我？我可不会盘歌，只怕不适合吧。

众　　：陶先生作中最适合了。

陶渊明：哎呀呀，如此一来，我可是却之不恭了。

　　　　〔幕落。

　　　　〔二幕前。

王桃土：（思索地上）唉——

　　　　　（唱）桃花出题太难盘，
　　　　　　　　看似平凡不简单。
　　　　　　　　问遍九沟十八弯，
　　　　　　　　没有一人能解难。
　　　　　　　　怪只怪，人家读书我放牛；
　　　　　　　　怪只怪，人家识字我爬山。
　　　　　　　　遇仙桥上强留客，
　　　　　　　　桃花的心事我了然。
　　　　　　　　既然喜欢读书人，
　　　　　　　　我甘愿退出来成全。
　　　　　　　　土家姻缘要盘歌，
　　　　　　　　不知先生深和浅？
　　　　　　　　上门求教把底摸，
　　　　　　　　但愿桃花偿夙愿。
　　　　〔急下。
　　　　〔二幕开，桃花家客厅。
　　　　〔陶渊明拄着拐杖，在渔夫的搀扶下，一拐一拐地从外步进客厅，坐下。

陶渊明：老伯，这半月来多亏你的照料……
渔　夫：呃，陶先生，若不是桃花的悉心照料，你脚上的伤哪里好得这样快？
翟桃花：（穿着漂亮，从内上）陶先生，该换药了！来，把脚搁在我的腿上。
陶渊明：（不好意思地）桃花……
翟桃花：少啰唆。好好好，肿已经消下去了。

渔　　夫：桃花真是个女华佗。

翟桃花：华佗？他是个什么人？

陶渊明：他是三国时的名医、神医，他给关羽将军刮骨疗伤，还要给曹操开颅割瘤。

桃　　花：刮骨开颅？我可没有那么大的本事。

渔　　夫：桃花姑娘，若没有一颗善良之心，本事再大恐怕也是无济于事！

桃　　花：老伯谬夸了。

陶渊明：桃花——

（唱）你为我又敷药又泡酒不辞辛劳，
　　　你待我似亲人胜亲人情比天高，
　　　若不是承先师秉遗训匡扶正道，
　　　我定会桃源内结草庐乐在逍遥。

翟桃花：陶先生——

（唱）桃花我虽然是山野村姑，
　　　却也是知情理心气自高，
　　　天下事必定是天下为之，
　　　才有这日月星辰改代换朝。

陶渊明：哦?!想不到桃花姑娘谈吐如此不俗，陶潜自当引为知己。

渔　　夫：老朽不才，却也知道这么一句话。

陶渊明：一句什么话？

翟桃花：

渔　　夫：士为知己者死，女为悦己者容。你看桃花姑娘今天……

翟桃花：（羞涩地）老伯取笑了……（急出门，与桃土相遇）
王桃土：桃花！
翟桃花：桃土哥，你找我有事？
王桃土：不，我是来找陶先生的。
翟桃花：先生就在室内……
王桃土：呃。（进门）陶先生。
翟桃花：求教?!（想了想，倚在门外倾听）
陶渊明：哦，你是……
王桃土：我叫桃土。
陶渊明：请坐，请坐。
渔　夫：我来我来。（端板凳）
王桃土：先生，我是来向您求教的。
陶渊明：陶潜才疏学浅，不知能否为你解惑。请讲。
王桃土：先生——
　　　　（唱）妹问哥哥何为天？
　　　　　　 妹问哥哥何为地？
　　　　　　 何为日月轮换转？
　　　　　　 何为是夫妻？
渔　夫：哎呀呀，这个问题，老渔夫都可以告诉你——
　　　　（唱）头顶是天，
　　　　　　 脚踏是地，
　　　　　　 太阳下山是月亮，
　　　　　　 男女成婚是夫妻。
王桃土：我也是这样回答的，她们说，错！
渔　夫：陶先生，你说呢！

〔门外桃花紧张地听。

陶渊明：这个问题，看似是在盘歌，实则是牵涉到天文地理，涉及面很广。

王桃土：（惊）啊?!天文地理？我、我又怎么晓哟？

渔　夫：莫急莫急，陶先生会告诉你怎么来盘歌。

陶渊明：既然牵涉到天文地理，就应该涉及《淮南子》《列仙传》《山海经》等学说。

渔　夫：哎呀，管它是怀男子还是怀丫头，你只少卖关子。

王桃土：请先生明白告诉我。

陶渊明：盘古开天，乾坤始奠，气之轻清上浮者为天，气之重浊下凝者为地。

渔　夫：哦——小伙子，老渔夫今天跟着你都长了见识！

〔桃花窃喜，稍思忖，羞涩地急下。

王桃土：那，又该怎么和呢？

陶渊明：哦，我看，就这样和吧——

（唱）盘古轮斧开天地，
　　　混沌初开乾坤替。
　　清气上扬成了天，
　　浊气下坠成了地。
　　盘古倒地双眼眨，
　　变成日月轮换移，
　　伏羲女娲是兄妹，
　　繁衍人类成夫妻。

王桃土：哦——难怪情歌里老是唱哥呀妹呀，原来是这么一回事哟。

渔　夫：难怪说夫妻要有夫妻相,那同胞兄妹当然相互挂像啵。

翟　翁：(满面喜气地上)哈……你们都在呀!

陶渊明：翟翁!

渔　夫：老兄!

王桃土：爷爷!

翟　翁：好好好!不必谦让。陶先生,足疾可有好转?

陶渊明：多亏桃花姑娘悉心照料,已无大碍了。

翟　翁：好好好。我那个大孙女,从小就爱花花草草,久而久之,无师自通。

陶渊明：桃花姑娘秀外慧中,的确是个难得的好姑娘。

翟　翁：就是心气儿高……哦,桃土,你来找陶先生?

王桃土：我来向先生求教。

翟　翁：陶先生满腹经纶,是要多向他请教才是。

王桃土：桃土知道了。多谢陶先生赐教,告辞。(下)

翟　翁：(目送桃土)唉……呃,刚才我说到哪里啦?

陶渊明：桃花姑娘心气儿高。

翟　翁：哦,对对对!这不,明摆着桃土这么一个好小伙子追求她,她是情愿当个老姑娘,也不愿意嫁给他。

渔　夫：那,她想嫁个什么样的人呢?

翟　翁：她呀,说出来不怕见笑,她想嫁给像陶先生这样有才学、通文墨的人哩!

渔　夫：哦?哈……好哇好哇,老渔夫有喜酒喝了。

翟　翁：老弟,此话何意?

渔　夫：我的这位陶先生,如今可是鳏寡一人。

翟　翁：是吗?以陶先生这等才学,难道……

渔　夫：老兄，我告诉你吧……

陶渊明：（急制止）老伯……

渔　夫：嗨，说也无妨。陶先生今年二十有九，二十岁那年丧妻，至今未再续弦。

翟　翁：哎呀呀，难得难得，陶先生才高八斗，却不附庸风雅，洁身自好，可贵呀可贵……

陶渊明：翟翁谬夸了。

翟　翁：陶先生抓紧时间把腿伤疗好。盘歌那天，还等你去做公证人哩！哦，我还有事，二位歇息，老夫告辞了！（下）

渔　夫：（目送翟翁下，回望陶渊明）嘿……哈……

陶渊明：老伯，你为何发笑？

渔　夫：恭喜陶先生，贺喜陶先生。

陶渊明：喜从何来？

渔　夫：呃，难道你真的不明白？

陶渊明：明白又怎么样？使不得的！

渔　夫：使不得！哈哈，只怕由不得你，这个媒人，我是当定了哩——（自顾自唱山歌）

　　　　（唱）哟嗬——

　　　　　　世上不见树缠藤，
　　　　　　只有青藤缠树身，
　　　　　　花开引得彩蝶来，
　　　　　　花本无意蝶有心。

陶渊明：老伯，你……

渔　夫：哈……老渔夫说媒去了哟……

〔灯光渐暗。
〔幕内合唱：山歌出口环山绕，
　　　　　　愧煞树上百灵鸟，
　　　　　　早知人间歌声美，
　　　　　　来此丢丑为哪遭？
〔幕启，廊桥上挂一匾，上书"遇仙桥"。
〔幕启，众村民们喜气洋洋，着土家族彩服或汉族服。
〔一群男女青年在一起跳摆手舞。

男：　（唱）万里长空万里云，
　　　　　　风吹云翻雨淋淋，
　　　　　　十天下了九天雨，
　　　　　　妹妹想晴（情）不想晴（情）？
女：　（唱）山涧溪水日夜流，
　　　　　　树上茶籽好榨油，
　　　　　　茶籽掉进溪水里，
　　　　　　哥哥想流（留）不想流（留）？
胡桃符：呃呃呃，姑娘们、小伙子们，今天，桃叶、桃姣为了争得桃根要盘歌，盘歌的公证人是我们最尊贵的客人陶渊明先生。好，我宣布，盘歌开始，三局定输赢！
刘桃根：（在小伙子们的怂恿和支持下，不好意思地站出）
　　　　（唱）桐油灯盏一条心，
　　　　　　　韭菜开花一根茎，
　　　　　　　巴掌拍得手心肿，
　　　　　　　左也疼来右也疼。
胡桃姣：（唱）锣鼓不敲不吭声，

　　　　　　灯花不挑心不明，
　　　　　　甘蔗没有两头甜，
　　　　　　浮萍无根乱飘零。
翟桃叶：（唱）桃树开花为争春，
　　　　　　想要摘花莫沉吟，
　　　　　　春光过去花容损，
　　　　　　莫待无花空劳神。
陶渊明：好！哎呀呀，真的是妙不可言。桃根不想让桃叶和桃姣姑娘受到伤害，而桃叶和桃姣又恰到好处地表明了自己的心迹。这一局嘛——
众：　　怎么样？
陶渊明：和。
众：　　（欢呼）
胡桃符：第二局开始。这一局，倒挂金钩。
陶渊明：呃呃呃，胡老柏，什么叫"倒挂金钩"？
胡桃符：就是人挂在树枝上，倒着唱！
陶渊明：哦，如此盘歌方法，我可是见所未见、闻所未闻呀。
胡桃符：今天，就让先生您见识见识！倒挂金钩——
　　　　［桃叶、桃姣各自倒挂在树枝上。
刘桃根：（唱）洗衣来到青石嘴，
　　　　　　青石板上擂棒槌，
　　　　　　棒槌擂衣石板挺，
　　　　　　夹在中间好吃亏。
翟桃叶：（唱）妹荡秋千空中飞，
　　　　　　哥在下面两头追，

看了背影又看脸，

看了脸来又看背，

看你累不累？

胡桃姣：（唱）哥捧豆腐过柴灰，

风吹柴灰眼流泪，

豆腐掉进灰里头，

不能拍来不能吹，

看你悔不悔？

陶渊明：哎呀呀，简直是精彩绝伦，只是这前后意思如出一辙……

胡桃符：这一局哩？

陶渊明：和！

〔众欢呼。

王桃土：陶先生，她们老是和呀和的，也不知盘到何时，我看，不如先来它个盘出胜负分晓的。

陶渊明：噢？胡老伯，依你之见呢？

胡桃符：我看可以。呃，你们大伙的意见如何？

众：　　我们听从胡巫师的安排。

胡桃符：好吧，既然如此，桃根、桃叶、桃姣你们下去！

陶渊明：那，下面谁来盘歌？

王桃土：我。我今天要和桃花妹盘歌。

〔众欢呼，村姑们把翟桃花推上前来。

翟桃花：桃土哥，你真要和我盘歌？

王桃土：你讲的给我一次机会嘛。

翟桃花：那，你听好了！

　　　　　（唱）妹问哥哥何为天？
　　　　　　　　妹问哥哥何为地？
　　　　　　　　何为日月轮换转？
　　　　　　　　何为是夫妻？
王桃土：（唱）盘古轮斧开天地，
　　　　　　　混沌初开乾坤替，
　　　　　　　清气上扬成了天，
　　　　　　　浊气下坠成了地。
　　　　　　　盘古倒地双眼眨，
　　　　　　　变成日月轮换移，
　　　　　　　伏羲女娲是兄妹，
　　　　　　　繁衍人类成夫妻。

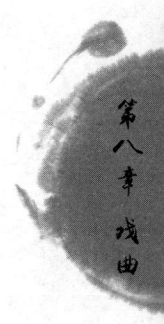

王桃土：乡亲们，我和得好不好呀？
众　　：桃土，和得好！
　　　　〔桃花笑而不答。
王桃土：乡亲们，我桃土是斗大字认不得一升，对桃花的这支看起来简单，实际上学问蛮深的盘歌，那是哭都哭不出来的。
众　　：那你刚才又是怎么盘出来的呢？
王桃土：是陶先生教的。
胡桃姣：乡亲们都听到了吧，桃花姐的歌，是陶先生和出来的。
众　　：陶先生快点站出来——
陶渊明：（在桃根等人的推拥下站到前面来）呃、呃……这……各位乡邻，陶潜实在是不会盘歌……
胡桃姣：那，你怎么能当盘歌的公证人哩？

众：对。

胡桃姣：今天你要是不和桃花姐盘歌，我们决不放过你！

陶渊明：姐妹们，姐妹们，我、我……

翟桃叶：陶先生——（拉陶一旁）陶先生，今天你不和桃花姐盘歌，那我姐就只有成为一个永远也嫁不出去的老姑娘了！

陶渊明：这……

翟桃花：（伤心地）

（唱）石板上撒籽不开花，
　　　碾成的米粒不发芽，
　　　布谷鸟枉在冬天叫，
　　　槌子没有纺不成纱。

陶渊明：（急切地想解释）桃花，你千万莫误会……

胡桃姣：莫讲，要唱！

翟桃叶：要唱，莫讲！

陶渊明：要唱？好，我唱，我唱！

（唱）搬开石板见泥沙，
　　　观花赏菊东篱笆，
　　　种谷本为碾成米，
　　　大米稻谷是一家，
　　　布谷冬天叫得勤，
　　　催得春晖满天涯，
　　　纺纱织成彩色锦，
　　　锦绣衣裳展浓华。

众：好！

胡桃姣：花姐姐，歌仙子，今天，会遇上对手了吧？

翟桃花：（不好意思地）去！

翟桃叶：姐，满不满意？！

翟桃花：（害羞地点头）

翟桃叶：陶先生，我姐她同意了。

陶渊明：哦。呵？她同意什么？

翟桃叶：同意嫁给你了，我的姐夫！

陶渊明：这……

　　　　〔翟翁、渔夫笑呵呵地上。

翟　翁：哈……好好好！

渔　夫：喜酒我是喝定了！

陶渊明：翟翁……老伯……

翟桃叶：叫爷爷。

陶渊明：爷爷，刚才怎么没见到你老人家？

翟　翁：我老人家躲在一旁听歌，怕你看不起我家的桃花，丢了我这张老脸啰！

渔　夫：（对翟翁）我讲了没问题吧。你呀……

陶渊明：（惶恐地）爷爷……

胡桃符：翟翁，恭喜恭喜，我总算不负使命吧。

胡桃姣：还有我。

翟桃叶：还有我。

王桃土：桃花，恭喜你！

众　　：还有我们哩！

陶渊明：（不解地）呃，你们不是，这……这……

翟桃花：都是为了我和你，书呆子！

陶渊明：哦——盘了半天的歌，原来是……

翟桃叶：姐夫，桃花姐不出嫁，俺当妹妹的，哪个又敢抢在她的前头哩！这是俺这里的规矩。

胡桃姣：也不能抢在她的前头唦！

陶渊明：啊?!

翟桃花：书呆子，快跪下，请胡巫师恩准咱俩的婚姻！快呀！

陶渊明：啊?!桃花，这、这使不得、使不得。

众：　　啊?!（全场空气骤然紧张，人们惊呆）

王桃土：（着急地）陶先生，不可啊……

陶渊明：这、这使不得、使不得。

胡桃符：（面色凝重）请张五郎！

翟桃花：（惊慌地阻止）不——不能请！不能请啊！

翟　翁：（严厉地）桃花！

翟桃花：（哀求地）土师，爷爷，乡亲们，不能呀……

陶渊明：（惶然不知所措）这、这……桃叶，怎么了？

翟桃叶：……

翟桃花：陶先生是外地人，他根本就不了解我们祖宗传下的规矩，你们就饶了他吧！爷爷——

翟　翁：桃花，你……

翟桃花：（哀求地）土师，不要呀……

胡桃符：（唱傩歌）法席一场有一场，
　　　　　　　　启请翻坛张五郎。

翟桃花：（果决地唱）屋檐童子你请开，
　　　　　　　　我请七姐下凡来。

翟桃叶：（悲恸地）姐姐——

翟　翁：（伤悲地）桃花……

众：　　桃花……

胡桃符：桃花，你意已决？

翟桃花：无反顾！

胡桃符：（戴上傩面舞，响傩鼓）

　　　　（唱）送姐送到村门边，
　　　　　　　姐姐背上打三拳。
　　　　　　　三拳就是三句话，
　　　　　　　不能留姐到凡间。

　　　　七姑娘，妹姑娘，送你转去到天堂。牛吃麦子马吃荞，赶快去！

翟桃花：（坚毅且木然地慢下）

翟桃叶：（绝望地）姐姐呀……（昏厥）

陶渊明：（严肃地）胡土师，且慢！

胡桃符：外乡人，记住桃花吧！

陶渊明：翟翁，请问刚才所为何来？

胡桃姣：你不爱桃花姐，就不能和她对歌！你对歌对上了，就不该当众拒绝请胡巫师恩准你俩的婚姻！

王桃土：按祖宗传下的规矩，你已经亵渎了巫师，就该请张五郎，捉黄鬼，驱邪神！

陶渊明：驱邪神？是我吗？

众：　　（无语）

翟桃叶：我姐却为了你，请来七仙女。甘愿离群索居，一辈子老死深山！

陶渊明：（急）呃，谁说我不爱桃花？我说了吗？！

翟　　翁：你,不是说了使不得吗?

陶渊明：嗨!那……(灵机一动)那也是我们祖宗传下的规矩!

众：　　你们的规矩?

陶渊明：对,我们的规矩!被爱或所爱的女子求婚,越是说"使不得",越说明对这个女子爱得深,爱得切!

翟　　翁：你,说的是真的?

陶渊明：请问,你们有谁出过洞外?谁又到过晋朝去走走看看?不信,可问问这位老伯!

渔　　夫：对对对,如果先不推辞,就说明对这个女子不是真爱!

胡桃符：陶先生,你爱桃花?

陶渊明：爱!

胡桃符：真愿意和她婚配,白头偕老?

陶渊明：愿意一生厮守!

胡桃符：(对众)你们没听到吗,还愣着干吗?快把桃花给追回来!

翟　　翁：不请张五郎了?

胡桃符：哎呀,桃花性子烈,别张五郎还没请来,她就跳崖了!

众：　　桃花……(急下)

翟桃叶：

　　　　桃花姐——(急下)

胡桃姣：

陶渊明：呃,这,这……(急追下,高喊:桃花——)

　　　　〔切光。

　　　　〔幕内合唱:太阳底下晒被褥,

　　　　　　　　　一场暴雨似水泼,

　　　　　　一面干来一面湿，
　　　　　　　不尴（干）不尬（盖）成蹉跎。
翟桃花：（合唱声中，一边爬山一边唱）
　　　（唱）心惶惶，意茫茫，
　　　　　　恨地无缝把身藏。
　　　　　　羞难当，愧难当，
　　　　　　鹰愁崖上躲目光。
　　　　　　笑桃花一心只想高枝占，
　　　　　　天可怜送来一个如意郎。
　　　　　　又谁知落花有情水无意，
　　　　　　蜡烛无心点不亮来不发光。
　　　（白）苍天啊苍天，桃花我若是今生与陶渊明有缘，
　　　　　　你就让他爬上这鹰愁崖上来找我吧！
　　［幕内众人呼喊：桃花——
　　［桃花身手敏捷攀登着上山。下。
陶渊明：（边呼边上）桃花——桃花——唉——
　　　（唱）翻过岭上岭，
　　　　　　不见桃花人。
　　　　　　疾呼群山应，
　　　　　　空谷传回音。
　　　　　　桃花今何在？
　　　　　　愁肠满腹生。
　　　　　　怪我陶渊明，
　　　　　　负了桃花情。
　　　　　　离群索深山，

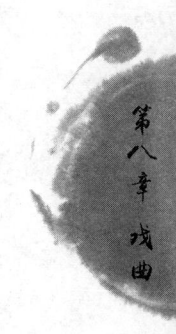

此生怎安身？！

（喊）桃花——唉，桃花呀桃花，我到哪里能找到你呢？

王桃土：（急上）桃花！桃花——

陶渊明：呃、呃，桃土，可曾找见桃花了？

王桃土：（不理）桃花！桃花——

陶渊明：桃土，刚才盘歌场上，是我的不对！

王桃土：陶先生，你知道你错在哪里？

陶渊明：我……我不配……

王桃土：你不配？谁配？

陶渊明：我……桃土，你不也深深爱着桃花？常言道，君子不夺人所好！我、我又怎可……

王桃土：陶先生，原谅桃土我不会讲话，我看你呀，是读书读多了，读蠢了！读迂了！

陶渊明：哦！此话怎讲？

王桃土：不错！我是深爱着桃花，可是我越爱桃花，就越尊重她自己的选择！陶先生，你知道的是君子不夺人所好，我知道的是君子不强人所难！

陶渊明：桃土，你，唉——

王桃土：陶先生——

（唱）陶先生，莫叹息，
心中所虑桃花知，
一虑自己遭通缉，
二虑自己曾娶妻，
三虑自己外乡人，

　　　　　四虑报国别有期，
　　　　　五虑桃花随不随，
　　　　　六虑年长有岁七，
　　　　　八虑九虑十不虑，
　　　　　不虑桃花悲不悲。
陶渊明：（震动，且惭愧地）桃土、桃土……
王桃土：陶先生，不管你刚才说的那番话是真是假，我们都感谢你救了桃花一命！（急下）
陶渊明：明明是桃花救我在前，我……
　　　　（唱）一番话说得我无地自容，
　　　　　千张嘴莫难辩理屈词穷，
　　　　　我只求尽快地找到桃花，
　　　　　哪怕是爬遍这千岭万峰！
　　　　〔幕内桃叶、桃姣二人呼喊着上，姐姐，桃花姐——
陶渊明：（急问）桃叶……
翟桃叶：（不理）桃土哥，找见了我姐没有？
王桃土：找了两座山头，都没有看到！
胡桃姣：只剩下这最后两座山头了，我看，俺还是分头上山去找。
王桃土：我上右边的鹰愁崖，你们两个去左边的青松坡。
陶渊明：还有我一个！
翟桃叶：陶先生，山路崎岖难行，你还是先回去吧！
陶渊明：不，桃花是因救我而请的七姑娘，我又怎能安心去等？
胡桃姣：那，我看你就走左边的青松坡，山路平坦，坡缓好走。
王桃土：右边的只有羊肠小道，无路可行。

陶渊明：（略思忖后，果断地）不，我上鹰愁崖！桃花她一定会在上面！

翟桃叶：何以见得?!

陶渊明：前一晌，桃花为我采草药治伤，若不是山势陡峭，非同一般，她的手背就不会经常血痕累累，再说，以她目前的心情，恐怕也只有爬上这鹰愁崖了。

翟桃叶：亏你还记得我姐为你弄得血痕累累。桃姣，你和桃土哥去青松坡，我陪陶先生先上鹰愁崖！

王桃土：

胡桃姣：（异口同声）好！

翟桃叶：那我们就分头快走吧！

〔众急下。

〔陶渊明、桃叶二人艰难地攀登。

翟桃叶：（唱）坡难攀，

陶渊明：（唱）再难也要爬上山；

翟桃叶：（唱）岭难翻，

陶渊明：（唱）再难也要往上攀。

翟桃叶：（唱）情急切，

陶渊明：（唱）但愿桃花安无恙；

翟桃叶：（唱）心中悔，

陶渊明：（唱）当面认错心方安。

〔陶咬紧牙关往上爬，脚踏空，被桃叶拉扯上。

陶渊明：（感慨地）唉——桃叶，真的是不当家不知柴米贵，不爬山不知采药难。

翟桃叶：陶先生，鹰愁崖咱们已经爬上了一多半，剩下的一段路，比过来的还要难，你还能不能再往上爬。

陶渊明：要说这身体力行嘛，我是两腿发酸，要说这心里想的，是咬紧牙关。

翟桃叶：（莞尔一笑）陶先生，你倒也是个实在的人，呃，俺唱唱歌怎么样？

陶渊明：唱歌？我恐怕不行，出气都不均匀，再开口唱歌，我怕这心会从口里蹦出来。

翟桃叶：你不唱，我唱。

（唱）山歌御风环山绕，

旮旮旯旯都吹到，

风吹草动满山应，

人听歌声盘歌谣。

翟桃花：（在歌声中出现，侧耳倾听，自语）我才懒得和你盘歌哩！

陶渊明：嗯，唱得好，歌词中有意境！

翟桃叶：（唱）鸟登高枝筑巢窝，

鱼翔浅底自由梭，

马在平原是俊杰，

来到山间莫奈何。

陶渊明：好呵，难怪当年屈夫子途经沅澧，能写出《九歌》那样的千古绝唱。

翟桃花：（惊喜）陶先生他真的找上了鹰愁崖！（赌气地）不会爬山？就是要让他吃些苦！

翟桃叶：（唱）杀鸡取蛋蛋无壳，

　　　　　　拔苗助长苗不活，
　　　　　　郎中不开后悔药，
　　　　　　盘歌不盘哭丧歌。
陶渊明：呃……（思忖地）桃叶，我听着听着，越听越觉得，你的歌声中另有文章。
翟桃叶：真的呀?!那，你能不能说出这另有的是篇什么文章？
陶渊明：（自信地）这文章呀……桃叶，还是等我找到桃花了，回去再说吧！（边说边开始爬山）
翟桃叶：（拦住）呃呃呃，陶先生，往上爬危险……
陶渊明：桃花就在这山崖顶上。
翟桃叶：你怎么晓得的?
陶渊明：你刚才告诉我的。
翟桃叶：我告诉你的?
陶渊明：刚才，你唱了三段歌，头段是寻求盘歌的人，二段呢，是告诉对方我不会爬山，这三段么……
翟桃叶：是么得意思?!
陶渊明：告诉你姐姐莫让我再爬山了，万一失足落崖身亡，后悔也就来不及了。
翟桃叶：陶先生，我刚才唱的歌，的确是这三层意思，只是，我姐她还没有对歌，不晓得她是不是在这上面。
陶渊明：我来喊！桃……（顿悟）嗨，又是我的不是了！要唱，要唱——
　　　　（唱）东边日出西边落，
　　　　　　要想扯住无绳索，
　　　　　　日日夜夜留不住，

　　　　　　　珍惜光阴好好活。
翟桃花：（喜，接唱）春耕时节种不播，
　　　　　　　秋收时节不见禾。
　　　　　　　有花采撷你不采，
　　　　　　　错过时光莫奈何。
翟桃叶：是我姐，姐姐——陶先生，你快唱快唱呀。
陶渊明：（唱）拳头不打笑脸人，
　　　　　　　菩萨不嫌磕头多，
　　　　　　　圣贤早已把话说，
　　　　　　　知错能改是好角。
翟桃花：（疾速下山来到陶渊明身边的岩石上）你讲，到底哪个是好角?!
翟桃叶：姐姐！
陶渊明：桃花，你终于肯下山了？
翟桃花：（跳下岩石来到陶身旁，嗔怪地）你呀……真的是前世的冤家！
陶渊明：桃花……
翟桃花：（幸福地靠在陶的怀里）
翟桃叶：我不凑这个热闹了！（下山）
　　　　〔幕内合唱起：西瓜地里种棉花，
　　　　　　　　　　棉花结桃藤结瓜，
　　　　　　　　　　瓜藤爬上棉花树，
　　　　　　　　　　藤死树枯不分家。
　　　　〔切光。
　　　　〔幕后合唱：好水洗衣不用锤，

　　　　　　　敢盘山歌不用媒。
　　　　　　　桃花源里来相会,
　　　　　　　红树青山歌声飞。
　　　　〔幕内唢呐大作。
　　　　〔迎亲队伍由抬嫁妆的、奏乐的及若干男女村民组
　　　　成,渔夫为头嘎,手拿一把雨伞,胡桃符为二嘎,
　　　　身背花背篓,桃根夹在其中,队伍在合唱声中起舞,
　　　　合唱:恋也唱来嫁也唱,
　　　　　　　山歌唱得人舒畅,
　　　　　　　看是悲来却是喜,
　　　　　　　糯米粑粑包蜜糖。
　　　　〔胡桃娇、翟桃叶等闻声从内跑出拦门。
胡桃娇:(唱)日头偏西不当阳,
　　　　　　　吹吹打打为哪桩?
桃　根:唢呐开口喜气扬,
　　　　　花轿出门抬娇娘。
众:　　梧桐栖凤天作合,
　　　　桃花溪水载鸳鸯,
　　　　待到日头西边落,
　　　　天当被来地当床。
翟桃叶:(唱)奉命把守南天门,
　　　　　　　今日权当王母娘。
众:　　(笑)哈……
渔　夫:我来我来!哟嗬——
　　　　(唱)稻是稻来秧是秧,

　　　　　　米是米来糠是糠。
　　　　　　劝哭劝嫁劝和睦，
　　　　　　莫劝夫妻不同床！
　　　　　〔桃娇、桃叶相对而视，苦笑。
众：　　　（欢喜地）哦……（欲涌进房）
胡桃娇：
　　　　　（蓦地拦住）且慢！
翟桃叶：
胡桃娇：（唱）背时的媒人像条狗。
渔　夫：（唱）我属狗不是狗。
翟桃叶：（唱）你东家吃了西家走！
渔　夫：（唱）我只爱喝点酒！
　　　　　　早熟的稻谷不收割，
　　　　　　晚稻的秧苗难入土！
众：　　　（欢喜地）唱得好！请桃花上轿！
翟桃花：（内唱）昨天含苞花未放，
　　　　　　　今天就是夜来香。
　　　　（上）人家哭嫁我不哭，
　　　　　　夜夜烧香拜爹娘。
　　　　　　一拜爷爷身体好，
　　　　　　面色红晕精神爽。
　　　　　　二拜妹妹长得好，
　　　　　　灿若仙子心善良。
　　　　　　三拜乡邻情谊好，
　　　　　　满目红云呈瑞祥。

　　　　　　　　四拜桃花命运好，
　　　　　　　　嫁人嫁个如意郎。
众：　　（唱）精神爽，
　　　　　　　心善良，
　　　　　　　如意郎，
　　　　　　　呈瑞祥，
　　　　　　　桃花源里度一生，
　　　　　　　和美幸福得安康。
翟桃花：（羞涩地）桃土哥……
王桃土：桃花妹，来，哥哥背你上轿！
　　　　〔众人在地上放一量斗，摆七盏清油灯。
　　　　（唱）哥背妹妹婆家走，
　　　　　　　脚踩四方斗，
翟桃花：（唱）前也有来后也有！
王桃土：（唱）眼望七星灯，
翟桃花：（唱）前也明来后也明！
王桃土：（唱）筷子捏一把，
翟桃花：（唱）家发人也发！
王桃土：（唱）筷子捏八双，
翟桃花：（唱）家发人兴旺！
王桃土：（唱）筷子前后甩，
翟桃花：（唱）前后发得快！
王桃土：（唱）前甩金来后甩银，
翟桃花：（唱）中间选个知心人！
　　　　〔翟桃花进轿。
众：　　（欢喜地唱）飞鸟恋青山，

　　　　　游鱼思河川。
　　　　　喜鹊登枝唱，
　　　　　花好月儿圆。
　　〔灯光渐暗，篝火燃起。
　　〔音乐中，一群姑娘、小伙围着篝火跳着摆手舞，歌
　　　声起。
小　伙：天上的银河有多长？
　　　　你去问那地上的姑娘！
姑　娘：七夕的时间有多久？
　　　　你去问那心中的情郎！
小　伙：不需喜鹊搭桥梁，
　　　　山歌钻进妹心房。
姑　娘：敞开心窗盼情郎，
　　　　春潮涌动桃花浪！
　　　　呕……
　　〔姑娘们一声吆喝后散开，纷纷追赶小伙，往他们脸
　　　上抹黑，一派欢乐……
　　〔陶渊明内爽朗地大笑：哈……手提酒壶与翟翁、胡
　　　桃符、渔夫、桃花等醉态地上。
陶渊明：（对渔夫）来，老伯，喝！
渔　夫：来，喝！
翟　翁：孙女婿，你喝醉了！
陶渊明：我醉了？！醉了？醉了好啊！人生难得有此一醉啊！
　　〔姑娘小伙纷纷悄上，小伙子脸上都被抹上了黑痕。
　　〔陶渊明指着小伙子开怀大笑：哈……

（唱）满目青山飘红霞，
　　　满洼情意爱无瑕，
　　　眼醉心醉情已醉，
　　　何须杜康酿造它！

［陶渊明以手指为剑，边舞边吟，音乐声渐起：
晋太元中，武陵人捕鱼为业，缘溪行，忘路之远近。忽逢桃花林，夹岸数百步，中无杂树，芳草鲜美，落英缤纷……

渔　　夫：陶先生，醒醒，我们到了！
陶渊明：（醒，惊）老伯，此是何处？
渔　　夫：古洞之外。
陶渊明：古洞之外？我们出来了？！
渔　　夫：出来了？我们还没进去呢！
陶渊明：不，不不不，老伯你一定是弄错了。你听——
众：　　（唱）荒路碍交通，
　　　　　　鸡犬互鸣吠。
　　　　　　四时自成岁，
　　　　　　怡然有余乐。
　　　　　　愿言蹑清风，
　　　　　　高举寻吾契！

［合唱声中，陶渊明与桃花剪影，置身于灿烂桃花之中，幕徐徐落下。
［剧终。

第九章 动漫文学剧本

◎二十集动漫连续剧文学本
刘海与狐仙

● **提　要**

《刘海砍樵》或《刘海戏金蟾》，是楚文化古传说群中的故事之一。它发生在今湖南省常德市武陵区所辖范围之内。有戏曲唱词为证："家住常德武陵郡，丝瓜井旁刘家门。"2006年，经湖南省常德市武陵区文化馆申报，《刘海砍樵》已被列入湖南省非物质文化遗产，并于2007年申报国家级非物质文化遗产。

● **故事梗概**

从前常德府武陵郡内的丝瓜井旁，住着刘海母子俩。刘母因思恋亡夫，哭瞎了双眼。刘海勤劳憨厚朴实，事母至孝，每天上山砍柴卖，奉养老母。因家贫未娶妻室。

刘海砍柴的山里，有九只狐狸精，修炼多年，各个炼得一颗宝珠，含在嘴里，可化为半个人身，只是因无法得到人气，永远都无法变成一个完整的人。一次偶然的机会，使在姐妹中排行老九的小九妹与经常上山砍柴的刘海邂逅，她和姐妹们从刘海那里先后得到了人气，终成正果。小九妹看上刘海人品好，动了凡心，嫁给刘海为妻，取名胡秀英。

"普度寺"的寺庙里，有个面慈心恶的石头和尚，将寺内的镇寺之宝（玄奘取经归来时，在普度寺内整理、装订经书所剩的一截金线）据为己有，暗中修炼。石头和尚从徒弟金蟾那里得知胡秀英与刘海成婚的消息后，遂起歹心，想尽办法激起胡秀英和他角斗！得到胡秀英口中的宝珠，他就可不日升天成仙。胡秀英不敌石头和尚，战败并失去了自己的宝珠……

胡秀英失去宝珠，就会现出原形，没奈何，只好向刘海说明真相。刘海知道事情真相后，没有怪罪胡秀英，而是拿起家里的扦担、砍刀和捆柴的绳索，去与石头和尚搏斗，夺回了宝珠。

刘海打败了石和尚，夺得石和尚的那根金线。刘海拿着那根金线，将失去功力后躲进丝瓜井中的金蟾钓上来。金蟾知错，后悔不已，心地善良的刘海和胡秀英最终原谅了它。刘海使正义得到了伸张，让人民得到了安宁和幸福。

后来，被人们誉为财神、福神、爱神的刘海与胡秀英两人都成了神仙，到蓬莱仙境去了。

人们为了纪念刘海，在他与胡秀英所住房子的地方，修起了一座刘海庙。刘海庙成了人们祈祷福满堂、财源旺以及爱情美好的圣地，历经千年，香火不断……

主要人物：刘　海——年约23岁
　　　　　刘　母——年约50岁，刘海之母
　　　　　牙　婆——年约40岁
　　　　　靖　靖——牙婆之女，13岁
　　　　　胡九妹——年约20岁，刘海之妻，狐狸精
　　　　　胡大姐——胡九妹之姐，狐狸精
　　　　　胡二姐——胡九妹之姐，狐狸精
　　　　　栾明清——武陵郡县令
　　　　　石罗汉——年约45岁
　　　　　金　蟾——年约28岁，石罗汉弟子，蟾蜍
　　　　　民众若干人

时代背景：唐朝贞观年间
地　　点：武陵城　花山
片头歌曲：都说是千年的修炼能成精，
　　　　　成了精灵可变人。
　　　　　人间纵有千般好，
　　　　　隔着那肚皮看不到心！
　　　　　百善孝为先，
　　　　　孝是德之本。
　　　　　行善积德人品好，
　　　　　和谐美满幸福安宁。

●第一章　狐狸们的忧郁

一丛丛深绿色的树叶与红枫铺满了逶迤的大山小山，缕缕阳光穿过茂密的枝叶，把枫叶照得如同玛瑙般晶莹透亮。

金红、淡紫、明黄、雪白等各种颜色的花千娇百媚。形态迥异的野菊花中间夹杂着鲜艳的月季花和一些不知名的小花，在秋日的阳光里争相怒放。

白鹭与仙鹤在林间翱翔，一只只拖着毛茸茸大尾巴的松鼠，滴溜溜地在松树枝上忙着搬运松果，准备过冬的食粮。

在深山一处陡峭山崖的下面，缠绕的古藤，遮掩着一个幽暗深邃的山洞。沿着洞口进去，里面是一个顶若苍穹的溶洞。洞内石笋或耸立或倒悬，显得十分诡谲。

九只狐狸错落有致地坐在洞内，如同和尚打坐般地闭目坐在那里。

在它们面前的香炉内，飘溢出缕缕淡淡的青烟。不一会儿，它们先后各自从嘴里吐出一颗颜色各异的珠子，放在自己面前的托盘里。随着时间的推移，九只狐狸身体的四周，不时地冒出一股股淡白色的气体，围绕着它们面前的珠子旋转。淡白色的气体变得越来越浓，珠子在浓浓的白气包裹下，从里面渐渐地闪烁出赤、橙、黄、绿、青、蓝、紫七色光来，七色光越来越亮，越来越亮……

在七色光的不断闪烁中，九只狐狸的头和上半身，也随着闪烁的节奏，变幻成美女的相貌和身体，而下半身却依然是狐狸的形状——两只后蹄和一条毛茸茸的大尾巴。

一只硕大的、只有三只脚的蟾蜍一瘸一拐地从洞外进来，它来到每一只狐狸面前左看右看，嘴里不时地粗着嗓门，如同平时鸪噪那样"咕哇，咕哇"的，不停地骚扰着修炼的狐狸们。

生性机警又十分好动的狐狸们，被蟾蜍的"咕哇"声惊扰，齐刷刷地都睁开了双眼，那些原本出现的气体，一下子全都烟消云散，大家又从刚刚变幻成的美女相貌和身体，迅速地返回到狐狸原形！它们见到蟾蜍，急忙将面前的宝珠吞进肚中。由于咽得过急，个个都噎得泪水直流！九只狐狸恼羞成怒，七嘴八舌地斥责蟾蜍：

"臭癞蛤蟆，你干吗经常在我们修炼时来打扰？"

"你是居心不良！"

"没有一点教养！"

"不道德！"

面对着狐狸们的愤怒指责，蟾蜍腆着圆滚的大肚皮，不以为然地涎着脸说：

"呃呃呃，不要发火，不要发火。大家同为修炼中人，这又是何必呢？"

狐狸大姐站出来说："既然你也知道都是修炼中人，就不应该经常在这个时候来打扰我们！"

"大姐，其实，今天我不是想来打扰你们，而是特地来向各位告别的。"蟾蜍一脸虔诚，十分认真地说。

"告别？！"

"得了吧，说得好听！天气凉了，你也要冬眠了！"

"就是，哪一年你不是到了秋天这个时候，就要去不吃不喝地睡上几个月大觉？"

"错错错，我那不是睡觉，是在真正地闭门修炼！不信？咱们是同一天开始修炼的，你看我……"蟾蜍说到这儿，原地转了一圈，在一阵浓浓的白气散过之后，现出一位腆着大肚子的人来，身着土黄色起团花长衫，镶着白领边，头戴一顶秀才帽，长得五大三粗，尤其是两只眼珠明显地往外凸起。

"啊?!"众狐狸见到后，个个是目瞪口呆，眼中流露出无限惊异和羡慕！紧接着，大家激动得鼓起掌来！全都忘了刚才的不快。

掌声中，大姐十分坦诚和真挚地向蟾蜍道了个万福："蟾蜍师兄，师妹衷心地祝福你修成正果！"

蟾蜍刚露出一点得意的神色，突然脸色变得很痛苦地"啊"了一声，又从人变回了原形……

"呃？这？"众狐狸满是困惑，一会儿把目光投向蟾蜍，一会儿又把目光投向大姐……

蟾蜍被大家的目光盯得满是羞愧，它十分尴尬地摇摇头："不好意思，献丑了。"

"不不不，我们都觉得师兄能修炼到现在这样，已经是很了不起了！"狐狸们异口同声，十分诚恳地说。

蟾蜍神色极度沮丧地摇摇头："唉——这已经是我，不不不，准确地说，应该是我们修炼的极限了……"

"为什么？"

年龄最小的九妹忽闪着一双充满了困惑的秀目，不解地问道。她问着话，轮起双眼朝四周扫了一眼，只见其他的姐姐们，个个满脸阴霾，沉默不语地垂下了头。

"要想真正地修炼成正果，难啊……同道们，告辞了！"

"蟾蜍师兄好走。"在狐狸们的道别声中,蟾蜍转身,一瘸一拐地走了。

狐狸们默默地目送着蟾蜍离去,许久许久,大家才从一种沉闷的气氛中缓过神来,又不约而同地把目光投向了大姐。

大姐看了大家一眼,默默地转身走向自己的座坛。

狐狸们也沉默地、亦步亦趋地来到大姐座坛的前面,静静地坐下,齐齐地望着大姐不语。

"唉——"心中原本就很郁闷,又被众狐狸盯看得有些不自然的大姐,长长地叹息一声,"其实,你们大家也不用这样看着我,蟾蜍师兄刚才说的话,难道你们的心里,都不知道是怎么回事?"

"大姐,我们还继续修炼吗?"

"还修个什么炼?再修炼,能变成人型,也就那么一会儿!没意思。"二姐快人快语。

"为什么才那么一会儿呢?"九妹要打破沙锅问到底。

"九妹的这个疑问,你们之中有谁能够解答?"

听到大姐的问话,狐狸们你望我、我望你,不约而同地摇摇头,异口同声地说:"我们都不知道它的奥妙之所在。"

"那好,我现在就告诉你们。"说着,大姐在空中一划,大家眼前的空中出现了粗粗的一横,"这是天,"说完,她又在下面划了一横,"这是地,"接着,她又挨着上一横往下划了一撇一捺,"你们看,在这天与地之间,耸立的不是别的,是人!只有人,才是这天地间真正的精灵。所以,我们的身上,只有附着了人气,才能够事半功倍,真正地修成正果。"

听完大姐这一番比比画画的话后,九妹朝大家看了看,情绪很是冲动地说:"那……大姐,不如,我们现在就去找人!"

"对,我们现在就去找人!"众狐狸也激动地纷纷乱嚷。

大姐敲敲桌面,制止住大家的吵闹,面露愠色地:"你们乱嚷嚷什么?九妹她是年小不懂事,难道二妹、三妹,你们几个年长的也不知道吗?!"

二姐、三姐等几位姐姐,在大姐的厉声质问下,惭愧地低下了头去……

九妹有些胆怯:"大姐……"

大姐疼爱地摸了摸九妹,将她搂在自己的怀里,向往地说:"九妹,你是不知道,一千多年前,在这山上,我们有好多好多的邻居,有狮伯伯、豹大叔、虎大哥……"

在大姐的叙说中,一幅远古时深山中动物们在一起快乐生活的场景,呈现在大家的眼前——

远山如黛,云遮雾绕,山涧悬壁。

绿草如茵,苍松古柏遒劲,青藤牵挂,鸟语花香。

潺潺溪流弯弯曲曲地穿过茂密的森林。

在林间溪水流过的一处难得的青草坪里,大象带着小象在溪水边戏水,它们时而喝水,时而用长长的鼻子吸水往自己的身上浇洒。

几只梅花鹿在溪边欢快地蹦跶。

长臂猿在树上如同体操运动员,悠闲地吊来吊去。

老狐狸带着几只小狐狸在溪边饮水,有的小狐狸捧起溪水洗脸后,还对着溪水里的倒影打扮着自己。

几只小白兔在青草坪里蹦来蹦去……

好一幅生态和谐的画面。

就在动物们尽情玩耍时，小溪两旁几丛绿葱葱的小树悄悄地向动物们移了过来……

树上的长臂猿发现了小树丛中的猫腻，蓦地发出了几声惊恐的尖叫后，瞬间逃得无影无踪……

其他动物们也急忙跟着向四下里逃窜……

然而，还是太迟了！

一阵密如蝗虫般的箭镞，向动物们射了过来……

一群手执刀枪剑戟的人，望着堆在一起的老虎、狮子、豹子以及各种被猎杀死的动物，开怀畅饮，大笑不止……

一只侥幸得逃的小狐狸，躲在浓密的树丛中瑟瑟发抖，大气不敢出一声地张望着、张望着……突然，它痛心地尖声喊道："哥……"

青草坪上堆放的猎物中，一位猎人将一只被杀死的火红狐狸提了出来，披在自己的肩头，正在向他人炫耀……

在他身旁的一位猎人，似乎听到了小狐狸的尖叫声，将箭搭在弦上，张着弓朝狐狸藏身的这边走了过来……

紧挨着它的狐狸妈妈，急忙将它的嘴蒙上！母子俩同时痛楚地闭上了双眼……

另一位喝得醉醺醺，背对人群蹲在树丛后面拉屎的猎户，刚好完事了站起来。他看到同伴的这副模样，嬉皮笑脸地说："我……我可不是那……那些该……该死的动……动物……"他边说边把手拿弓箭的猎户往回拉……

手拿弓箭的猎户边往回走，边不放心地回头张望，满是狐疑。

……

"大姐我，就是那只死里逃生的小狐狸。"大姐说完，满是伤感。

"大姐，为什么人类要说我们是该死的?!"倚在大姐怀里的九妹不解地问。

"因为，我们红狐身上的皮毛，是皇亲国戚、达官贵人的最爱！可以卖出好价高价。那些猎户为了生存发达，恨不能把我们所有的动物都赶尽杀绝……"

在大姐的画外音中，铺在椅背上的虎皮，悬在墙壁上的狮头，身穿毛皮大衣的千金小姐、太太和官员们一一闪现……

猎人们放出猎犬，追赶逃命的小动物……

一队队官兵，骑着快马，追着老虎、花豹，他们或放箭或投枪，将被追赶的动物杀死……

一只被猎人安装的铁夹子夹住的小白兔，痛苦地挣扎了一番后，知道逃生无望，睁着两眼红红的圆眼睛，绝望地望着天空……

"大姐，您别说了，我们呢，也别修炼了，沾不了人气，再炼也是白炼！"

"话也不能这样说，那个癞蛤蟆不是就炼成了吗？"

"就那会儿功夫？哼，没戏！"

"可是，我们炼到现在，连它的那会儿功夫也没有呀。"

"大姐，你说那个癞蛤蟆是不是找人去了?!"

大姐想了想，点点头，酸酸地说："我想应该是吧，哪怕它只能现一会儿人身，比起我们来，要方便得多了……"

"对对对，它长得那么难看，就是不会变人，也没有人会用它的皮来做衣穿嘛……"

……

在众姐姐议论纷纷的时候，小九妹却独自地待在一旁，双手托着下巴，忽闪着一双秀目，静静地在那儿发呆……

●第二章　普度寺里的风波

天际边，大山小山如同在水墨画上淡淡勾勒出来的无脚山脉，遥遥可望。

山下是一片开阔的原野，秋日时节里，原野里虽没有夏天那样的青葱，却也色彩斑斓，别是一番景致。

原野上，一个小沙弥赶着一辆有着宝盖华亭的双辕车，沿着大道径直而去。

武陵城那高大的城门遥遥在望。

双辕车的车厢外面，围着一圈明黄色的绸缎，车厢的左右和后面都镶绣着"普度寺"三个红字，厚厚的车厢门帘上镶绣着一个大大的"佛"字。车厢内，坐着一位慈眉善目，身披袈裟、手持禅杖、腆着圆滚大肚的大和尚。那模样看上去与传说中的如来佛很是相像。

双辕车来到武陵城的东大门。守城门的士兵见到马车过来，急忙双手合十，虔诚地低下头，恭送马车离去。

双辕车穿过武陵城内，和尚轻轻地将车窗的窗帘掀起一小角，朝外望去——市井上一家家布铺、米店、餐馆、当铺、钱庄等各种店面，挨着个排下去。来来往往的人们，见到这辆马车过来，都自觉地站住，十分虔诚地低下头，双手合十，嘴里喃喃地诵着经文，直到马车过去，才转身去干自己的事……

见到这样的情形，和尚的嘴角上露出一丝不易察觉的浅笑。

双辕车拐进城内的鸡鹅巷。

鸡鹅巷是一个集市贸易区，人来人往，很是热闹。

巷内的普度寺外，不少善男信女，手执着燃香，齐齐地跪在地上，对着紧闭的山门膜拜。见到马车的到来，众信徒起身将马车团团围住后又跪下，嘴里喊道："我们要见现世的如来！"

在人们不注意的地方，一只蟾蜍也蹲在那里，朝着马车张望。

小沙弥见到满地的善男信女，有些不知所措，急忙轻声喊道："石头大师……"

小沙弥将耳贴在车窗的窗帘上，边听边点着头，听完后，他大声地说道："各位施主，石头大师因连续在外做了七七四十九天法事，加上一路上的奔波劳累，已是十分的疲惫，待他稍事休息，养足了精神，明天一大早就会山门大开，接受各位的顶礼膜拜，并传授经文，普度众生。"

听到小沙弥的话，善男信女慢慢地让出一条路来。

小沙弥赶着车，从山门旁的侧门进去了。

乘着马车移动的时候，蟾蜍赶紧机灵地跳上双辕车，跟着进了寺庙。

寺庙院内，十几个小和尚在那儿练武，一招一式，虎虎生风。

"吁——"小沙弥勒住马缰,车慢慢地停了下来。小沙弥下车后,急忙将一条原本自己坐着赶马的长木凳搬下来放在车厢前,撩开车厢门帘:"石头大师,请——"

石头大师躬着腰刚刚钻出车厢,就在他不经意地张目四望之时,瞥见了柴房的门边不知何物在放出阵阵异样的光彩!他顿生疑窦,抬腿就向柴房走了过去……

柴房里,一位年轻力壮的男子,正在堆放着砍柴。他虽然身穿补丁压补丁的衣裳,人却长得眉清目秀,十分的阳光。他将最后的一捆砍柴放好,用围在脖子上的旧毛巾擦了擦满头的汗水,拿起搁在柴房门边的扦担、砍刀和捆柴的绳索及头戴的草帽,刚出得柴门,一位负责伙房的僧人将他拦住,一声唱喏:"阿弥陀佛,刘施主,小寺的住持慧根太师有请。"

"哦。"青年男子跟着僧人来到住持慧根太师的禅房。

"太师,刘施主已到。"

"请他进来吧。"室内传出一个十分苍老的声音。

僧人:"刘施主,请。"

青年男子轻轻地推开禅房门,只见一位面色红润,胸前飘着长长银须,闭着双目的老和尚,端坐在木板床的蒲团上。

青年男子急忙上前,将手中的扦担、绳索和头上的草帽取下,五体投地:"刘海见过慧根太师。"

慧根太师将双目微微睁开,他看到眼前跪着的青年和地上的扦担、绳索及草帽,都被罩在一团金光闪闪的光环之中,急忙双手合十唱喏:"善哉!善哉!"

"不知太师传唤刘海所为何事？"

"刘施主虔心向佛，十年如一日地给小寺免费送柴，实属与我佛有缘。佛度有缘人。"他说着，指了指旁边桌上用红绸盖着的一个盘子，"这些俗物，请刘施主收下。"

僧人将红绸揭开，一盘银子闪闪发光。

"不不不，我……"面对着一盘银子，青年男子急忙摇着双手推辞道，"太师有所不知，我给贵寺免费送柴，实乃是秉承我娘的意愿。我的父亲……"

在刘海的叙说中……

一个漫天大雪的日子里，刘海的父亲带着扦担、绳索和砍刀，顶着寒风，艰难地沿着崎岖的山间小道，一步一步地上山砍柴……

刘海的父亲在山谷边一棵粗大的树上砍着细小的枯枝……上了树的他往下看了看——

深深的山谷里，白茫茫一片。树梢上的山鹰巢内，几只小鸟看到鹰爸爸和鹰妈妈嘴里衔着寻觅来的虫子，兴奋地"喳喳喳"叫个不停……

长在山谷旁的一棵不大的树上，一枝折断了的枯枝，随着寒风，在风中摇来摆去……

那根在风中随时都可能折断的枯枝，就悬在鹰巢的上方！

刘海的父亲急忙从粗树上下来，小心翼翼地爬上那棵不大的树。树干上布满了冰凌。他紧紧地抱着树干，用手中带弯的砍刀去拨拉那根折断了的枯枝……

突然断了的枯枝往下坠去！

刘海的父亲心急地用手去抓，不料树上的冰凌使他的脚下一滑，失去重心的他从树上摔了下来……

下坠的枯枝，直向鹰巢落去……

惊慌的鹰爸爸和鹰妈妈在巢边不知所措地扇动着翅膀，嘴里发出凄厉的叫声：

"嘎——"

"嘎——"

几只小鸟更是无可奈何地"叽叽喳喳"惨叫……

下坠的刘海父亲，奋不顾身地扑向下坠的枯枝……

刘海的父亲和那根枯枝，从鹰巢旁边擦过，顺着陡峭的山坡直落谷底……

鹰爸爸和鹰妈妈守着躺在雪地里不动的刘海父亲，不时地跳起来趋赶企图吃掉他的鬣狗……

越来越多的老鹰加入了保护刘海父亲的队伍，和鬣狗们对峙着……

痛哭的母亲。

年幼的刘海，紧紧地抱着母亲的大腿，怯怯地望着被一块白布盖着的父亲……

夜，在昏暗的灯光下，母亲边流着泪，边补着衣裳。

睡梦中的刘海突然惊恐地大喊："爹，你别走！爹，爹……"

"儿啊……"母亲抱着睡梦中的刘海失声痛哭起来……

替母亲费力搬柴的小刘海……

苍老了许多的母亲欣慰地笑着……

光着膀子的半大刘海，在院子里用力地砍柴……

摸索行进的母亲要自己过来搬柴，被刘海拦住。他让母亲坐下，自己把砍柴搬了进去……

母亲坐在凳子上，数着挂在自己胸前的佛珠。

跪在慧根太师面前的刘海已是满面泪水："是我娘含辛茹苦地把我拉扯大。我娘虔心向佛，只因操劳过度双目失明，不便前来贵寺拜佛还愿，我给贵寺送柴，是尽己所能，替母亲她老人家还愿，怎可收下贵寺的银两？"

"好一个'替母还愿'。有道是'百善孝为先，孝为德之本'，刘施主和刘母，将来必定会得偿所愿。"

"多谢太师的指点，刘海告辞了。"刘海说着，起身要走。

"刘施主，请不要违背佛的旨意。"慧根太师喊住正要出门的刘海，说道，"这些俗物，虽说是多它不得，却也是无它不成。带走吧。"

"可我……我……这天色还早，我还要去上山砍柴，带着它不方便。"刘海继续想着借口推辞。

慧根太师点点头："这是老衲考虑不周，替刘施主把它换成银票吧。"

"是。"僧人急忙从身上拿出一张银票递给刘海。

"大师如此说来，刘海只有愧受佛的恩泽。阿弥陀佛。"刘海双手合十，恭敬地接过银票后，把草帽戴上，将砍刀别在腰间，扛起扦担、绳索离去。

急步来到柴房外的石头大师，发现自己所看到的奇光异彩突然之间不见踪影，他困惑地看了看柴房内："咦……"扭头四望，发现他开始所看到的奇光异彩又出现在慧根太师的禅房内，石头大师不禁皱着眉头思索起来……

两位身披袈裟的和尚来到石头大师的面前,神色凝重地喊道:"石头和尚!"

正在冥思苦想中的石头大师,被这冷不丁的一唤,浑身一个激灵!他抬眼看到面前的两位和尚,急忙双手合十:"石头见过二位师叔。"

"住持方丈有请。"

一双绣花鞋在路上急急地走着。

身着大红花衣衫,翠绿色长裤,脸上抹着厚厚白粉,画着口红,肥肥胖胖的牙婆,一扭一扭地穿过城内繁华的街市,来到城内人烟较稀,与郊外相接的地方。她望了望四周少有的几间破旧茅房,撇了撇嘴:"怎么是这么一个鸟不拉屎、鸡不生蛋的地方?"她夸张地用手中的手帕掩了掩鼻子,见到不远处有一位挑水的穷人过来,她自视高贵地扬了扬手中的手帕:"呃——刘海家住在哪儿?"

挑水的穷人仿佛没听到似的担着水继续走着。

眼看挑水的穷人就要转弯了,四周又没有他人可问,牙婆一急,大声地嚷道:"喂,你是聋子还是哑巴?我在问你话呢!"

挑水的穷人把肩上担的水放下,望着牙婆问道:"你是人还是妖怪?!"

牙婆被这句话呛得满脸通红,她咬了咬牙,两手往腰间一插,一蹬一蹬地朝挑水的穷人直冲过去,边冲边大声质问:"你是怎么说话的?"

穷人反问道:"你是怎么问话的?"

"我,"牙婆抬起手,搔了搔头后,马上道个万福,满脸堆笑地说，"嘿嘿嘿……对不起，请问……"

穷人见状，也急忙双手抱拳："对不起。其实，我也认识你，你就是那吃千家饭，穿百家鞋，专门替人说媒拉纤，撮合姻缘的牙婆。怎么，想给刘海说户人家？"

"是他妈托人把我叫来的。我见过刘海，人倒是长得一表人才，他的家境如何，我可是一点儿也不知道。"

"哦……他家里呀……你还是自己去看吧。喏，顺着那条路过去，那里只有一户人家，就是刘海的家。"

"哦，谢谢噢。"

"不用不用。"

石头大师跟着两位身披袈裟的师叔，来到住持慧根太师的禅房。进了禅房，两位身披袈裟的师叔双手合十，向胸前飘着长长银须的慧根太师躬了躬腰，慧根太师将手中的佛子轻轻一扫，两位身披袈裟的师叔双手合十，躬着腰退出禅房，轻轻地将禅房门掩上，静静地站立在禅房门外的两旁。

禅房内，石头大师见慧根太师一声不响地闭着双目，急忙跪在慧根太师脚前的蒲团上，伏下身去："弟子石头，领受太师的训诫。"

"为何要领受训诫？"

石头大师一边偷眼四下里看，一边辩解："石头不知。"

"知乎也者，何为不知？"

"知之为知之，不知为不知。"

"你是知也不知，何来不知？"

"石头愚钝，请太师训戒。"

"我佛慈悲为怀,度化有缘之人,诵经消弭祸灾,从不去以相貌哗众取宠,又何来'现世的如来'?你不仅是在用谎言惑众,还极大地亵渎了佛祖和神灵!"

"太师……"石头大师急欲申辩。

慧根太师将手中的佛子一甩,制止住石头大师的申辩:"来呀。"

站在门外的两位师叔应声推门进来:"师兄。"

"去掉他的袈裟,收回手中的禅杖,从今天起,进入律戒期,跟新入山门的弟子住在一起,每日颂《大般若波罗蜜多经》一百遍,晨钟暮鼓,清扫寺院,值更夜巡,都要他参与!"

"是。"

石头大师一动不动地任两位师叔处置,两眼却望着闭目的慧根太师,忽闪着一缕一缕的凶光!

肥肥胖胖的牙婆,一扭一扭地沿着挑水人指引的路走下去,果然看到了一户单独的人家。

这家人虽处在一边,却收拾得很整洁——围着茅草房的四周,插着矮矮的竹篱笆,竹篱笆的上面爬满了枝叶青葱、开着鲜艳的小花的五星枚。

在竹篱笆的外面,有一个用杉木条做柱子,杉木皮盖顶搭建起来的简陋凉亭。亭的横梁上挂着一块长方形木板,上面写着三个字——丝瓜井。

远远望去,有不少的人在那儿排队汲水。

一位妇女担着一担井水过来,牙婆有意思地走过去朝她的水桶里看了看:水桶里隐约可见一根弯着的丝瓜。她惊讶地说:"呃,这水里面还真的能看到一根丝瓜?!"

担井水的妇女笑了笑:"要不,怎么会叫它是'丝瓜井'呢?"

"他们挑的井水里都有吗?"牙婆指了指其他正在汲水的人,问道。

"都有。不过,也不是每日都有,要农历的初一和十五。"

"哦……"牙婆点着头,朝着刘海家走去。

受到慧根太师惩戒的石头大师,在两位师叔的监督下,将自己的铺盖背着,来到众小沙弥住的大房内,把铺盖往通铺上一扔,自顾自地跳上床去,盘腿闭目地打起坐来。

众小沙弥藏在两位师叔的身后,探头探脑地看着。

两位师叔回过身来:"从今以后,石头和尚与你们住在一块,与你们没有任何的不同。他要是欺负你们,尽管告诉我们,对他自有惩戒。"

在人们不注意的时候,一只癞蛤蟆跳到了石头和尚的行李之中……

石头和尚依然是双目紧闭,毫无察觉一般……

●第三章 母亲的心事

"吱呀——"随着牙婆的推动,柴门发出轻轻的声响。

"谁呀?"一位瞎了双眼、满头花白头发的老妇人,挂着一根山藤做的拐杖,颤巍巍地从室内走了出来。她侧着头听了听,又嗅嗅,笑逐颜开地连连说道:"哦,是牙婆吧?快,快,请屋里坐!屋里坐!"

牙婆好生奇怪地一扭一扭走上前去:"老人家,我没吭声,您怎么就知道是我呀?"

"哈……牙婆呀,莫道人未语,清风送暗香。我们这儿,可从来就没人抹粉搽香。"

"您就是刘海的母亲?"

"正是老身。"

"您老托人叫我来,是想要我给你的海儿说房亲事?"

"唉……不瞒你说,海儿他爹早年去世,我呀,又是思念亡人,又要把孩子拉扯大,结果,把自己的一双眼给哭瞎了……"

在刘海妈说话的时候,牙婆伸头往屋内看了看——家里就一张破床,两三条破板凳,一个被烟熏得乌黑的灶台,几捆砍来的茅柴和一个破旧的柜子,没看到什么值钱的物件……

牙婆夸张地摇了摇手帕,捂了捂鼻孔。

"哎呀,你看,我尽顾着说话……来来来,请到屋里坐,我给你倒碗水喝。"

牙婆把手一挥:"老人家,我就不用再进去了。我只是想问一声,要是有个人愿意嫁给你的海儿,过门后,她睡在哪呢?"

"那不是有张床吗?"

"那您呢?"

"我……"刘海妈被牙婆的这句话问得低下头来,她支吾地说,"反正,海儿是不会让我和他的媳妇睡在露天里的。"

"老人家,我看,您还是先把另一张床买进屋了再说吧。"说着,牙婆转身就走。

"呃呃呃,把这一钱跑腿费拿去。"

"你自己留着吧!"牙婆不屑地一撇嘴,悄声地嘀咕道,"穷光蛋!"说着,头也不回一扭一扭地扬长而去。

刘海妈默默地望着,长长地叹息一声,嘴里喃喃地说:"唉——这是第八个不肯进门的牙婆了……"说着,两行泪水悄然地流了下来。

扛着扦担、绳索,腰别着砍刀的刘海,从寺里出来后,抬头看了看天色,望了望远处起伏的山峦,他紧了紧腰带,甩开大步在街上走了起来。

一群在一起玩耍的大大小小的孩子们,见刘海走过来了,一边拍手一边冲着他唱道:

刘海刘海哥,
扦担砍刀索,
家住丝瓜井,
砍柴上山坡。

刘海冲他们友善地笑了笑,擦身而过。
小孩们对着刘海的背影又唱:

刘海刘海哥,
扦担砍刀索,
二十出了头,
家里没老婆。

刘海听到后,停住脚步,反过身来,将头上的草帽取下,刚欲假意地朝孩子们扔过去……突然,他看到了什么,神情极为紧张地拔腿就朝孩子们待的方向跑了过去,他边跑边吼:"快闪开——"

此时,大街上有人大声惊呼:"惊马了!"

一匹大白马拖着一辆装满砍柴的板车,从大街的另一头狂奔过来!

路上,大人们都惊呆了,望着拖着柴车狂奔的惊马不知所措!

小孩们吓呆了,望着拖着柴车狂奔而来的惊马,两只脚不听使唤地死死钉在那里不会动弹!有的还吓得一屁股坐在了地上……

"危险——"

"快跑啊——"

满大街是人们惊恐的喊声。

迎着惊马跑过去的刘海,将手中的草帽猛地朝惊马扔了过去!飞过来的草帽,在惊马的眼里,变幻成一座从天而降的大山,吓得它两只前蹄离地,仰起头来长长地嘶鸣。

就在这时,刘海麻利地将挂在扦担上的绳索取下,结了个活套,"刷"地朝马头扔了过去!

闪着金光的活套,滴溜溜地在空中直朝惊马飞来,准确地将马头套住!

刘海紧拉着活套后面的绳索,飞身上马,抓住马那两只竖着的耳朵,死命地往后拉!大白马被他拉得前蹄高高扬起!

马和柴车在离孩子们不远的地方停了下来。

如梦方醒的孩子们直到这时还惊魂未定，觉得后怕地大声哭了起来："妈妈——"

孩子的家长们也不约而同地跑了过来，将各自的孩子搂在怀里。

牙婆急匆匆地从人群中挤了进来，一个穿着华丽，年龄稍大，瘫坐在地上年约十三四岁的小女孩见到她，放声地哭喊着："妈——"

牙婆心急地把小女孩从地上抱起来，紧紧地将孩子搂在怀里，一边替孩子拍着身上的泥土，一边怒声地问道："蜻蜻，快告诉妈妈，是谁欺负了你？"

"它——"孩子哭着用手指向了人群外刘海正在安抚着的马匹。

马匹打着响鼻，听从着刘海的安抚。

人群外，满头大汗、惊恐未消的马车老板，正对着帮他把马牵过来的刘海连连作揖。

刘海急忙拦住作揖的马车老板，将手中的马缰递给马车老板。

一只肥胖的手掌"啪"的一下狠狠地甩在刘海的脸上！

刘海捂住印着五个红手指的脸，困惑地回头张望，看见牙婆那张因气恼而涨得通红且变形了的胖脸！

刘海惊愕地望着牙婆！

人们都惊愕地望着牙婆！

白马扬着头，睁大了眼睛，惊愕地望着牙婆！

刘海不解地问道："你……你……你干吗打我?!"

牙婆怒目圆睁，满嘴唾沫飞溅："打你？我还要到衙门里告你去!你不好好地照看你拖柴的马,差点把我的孩子踩死压死!走!"说着,牙婆伸手去拉扯刘海的衣裳,不料用力过猛,"吱"的一声,把刘海的破衣服又拉破了。

刘海苦笑道:"大婶,我,你看我,像是个有马拉车的主吗?"

牙婆朝刘海上下打量一番——只见小伙子虽然穿得很是破旧,但整个人却是憨厚中显露出一股英气,质朴中彰显着一股机灵。

"妈,不是刘海哥,是它!"小女孩指着马说。

牙婆惊讶地看着自己的孩子,又看看大白马,在围观人们的纷纷指责中,羞愧地低下头去……

大白马也垂下了高高扬起的头……

刘海悄然地退出人群走了……

人们怀着感激的心情,望着刘海远去的身影……

牙婆抬起头来,望着望着,想起什么似的牵着女儿的手,朝另外的一条路上走去。

远远地,一张悬垂的深蓝色旗幡在所有商店的各色旗幡中显得最大也最为抢眼,上书四个大字:安昌布店。

鲜艳的五星梅。

刘海的家

刘海还在柴门外,看到自己的母亲倚门站着,心急地推门而进,边跑过去边说:"妈……妈,您怎么站在门口啊?快进屋,秋凉了,别受了风。"说着话,刘海放下手中的扦担、绳索,双手扶住母亲,"妈,我扶您进去。"

刘海妈抬起满是青筋的手,颤抖着摸着刘海的脸:"儿啊，妈成了你的累赘呀……"

"妈，您说什么呀？咦，妈，您怎么哭了，又在想爹了是吧？来来来，别伤心，"刘海扶着母亲，边往屋里走边说，"妈，我都成大人了，以后我给您找个儿媳妇进门，再替您生个孙儿孙女的，咱祖孙三代呀，快快乐乐地过日子。妈，您坐下来吧。"

"唉——又有谁会眼睁睁地往我们这个一贫如洗的穷家里跳呢？别的不说，就这家里才一张床，你都睡了好几年的柴窝了……"说到这里，刘海妈忍不住又掉下了眼泪……

挨着妈坐着的刘海，用手轻轻地摇着妈的大腿："妈，您别想多了。我每天多打几担柴，把攒下的钱拿出来买张床不就行了吗？"

"哦，今天给普度寺送柴了吧？"用手指捻着胸前佛珠的刘海妈不放心地问道。

"哎哟，妈，您不问起，我倒忘了！妈，俺有钱了！有好多好多的钱了！"母亲的问话，让刘海想起了揣在兜里的银票。他急忙从兜里把银票拿出来，"妈，这是五百两银票！"

"五百两银票?!"刘海妈惊讶地用手摸着银票，摸着摸着，她突然脸色一变，厉声地说道，"你给我跪下！"

"妈——我，我怎么了？"刘海被母亲弄得莫名其妙，他一边顺从地在母亲的面前跪下，一边不解地问道。

"你给娘老老实实地说，这五百两银票是从哪里弄来的?!"

听到妈问出这样的话，刘海开心地无声一笑："妈，您可不可以让儿起来，一五一十地告诉您。"

"不！"刘海妈摇了摇头，态度坚决地说，"说清楚了，来路正当才可以让你起来。否则，你给我跪到明天天亮！"

　　"妈，这五百两银票，是普度寺里的慧根太师所赐。孩儿当时是坚决不受……"

　　"你没说给普度寺送柴是替母还愿？"刘海妈有些不相信。

　　"说了。慧根太师说，'这些俗物，虽说是多它不得，却也是无它不成。带走吧。'这样，孩儿才不得已收下的。妈，要不，我现在再给慧根太师送回去?!"

　　听到这里，刘海妈的脸色才变得和蔼起来。她摸着刘海的手："儿啊，快起来，娘错怪了你。"

　　刘海跪着行进到母亲的膝前："妈，您放心。您早就对儿说过，咱要'人穷志不短！''君子爱财，取之有道！'"

　　刘海妈赞赏地点点头："儿能记住娘说过的话，娘就放心了。儿啊，慧根太师给你送这么多银票，还说了'这些俗物，虽说是多它不得，却也是无它不成'的话，这里面藏着玄机啊……"

　　"妈，儿也在路上想过，这些银票，先把它藏起来不用。要用，就把它用在该用的地方。"娘儿俩在屋内正说着话，外面有人在高声问话："刘海妈，您在屋里吗？"

●第四章　好人有好报

　　"是牙婆吧？在屋呢！"听到外面的问话，刘海妈高声回答后，又急忙对刘海说，"儿啊，来客人了，快去接呀！"

"呃。"刘海出得门来，见牙婆右手牵着自己的女儿，左手提着一个小包裹站在柴门外，急忙过去拉开柴门，有些奇怪地问道："大婶，您这是……"

牙婆正准备回答时，她的女儿蜻蜻挣脱母亲的手，对刘海灿烂地一笑，甜甜地喊道："海哥哥，我娘带我来看你了！"说着，她一把拉住刘海的手，两眼充满了爱戴的神色，"海哥哥，谢谢你救了我的命！"

牙婆看到刘海妈已经摸到了门口，对刘海友善地一笑，一扭一扭地朝刘海妈走了过去："老人家，谢谢你教育出了一个好儿子呀！"

刘海挠了挠头，看着笑容灿烂的蜻蜻，极不好意思地傻笑着说："我还要谢谢你呢！"

"谢我？谢我什么呀？"蜻蜻莫名其妙地睁大了圆圆的双眼。

"不是你说句公道话，我还会被你妈妈打几耳光。"

"哈……"蜻蜻含羞地瞟了憨厚的刘海一眼，"呃，海哥哥，你带我认这些花好吗？"

"来吧。"刘海爽快地答应着，就往前走。走了几步，回头一看，蜻蜻还站在原地未动。刘海不解，"呃，你怎么……"

"我要你牵着我的手……"蜻蜻羞答答地扭捏着。

不谙风情的刘海又挠了挠头："那，好吧。"

正在和刘海妈说话的牙婆，眼见到自己女儿的表现，摇了摇头,回头问道:"刘妈,你家的刘海今年多大了?"

"他呀,属龙的,今年都二十三了。"

"哦——整整大了十岁……"牙婆嘀咕道。

"什么'整整大了十岁'呀?"

牙婆没想到刘海妈的眼睛看不见,听力却非常灵敏,自己的一句自言自语也被她听得清清楚楚,急忙掩饰道:"没什么,没什么。我只是算了个账……"

"哈……"刘海妈爽朗地一笑,"你呀,不用算。我们家,养不起童养媳。何况,还是你的女儿?不过,我还是要谢谢你能够想到这一层!"

牙婆被刘海妈这句话惊得目瞪口呆!她痴痴地望着刘海妈,半晌才问道:"刘妈,您老是神还是仙?怎么把我心里的想法都能看穿?"

刘海妈微笑着摇摇头:"你看,你女儿是不是牵着我儿的手?"

牙婆扭头细看,竹篱笆边,蜻蜓果然是牵着刘海的手不松。

"她是不是两只眼老是盯着刘海的脸?"

蜻蜓果然是盯着刘海的脸,目光里满是喜悦和爱慕的神色。

牙婆满是困惑,她抬起手来,在刘海妈的眼前死劲地左右晃着……

"你呀,不用晃了,我真是看不见。不过,从你在我眼前晃动来看,我说的没错。"

"刘妈,我算是服了你啦!"

"唉——"刘海妈长长地叹了口气,"服我干吗?都是过来人了。这个年龄的女孩,就如同刚刚开春的季节,什么东西不是一个劲地躁动着往外疯长?想拦都拦不住啊……"

牙婆无言以对。

"牙婆,话是这么说,我还是要谢谢你呀!"

"谢我?谢我什么呀?"

"说句不怕丑的话,我儿子三年都没穿过一件新衣了。谢谢你给我儿买来了一块布呀。"

牙婆满脸涨红,很是尴尬地连连摆手:"刘妈,你要是这样说,我就真的是要在地上找条缝钻进去了……"

突然,外面一阵激越铿锵的锣鼓声打断了牙婆的话。她往外张望,只见一大群人,敲锣打鼓地朝刘海家走了过来,打头的两个人,抬着一块红底镏金字的牌匾,上面写着四个黄灿灿的大字:见义勇为。

牙婆见到后,情绪激动地说:"刘妈,街坊们给您儿子送牌匾来了!"

"给我的儿子送牌匾?!他一个穷砍柴的年轻后生娃,凭什么给他送?没弄错吧?"

"哎呀,今天来的人可都是武陵城里有头有脸的人物——那举止文雅的,是同济堂的熊员外;那脑满肠肥的,是洪发圆饭庄的洪掌柜;那长得壮实的,是黄金台木器店的王老板……"

在牙婆的介绍中,一个一个地特写:

举止文雅的熊员外;

脑满肠肥的洪掌柜;

长得壮实的王老板。

牙婆一个一个地给刘海妈介绍着，语气中满是惊讶、羡慕、尊敬的成分。

"哎呀呀，这么些人都不期而至，我这家里……"刘海妈满脸的焦急。

刘海和蜻蜓被锣鼓声吸引过来，两个人站在竹篱笆边，不明白地往外呆呆地看着。

"啊?!"蜻蜓睁大了双眼，她看着看着，双手抓住刘海的一只手臂，兴奋地摇晃着，边摇边说："海哥哥，他们给你送牌匾来了！"

"嗯。嗯？给我送锦旗？"刘海睁大了双眼，不解地反问道，"给我送什么牌匾?!"

"说你见、义、勇、为！你还不快出去接！"

"啊?!"刘海满面涨红，惊恐地甩开蜻蜓的双手，朝四下里看了看，见无路可逃，撒开双脚跑进自己的家里躲了起来。

"刘妈！"

"刘妈，谢谢你呀！"

"谢谢你的儿子，救了我家崽崽的命呀！"

人们七嘴八舌地嚷嚷着涌进柴门。

四周的邻居们也都围了过来看热闹。

早已站起身来的刘海妈，满面笑容地迎着人们："你们都说些什么呀？我可是一点都不明白。刘海，刘海——"

"海哥哥躲到家里面去了！"蜻蜓一旁高声回答。

"哈……"进来的人们友善地笑了起来。

"看看，一下子来了这么多的人，连坐的地方都没有。唉，这家里也实在是太寒碜了。"

"老姐姐呀，谢谢你教出个好儿子呀！"一位身着华丽的中年人走上前来，紧紧地握住刘海妈的手，十分真挚地说。

"哎哟，得罪了，您老是……"

"他就是俺武陵城里有名的'同济堂'药号的熊老板，熊员外。"

"啊？哎呀，得罪得罪！熊员外光临寒舍，真的是蓬荜生辉呀！"

"老姐姐，您的儿子救了我的孙子，让我们熊家保住了香火呀！"

"保住了我儿子！"

"保住了我的外孙！"人们嚷嚷一片。

"大家都别吵了，就请熊员外来代表大家来说话，好不好?!"站在阶沿上的牙婆，居高临下地嚷道，在她那尖声厉嗓的压制下，人们都静了下来。

"老姐姐，您的儿子救了我们这些街坊的儿子、孙子和外孙，大家一合计，都觉得，除开送这块牌匾，还要好好地谢谢他！"

"哎哟，快别这么说。"刘海妈含着笑说，"要说他真做了这件事，那也是在替我这个瞎了眼的娘来积德还愿。牌匾，是街坊们对他的评价，老身也不便再说什么。至于还要谢什么，这份情，我领了，也不用大家再破费了。"

熊员外回望了站在一旁的洪掌柜、王老板一眼，见大家都会意地点点头后，说道："既然是这样，老姐姐，这块匾,还是请您把刘海叫出来领受了吧。"

"海儿,你出来吧。"

众人都把目光投向那紧紧关闭的两扇破旧的房门。

"吱呀"一声,两扇紧闭的破房门,似乎是极不情愿地慢慢地敞开了。人们朝里望去,都不约而同地大吃一惊:"啊——"

房门口内,刘海五体投地地跪在那里。

人们面面相觑,都哑然地待在了那里。

四周静极了,只听见大伙的心在那儿"砰砰"地跳。

"怎么啦?"刘海妈不知何故地问道。

"各位伯伯、叔叔、姑姑、婶婶、姨姨,小刘海实在是不敢领受长辈们的这番盛情!那不算什么,真的!真的是不算什么!他们都是我的小弟弟、小妹妹,当哥哥的,哪有见到危险不去救的道理?!谢谢各位长辈!"说着,刘海又深深地将身子伏了下去。

"这孩子,真的是太实诚了……"牙婆说着,从口袋里掏出手绢来擦着眼眶内盈出的泪水……

"海哥哥,我喜欢你——"蜻蜻一旁激动地高声喊着,一边扑了上去……

"啊?!"刘海一见,吓得从地上一下子跳了起来,躲开扑过来的蜻蜻,撒开腿,一溜烟地往外跑去,不一会儿,消失在人们的视野中……

当——当——

普度寺里洪亮的钟声,悠悠地在旷野里回荡。

远山的山顶,挂着一抹金红色的晚霞。

在晚霞的映衬下,伴随着悠长的钟声,小鸟们叽叽喳喳地飞进树林。林中,传出幼鸟快乐的叫声。

坐在山坡上发呆的刘海,被小鸟们的叫声唤醒。他看了看天色,急忙站起身来,拍了拍屁股上沾的草屑,快步地朝山下的家里走去……

山顶上那一抹金红色的晚霞,很快地溜在山的后面去了,夜幕也随之降了下来。

星稀月朗。

普度寺内,撞完了磬钟的石头和尚,见四周无人,冷冷地说道:"出来吧。"

一只蟾蜍应声从草丛中蹦了出来。它蹦到石头和尚的脚旁,原地一转,一阵浓浓的白气散过之后,现出一位身着土黄色起团花、镶着白领边长衫,头戴一顶秀才帽,长得五大三粗,尤其是两只眼珠明显地往外凸起,腆着大肚子的人来。他恭恭敬敬地对着石头和尚跪了下去,磕了三个响头:"恳请大师收我为徒。"

"修行了多少年?"

"一千九百九十九年。"

"这么说来,只差一年你就算是功德圆满了。"

"如果没有大师的提携,我就是再修个一千九百九十九年,也是枉然。"

石头和尚阴恻恻地无声一笑:"哼,像你们这类低级动物,能修到今天这个样子,已经是天大的造化了。这最后一年,再得不到人气,你又要从头再修个两千年!"

蟾蜍听到这里,浑身一颤:"恳求师父搭救徒儿!"

"你要拜我为师，就得唯师命是从！"

"徒儿谨遵师命！"

"那好。看你这一身都是黄黄的，为师就叫你金蟾吧！"

"多谢师父赐名！徒儿……"蟾蜍刚激动地想往下说，突然有所察觉地急忙缄口，变身回蟾蜍，蹦到草丛中去了。

两位身披袈裟的和尚走了过来，他俩感觉到了什么，用鼻子嗅了嗅后，警觉地看了看四周，望着石头和尚："石头，你刚才在和谁说话？"

"二位师叔，石头刚才是在背诵《大般若波罗蜜多经》。背到精彩处，因兴奋不已而无意中背出了声。"

两位身披袈裟的师叔，狐疑地再次将四周打量了一番，将信将疑地走了……

●第五章　第一次邂逅

普度寺内

"记住了吗？"石头和尚沉声地问道。

"记住了，把刘海家里能发光的宝物给师父偷来……"

"恩?!师父是个贪财的人吗？"石头和尚勃然变色，厉声地反问道。

"啊？不不不，是徒儿贪财，是金蟾贪财！"金蟾吓得急忙自责。

"你呀，资质太差！"石头和尚失望地摇了摇头，"刘海家里能发光的宝物，对我们来说，是夺命的利器！你明白吗?!"

"啊?!徒儿一定不负师父之命!"

"去吧!"

见石头和尚转身要离去,金蟾急忙喊道:"师父……"

石头和尚停住脚步。

"徒儿能成人形,就只有那么点时间……"

"嗯。"石头和尚点点头,他想了想,盘腿坐在了草地上。

金蟾见状会意,喜滋滋地急忙也盘腿坐在石头和尚的对面。

石头和尚双手合十,双目紧闭,嘴里念念有词地嘟哝了一阵后,对着金蟾将双掌立着亮开。

金蟾将自己的双掌立着,与石头和尚的双掌合在一起……

四只掌合在一起后,一股白色的气流绕着石头和尚的身体旋转,一股黄色的气流绕着金蟾的身体旋转。

两股气流越转越快……

转着转着,黄色气流不断地被白色气流吸了进去……

金蟾脸上的肌肉不停地颤抖起来……

石头和尚双目微睁,见到此种情况后,狰狞地一撇嘴,说了声:"收!"

两股气流顿时消失得无影无踪。

金蟾摇摇晃晃地站了起来:"师父,徒儿怎么觉得浑身软绵绵的提不起精神?"

"你没看到,师父连站的力气都没有了吗?"

"让师父受累了。"

"刚才为师将体内的真气与你的对换了一些，我保你一个时辰之内不会变回原形。"

"多谢师父。"金蟾说完，一扭身，不见了。

石头和尚从地上一蹦而起，他伸了伸胳膊，踢了踢腿，得意地一笑："这一百年的功力，来得太容易了！"

从山上下来的刘海，蹑手蹑脚地来到柴门外，侧耳倾听房内有何动静。

身着土黄色起团花长衫，镶着白领边，头戴一顶秀才帽，长得五大三粗的金蟾也在屋外偷听房内的动静。

两人一个由东往西，一个由西往东，边听边走，碰到了一起！

"嗯？！"相互吓了一跳的金蟾和刘海，好奇地打量着对方，不约而同地问道，"你是谁？到这儿来想干什么？"

借着月光，刘海看了看金蟾的穿着打扮，恍然大悟："你是个秀才？"

"秀才？哦，对对对，我是个秀才，我姓金。"

"哦——金秀才。呃，金秀才，这天色已晚，你怎么还在外未回呢？"刘海说着话，嗅了嗅，用手扇着驱赶，一边上下打量金蟾一边问道，"你掉进臭水沟里了？"

"掉进臭水沟？我没有呀。"

"那你身上怎么一股土腥气呢？"

"我、我，呃，你是不是也来找刘海的？"金蟾不知如何回答，急忙岔开话题问道。

"你是来找刘海的？你找他……"刘海刚想问下去，脑子里猛然想起白天的事——

　　……人们七嘴八舌地嚷嚷着涌进柴门。

　　……四周的邻居们也都围了过来看热闹。

　　……房门口内，刘海五体投地地跪在那里。

　　……"海哥哥，我要嫁给你！"蜻蜻一旁激动地高声喊着，一边扑了上去……

　　……眼前的金蟾蓦地化为蜻蜻……

　　"啊?!"想到这里，刘海惊恐地撒腿就跑……

　　金蟾莫名其妙地看着刘海惊恐地跑远了，想了想，轻轻地去推开柴门……

　　"嘎——咿——"柴门发出一阵响亮的吱扭声。

　　"是海儿回来了吗？"刘海妈闻声问话.

　　"老人家，是我。"金蟾一边回答，一边推开了房门。

　　尽管刘海妈尚未点灯，但对于习惯在夜间行动的金蟾来说，看得比谁都清楚。他两只眼滴溜溜地在室内看了几遍，却没有发现任何一件可以放光的东西。

　　见来人推门进来后一声不吭，刘海妈淡淡地说道："看清楚了吧？我们家可说是一贫如洗。要是有你看上的，尽管拿吧。"

　　"啊？啊，老人家，您别误会。我姓金，是个秀才。我只是想讨口水喝。"金蟾被刘海妈的一句话，说得有些惊慌，急忙掩饰道。

　　"哦……金秀才。"刘海妈眉头稍稍一皱，用手扇了扇，说道，"老身的眼睛看不见，想喝水，烦您自己倒吧。水罐就在灶台上。"

"哦。我看到了。"

刘海妈眉头再次稍稍一皱。

跑到野外的刘海，突然停下了脚步，他搔了搔头，睁大双眼，张大了嘴说道："坏了！我娘还没吃晚饭呐?!"说着，他又急忙回头往家里跑。

刘海一溜烟地跑回家，进门就说："娘，对不起，我回来晚了。您饿了吧？我来烧火做饭。"

"海儿，你没看到家里来客人了？"

"嗯？"刘海这才发现刚才在门外见到的金秀才拿着一个碗站在灶边。他对金蟾点点头，"是你呀？请坐吧，有什么事，等我生火做饭了再说。"

金蟾默默地站到一边去了。

刘海从灶门口拿出两块打火石"达达"地打着。随着刘海一下一下地敲打，打火石冒出了一闪一闪的火花。火花溅到干干的茅草上，将茅草引燃。

金蟾见到，两眼发出兴奋的光来！

刘海忙着给锅里放水洗锅，洗完锅又去舀米舀水的。

金蟾急忙蹲下去假装往灶里添柴，顺手把两块打火石拿在手上，放进自己那宽大的袖口之中，转身离去。

刘海煮完饭，这才开口问道："金秀才，你找我有什么事？"他见没人搭话，抬头四望，家里哪还有金秀才的身影。

"早走了。"

"走了？呃，他怎么一声不吭地就走了?!"

"海儿，你们认识？"

刘海走过去，挨着娘蹲下："娘，不认识。开始，我和他在门外遇到过。我以为他和白天来的人一样，就……"

"又跑了？"

"嘿嘿……"

"你呀……"刘海妈疼爱地摸着刘海的头，"傻儿子，人家有心要找你，你跑得掉？不管娘了？"

"嘿……"刘海憨憨地一笑，"哪能呢？"

"我估摸着，这个金秀才呀，八成还会要到咱家来。"

普度寺内

金蟾兴奋地将两块打火石高高地捧在石头和尚的眼前："师父，我拿来了！"

石头和尚接过打火石，看了看，鄙夷地一撇嘴："笨蛋！"说着，顺手将两块打火石扔得远远的。

"呃，师父，他家里只有这个东西，一碰就能放光！"金蟾不解地申辩道。

"这是打火石！要不碰也能放光的东西！"

"不碰也能放光……那，我再去……"

"时辰已到，不必再去了，下次吧。"石头和尚的话音刚落，金蟾立即矮下身去，又变成了一只大蟾蜍。

金蟾惊恐地说："师父，我怎么……"

"你的功力不到，所以只能成形这样长的时间。天变凉了，你也该去找个地方，冬眠也好，修炼也罢，快去吧，开春了再来！"石头和尚把话说完，也懒得理会金蟾，扬长而去。

北风呼呼地刮着。

树上的枯叶被北风刮得漫天飞舞。

一团一团的大雪花,纷纷扬扬地洒向大地,满世界都成了白茫茫的一片。

"吱呀——"一声,刘海拉开房门走了出来。他伸了伸胳膊,踢了踢腿,看到自己家门口堆积如山的干柴,想了想,返身进屋:"娘,我想进山去砍柴。"

刘海妈一动不动,似乎没听见。

"娘——我想进山去砍柴。"刘海抓住妈的手,轻轻地摇动着恳求。

"寺里的柴不够?"

"够。"

"家里的呢?"

"够。"

刘海妈问完,又不吭声了。

"娘……这场大雪来得突然,又大又猛!我担心有些人家准备不够,家里没柴,过不了冬。"

刘海妈的手指不停地捻着胸前的佛珠。捻着捻着,她停了下来,长长地叹了口气:"去吧。千万千万自己要小心。"

"呃!"刘海高兴地跳了起来。

刘海在腰里插好砍刀,拿起立在门口的扦担、绳索,戴上草帽,顶着北风、大雪出了门。

听到房门关上的声音,刘海妈浑身一颤。她的嘴里无声地念着,手指不停地捻起胸前的佛珠来。

捻着佛珠的手指。

坐在禅房蒲团上的慧根太师。

两位身披袈裟的和尚双手合十，低着头站在慧根太师面前："师兄，这些日子来，石头和尚表面上没有什么异常的举动。只是有一事不明。"

"嗯。"

"据与他同房的师弟们反映，不知何故，他的身上老是发出一股难闻的秽气！"

"气乃万物之体，只是浓淡不同；事有巨细之分，只是定数不等。你们不必为此操心。师兄开春后要闭关修炼，两位师弟也请与师兄一道进关。"

两位师弟对视一眼，不放心地问道："我们都进了关，在这寺内，不成了石头的天下?!"

慧根太师微微一笑："该来的要来，该去的会去。有下地狱的，就有上天堂的。"

两位师弟对视一眼："是。"

●第六章　机缘巧合

雪地上，不少的狐狸脚印，杂乱无章。

九只狐狸在雪地里尽情地玩耍着。

不怕冰雪把山封，

砍下茅草山路通。

贫穷就怕人懒惰，

寒冷怕的是劳动。

脱得只剩下单衣，浑身冒着汗水的刘海，一边唱着山歌，一边砍着山路旁的茅草，将砍下的茅草铺在逶迤崎岖的山路上，慢慢地登上山去。

　　正在玩耍的狐狸们听到歌声，"忽"地一下都急忙躲藏起来。

　　唯有最小的九妹仍在雪地里玩耍。

　　"九妹，来人了！你不要命了?!"大姐急急地喊道！

　　九妹回头，见到各位姐姐都藏在了草丛里，只把自己的头伸出来看着，样子十分地滑稽，不禁"扑哧"一声，笑了起来。

　　几位姐姐被她笑得摸不着头脑，面面相觑，小心翼翼地从草丛中钻了出来，异口同声地问道："九妹，你笑什么？"

　　九妹止住笑说："你们看看地上。"

　　各位姐姐低头四顾——地上除开一些杂乱的脚印，什么也没有。

　　大家不禁茫然地问道："看什么？"

　　"自己的脚印！"

　　"脚印?!"各位姐姐再次观看，雪地上，一行行的脚印，清清楚楚地标明了每一只狐狸所走过的路径。大家不禁倒吸一口冷气，"啊——"

　　"真要是有猎人来，你们跑得掉吗？"

　　各位姐姐低头不语。

　　"呃——"大姐有所发现地突然指着九妹所站的地方说道，"九妹，你那里为什么没有脚印？"

　　众姐妹朝着大姐所指的地方看去，果然没有鲜明的脚印！

　　不待众姐姐发问，九妹灿烂地一笑："我这叫'踏雪无痕'。看我!"话音刚落,九妹在原地快乐地跳起舞来。只见她将毛茸茸的大尾巴耷拉在雪地上,不停地扫着脚踏过的雪地,将自己的脚印掩盖起来……

众姐妹见到,个个眼睛里都发出欣喜的光泽,"哦——"的一声高呼,都像小九妹一样,快乐地在雪地上跳起舞来……

看到自己脚踩过的地方像没踩过的一样,姐妹们畅快地笑着:"哈……"

满山遍野雪花飘,

不争春来把春报。

北风呼啸四处跑,

只因身后涌春潮。

刘海的歌声越来越近,最后来到了狐狸们的头顶上盘旋。

大姐停了下来,面色严峻地说:"快,都进去!"

小九妹不以为然地:"大姐,不用怕。他是不会伤害我们的。"

"你怎么知道他不会伤害我们?"

"他叫刘海,一年四季都在这山里砍柴。他的父亲,就是因为怕枯树枝砸死山鹰的几个孩子,才舍命摔下山谷的。"

"那是他的父亲。"

"他、他路上遇到蛇,都是让蛇先走了,自己才走的。"

"那是他怕被蛇咬!"

像是要解开大姐的心结似的,伴随着"劈啪啪"的砍柴声,山顶上刘海又唱了起来——

春天进山不打鸟,

冬天进山不下套。

好雨含羞悄入夜，

好花大胆绽花苞。

静静地听完刘海的歌声后，大姐环视了一眼等她做决定的妹妹们，犹豫了一下："那好吧，大家就再玩一会儿。"

"好好好！"大家都欢欣雀跃地鼓起掌来。

"呃，咱们来玩捉迷藏！"小九妹发出了倡议。

"好！"

山顶上

脱得只剩下单衣的刘海，手脚灵活地在树上砍着枯枝。

在树旁的空地上，已经有一堆干柴捆上了，另一堆也差不多了。

突然，他的脚下一滑，整个人往树下掉去……

刘海毫不惊慌地用左手牢牢地抓住树枝，整个人像玩体操的运动员那样，随着树枝的闪动，在空中晃荡着。他看准另一根较粗的树枝后，准备用右手去抓住它，可是手上拿的砍刀有些碍事。他不得不再次晃荡，先把砍刀在树枝上砍住，然后再晃过去，用右手抓牢那根树枝后，松开左手，整个人晃过去后，双手在树枝上抓牢，收紧腹部，翘起左脚挂在树枝上，双手一用力，整个人骑在了树枝上……

砍在树枝上的砍刀，由于冰凌的阻隔，使砍刀在树枝上咬得不深。在刘海这一阵强烈的晃动中，砍刀一点点地松脱，从树枝上直落谷底……

谷底

狐狸们正在捉迷藏……

充当寻找伙伴的小九妹,发现了躲在茅草丛中的大姐。她正准备过去,猛然间抬头,看到了从空中向大姐头上直落而下的砍刀!

"啊?!"小九妹来不及喊话,情急地扑过去,用力地把大姐推开!

大姐被推开了。

砍刀砸在了小九妹的头上后,又跳起来砸到了她的后脚上,把她的后腿给砸断了,被刀口砍到的地方,一股鲜血顿时涌了出来……

"哎哟——"小九妹痛苦地喊叫一声,倒在雪地上昏了过去……

"九妹——"众姐姐围了上去,焦急地喊道。

"九妹……"大姐将小九妹搂在怀里痛哭不止……

山顶上

失落了砍刀的刘海,看了看树枝,看了看谷底。想了想,将捆柴的两根绳索打结连起来,把一头捆在树上,自己则抓住绳索往谷底溜了下去……

谷底

"大姐,怎么办呢?"

"来,大伙一块用力,把九妹拉进洞里去。"

"来吧!"

大伙正准备开始拉时,二姐无意地抬头往上看去——

刘海已经在绳索上往下滑了一半！二姐惊慌地指着刘海："看！刘海他，他下来了！"

"啊?!大姐……"

大姐不假思索地命令道："快！都马上进洞！"

"那，九妹怎么办?!"

大姐一咬牙："只有对不住她了！走！"

大姐看了看快要落下的刘海，不舍地看了看昏迷不醒的小九妹，猛地回头，最后一个离开……

下到谷底的刘海，一眼就看到了躺在雪地里的那只火红色狐狸！他停在一旁看了看，嘴里对火红色狐狸："嘘——嘘——"地驱赶着……

任刘海如何驱赶，火红色狐狸躺在那里一动不动。

躲在不远处的狐狸们紧张地看着刘海的一举一动。

"嗯？"刘海慢慢地走近前去，他仔细一看，大吃一惊："啊？你是死了还是受伤了？"刘海赶快蹲下来，用手指在狐狸的鼻孔前试了试，"没死。可是，是谁弄伤了你呢？"

刘海说完，朝四周看了看，未发现异常。他再往上看了看，想起什么似的赶紧在雪地上找……

砍刀的一截木柄露在雪的外面。

刘海从雪里取出自己的砍刀，上面的血迹赫然在目！他手握砍刀，来到狐狸身旁后，举起了砍刀……

躲在不远处的狐狸们痛苦地闭上了自己的眼睛……

大姐流着泪水，轻声悲切地呼唤："九妹……"

刘海将砍刀的刀刃对着狐狸的伤口比画了一下，心中猛地一颤:"啊?!怎么这样巧？是我砸伤了小狐狸?!哎呀，这这这……"

刘海再次看了看四周，想了想，顺手把砍刀往腰间一插，来到垂下的绳索旁，往自己的手掌上啐了口唾沫，正准备往上爬，又想起什么，从腰间把砍刀取下，放在地上后，这才快速地往上爬去……

看到刘海又爬上去了，狐狸们七嘴八舌地议论起来：

"他干什么去了？"

"是不是去拿刀给九妹剥皮？"

"大姐，我们冲过去把九妹抢回来！"

"去……"大姐刚欲发出命令，半空中"忽"的一下，落下了一团物件。那物件不偏不歪，正好落在了小九妹的身子上，将她严严地遮盖起来！

"啊？这是什么？"

"不是一张网吧？"

大姐定睛看了看，肯定地说："是刘海穿的衣。他马上就要下来了，大家都不要动！"

大姐的话音刚落，刘海果然从上面溜了下来！

下到地面的刘海，用衣服将狐狸包了起来。他四下里看了看，来到一处结了一层薄冰的溪水旁，用拳头砸开薄冰，嘴里轻轻地说道："小狐狸，对不住了。水有点凉，你忍一忍！"

刘海用溪水一点点地浇在狐狸后腿的伤口上，洗去伤口旁边的脏雪和凝固了的血痂，从衣服的口袋里拿出一包药粉，边往狐狸后腿上的伤口洒边说："小狐狸，这是最好的金创药,有了它,包你不出三个月,内伤外伤都会好起来。"洒完药后,他从杉树上剥下两块树皮,把狐狸断了的后腿矫正后轻轻地夹上,用自己平时擦汗的毛巾将杉树皮与狐狸的断腿紧紧地固定在一块。

刘海的那条汗巾,一年四季都跟着刘海,不知擦了多少汗水,散发着浓浓的人气。当刘海把汗巾替小狐狸捆上的那一刹那间,一股清清的人气,通过小狐狸腿上的伤口,"倏"地一下钻进了她的身体之内,小狐狸不禁轻轻地哆嗦了一下!

刘海见到小狐狸哆嗦,急忙心疼地说:"对不起对不起,我的手刚才可能太重了!可是,要是不捆紧点,万一你腿上的骨头长得不好,今后就会是个跛子。"

忙完了这些后,见小狐狸依然紧闭双目,刘海急忙穿上自己的衣服,让胸口敞开,把小狐狸裹在衣服内,让她与自己的肌肤贴在一起取暖。

一个一个的问号,出现在藏在一旁的狐狸们的头上……

主题歌渐起:

啊……
世上有情情无限,
人间有爱爱无疆。
此情此爱若碰撞,
生出美谈万古扬。

● 第七章　关怀备至

　　刘海用衣服紧紧地裹着小狐狸，在山谷里慢慢地走来走去。他一边走，一边寻找着狐狸的洞穴。终于，他在一丛密密的灌木的后面，看到了一个洞口。

　　狐狸们见刘海找到了她们的洞口，吓得一溜烟地跑进了深处……

　　"大姐，他要是进来了怎么办？"

　　"会不会把我们都抓走？"

　　"慌什么？你们没看到他根本就没有要伤害九妹的意思吗？！"大姐厉声地谴责！

　　刘海抱着小狐狸来到了洞口。他看了看四周的环境，脱口赞赏道："嗯，这个地方确实不错，冬天避风，夏天肯定凉快！"

　　刘海依在洞口坐着，不知过了多久，飘着的雪花将他塑成了一个雪人……

　　躺在刘海怀里的小九妹，被从刘海身上不间断泛出的人气熏陶着熏陶着。突然，一股气体从小九妹的体内窜了出来，和从刘海身上泛出来的人气合在了一起。

　　合在一起的气体在两人的肌肤间旋个不停。旋着旋着，那股气体一下子又窜回了小九妹的身子中！小九妹一个激灵，醒了。她终于慢慢地睁开双眼，见自己被刘海抱着，吓得睁大了双眼，张着嘴不敢吭声……

　　感到怀里有了动静的刘海低下头，看到小狐狸睁开了双眼,欣喜地说:"哎呀,谢天谢地,你总算醒了!还疼吗?"

小狐狸不知如何回答。她低下头去,见自己与刘海紧紧地裹在一起。两人肌肤相亲,不禁羞涩地闭上了双眼……

刘海不知小狐狸心中所想,以为她是因流血过多而体力不支,不禁有些焦虑起来:"常言说,'伤筋动骨一百天',你的腿受了伤,行动已是不便,现在又是大雪封山之时,你的生存问题怎么办呢?"

小狐狸睁大了双眼,认真地听着。

"要不,我把你带回家去?"

小狐狸想了想,把眼一闭,低下头去。

"那,我每天来看你?"

小狐狸眨巴眨巴双眼。

"我就在这儿来找你,你可要在这儿等我哦。"

小狐狸再次眨巴眨巴双眼。

刘海见小狐狸似乎听懂了自己的话,高兴地亲了一下小狐狸的脸:"你真聪明!"

小狐狸睁大了双眼看着刘海,接着,又羞涩地低下头去……

刘海看了看天色:"小狐狸,天色不早了,我娘还在家里盼着我,我得回去了。你记住,我叫刘海。我走后,你藏在里面不要出来。还有,不是我来喊你,也不要出来。记住了吗?"

小狐狸眨巴眨巴双眼。

"真乖!那,我走了。"刘海轻轻地将小狐狸放下,把衣服扣好，对躺在地上的小狐狸说了声："再会。你放心，我会回来的，等着我！"

小狐狸拖着后腿关注着刘海……

刘海又顺着绳索往山顶上爬去……

众姐姐都跑了过来，她们一会儿看看往山顶上爬的刘海，一会儿又看看一直痴痴呆望着刘海的小九妹，看着看着，她们突然放声地大笑起来："哈……""哈……"

"多好的一个人呀，小九妹，舍不得了吧！"二姐打趣地说。

"哎，"三姐挤上前来，学着刘海那样，把小九妹抱着，在她的脸上亲了一口，"你真聪明！"

"哈……"

小九妹极不好意思地低下头去："羞死了，全被你们看见了……"

"哈……"

在众姐姐的哄笑中，大姐认真地说："你们别取笑小九妹了，这也是机缘巧合。在我们之中，她最先得到人气，要修成正果，已经是非她莫属。"

好像是要验正大姐的话一样，被众姐姐笑得不好意思的小九妹，突然感到身体不适，只觉得一股气流在自己的身上上下流窜涌动！她急急地说了声"对不起！"便拖着瘸腿跑进洞去了……

众姐姐不知何故，面面相觑，跟着来到了洞中……

洞内

小九妹如同和尚打坐般地闭目坐在那里。在它面前的香炉内，飘溢出缕缕淡淡的青烟。不一会儿，它从嘴里吐出一颗金色的珠子，放在自己面前的托盘里。随着时间的推移，小九妹身体的四周，不时地冒出一股股清淡的气体，围绕着它面前的珠子旋转。清淡的气体变得越来越浓，珠子在浓浓的清气包裹下，从里面渐渐地闪烁出赤、橙、黄、绿、青、蓝、紫七色光来，七色光越来越亮，越来越亮……

在七色光不断的闪烁中，小九妹的头和上半身，也随着闪烁的节奏，变幻成美女的相貌和身体，接着，她下半身渐渐地也变成了人的身子！

"啊?!"众姐姐惊诧不已，忘情地喊道："九妹，成功了！你修成正果了！"

"九妹修成正果了——"

城内集市上

刘海担着干柴刚穿过一道通衢，一位老大娘便喊道："刘海，来来来，把你的这担干柴卖给我。家里正好没柴烧了！"

"呃！"刘海刚欲转身，一只孔武有力的手把他肩上的扦担一把抓住："来，卖给我！我这儿正等着柴烧饭！"

刘海回头一望，原来是"悦来饭店"长得胖胖的何老板。

刘海笑了笑："何老板，王大娘她先喊的。"

"嗨，我这儿等下来了客人，拿什么来做饭菜？这样吧，天冷雪大，上山去砍担柴也不容易，她出三钱，我出六钱！"

"这样呀……"刘海想了想，"何老板，我也不是想要涨价……"

"是我自己心甘情愿的!"何老板打断刘海的话。

"这样,我先看看王大娘家里还有没有柴烧。如果还能烧上半个时辰,我就让你先买去,行吗?不过,我不能要你的高价。"

"那……行。"何老板望着刘海身后,点点头答应。

刘海刚回头,哪知王大娘已经站到了他的身后:"刘海,你和何老板的话,我都听到了。我家里的柴还能烧半个时辰,何老板做生意要紧,你就先卖给他吧。"

"呃。我听王大娘的。"刘海应着,将柴挑进了"悦来饭店"……

"王大娘,谢谢你把柴让给我先。"何老板对着王大娘连连道谢。

"嗨,谢我干吗?都是老街坊了。要谢,得谢刘海这伢,这冰天雪地,空着手上山都难啊!"

"那是那是……"

正说着,卸完了柴的刘海过来了:"何叔,就一担柴,你做得了几桌菜饭呢。"

"嗨,可不是吗?我原本是托乡下的一个亲戚给我送几车柴来,说好了昨天就到。这不,八成是被这一场大雪给耽误了!把我的生意也给耽误了……"说着说着,何老板一脸愁容。

"要不这样,我家里还有一点柴,先给您送过来应应急,行啵?"

"哎呀呀,这哪有不行的?!"何老板高兴地说。

刘海给王大娘送来一担干柴……

刘海担着干柴走进了"悦来饭店"……

刘海旋风般地来来回回……

刘海家的柴堆迅速地矮了下来……

何老板满面笑容地将背着扦担、绳索的刘海拦住，急忙给着银票……

刘海从手中的银票中抽出几张塞到何老板的手上，何老板执意不收……

几个食客上门来，何老板将他们拦住诉说着……

食客们点着头，对刘海竖起了大拇指……

一个食客把刘海塞到何老板手上的银票拿过来，塞进了刘海的衣内……

食客们笑着，把刘海推着出了"悦来饭店"的大门……

鸡鹅巷集市上

人们顶着风雪买着急需的生活用品——火炉、木炭、白萝卜、大白菜、猪肉等。

一担用篾笼子关着的鸡。

叼着烟杆卖鸡的老头满面笑容地站了起来……

背着扦担、绳索的刘海和卖鸡老头说着话，卖鸡老头犹豫着……

刘海指了指天，比画着……

卖鸡老头点着头答应了。

刘海从衣内拿出银票递给卖鸡老头。

卖鸡老头看了看银票，小心翼翼地贴身藏好后，挑起一担鸡就跟着刘海走……

突然，身着裘皮大衣的牙婆，身旁跟着穿着大红缎面棉衣的蜻蜓,不由分说地把卖鸡老头拦住:"我要买鸡!"

卖鸡老头抬眼望了一下要买鸡的人:"对不起,夫人,这担鸡全被人家买了。"

"全买了?谁买不都是一样吗?何况,我只要一只。"

"可,人家的钱都给了。我这是帮他送去……"

"不行!你得给我把那个买鸡的主找来,今天是我女儿的生日,这整个集市上都没有鸡卖了,今天我是非要买一只鸡不可!"

卖鸡老头怒了:"嘿!我说你……"

"老伯,您别着急!我……"从前面转身过来的刘海,轻轻地拍了拍卖鸡老头的肩,刚想说"我来问问",话没出口,耳旁却传来一声清脆甜美的喊声:"海哥哥——"

"蜻妹妹?!大婶……是你们?"刘海惊讶地看着这不期而遇的母女俩。

蜻蜓急忙绕过来,一把抓住刘海,关切地问着:"海哥哥,穿这么少,不冷吗?"

刘海满面涨红:"嘿嘿,做事就不冷……"

卖鸡老头一见这个情景,不由得笑了,自以为是地说:"夫人,这是你的准女婿吧?你看,小伙子多好!你只给女儿买一只鸡,他给你女儿买了一担鸡!"

"哈……"四周看热闹的人们都笑了起来。

笑声中——

牙婆惊愕地张着嘴!

蜻蜓兴奋得满面红晕低下了头……

刘海吃惊地张开着嘴!

卖鸡老头看了看身着华丽的牙婆母女俩，又看了看身着补丁破衣的刘海，困惑地："我、我说错了?!"

"你胡说八道！"牙婆一把拉住蜻蜓，扒开人群而去。

"哈……"看热闹的人们又是一阵哄笑……

"老伯，请你替我捆一只鸡吧。"刘海恳求着卖鸡老头。

卖鸡老头倒也爽快："反正鸡都是你的，呃，是送给她吧？"

刘海点点头。

卖鸡老头边捆鸡边说："唉，嫌贫爱富，有眼无珠啊！拿去吧。"

刘海拿着捆好的鸡，踮起脚看到牙婆母女俩拐进了一条小街，急忙提着鸡赶了过去——

"大婶——蜻蜓——"

"海哥哥……"蜻蜓望着刘海，眼里还有没擦去的泪水。

牙婆不动声色地看着赶过来的刘海。

赶过来的刘海，把捆好的鸡捧在手上："大婶，蜻蜓，给。"

"不要！"牙婆拉着蜻蜓欲走。

"大婶……"刘海拦住牙婆，"今天是蜻蜓的生日，您就收下吧。"

牙婆看着一脸诚恳的刘海，摇摇头："你呀，太诚实了！我那是——算了，今天根本就不是蜻蜓的生日，真的。"

"那……嗯，我娘说，想吃的东西就是药。你们今天肯定是想吃鸡，拿去吧。"

"那，大婶给你钱！"

"不要不要！"刘海把鸡塞给牙婆，转身就跑。

"呃，你买那么多鸡，是不是相亲啊……"望着刘海远去的背影，牙婆高声问道。

"没有的事。"

"没有的事？"牙婆满是困惑，"奇怪！"

●第八章 日久生情

> 山洞内

狐狸们依旧沉浸在小九妹因得到刘海的人气，突然修炼成功的喜悦之中。大家在一起各自发表着内心的感慨：

"九妹因祸得福，真叫我羡慕死了！"三姐羡慕地说。

"呃，要不是九妹把大姐推开，那'因祸得福'的，就该是大姐了！"二姐突发奇想。

大姐微微一笑："这都是天数。兴许，我被刘海那把无意间失落的砍刀一下子砸死了呢。"

"呸呸呸！听不得大姐说这些不吉利的话！"八妹不高兴地说。

"就是，我们都不爱听！"大家纷纷嚷道。

"好了好了，大家不要高声！大姐今后不说了行啵？"大姐抬起双手，往下压了压，轻声地说，"要是刘海说话算数，今天这时应该也要来了！"

好像是要印证大姐说的，她的话刚落音，就听见刘海在洞外压着嗓音喊:"小狐狸!小狐狸——"

众姐姐听到喊声,"刷"的一下,惊喜地把目光投向了一旁的小九妹的脸上:"还不快去?!"

被姐姐们盯得不好意思的小九妹,红着脸扭捏了一下:"要去你们去,反正大家都是差不多的模样……"

大姐听到小九妹的这句话,眉头拧了一下,旋即和颜悦色地说:"九妹,你快去吧,别让他一着急,爬进洞里来了。"

"那,好吧。"小九妹说着,急急地跛着腿跑了出去。

看到小狐狸一跛一跛地从里面出来了,在洞外显得着急的刘海喜出望外:"小狐狸!"他不由分说地一把抱起小狐狸,又是亲又是搂,"谢天谢地,总算把你给喊出来了!我还担心你行动不便,被其他的猛兽……来,让我好好看看。"

知道自己的身后,姐姐们都躲在一旁观看着,被刘海又是亲又是搂的小九妹,红着脸,难为情地直往下低头……

不知其中缘由的刘海见状,关切地问道:"冷吧?来,我给你捂捂!"说着话,刘海解开外衣,又把小狐狸贴身搂着……

一股气体从小九妹的体内窜了出来,和从刘海身上泛出来的人气合在了一起,在两人的身体之间旋转着,旋转着……最后,那股气体一下子又窜回了小九妹的身体之中!

一旁的姐姐们见到这个情景,各个都感到心跳加快,呼吸急促,腮飞红霞……

刘海家

牙婆一扭一扭地来到柴门外,边推门边喊:"刘妈——

刘妈——"

"呃,是牙婆吧?快进来,外面冷得很。"

"哎哟,可不是吗?"牙婆边说边推开房门。刚一进门,就大呼小叫地,"哎呀,这屋里可太暖和了!我得把这件裘皮大衣给脱掉。"

牙婆边脱裘皮大衣边四下里打量。这一打量,她又发现了新的更令她不得其解的问题:"咦,刘妈,你们家里又没生火,怎么这么暖和呢?!"

刘海妈无声地咧嘴一笑,脸上满是自豪的神色:"这呀,都我那个海儿想的好主意!他在屋的后面砌了个地灶,把地灶的烟道往室内的地下一走,这不,家里暖和了,还不怕引起火灾。"

"哎呀,这真是个好主意!"牙婆由衷地赞叹。

山洞外

刘海从挂在身上的一个包中取出一只鲜活的鸡:"小狐狸,你的腿有伤,行动不便,抓不到吃的。这是我特意给你带来的。来,吃吧!"

蹲在一旁的小狐狸看了看那只鲜活的鸡,又看了看满脸真诚的刘海,眼中不禁涌出了泪花……

见小狐狸不动,刘海鼓励地说:"吃吧,你受了伤,需要养养身子。我买了好多只鸡,过些天就给你送一只来。"

听到这里,小狐狸突然叼起那只鸡,一跛一跛地跑进洞内……

刘海家

牙婆拉着刘海妈的手,恳切地说:"刘妈,我的亲大姐,你就答应了吧!那天回去后,你不知我那个宝贝女儿,发了多大的脾气。那只鸡要不是她海哥哥给的,连家里的锅都会被她给掀掉!"

"唉,女大不中留啊——"刘海妈轻轻叹息了一声,"按说,蜻蜻也是到了可以找婆家的年龄了。她人发育得早,你又是干的这种营生,耳濡目染也多……"

"唉,可不是吗?我也是没法子,这人,不都要吃饭穿衣过日子吗?蜻蜻她爹又……"说到这儿,牙婆的声音哽咽起来,眼圈也红了……

山洞内

小九妹不吭声地坐在那里,一动不动地望着眼前的活鸡。

众姐姐也不吭声地围在她的身旁……

过了许久,二姐这才小心翼翼地开口问道:"九妹,九妹,你怎么老是不吭声呢?你就表个态嘛。"

小九妹望了望姐姐们那一双双期待的双眼,极度为难地跺着脚嚷道:"哎哟,叫人为难死了!"

"这……"

大姐抬手制止住了性急的二姐,来到小九妹身旁,亲切地说:"九妹,有什么为难的,说给大姐听听,好吗?"

"我……"小九妹刚欲开口,抬眼见姐姐们都望着她,不禁脸一红,又低下头去……

见到这个情景，大姐点点头："我明白了。这样吧，你自己好好想想……"大姐说到这儿，转身要走。

"大姐！"小九妹喊住大姐，嘴里嗫嚅着，"那好吧……"

"你真的同意了?!"大姐有些不相信地反问道。

"嗯……"

看到小九妹肯定地点了头，大姐喜出望外地紧紧地抱住小九妹："我的好九妹！谢谢你！谢谢你啊！"

"好妹妹——"众姐姐一下子都围了过去……

"呃呃呃，我还有话说！我的话还没说完呢……"被姐姐们拥抱得喘不过气来的小九妹，挣扎地大声嚷道。

"好了好了！"大姐拉开众人，"大家都听九妹把话说完。"

众姐姐都有些困惑地望着小九妹。

小九妹忸怩地看了看姐姐们："你们，你们都要帮助我，让我嫁给刘海！"说完，小九妹满脸臊得通红，低下头去……

大家都把眼光投向了大姐。

大姐想了想："按说，人妖是不可能结为夫妻的。不过，九妹肯把这个千载难逢的机遇让给我们，使我们都有了修成正果的机会，大姐我一定帮你！"

"哦……"

"大家都别急着高兴！"大姐严肃地说，"九妹，你要想好，万一你今后夫妻不和，或者遇到其他什么事，再来后悔，可别怨我们这些姐姐。"

小九妹用力地点点头,响亮地回答:"不怨!"

刘海家

"什么?!"牙婆睁大了双眼,不认识似的看着刘海妈,不解地问道,"他买那么多鸡,是专门用来喂给山里的狐狸吃的?!"

"不错。"

"不是给你……哦,你也就让他这样胡来?!"

"是他惹的祸,他就得自己去承担!"

"可,可那是一只狐狸耶!人家想打到一只火狐都不容易,你们,你们,哈……不可理喻,真的是不可理喻呀——"牙婆说到这里,不打招呼地站起身就走出门去。

"不可理喻的是你自己才对。"刘海妈摇摇头,一边用手捻数胸前的佛珠,一边自语地说,"生生息息,自有天数,人若违之,必短阳寿。"

山洞内

小九妹指着腿上捆着杉树皮的毛巾,认真地说:"你们可别小看这条擦汗的毛巾,它附着的人气可重了。那天,我晕晕乎乎的,当刘海把毛巾给我捆上,一股从没有的暖流,通过伤口,就直冲我的血脉……"

"啊?那,我们不是都要把腿上弄出一条伤口来呀?"

"九妹说得没错。人的汗,是从身体内渗出来的,自然带着强烈的人气。你们谁怕疼,谁就可以不参加。"大姐十分严肃地说。

"不不不,我们不怕疼。"

"那好，就从八妹开始，然后是七、六、五、四、三、二、我。"

"怎么弄呢，我们又没有砍刀。"

小九妹眨巴眨巴眼睛："呃，我想起来了，有一样东西可以！"

大姐这时也笑了笑："我也想到了，用冰块！"

"对对对，用冰块！"

牙婆家

"妈——"见到牙婆回家，在家里等得着急的蜻蜻，一下子跳起来，跑过去抱着牙婆，撒娇地问道，"妈，他们答应了吗？"

"答应？她答应我还不答应呢！"牙婆没好气地说道。

蜻蜻有些莫名其妙："妈，这是怎么了？"

"怎么了？还不是被你那日思夜想的刘海给气的！"牙婆一肚子的怨气。

"他，骂你啦？"蜻蜻小心地问。

"他敢?!"

"那，他给你脸色看了？"

"没有。"

"说难听的话了？"

"也没有。"

问到这里，蜻蜻开始耍起了小姐脾气，音高八度地说："这也没有，那也没有，你又是生的哪门子歪气！"

一见蜻蜻发脾气，牙婆就有些慌乱。她忙不迭地解释道："我，我，嗨！蜻蜻，你，你，我告诉你，他们一家子都有精神病！你不嫁过去更好！"

"什么、什、什么精神、病哟？"蜻蜻一头雾水。

"那天，刘海是不是买了一担活鸡回去？"

"是啊。"

"他不是给他娘吃……哦，他娘也不吃。"

"那是给谁吃呢？"

"狐狸！"

"狐狸？狐狸是谁呀?!"

"就是山上的狐狸！你说，你想的那个刘海，是不是个脑筋有问题的人?!"

"真的呀?!"蜻蜻转怒为惊，睁大了双眼。

"我当娘的还会骗你不成？"牙婆有些自鸣得意。

"嘻嘻，有趣！刘海哥喂狐狸，有趣！"哪晓得，蜻蜻听到这样的消息后，表现出极大的兴趣，她说着想着，想着说着，突然拔起腿往外就跑……

"呃，呃，蜻蜻，你干吗去——"牙婆阻拦不及，站在门口大声地问道。

"我去看看——"

牙婆愕然地待在那里……

●第九章　好事多磨

"砰"的一声，刘海家的门被急急而来的刘海猛地一下推开："妈！"

"怎么了？海儿。"刘海妈关切地问道。

"妈,你怎么能把我养狐狸的事告诉牙婆呢?这下好,满世界的人都知道了。"

"海儿,你都听到些什么了?"

"我今天去卖柴……"在刘海的叙说中——

通衢大街上

刘海挑着一担干柴走着。

一群小孩跟在后面唱着:

稀奇稀奇真稀奇,

卖柴买回一担鸡。

娘不吃来儿不吃,

专门用来养狐狸。

要问这是哪一个,

除开刘海无人替。

"哈……"街上一些人笑看着刘海……

刘海急急地走着……

"刘海,你过来!"一个猎人装扮的人喊着刘海。

"呃。张猎户,您要柴呀?"

"你告诉我实话,我就买你的柴。你说,他们唱的是不是真的?"

"嘿嘿,没有的事。你看我,是个那么有钱的人吗?"

张猎户看了看刘海身上补丁压补丁的衣服,犹豫着……

卖鸡老头正好此时挑一担鸡过来,他看到刘海,喜出望外地:"刘海,我正愁着家里有急事要赶回去!来来来,你做个好事,像上次一样,这担鸡,我便宜卖给你!"

"啊?!"刘海满脸涨红,与又惊又怒的张猎户对望着……

……

刘海妈紧皱着眉头，长长地叹息一声："唉——人心叵测，言多必失呀……"

穿着大红缎面棉衣的蜻蜻，在一踩一个深深脚印的雪地里，气喘吁吁地走着，她望着旁边的刘海："海哥哥，你每天都是这样进山的呀？"

"累了吧？歇歇。"

"歇？在哪儿歇呀？满地都是雪，都是风的。海哥哥，我，我想回去了。"蜻蜻哀求地说。

"这才走多远呀？你看，连山脚都没到呢。"刘海说着，回头观看，就在他蓦然回首的时候，不远的地方，有个身影晃了一下，躲在一丛小树后面，不见了。

刘海眉头稍稍一皱，对蜻蜻说："好吧，我送你回去。"

"海哥哥，对不起哟……"

山洞里

九只狐狸心神不定地在那儿坐立不安，议论纷纷：

"九妹，往常这时，刘海都到了吧？"

"五妹，前天你没露出什么破绽吧？"四姐不放心地问道。

"我看一定是五妹表现得太风骚了，没有九妹那样含蓄……"二姐武断地说。

"好了好了，大家都不要胡乱猜疑。"大姐出面制止了大家的议论，"兴许，刘海是被什么事情给耽误了。今天该四妹了吧？"

"是。大姐。"

"都准备好了吗？"

"早就准备好了。"四妹说着，亮出了被刘海汗巾裹着的右后腿。

大姐走上前去，仔细地检查了一下，对噘着嘴不高兴的五妹说："四姐、二姐的话，你不要往心里去。你和六妹、七妹、八妹都已经得偿所愿，其他几位姐姐，要说心里不急，那也是一句假话。"

五妹点点头。

"你们放心吧，刘海哥一定会来的。"一直没吭声的小九妹，神情坚定地告诉大家。

武陵城内

刘海挥手送走了蜻蜓，返身往回走。到了个拐弯处，他突然猫在那里不动了。

不一会儿，张猎户扛着一把猎枪，脚步匆匆地赶了过来，他见这条长长的巷子里没有刘海的身影，不禁疑惑地驻足观望……

刘海突然现身："张叔，是在找我吧？"

"是，啊，不不不，我，在想一件事，嘿嘿，想事，想事。"张猎户极其尴尬。

"想事？是想怎么样跟着我到山里去把那只狐狸给打死吧？"

"不，不不不，那山上的野物多得很，我，我何必要专门去打那只狐狸呢？"

刘海笑着拍了拍张猎户的肩："张叔，小心啊，别打鹰让鹰把眼珠子给啄了！"说完，刘海转身就走。

望着刘海远去的背影,张猎户恼怒地:"呸呸呸!小兔崽子,你还想咒我?老子跟定你了!"

刘海家

刘海悄悄地从板壁缝里往外看,只见张猎户在门外的一垛草垛旁蹲守着。

"海儿,是不是有人在跟踪你?"

"张猎户。"

"甩不掉他?"

"前面肯定是甩不掉他,后面我准备给他来个声东击西。"

"想好了?"

"嗯。只是要多损失一只鸡。"

"那你就去吧。兴许,小狐狸正等得着急呢。"

"呃。"

听见刘海家的门响,张猎户急忙躲了起来。

刘海背着挂着一只鸡的扦担,东张西望地出了门。他边走边往四下里寻看,见无有异常,便急急忙忙地往前行。

张猎户远远地跟在后面,一窜一窜地隐避地跟着刘海。

山上

刘海来到一处低矮的灌木旁。他左看右看,确定四周无人后,这才将挂在扦担上的鸡取下,用绳索把鸡捆住,拴在灌木丛的深处后,压低嗓子喊道:"小狐狸,我给你送鸡来了,你快出来吃吧。哦,你要小心,有个张猎户他想打死你,被我甩掉了。不过,我还是很担心,你自己要小心呀。我要打柴去了……"

刘海说完，见四下无人，放心地走了。

猫在一旁的张猎户，看着刘海的举动感到好笑。他见刘海走了，犹疑了一下，最后还是决定留了下来，隐在一旁不动。

山洞里

众狐狸焦虑地等待着刘海的到来……

大家看看小九妹，只见她独自一人心无旁骛地闭目养神……

平时沉稳冷静的大姐，见小九妹如此的神情笃定，便向其他的姐妹们示意——少安毋躁……

突然，小九妹睁开了双眼，轻轻地说了声："他来了！"

众狐狸顿时显得是又兴奋，又紧张……

尤其是四妹，更是一跳而起，要往洞口蹿去……

到底还是大姐沉稳，她急忙拦住："四妹，不要慌乱！"

"四姐，等他在外面叫唤后，再出去不迟。"小九妹一旁宽慰道。

山洞外

刘海从绳索上溜滑下来，急急来到洞口："小狐狸，小狐狸！"

山洞里

四妹扭头看了看众姐妹一眼，这才一跛一跛地走了出去……

众姐妹蹑手蹑脚地跟着后面……

刘海见到四妹，一把把她抱起，关爱地说：“等久了吧？今天路上出了点状况，差点就来不成了。有个张猎户，知道我在山里用鸡喂狐狸，他跟在我的后面，我好不容易才把他甩掉……”

山洞里

隐在一旁的众姐妹，听到刘海的这番告白，不禁花容失色，躁动不安……

大姐急忙轻嘘，要大家听下去。

山洞外

刘海抱着四妹，继续在那儿和她说话：“小狐狸呀，今后，我可能没有以前那样准时了。这次是张猎户一人，我还好对付，万一其他的猎户都跟着我，我就真的是没办法了！”

低矮的灌木旁

拴在灌木丛深处的鸡在那里拼命地扑腾着。

隐在一旁的张猎户，突然兴奋地发现，那低矮的灌木丛开始晃动起来……

张猎户急忙端枪瞄准……

在他的视线中，一只长着长长獠牙、饥肠辘辘的老野猪，"吭哧吭哧"地出现了！

张猎户惊愕地睁大了双眼！

就在张猎户这一时的愕然间，野猪已经将鸡咬在了嘴里，正准备转身离去！

"砰！"情急之下，来不及瞄准的张猎户开枪了。

野猪被散射出的铁砂子打中了屁股！它稍一趔趄，继续往前走……

心急的张猎户接着又是一枪！

这一枪被密密的灌木丛挡住了，野猪只中了少许几粒铁砂子。

被激怒了的野猪，放下嘴里的死鸡，红着眼回过头来，背脊上的棕毛直竖，辨明了火药发出的方向，一声嚎叫，直朝张猎户扑了过来……

来不及往枪管里填装火药铁砂的张猎户，不得不站直身子，举起手中那杆带着两支长长弯弯刺刀的猎枪，迎面扑了上去！

张猎户手中猎枪的弯刺刀扎进了老野猪的前胸……

沉重的老野猪压得张猎户手中的猎枪折断了！

由于雪深的原因，加上手中折断的猎枪，张猎户站立不稳，脚下一滑，与老野猪同时倒在了地上……

尚有余力的老野猪，狂怒地用长长的獠牙戳向张猎户的脸面……

"啊……"张猎户一声惨叫，他忍痛拔出腰间的匕首，狠狠地刺进老野猪的胸脯……

●第十章　共渡难关

挑着干柴、踏着积雪下山的刘海，听到枪响后，判定出响枪的地方，正是自己引导张猎户去的山凹。他想了想，放下柴担，取出扦担拿在手上，急急地绕了过去……

张猎户被老野猪压在身下，双双都静静地躺在雪地上。

一大片鲜血，把四周的白雪染得红红一片……

"啊?!"刘海急忙跑了过去，掀开压在张猎户身上的老野猪，掏出身上的疗伤药，给张猎户脸上的伤口敷上止血后，又将自己的内衣撕成条状，把张猎户脸上的伤口包扎起来……

山洞里

大姐神情严肃地说："刘海说的那个情况，对我们来说，是个灭顶之灾！"

"我们得想想法子，一是帮帮刘海，二来也是为了我们自己。"二姐接过大姐的话说。

"对！现在，只剩下大姐、二姐和三姐没得到刘海的人气了！"四姐有些不过意地说。

"我有办法了！"小九妹眨巴眨巴双眼，胸有成竹地说。

"快说说是什么办法？"姐妹们都围上前来。

"刘海是个诚信之人，他决不会半途而废。我想，我和几个已经得到刘海人气的姐姐，到时不如这样……"

经过刘海救治的张猎户，忽悠悠地醒了过来……

"张叔，您终于醒过来了！"刘海高兴地说。

张猎户看了看死了的野猪，摸了摸脸上已经被包扎过的伤口，真诚地对刘海说："刘海，谢谢你。"

"张叔，来，我扶你站起来！"

"不用，我没事。"张猎户说着从雪地上站了起来，他看了看地上折断了的猎枪，苦笑着摇摇头，"刘海，你知道吗？打猎这种活，那是三分运气七分险，遇上熊瞎子和野猪最难缠！"

"张叔，您可是大难不死，必有后福啊！"

张猎户笑着对刘海说:"你呀,也不用恭维我,我受了伤,这个冬天都不会出来打猎了,再说,有这么大头野猪供我过冬,我也知足了!"

"谢谢张叔,来,我帮你把它给弄回去!"

张猎户和刘海将死野猪捆在用树枝扎成的雪橇上,拖着下山。

雪地上,留下两条弯弯曲曲的深印……

武陵城内"同济堂"药号

熊老板轻轻地揭开张猎户脸上刘海替他包扎好的伤……

熊老板仔细地看了看伤口的四周,惊奇地问道:"这是谁替你包扎的伤口?!"

"是刘海。怎么……有、有问题吗?"

"问题?怎么没问题呢?这样的好药,连我'同济堂'都没有!"

"真……真的呀?!"

"冬天的外伤,最容易变成冻伤。他给你敷的药,又防冻,又能尽快地封口止血。好药,好药呀!"

"这孩子,心好啊!"张猎户极为感慨,"我呀,再也不跟他去打狐狸了。"

"你跟他去打狐狸?不可能吧?我听说是他买鸡养狐狸,怎么会让你去打呢?!"

"我……我是悄悄地跟去的。"张猎户满脸的不自在。

"这就对了。我听说呀,狐狸是大山的精灵,可不要随便去惊扰。"

普度寺内

慧根太师捻着银白色的胡须，对自己的两位师弟说："善哉善哉！刘海养狐狸，这是他和狐狸的缘分。两者相得益彰，相得益彰呀！"

夜

石头和尚来到室外，见四下无人，便悄声地喊道："金蟾，金蟾！"

一阵白烟之后，身着土黄色起团花，镶着白领边长衫，头戴一顶秀才帽，长得五大三粗的金蟾，出现在石头和尚的面前。他睡眼惺忪地问道："师父……什么事呀？"

"我问你，山中是不是有修道的狐狸？"

金蟾闭着两眼，有气无力地回答："有。"

石头和尚两眼发光："它们都修了多少年了？"

"和我差不多……不过，它们难能修成正果……"

"为什么？"

"因为，要得到人气才行。"

"哦……"

"师父，没事，我要睡觉去了。"金蟾说完，不见了。

石头和尚得意地一笑，轻声说道："天助我也！"

大街上

几个猎户模样的人围着张猎户问道："老张，听说刘海在山里养有狐狸，你见过，是不是有这回事？"

张猎户望了他们一眼，神秘地问道："你们是想听真话还是假话？"

"真话！"众人压底嗓音说。

"没那回事！"张猎户说完，扬长而去。

"嘿……"

汪！汪汪！

几只高大凶猛的猎犬，在雪地里撒欢，来来去去地奔跑。

几个猎户，远远地跟着。

远处，行走着的刘海，成了白雪地上的一个黑点。

隐在山坳里的小九妹，待刘海进了深山，见跟在他后面的猎人和猎犬快近了，轻声说道："他们来了！"

八、七、六、五、四等几个姐姐，闻声"噌噌噌"地从隐身处冒出了头。她们相互地看了看，点点头后，突然现身，直朝猎人们奔了过去——

白雪地上，几点鲜红快速移动的活物，强烈地刺激着猎人们的视觉神经！

"看，那、那是什么？"

"火狐！是火狐！"

猎人们狂喜，纷纷急忙取下肩上的猎枪瞄准着……

几只狐狸在雪地里忽东忽西地跑着。

瞄准狐狸，跟着移动的猎人，从猎枪的准星里看到的不是狐狸，而是同伴的脸！

几只高大凶猛的猎犬，奋勇地奔向狐狸……

狐狸在原地转了一圈后，干脆坐了下来，闭目不动，嘴里念念有词。

眼看猎犬将至，突然平地卷起一阵夹着白雪的狂风，直朝猎犬呼啸而去！

狂风过后，所有的猎犬都被一层厚厚的白雪埋住，只剩下两只充满了恐惧的眼睛在那儿转悠！

没有了猎犬的追逐，小九妹一声招呼，几只狐狸围着猎人们急速地转起了圈来……

猎人们端起猎枪也跟着转了起来……

转着转着，猎人们只觉得天旋地转，眼发花，头脑发晕，最后，分不清东南西北，一个个地倒在了雪地上……

几个姐妹相互笑着看了看，回头往山里跑去。她们边跑边用粗大的尾巴扫着自己的脚印……

被一层厚厚白雪埋住的猎犬，挣扎着从雪堆里爬了出来，一个个夹着尾巴，蔫头耷脑地朝自己的主人走去……

晕倒在地的猎人们慢慢地爬了起来，他们相互看了看，莫名其妙地问道："我们，我们刚才是怎么了？"

"是眼花了还是在做梦呀？"

猎人们放眼四望，原野依旧……

猎人们呼唤猎犬，猎犬都夹着尾巴往来的路上走去……

山洞里

九只狐狸错落有致地坐在洞内，如同和尚打坐般地闭目坐在那里。

在它们面前的香炉内，飘溢出缕缕淡淡的青烟。不一会儿，它们先后各自从嘴里吐出一颗颜色各异的珠子，放在自己面前的托盘里。随着时间的推移，九只狐狸身体的四周，不时地冒出一股股淡白色的气体，围绕着它们面前的珠子旋转。淡白色的气体变得越来越浓，珠子在浓浓的白气包裹下，从里面渐渐地闪烁出赤、橙、黄、绿、青、蓝、紫七色光来,七色光越来越亮,越来越亮……

珠子在七色光不断地闪烁中,慢慢地都变成了一颗颗淡青色的珠子。

她们将自己面前的珠子一口吞下肚去,九只狐狸变幻成了九个花容月貌,天姿国色,身材妙曼,风情万种的美女……

她们神态各异——或文静,或泼辣,或优雅,或妩媚,或风骚,或腼腆,或恬淡,或活泼,或纯真。

抑制不住内心喜悦的狐仙们,在山洞中且歌且舞——

舒长袖,

舞婆娑,

悠悠千年梦,

甜甜的甘果。

都说快活似神仙,

又谁知天庭辽阔多寂寞。

羡人世,

求良缘,

脉脉温情在,

卿卿恩爱多。

纵有磨难常伴随,

患难相亲最快乐。

小九妹从歌舞中退了出来,默默地走到一旁。

众姐姐见状,都停止了歌舞。

大姐见了,来到小九妹面前,抿嘴一笑:"小九妹呀,想什么呢?"

"你们,你们都修成正果了,我的事怎么办呢?"

"放心吧,姐姐们答应你的事,决不会食言……"

二姐快人快语:"听我说,大家有什么打算我不管,但谁要是在小九妹的事办完之前就走了,别怪我对她不客气!"

"想要嫁给刘海,这也是九妹一厢情愿的事。万一,刘海不答应,这一个巴掌,那是拍不响的哟。"生性风骚的五姐,在一旁不冷不热地说。

"是啊?"

"是啊。"其他姐妹跟着附和。

"没有四呀五的!"大姐严肃地说,"没有九妹的慷慨,没有刘海的诚信,我们都没有今天!不管有多大的困难,我们都要帮小九妹完成她的心愿!"

正说着,洞外传来了刘海的叫喊声:"小狐狸——小狐狸——"

小九妹抬眼看了大家一眼,情感复杂地说:"今天,是他最后一次给我送鸡了……"

望着小九妹的背影,姐妹们都沉默不语……

●第十一章 水到渠成

洞口外

洞口外,一派春意盎然。
迎春花怒放。

新绿叶舒展。

鸟雀鸣啾，彩蝶飞舞。

刘海将捆在小狐狸后腿上的毛巾解开，拿开杉树皮，仔细看了看伤口，笑着说："好了，你的伤全都长好了。不疼了吧？"

小九妹眨巴眨巴双眼，突然挣扎着从刘海身上跳了下来。她来到一块空坪上，轻盈地跳起了舞来……

看到小狐狸用两只后腿灵活地旋转，刘海高兴地拍着手："好！跳得太好了！你的腿好利索了，我也就真正地放心了！"

望着刘海那开心的笑容，小九妹的头脑里浮现出……

姐姐们一个一个地轮换着装扮自己……

姐姐们一个一个地变成人形……

姐姐们快乐地跳舞……

想到这些，小九妹觉得自己许久以来一直都在欺骗刘海那纯真的感情，不禁愧疚地低下头去……

不知就里的刘海，轻轻地抚摸着小九妹的头："小狐狸，你的伤也好了，可以自由自在地活动了，今后，我也难能看到你了，你就好自为之吧……好了，小狐狸，我要打柴去了，再见了！"

见刘海起身要走，小九妹急忙将他拦住。

"小狐狸，你还有什么事吗？"

小九妹点点头，示意刘海跟她走。

刘海跟小九妹来到一处山洼地，顺着她指的方向看去——

整个山洼地，被粗粗细细的干柴给堆得往上凸了起来！

刘海睁大了双眼，吃惊地嚷道："小……小狐狸，这……这都是你给捡的干柴?!"

小九妹点点头。

刘海一把抱起小九妹，情绪激动地说："真的是辛苦你了！你瘸着一条腿，还替我捡柴，小狐狸，你……你是天底下最聪明的小狐狸！"

小九妹被刘海夸得既高兴又羞涩地低下了头……

见小狐狸低着头直往自己的怀里钻，刘海边用手抚摸着它的头，边自言自语地说："小狐狸，你呀你呀……唉，可惜呀，可惜你是一只……呃，我听人家说，狐狸精，狐狸精，狐狸能成精，你要是真能成精，变成一个女人，我一定娶你做妻子，哪怕你是一只狐狸！"

听到这句话，小九妹猛地抬起头来，两眼怔怔地看着刘海……

看到小狐狸那充满疑惑的眼神，刘海笑了笑："怎么，你不相信我说的话呀?!我可是认真的哟！"

小九妹依然怔怔地看着刘海……

刘海笑着用手轻轻地点了一下小狐狸的额头："你呀，干吗不信我说的话？只要你能变成一个女人，我现在就带你回家去！"

听到刘海的这句话，小九妹把头稍稍地低了一下后，旋即抬起头来，两眼直视刘海的双眼……

刘海的双眼充满了真诚。

小九妹犹豫了一下，把双眼轻轻一闭，从刘海的身上滑落下来，急速地跑进了山洞。

小九妹刚一进洞，立即被姐姐们给团团围住，大家异口同声地急忙问道："小九妹，你刚才干吗不变给他看?!"

小九妹为难地说："我……我当时是想变的……"

"那你干吗没变呢？"

"我犹豫了……"

"为什么？"

"你们、你们没听说过这样一句话吗？"

"什么话？"

"口是心非。"

"嗨，刘海绝不是那样的人！"二姐心直口快。

"好了好了，"大姐拦住了其他姐姐的问话，"你们不懂，是因为你们还没有尝到真正爱一个人的滋味。小九妹是因为害怕失去刘海，所以才没当着他的面变给他看。"

小九妹羞愧地低下头去……

众姐姐面面相觑，无话可说。

"好了，大家还是听我的安排吧！"

刘海来到自己下来的悬崖旁，望着那从上面树枝上悬垂下来的捆柴索发愁。

"刘海。"突然，在他身后传来一声脆脆的喊声。

刘海奇怪地回头寻声望去，不禁大惊失色，口齿打结："你……你是谁？你……你怎么会认识我？"

大姐笑了笑："你是不认识我。可是，你认识它呀！"说着，大姐拍拍手，一只火红的小狐狸从洞口内跑了出来，挨在大姐的身旁望着刘海。

"小狐狸?!"

大姐把小狐狸抱起来:"她是我家九妹养的一只小狐狸。"

"她、她是、是你们家九妹养的?!"

"对呀!九妹,你出来吧!"

随着大姐的喊叫,一位风姿绰约的少女,羞答答地从山石后走了出来。

她来到刘海面前,深深地道了个万福:"海哥哥,小九妹这厢有礼了。"

刘海慌得手忙脚乱地急忙回礼:"刘海见过小九妹!"

"海哥哥,谢谢你几个月来对我的小狐狸关爱有加。"

"啊?!它……它是被我弄伤的,我……我是应该的,应该的。"

大姐一旁笑着说:"话也不能那么说,你弄伤了它,还给它疗伤送鸡吃。有的人呢,还恨不得能得到它,剥它的皮呢。"

"在这世上,谁都有生存的权力,谁也没有权力去剥夺谁的生命。"

"刘海呀,你说得太好了。"

"嘿……"

"难怪九妹一直说你是世上难得的好人,所以呀,她一心想要嫁给你为妻。"

"啊?!她……她,要嫁给我为妻?!"刘海惊讶得嘴都合不拢,连连摇手,"我……我不……不……"

小九妹呆呆地望着刘海。

"怎么，你不愿意？"大姐皱着眉头，急急地问道。

"……不……不配……"刘海满脸涨红，语无伦次。

"不配？我家小九妹长得不漂亮?!"

"她美如天仙！"

"她的人品不好？"

"她……她饲养狐狸，说明她心地善良。她明眸皓齿，说明她秀外慧中。她举止文雅，说明她知书达理。她……"

小九妹被刘海夸得红着脸，抿嘴笑着低下头去……

"好了好了，"大姐笑着止住了刘海还欲往下说的溢美之词，"你都说了我家九妹的这么多好，怎么又说'不配'呢？"

"是我不配……"

"你怎么不配？"

"我家里穷。"

"我不嫌。"小九妹急忙说道。

"我家里有个双目失明的母亲要赡养。"

"我愿意侍奉。"

"那……那我要得到母亲的应允。"

"我现在就陪同你一道去见你母亲。"

"现在呀?!"

"现在。"

"那、那……"

"刘海，我们不要媒婆，我陪九妹到你家去，当着你母亲的面提亲。"

"那……那……"

"刘海,你是不是担心那些干柴不能上去呀?"

刘海点点头。

"在这个山洞后面,有一条没人知道的羊肠小道,可以一直通到山下。"

●第十二章 殊途同归

"什么?刘海要结婚了?!"牙婆睁大了双眼,不相信地反问道。

同济堂

熊老板满脸喜气地:"好啊好啊,刘海要结婚了,这下总算有个报答他救我孙子的机会了。"

黄金台木器店里,各种样式的双人床美轮美奂。

长得壮实的木器店王老板在仔细地观赏着,挑选着……

"王老板,生意兴隆啊!"

"哎哟,熊老板,今日个是什么风,把您给吹到我这儿来了?上茶——"

"王老板,把您这儿最好的上等床卖给我一张。"

"这都是上等的,麻烦您自己看,看上哪张是哪张。"

熊老板绕着各式各样美轮美奂的双人床观看着。

最后,熊老板看上了一张雕花镂叶、做工精细的双人床。他拍了拍这张床,对王老板点点头:"就是它了。"

"哎呀呀,熊老板好眼力!只是,小店只剩下这一张了……"王老板面露难色地,"您是不是另选一张……我派人给您免费送到府上?!"

熊老板奇怪地看着王老板:"呃,王老板,您忘了刚才是怎么对我说来着?"

王老板搔了搔头皮,尴尬地:"嘿嘿嘿,我不知您也会看上它。说句实在话,这张床,我正准备派人把它送到刘海家里去。"

"你、你是说要把它送到刘海家里去?!"熊老板惊讶地反问道。

"是啊。有什么不对吗?"

"哈……王老板,我也是这个打算呀!"

"啊?!哈……"王老板开心地笑着,"熊老板,既然是这样,您呀,也就别和我争了!"

脑满肠肥的洪掌柜指挥着店里的伙计们往外搬着桌椅和碗筷。

熊老板奇怪地看着洪掌柜:"洪掌柜,您这是……开了个新店?"

洪掌柜怪怪地一笑:"对,新店,露天的。"

"在哪儿?我给你捧场去!"

"捧场?好啊!不过,得等三天以后。"

"哎呀,我就是要这三天呀!"

"熊老板,不是我驳您的面子,这三天,就是皇帝老子要来,我也只好请他吃闭门羹。"

"啊?是、是谁有这么大的面子呀?!"

洪掌柜又邪邪地一笑:"熊老板,我要是没说错的话,你想要这三天,是为了刘海娶亲的事吧?您想想,那不是在打我的耳光吗？"

"这……你们都可以帮忙。我、我总不能给他送一包药去吧？"熊老板为难地说。

洪掌柜笑了笑，拍拍熊老板的肩头："不送一包，送一支就行。"

"送一支？！哦……对对对，哎呀呀，洪掌柜，你真是一语惊醒梦中人啊！谢谢你，我走了！"

熊老板刚欲转身，远远地，牙婆一扭一扭地过来了。她边走边对着熊老板喊："熊老板，我到处找你！"

"找我？"

"是啊。你想想，这男大当婚，女大当嫁，没有个三媒六证，那也是说不过去的事。所以呀，刘海的这门亲事，还得请你出面当个证婚人才行。"

"我出面当证婚人？好好好！走，咱这就去刘海家。"熊老板急忙和牙婆走了。

普度寺

石头和尚来到一处僻静处，见四下无人，轻轻地咳嗽一声。

一阵青烟冒过，依旧是一身着土黄色起团花，镶着白领边长衫，头戴一顶秀才帽打扮的金蟾，出现在他的面前。

他对石头和尚深深地一鞠躬："徒儿见过师父。"

石头和尚两眼直视前方，冷冷地说："惊蛰已过，你也该睡醒了吧？"

金蟾面露愧色："徒儿谨听师父教诲。"

"还记得师父要你办的事吗？"

"徒儿记得。"

"那你还不去帮师父把事办好?!"

"徒儿这就去。请师父赐给法力。"

石头和尚点点头，嘴里念念有词。

金蟾将自己的双掌立着，与石头和尚的双掌合在一起……

四个掌合在一起后，一股白色的气流绕着石头和尚的身体旋转，一股黄色的气流绕着金蟾的身体旋转。

两股气流越转越快……

转着转着，黄色气流不断地被白色气流吸了进去……

金蟾脸上的肌肉不停地颤抖起来……

石头和尚双目微睁，见到此种情况后，狰狞地一撇嘴，说了声："收！"

两股气流顿时消失得无影无踪。

金蟾摇摇晃晃地站了起来："师父，徒儿怎么觉得跟上次一样，浑身软绵绵的提不起精神？"

"你没看到，师父连站的力气都没有了吗？"

"徒儿让师父受累了。"

"刚才为师将体内的真气与你的对换了一些，我保你一个半时辰之内不会变回原形。"

"多谢师父。"金蟾说完，一扭身，不见了。

石头和尚坐在地上，舒展地伸了伸胳膊，得意地一笑："有了你这二百年的功力，师父我的金线就炼成了！"说完，他闭目运功，把嘴一张，一根金黄色的细线从他嘴里哧溜溜地直往外冒！

石头和尚用手抓住那根金线，一抖，金线变成了一根金晃晃的金绳！

石头和尚将手中的金绳甩向一块巨石，巨石轰然炸开！

几个小沙弥闻声跑了过来，他们看着炸开的巨石，面面相觑。

两位身披袈裟的师叔过来，看了看被炸开的巨石，又看了看石头和尚，问道："石头，这是怎么回事?!"

早已将金线收回的石头和尚，不慌不忙地对着两位身披袈裟的师叔双手合十："禀告二位师叔，石头也不知道。应该是天雷劈的吧?!"

两位身披袈裟的师叔将信将疑地抬头看了看天——天上艳阳高照，春光明媚……

刘海家

刘海妈摸摸索索，从一口箱子里找出来一面铜镜。她拿着一块抹布，在镜面上来回地擦着，擦着……

刘海满面喜气，提着几支大红喜烛和香进门："娘，我都买回来了。"

"轿行那边都说好了吧。"

"说好了。"

"牙婆给你的那块布，拿到裁缝那儿去了吧？"

"拿去了。"

"来得及吧？"

"来得及。"

"儿啊，你这是哪一辈子修来的福分呀？那么一个如花似玉的姑娘，不要彩礼都愿意嫁给你，今后，你可要好好爱护、好好珍惜她呀！"

"娘，放心吧。"

"儿啊，这是娘出嫁时，你姥姥给娘的陪嫁。自从娘看不见了，就再也没用过了。你看，擦亮了没有？"

一块亮晃晃的铜镜。

镜里映出刘海的面容。

刘海对着镜子大喊："娘，好亮好亮，把我都照进去了！"

熊老板、牙婆正急急地走着，突然有人在大声嚷道："借光借光，请让个道！"

熊老板，牙婆急忙闪身——

"驾！驾！"一辆拖着新床的马车和一辆拖着木板的马车，从他们俩的面前轻快地驶过……

熊老板、牙婆刚走上正道，后面又有人嚷道："闪开闪开！"

熊老板、牙婆急忙闪身——

洪发圆的一些伙计，拖着好几张装载着桌、椅的板车，从他们俩的面前急急地拖了过去……

熊老板、牙婆相互望了望，正要走，后面赶上来了张猎户、王大妈、"悦来饭店"的何老板，卖鸡老头挑着一担鸡也紧紧地跟在后面……

在这些人的后面，跟着一身着土黄色起团花，镶着白领边长衫，头戴一顶秀才帽打扮的金蟾。

"妈——妈妈——"蜻蜻哭喊着从后面赶上来，一下子扑进牙婆的怀里，带着哭腔问道，"妈，海哥哥是不是要结婚了？"

当着众人的面，牙婆急忙把蜻蜻搂在怀里哄着："乖女儿，海哥哥是要结婚了，你要高兴才对呀，干吗要哭呢?!"

"就是你！"蜻蜻一下挣脱牙婆的双臂，跳到一旁，指着牙婆嚷道，"嫌贫爱富，说他家里连床也没有！还说他们母子俩都有精神病……"

"哈……"众人听了，哄然一笑后，大家急急地朝前走去。

牙婆脸上红一阵、白一阵，她极其尴尬地对蜻蜻说："乖女儿，你还年小，赶明儿，娘给你找户大户人家……"

"不！我就爱刘海哥！"

"可……可你刘海哥马上就要结婚了呀？你……你就是要嫁给他，也只能为小啊。"

"就是你！就是你！我不干嘛！我都满十四进十五了！"蜻蜻说着，号啕大哭起来……

山里

九个如花似玉、姿态各异的美女，嬉笑着来到一处三面有高峰，一面有个敞开的口子，可以远远地看到武陵城的山凹处。

大姐说："就这儿了。大家看看，按人类的风水学来说，这叫左青龙，右白虎，背有靠山，前有财路。我们就把宅院建在这里。"

"好好好！"

"我们听大姐的。"

"那好。"大姐对着山凹处念念有词后，对着山凹喊道："心思所至，情愿有归——出来吧！"

突然,大家眼前金光闪亮。金光过后,一栋十分壮观、体面、大气,门楣上挂着黑底熘金胡宅二字的四合院,出现在姐妹们的眼前。

"哇,太好了!"姐妹们笑着跑进宅院……

宅院内,亭台水榭,雕梁画栋,风铃楼角,花园假山,所有的一切,一应俱全。

看着看着,姐妹们突然发现了一个问题,异口同声地对大姐说道:"大姐,这么大个院子,怎么没有一个佣人呢?"

大姐笑了笑,从身上拿出一包东西,往地上撒去……

"大姐,这都是些什么?"

"鸡骨头。"说着,大姐闭目念念有词:"心思所至,情愿有归——出来吧!"

一阵青烟冒过,一群身着佣人服饰的男女佣人,出现在大家的面前。

大姐指着这些木呆呆的男女佣人说道:"你们自己挑吧。挑好后,用你们自己的法力,驱使他们为你自己服务。"

"谢谢大姐。"姐妹们纷纷来到木呆呆的男女佣人群里挑选着……

只有小九妹未动。

"小九妹,你怎么不去挑选?"

小九妹微笑着摇摇头:"大姐,我就要过门了,用不着了。"

大姐默默地走过去将小九妹抱住。

望着嬉笑着挑选男女佣人的姐姐们,小九妹的眼泪扑簌簌地无声流了下来……

●第十三章　喜结良缘

刘海家

赶着马车，拖着新床和家具，长得壮实的王老板最先来到刘海家门口。

王老板下车后，边进院边喊："刘家妈，恭喜恭喜啊！"

刘海妈闻声出门："是家具店的王老板吧？今日个是什么风把您给吹来了？"

"喜风！是喜风啊！恭喜您老娶进了儿媳妇呀！"王老板走上前去，握住刘海妈的手，诚恳地说，"刘家妈，这么大的喜事，也不告诉我们大伙一声，也好让我们有个准备，来凑个热闹嘛！"

"对不起对不起，让王老板见笑了。我、我们家刘海，也只是打算……"

"刘家妈，都别说了。我也没什么好送的，就送来了一张新床和几件用得着的家具，还请您老笑纳。"

"哎呀，这……这……这怎么成呢?!"刘海妈大惊失色，"不不不，这礼太……人重了，我领受不起呀！"

"刘家妈，要是刘海都领受不起，只怕这世上就没人能领受了！"王老板说着，朝后一挥手，几个伙计急忙把拆开了的新床小心翼翼地抬下。

"你们几个，赶快把那门、窗什么的，赶快地，该修的修，该换的换。快！"

　　王老板一吩咐，手下的人便不停地忙碌起来……

　　刘海妈不知所措地原地打着转转，神情忧虑地："这……这又如何是好呢？这怎么使得呢？"

　　刘海静静地看着这一切，将娘抱住宽慰道："娘，您别急坏了身子！儿以后多打柴，多卖钱，再慢慢地还吧。"

　　"你还得起钱，还得起人情吗？"刘海妈神情郁郁地说。

　　脑满肠肥的洪发圆的洪老板带着伙计来到门外。他腆着大肚子进院子四下里一打量，吩咐道："在东角上起炉灶，挨着丝瓜井好取水用水。把桌子分两旁摆开，前面的中间摆一张桌子。"

　　"是。"

　　见手下的人按吩咐忙碌起来，洪老板这才走上前去："刘家妈，恭喜您老家添人进口啊！"

　　"哎哟，洪老板，得罪得罪！"

　　"刘家妈，您老不方便，就别动了，一切都有街坊们来忙。"

　　"洪老板，您、您把店里的家伙都给搬来了?!"

　　"对，我要在这儿摆它三天三夜的流水席，聊表我对刘海的感恩之情！"

　　"哎哟，使不得，使不得呀……"刘海妈急着想阻拦，可自己又看不见，便对刘海说，"海儿啊，快去拦住他们！"

　　"呃……"刘海刚欲动身，抬眼一望，外面又来了熊老板、牙婆等一大群人！他急忙说道，"娘，拦不住呀，外面又来了好多的人！"

刘海的话音刚落，牙婆老远就开口了："刘妈，恭喜恭喜！这男婚女嫁，是一辈子的大事，没有个三媒六证，是不合礼仪的。我们这些人，都愿意来帮刘海主婚，讨您一杯喜酒喝！"

"刘妈，恭喜恭喜呀！"众人高声地嚷道。

同济堂熊掌柜双手捧着一个制作精细的盒子走上前去，半开玩笑半认真地说："老姐姐，洪老板，王老板他们都用他们的看家功夫来帮您的忙，我的看家功夫您也是知道的，就送一支长白山的千年'夫妻参'吧。"

"我们还是三媒六证，给刘海的婚姻来主婚。"牙婆一旁接口说道。

事已至此，刘海妈两眼流泪，缓缓地跪了下来……

"娘——"刘海见状，急忙陪着娘跪下。

"街坊们，你们的这番情意，我们家真的是无以为报，老身在此，给你们叩首了……"

"呃，刘妈，你这是怎么了?!"牙婆急忙将刘海妈拦住，"您这是想折大家伙的寿吗？"

院子里的人都待在那儿了，大家都异口同声地说："刘妈，您要是这样，我们都得给您叩首了！"

"娘，您起来。"刘海和牙婆一道，将妈扶了起来后，对着众人说，"各位叔叔，伯伯，大妈，大婶，兄弟姐妹们，谢谢你们对我和我母亲的关爱、照顾。请你们接受我刘海的三叩首！"说完，刘海重新庄重地跪下，给众街坊响亮地三叩首。

站在人群中东张西望的金蟾，发现了室内有个闪闪发光的物件……

唢呐响亮地吹着。

鞭炮响亮地炸着。

一乘八抬大红花轿停在了胡宅的大门外。

"请新娘上轿——"

在众人的喊叫声中,紧闭的大门缓缓地拉开。众人往里一看,个个都睁大了双眼,痴痴地呆在那里——

大门内,九个穿着打扮一模一样,头上盖着红头盖的新娘,齐齐地站成一排。

在她们前面不远的地上,一个香炉里正燃着三支长短不一的香。

一位佣人走上前来,对身穿大红新郎服的刘海深深道个万福,说:"姑爷,大姐说了,你不准走上前去,更不准揭开盖头,在三炷香燃完之前,选出你爱的小九妹。香燃完之后,你还没选出,你就从左至右,随你点中第几位,第几位就是你的新娘。"

"啊?!大……大姐她没说有……有九个姐妹呀?"刘海睁大了双眼,困惑地说。他取下头上戴着的新郎官帽,搔着头皮,左右来回地走着,走着……

香炉里一支燃着的香烧到了尽头……

刘海的脸上,流下了豆大的汗珠……

香炉里另一支燃着的香烧到了尽头……

刘海突然蹲了下来……

九个穿着打扮一模一样,头上盖着红头盖的新娘,齐齐地低下头去……

眼看最后一支香要燃到尽头了……

刘海气恼地把脚狠狠地往地上一跺,回头对迎亲的人们说:"回去吧,不娶了!"

众人大吃一惊:"啊?!"

刘海偷眼一看,站成一排的九个新娘中,第三个的脚往前稍稍移动了一下,紧接着又缩了回去!

刘海满脸堆笑,大声地宣布:"就是她了,第三位!"

最后一支香刚好燃到尽头,香灰从香杆上掉落下来……

唢呐响亮地吹起来……

鞭炮响亮地炸开来……

第三位新娘缓缓地走向前来……

第三位新娘刚跨出大门,蜻蜻迫不及待地跑上前去,她轻轻地揭开新娘盖头的一角,只看了一眼,整个人就待在那儿,嘴里说了句:"妈呀……"话未说完,就晕了过去……

"蜻蜻——"牙婆见状,急忙过来抱住蜻蜻,一个劲地喊道,"蜻蜻!蜻蜻!你怎么了?!"

蜻蜻缓缓地睁开双眼,轻声地说道:"妈,姐姐她太漂亮了!跟仙女一样!"

普度寺

石头和尚看了看手中闪闪发光的铜镜,想了想自己那次看到的情景,问道:"就这?!"

金蟾低眉低眼:"师父,弟子在刘海家看到的,只有它能发光。"

石头和尚拿着铜镜晃了晃:"废物!这不是发光,是反射的光!我……" 石头和尚刚想发火,回头一想,说道,

"算了,你对人世间的东西不太了解。我告诉你吧,这是一面铜镜,是女人用来对着它打扮梳妆的。"

"师父,您这么一说,我想起一件事来。"

"什么事?"

"刘海要结婚了。"

"他结他的婚,与我有什么关系?"石头和尚不屑地一撇嘴。

"师父,我听说女方是大高山里人家的。可是,据我了解,大高山和小高山里,根本就没有一户姓胡的大户人家。"

石头和尚猛然一愣:"这么说,你是怀疑……"

"可……可是它们九只狐狸,虽然各炼得一颗珠子,可……可它们只能变成半个人,还没有达到我的这般功力,这……没道理呀!"金蟾费力地想着,不得其解。

"我问你,是不是那颗珠子,凡人吃了可以成仙?"

"的确如此。"

石头和尚点点头:"这样吧,你再去想办法了解清楚。"

"是。"

胡宅大门外

刘海迎着第三位新娘走过去,轻声地问道:"你真是小九妹?"

小九妹点点头:"你怎么一开始时说不娶了?"

刘海诡诘地一笑:"不到最后时刻,你也不会着急嘛!"

小九妹举起小拳头,轻轻地捶打刘海的胸部:"你真坏!"

"嘻……"刘海得意地笑了起来。

一旁羡慕地看着新婚的小两口在那里打情骂俏的牙婆，此时高声喊道："吉时已到——请新娘上轿——"

小九妹走向花轿……

"压轿——"

花轿的前头往下俯下。

"揭轿帘——"

轿帘被一根花棍轻轻挑起。

小九妹走进花轿，轿帘垂下。

"起轿——"花轿被抬起来，折了个头，忽悠忽悠地抬起走了。

刘海来到大门口，冲仍然站在那里未动的八位新娘抱拳弯腰施礼："各位姐姐，我把小九妹接走了。改日再登门来拜望各位姐姐。"说完，急忙骑上马背，打马赶到花轿的前面，与花轿一道缓缓前行。

唢呐响亮地吹着……

鞭炮响亮地炸着……

眼见迎亲的队伍走远了，大姐和姐妹们纷纷揭开头上的红盖头，跑到门口眺望……

八妹看着看着，眼里无声地流出泪水，嘴里喃喃地说："好幸福好美满哟……"

刘海家院内

来凑热闹的人一拨走了又来一拨。

喜酒宴上，人们个个都喝得满脸红晕。

喝得微醺的刘海，一桌挨一桌地敬酒……

醉态朦胧的牙婆走过来，拉着刘海说："海……海哥哥,你,每次都是你……你一个人来。来敬……敬酒,我和洪老板、熊掌柜,还……还有王老板他……他们,忙了三天了,可……可还没见……见过你……你的新……新娘一眼……"

旁边的人一听,急忙高声起哄:"请新娘子与我们见上一面——"

众人起哄:"刘家妈,我们要见您的儿媳妇——"

刘海妈满心欢喜,笑盈盈地对室内喊道:"秀英啊,你就出来和大家见上一面吧!"

众人都屏住呼吸,静静地看着那紧闭的两扇新换的大门。

紧闭的两扇新大门缓缓地打开,穿着一身红衣的小九妹出现在大家的眼前!

她含笑地环视了来客们一眼,深深地道了个万福:"胡秀英见过众位街坊街邻!"声如花下莺语,人若桃花仙子。

整个院子里此时寂静无声,人们被胡秀英无与伦比的美貌深深地震慑住了:

他们或手拿筷子正准备夹菜……

或端着酒杯正准备喝酒……

或端起碗来正准备吃饭……

但此时全都僵住似的呆在了那里……

金蟾也呆在了那里,嘴里喃喃地重复着一句话:"这不可能!这不可能!……"

牙婆看得两眼发花,头脑发晕。她嘴里刚说了句:"这……这不是人……"只听得"扑通"一声,与她的女儿蜻蜻一样,晕了过去……

牙婆的晕倒，惊醒了众人，大家不由得鼓起掌来，一同高喊起来："刘家妈，恭喜您老收了个仙女般的儿媳——"

胡秀英泯然浅笑，返身款款进屋。

"刘海——你小子艳福不浅呀！来，喝酒——"几个年轻的小伙子，把刘海团团围住，"刘海，听说你还有八个姨姐呀？"

刘海醉眼惺忪地看着这几个年轻人，打着转指着他们："你……你们几个想当，当我的连……连襟呀？那……那得看……看……哇，金……金秀才，才……才来呀？罚……罚你连饮三……三杯！"

刘海说着，撇下那几个年轻人，醉步地朝站在一旁的金蟾晃了过去……

金蟾推着刘海递过来的杯酒："我不会喝酒！我也不能喝酒！"

刘海拉住金蟾："哪……哪有……有秀才不……不会喝酒……酒的道……道理？来，喝……"

"呃？呃——"几个年轻人跟着赶了过去，"刘海，你还没把话说完呢！"

刘海指着金蟾说："帮……帮我灌……灌金……金秀才三……三杯酒！"

"好——"几个年轻人，哪能放过这样闹酒的场合？他们一拥而上，不由金蟾分说，抓的抓人，灌的灌酒："一杯！二杯，三杯！哦——"

一杯酒下去，金蟾脸色就发了白，连着三杯酒下肚后，只见他用手捏着喉头，极其难受地指着刘海和几个年轻人，说不出话来，只是点了点头，返身朝外急急地跑去……

见到金蟾这番模样，几个年轻人哈哈大笑起来……

●第十四章　记恨成仇

急急逃离喜宴，奔出刘海家门的金蟾，头脑晕晕乎乎，两眼迷迷糊糊，脚步踉跄地在田地里走着，他路过一条排水沟时，突然两腿发软地一头朝排水沟里栽了……

站在门口一直看着金蟾离去的蜻蜻，远远地看到金蟾跌进排水沟，她急忙跑到还被几个年轻人缠住的刘海面前："海哥哥，那个……那个金秀才喝多了，掉进排水沟里去了！"

"真……真的呀?!"刘海有些不相信地反问。

"恩。是真的。是我亲眼看到的！"蜻蜻肯定地点着头。

"走。哥几个一道看看去?!"

"走，看看去！"

在蜻蜻的带领下，几个年轻人跟着刘海急急地来到金蟾跌进排水沟的地方查看——

排水沟里，除开一只晾着白肚皮，四脚朝天躺在那里一动不动的癞蛤蟆，哪来什么醉酒跌落的金秀才?!

刘海看着不知所措地问道："蜻妹妹，你没看错吧?!"

蜻蜻困惑地摇摇头……

普度寺 / 夜

住持慧根太师禅房内。

银须飘冉的慧根太师，盘着双腿端坐在禅床上。

两位身披袈裟的师叔，正在双手合十，规规矩矩地站立着听取慧根太师的训诫："从今日的午夜起，老衲便要闭关修行。你等去通知石头，就说对他的律戒已满，明日起，他可以出面与香客、施主们见面了。"

"是。"

"你们二位，是否愿意与老衲一道入关修行？"

两位身披袈裟的师叔，相互看了一眼："回禀住持，我等愿在外为您守关。"

"哦——既是如此，二位好自为之。"

慧根太师说完，伸出一根指头，在身前的地方轻轻一按，禅床慢慢地向两旁张开，闭着双目的慧根太师，以瑜伽功发气，使整个人悬浮着，慢慢地往下沉去……

排水沟里

晾着白肚皮，四脚朝天躺在那里一动不动的癞蛤蟆，慢慢地动了起来。开始是四只脚在动，然后是整个身子在动，它费力地翻了几下身，才翻了过来，趴在那里……

再过了一会儿，趴在地上的癞蛤蟆，渐渐地化成了金蟾。他手脚并用地爬上排水沟，长长地吸了一口气，瞬间便消失在茫茫的夜色之中。

刘海新房内

身穿睡衣的胡秀英，用热毛巾给出着长长粗气的刘海轻轻地擦拭着脸和额头……

门外，传来刘海妈的问话："秀英啊……"

"呃。"

"海儿他醒了吗?"

"娘,别担心,他马上就会醒过来。"

"这孩子呀,就是不会自己照顾自己……"

胡秀英急忙拉开房门:"娘,不是他不会自己照顾自己,是您和他的人缘太好了!来了那么多的贺喜之人,家里人手不多,也亏他给应付过来了。"

刘海妈笑着点点头,伸手摸着胡秀英的肩和手臂:"秀英啊,海儿也不知是哪一辈子修来的福分,娶到你这么一位贤良淑德的妻子……"

"娘,您也早点歇息吧。刘海醒了,我叫他来给您请安。来,我扶您……"

"不用不用。我呀,摸索惯了,比你还要熟悉呢!"

普度寺内

金蟾无精打采地站在石头和尚的面前。

石头和尚气恨恨地说道:"你呀你呀,你看看成个什么样子?让他们灌你的酒,你就不会施展出自己的法力?!"

"我……我,当着那么多无辜的人,我……我不敢……"

石头和尚阴阴地一撇嘴:"你知道吗?一杯酒,就废掉了你一百年的功力,三杯酒,就是三百年啊!"

"啊?!难怪,以我千年的功力,不至于抵不住三杯酒的酒力?原来是这样……难道是小九妹在害我?!可是,她对我应该不会呀……"金蟾费力地想着。

石头和尚奸狞地一笑:"害人之心不可有,防人之心不可无啊!你不是比她们姐妹先成人形吗?"

金蟾点点头，恶狠狠地说："这个仇，我一定要报！请师父成全！"

"好！只要你按师父的指令去做，我包你能一雪此仇！来，附耳上来！"

石头和尚的嘴贴着金蟾的耳……

金蟾不住地点着头……

刘海新房内

胡秀英睁大了双眼望着刘海："你是说，在排水沟里，只看到一只翻了肚皮的癞蛤蟆?!"感到吃惊的她，紧接着又陷于思索中，轻声自语，"难道是蟾蜍师兄……"

"是啊。"刘海看着胡秀英那吃惊后又陷于思索的模样，不解地反问，"你怎么对一只癞蛤蟆这么在意?!"

听到刘海的问话，胡秀英意识到了自己的失态，她莞尔一笑："没什么，我只是感到奇怪。呃，你们没去伤害它吧？"

"我是那样的人吗？"刘海说着，双手搂住了胡秀英……

胡秀英羞涩且十分顺从地把头埋进了刘海的胸膛……

晨光洒满大地。

刘海在胡秀英的陪伴下，来到丝瓜井汲水。

胡秀英惊讶地看到，提上来的井水中，有根丝瓜模样的影子在水中晃动！

胡秀英对着井中看，只见水中映着一张美丽动人的面容！她吓得双手抱住刘海："海哥哥，那、那井里怎么还有个好、好漂亮的女人?!"

刘海将信将疑地和胡秀英来到井口旁往下张望——

井水清晰地将二人的面容倒映出来……

刘海笑着说："英子，那好漂亮的女人旁边，还有个好年轻的男人。"

胡秀英脸一红，为自己刚才的无知，悄然地伸了一下舌头，她掩饰地推了一下刘海："人家就是想和你挨在一块儿嘛……"

刘海笑了笑："家里不是有面铜……"刚说到这儿，他想起什么地"呃"了一声，急忙跑进屋内。

胡秀英满是狐疑地看着刘海的背影……

跑进室内的刘海，来到梳妆台上下寻找着："娘，怎么没看到你的那面铜镜？"

"怎么，铜镜不见了？"

"这儿没有啊。"

"没有了就别找了。八成是被那个金秀才拿走了。"刘海妈淡淡地说。

"奇怪！上次拿走我家的打火石，这次又拿铜镜……莫名其妙！"

胡秀英来到了门口。

"秀英。"

"娘。"

"来，娘这儿还有个镯子，你给带上。"

"呃。"

刘海妈替胡秀英把一个玉手镯给带上。

刘海笑着看着。他拿起扦担、砍刀和绳索："娘，英子，我上山砍柴去了。"

刘海挑着一担干柴走在城内的通衢上……

街上的人们远远地看到他后，个个都把身子转了过去，假装没看到他。待他过去后，大家又聚集在一起，对着他的背影指指点点。

张猎户刚从同济堂里出来，刘海看到后，满脸堆笑地喊他："张猎户……"

张猎户仿佛聋了一般，充耳不闻地转身又折回同济堂内……

刘海不明白地摇摇头，继续走着……

刘海挑着干柴来到了鸡鹅巷集市贸易市场……

市场上熙熙攘攘的人们正在挑选着自己想买的东西……

不知谁喊了一声："刘海来了——"

听到喊声后，集市上所有的人，丢下手里的东西，如同躲避瘟疫般地逃之夭夭，唯恐避之不及。

整个集市上顿时空空如也……

刘海孤零零地看着空空的集市。他看着看着，突然歇斯底里地怒吼："你们这是为什么——"

蹲在角落里躲着的蜻蜻，看到刘海那痛楚的模样，又看了看身旁显得紧张的牙婆，突然问道："妈，你是听谁说海哥哥娶的是个狐狸精?!"

牙婆想了想："是……是那个金秀才。"

"你原来认识?!"

牙婆想了想，摇摇头。

"哼!"蜻蜻想站起来，不料自己的手被妈用力地抓着甩不掉! 蜻蜻突然低下头去，狠狠地咬了牙婆的手一口!

"啊?!"牙婆松开自己的手,胖胖的手上印着几颗清晰的牙印!

蜻蜓不顾一切地跑了过去:"海哥哥——"

深深陷入困惑之中的刘海,听到蜻蜓的喊声,见到蜻蜓远远地跑了过来,他不相信自己的眼睛,伸手揉了揉,看清朝自己跑过来的确实是蜻蜓,他一下子甩掉自己肩上的担子,迎着蜻蜓跑了过去:"蜻蜓……"

普度寺前殿

高大金身的释迦牟尼俯看着芸芸众生。

各式各样的旌幡自上而下地悬挂着。

青烟袅袅,梵音阵阵。

不少跑进普度寺躲避的人们,磕的磕头,抽的抽签……

每一个香客十分虔诚地把签拿到解签处,听到的几乎都是同样的三个字:"下下签。""下下签。"……

得到"下下签"的香客,满脸惶恐地对着高大金身的释迦牟尼磕着响头:"求菩萨保佑!求菩萨保佑!保佑我们全家不受狐狸精的伤害!"

磕完头的香客,又来到"功德箱"前,往里投着香火钱……

一个小沙弥出来唱喏:"闭关修炼半年,现世如来石头大师颂经解惑——"

前殿内所有的香客闻讯,个个都冲着高大金身的释迦牟尼跪了下来。

身披袈裟的石头和尚慢慢地走了出来。他登上香坛,面色严峻地说道:"有妖精作祟,乃我武陵城苍生之大不幸!孽障不除,但无……"

"石头,你又在这儿胡说什么?"突然,一声暴喝,打断了石头和尚的话!

众位香客抬起头来,循声看去,原来是石头和尚那两位身披袈裟的师叔从里面出来,制止住了石头和尚想要继续往下说的话:"出家人不打诳语。你说,现在哪有什么妖精作祟?!就算是有了妖精,它又作了什么祟?害了什么人?"

众位香客听到这样的问话后,相互望了望,纷纷站了起来。

当着众位香客的面,石头和尚暗暗咬着牙,克制自己不要发作。他依旧是那个笑模笑样的神态:"作不作祟,害不害人,日后自有分晓。"说完,他回头走了进去。

刘海家门外

不少的人聚集在大门外,朝内观看着,偷瞄着……

来的路上,还有人往这边走了过来……

刘海和蜻蜓远远地过来了……

刘海走到人们的身后问道:"你们在这儿看什么呢?"

在酒宴上帮着刘海给金蟾灌酒的那几个年轻人,听到问话,回头见到刘海,急忙扒开众人,来到刘海和蜻蜓面前:"刘海……"

●第十五章 风波乍起

在酒宴上帮着刘海给金蟾灌酒的那几个年轻人,将刘海团团围住，他们抓的抓起刘海的手翻看着，对的对着刘海的额头观看着，有的用力地往下压着刘海的肩头……

刘海稳稳当当地站在那里，弄不明白地被他们几个检验着："哥几个，你们这是干啥呢？"

"哥几个是关心你，看看你是不是伤了元气？！"年轻人说话的态度恳切。

"什么'伤元气'？！"刘海一头雾水。

"哥几个听说你娶了个狐狸精。狐狸精是干什么的？它要吸你的精血和元气，吸干了，它就可以成仙！"年轻人神秘地说。

"我伤'元气'了吗？"刘海不相信地反问。

几个年轻人摇摇头："看不出。"

蜻蜻从刘海的身后站出来，她环视着几个年轻人，生气地说："都是你们惹的祸！"

几个年轻人不明白的："我们惹什么祸？！"

"知道这个谣言是谁说出来的吗？"蜻蜻神气十足。

几个年轻人摇摇头："不知道。"

"就是那天被你们灌醉的金秀才说出来的！"

"你、你怎么知道的？"

"是他对我娘说的，我娘就对其他人说！就这样一传十、十传百……"

正说着，一身素装的胡秀英不知何时从屋内来到了人群中。听到蜻蜻说到这里，她笑盈盈地开了口："各位都来了好久了，要不要进去喝口水？"

"姐姐！"蜻蜻挤出人群，亲热地抓住胡秀英的手，对众人说,"你们看看,她像狐狸精吗?那是金秀才见我姐姐长得太漂亮了,散布的流言蜚语!大家千万不要相信!"

众人看着胡秀英不语。

胡秀英依然笑着说:"就算我是狐狸精,我也不会害我的夫君,更不会害大家,害百姓。我爱刘海,也爱你们!"说到这儿,胡秀英搂住刘海,在他的脸上甜甜地亲了一口!

"好!"人们热烈地鼓起掌来。

刘海臊得满脸通红……

普度寺／夜

石头和尚的禅房内。

金蟾面带得意神色:"师父,那刘海果然被弄得灰头灰脸,没人敢与他说话了!"

石头和尚阴恻恻地无声一笑:"等着吧,还有他们小两口难堪的!"

刘海家

胡秀英躺在床上,翻来覆去地睡不着,脑子里郁郁地想着:"蟾蜍师兄他想干吗呢?干吗要在社会上揭穿我的身份?"

"万一,海哥哥哪天知道了我真是一只狐狸精,他还会要我吗?"

刘海被惊醒了。

他悄悄地朝胡秀英看去,见她睁大了双眼没有入睡,关切地问道:"英子,想什么呢?"

面对刘海,胡秀英愧疚地说:"海哥,我害了你。"

"说些什么傻话？来，安心地睡吧。"刘海说着，要将胡秀英搂过去。

胡秀英推开刘海，突然问道："假如，假如我真的是他们说的狐狸精，你还会爱我吗？"

"是吗？"刘海枯着眉头，认真地思索着，"假如你真的是个狐狸精……"

胡秀英紧张地等待着下文。

"假如你真的是个狐狸精，我就……"刘海还在认真地思索。

"你就怎么？！"胡秀英紧张得变了脸色……

"我就把你喂养的那只小狐狸娶过来！"

"你、你好坏——"胡秀英嗔怪着刘海，一头扎进他的怀中……

普度寺

昏暗的灯光里，石头和尚与金蟾窃窃私语。

金蟾听完后，想了想，不放心地问道："师父，这行吗？"

石头和尚显得不高兴地反问道："有什么不行？"

金蟾怯怯地："师父，徒儿有一事不明，请师父赐教。"

"嗯。"

"师父既然想得到胡秀英的那颗宝珠，为何不直接去夺取，反而要、要……"

"要生出许多事来。对不对？"石头和尚再次反问道。

"师父……"

看到金蟾那副害怕的样子，石头和尚面色和蔼地拍了拍他的肩头:"你呀,对人世间的事情,知之甚少啊!"

金蟾受宠若惊地:"谨听师父教诲。"

石头和尚点点头:"兵法有云:三军夺其帅,士兵夺其志。为师若能从精神上去摧毁她的意志,让她对师父我心悦诚服,何乐不为?要知道,为师毕竟是出家之人,不可枉动杀戒。"

金蟾似懂非懂地点着头:"哦,哦。"

原野里

春光明媚。

怒放的春鹃花。

一片片的新绿。

大片的紫云英开放着。

蜜蜂在花间采撷着花蜜。

一头健壮的耕牛,啃起田埂上的一蔸青草,在嘴里嚼磨。

一根细鞭打了过来。

"吁——吁——"农人扯过牛头,赶着耕牛在田里向前犁去……

一片片的紫云英被犁头翻进泥土之中。

原野上,到处都是在辛勤劳作的人们……

有的在踩着水车抽着堰塘里的水……

欢快的流水顺着水沟畅流……

有的开沟放水……

有的平整秧田……

有的在往已经平整过的秧田里撒着稻种……

金黄色的油菜花在春光里怒放。

布谷鸟在不停地叫唤:"布谷,布谷。"

一群不知名的小鸟,"喳喳"地叫着,旋风一样从田野里飞过,瞬间成为天边的一团黑点。

刘海带着胡秀英在田野里走着,看着⋯⋯

刘海摘下一朵鲜花,插在胡秀英的秀发中。

胡秀英甜美地笑着⋯⋯

丝瓜井旁 / 夜

星光闪烁,一只癞蛤蟆蹦到了丝瓜井旁。它看看四周无人,一下子跳进井中。

跳进井中的它,张开大嘴,对着井水塘猛地吸水⋯⋯

白天农人车水的那口水塘里的水,渐渐地漏了下去,不一会儿,水塘里的水干得底朝天⋯⋯

一口一口水塘里的水,都漏干了⋯⋯

一架不动的水车。

一张发愁的脸⋯⋯

一张困惑的脸⋯⋯

几张发愁、困惑的脸⋯⋯

十几只眼睛,痴痴地看着没有了水的堰塘!

人们把希望的目光投向天空——

蔚蓝色的天空中,只有丝丝白云⋯⋯

傍晚,天际边飘浮着火烧云⋯⋯

老农看着,无奈地摇着头长叹一声:"唉——这是百年不遇的春旱啊!"

普度寺

来来往往求神拜佛的人络绎不绝……

石头和尚对着磕头求拜的香客们缓缓地说道:"昨夜我在睡眼蒙眬之中,见到了佛祖!只见他丈六金身,脚下莲花遮地,头上舍利子放出万道金光。"

香客们个个惊喜且羡慕地看着石头和尚。

石头和尚抬起右手往前一伸:"佛祖将手轻轻地放在我的头顶……"

香客们个个都把头低了下去……

"佛祖说,武陵城的西北角有千年妖孽化为人形,地煞犯天罡,故而引得天不降甘霖,地不纳清水,五谷不生,六畜不旺……"

"石头!我等的辈分比你高,修行比你长,得道比你早,为何我等却没得到佛祖的垂青?"

众位香客抬起头来,循声看去……

石头和尚那两位身披袈裟的师叔从里面出来,制止住了石头和尚想要继续往下说的话,"身为出家人,当知我寺为何取名'普度'?普度者,天下众生也。你屡屡说有什么妖精作祟?!即使是有了什么妖孽,也作了祟,我们也该去劝解,去引渡它去向善!"

"哈……"石头和尚突然仰天大笑,笑过一阵之后,望着二位师叔,恶狠狠地说,"怎么不说超度它去极乐世界呢?"

"阿弥陀佛。出家人怎可有如此重的杀气?!"

"是妖孽先在作祟!它不仁,我就不义!"

"何以见得?"

"又何以不见得?!"

"孽徒！你竟敢当众顶撞师叔?!"

"哈……"石头和尚大笑着拂袖而去……

两位师叔愣愣地站在那里……

●第十六章　众志成城

刘海愁眉苦脸地从外面进屋。

胡秀英迎上前去，接过他肩上的扦担、砍刀和绳索，关切地："海哥，你怎么了?!"

"这都有一个多月没下雨了。春上的秧插不下去，到了秋天，哪来的收获？让人们吃什么？这不会饿死人吗？"

"是啊。"刘海妈手捻着佛珠，担忧地说，"今年也奇了怪了，连从来不干的丝瓜井，也好像要见底了。"

"是啊，这水都到哪儿去了呢？上哪去找水呢？"刘海郁郁地说。

听着丈夫和婆婆的对话，胡秀英想起了深山，想起了从高山上激流而下的瀑布和潺潺的山泉……想到此，她脱口而出："山里！到山里去找水！"

深山

飞流直下，从天而降的瀑布。

瀑布击在嶙峋的岩石上，激起无数的水沫。水沫在阳光的折射下，在峡谷里出现了一道七彩的虹云……

看着那哗啦啦从自己脚下急急淌过的流水，刘海激动不已:"太好了!只要想办法把这里的水引下山,我们就可以战胜春旱了!英子,我们沿着这条山涧水走,看它流向了哪里!"

在大山的拐弯处,山涧顺着山势,流向了后山。

刘海牵着胡秀英的手,站在高处往回看——身后,就是那片渴望着清水滋润的原野……

刘海拧着眉头思考着……

田头

田头,刘海和胡秀英与几个村民比画地说着……

几个村民开始还点着头,慢慢地,他们摇着头,一个一个地走了……

胡秀英不解地望着刘海。

刘海冲她尴尬地一笑,不知说什么才好……

地尾

刘海和胡秀英与几个村民比画地说着……

几个村民开始还点着头,慢慢地,他们摇着头,一个一个地走了……

刘海看着胡秀英苦笑……

刘海家

刘海情绪激动地对母亲说:"娘,我告诉他们如何可以引水抗旱,村民们却不愿意出力?!我真是弄不明白!"

刘海妈点点头:"引水抗旱,是件大好事。不是村民愿不愿意的问题,人啊,总不能空着肚子干活吧?"

刘海恍然大悟。他挠了挠头,为难地:"哎呀,这可怎么办呢?"

刘海妈胸有成竹地微微一笑:"儿啊,你忘了,咱家不是有彗根太师送给的那份'俗物'?"

"哎呀,我怎么把它给忘了?!谢谢娘!"刘海说着,跳起来就往外走!

"当当当……"一阵急急的铜锣声后,集聚了不少村民。

刘海跳到一个土堆上,大声地说:"乡亲们,'普度寺'的彗根太师对我说,上天有好生之德,人有抗灾之能。因此,彗根太师委托我带领大家来抗旱,并交给我五百两银票,他说,凡是参加了抗旱的村民,人均发给白银一两!愿意的,请举起手来!"

村民们面露喜色地纷纷举手……

"刘海,你打算如何领导我们来抗旱?"

"前些天,我和我的妻子到山里去实地查看过了。"刘海说着,指着遥遥可望的花山说,"大家看到半山腰里的低凹的地方了吗?只要把那里开个口子,让山涧的水分成东西两股,就能让我们山下的人畜有水饮用,田地有水来浇灌!"

"用什么来引水呢?"

"用楠竹。用楠竹扎架,把楠竹劈开,打通竹节做渡漕,把山里的水一段一段地引下来!"

有位村民为难地说:"刘海,我们的人手不够呀!"

"乡亲们!"站在土堆下面的胡秀英伸出手,让刘海把她拉上土堆,"乡亲们,山里的那段,不用你们来管。我的家里有很多的佣人,他们惯于在山间劳作。"

"我再到城里去游说,有钱的出钱,有力的出力,尽早地把山里的水引下来！"刘海补充道。

"好！刘海，我们跟着你干！"

一根根的楠竹从山上顺坡滑下……

太阳下山，美丽的晚霞里，一个一个的楠竹架子，由高到低地立起……

黑夜里，人们燃着火把忙碌着……

晨曦中，一节一节的楠竹渡漕接上……

太阳当顶，妇女和儿童给干活的人们送着开水和干粮……

"海哥哥！"蜻蜓快乐地跑了过来。

"蜻蜓，你怎么来了?!"

"海哥哥，你看——"

在蜻蜓的身后不远处，来了举止文雅的熊员外，脑满肠肥的洪掌柜，长得壮实的王老板。

在他们的身后，各自跟着一大群的伙计。

刘海激动地迎上前去。

山里

胡秀英在僻静的地方，燃起一支香，嘴里念着："心思所至，情愿有归——姐姐们，都出来吧！"

几缕清气在山间的树丛中急速地绕了过来，来到胡秀英面前后，一阵白烟冒过，现出八个神情各异、风骚无比的姐姐。

"大姐，二姐，三姐，四姐，五姐，六姐，七姐，八姐！"胡秀英一个一个亲切地喊着。

"小九妹，你还好吧？"

"小九妹，来，让二姐摸摸，看你的肚子是不是变大了！"

被姐姐们调侃得受不了的胡秀英满脸绯红，不得不求救于大姐："大姐……"

"好了好了，大家也亲热够了。小九妹求见我们，肯定是遇上了什么事，需要我们帮忙。小九妹，说吧。"

牙婆红着脸对刘海说："刘海，上次那件事，都怪我……"

刘海眨巴眨巴着眼睛，不明白地："大婶，什么？哦，哦，那件事呀？我早就忘了！没事没事。"

大姐看了看地形，又看了看山下那如同巨龙长卧的楠竹水槽，对胡秀英说："行，你先下山去，告诉人们，就说我们快完工了，叫他们做好准备。"

"呃。"

"小九妹！"胡秀英刚欲转身，被二姐叫住，"就这点事，你自己就行，干吗还要喊上我们？"

"二姐，那样，我不是向人们承认我是个狐狸精了？！"

"你不是狐狸精吗？我们还都是托你的福，才能真正地成精。"

"二姐，人世间的事，远不是你所想的那样。我承认我是个狐狸精，人家会怎么去看刘海和我的婆婆？"

"纸是包不住火的。你打算瞒多久呢？"

"唉，顺其自然吧。"

"来水啦——来水啦——"

农人们敲锣打鼓，高兴得跳跃着欢呼。

清清的山涧水,沿着楠竹渡漕,沥沥地流淌着……

清水流进干渴的田里……

清水流进起灰的地里……

清水流进见了底的堰塘里……

"哦——哦——"

欢乐的人们将刘海抬起抛向空中……

胡秀英和蜻蜻站在一起,在一旁高兴地看着——

"呃——呃——请大家住手,请大家住手,我有话说——"被抛向空中的刘海大声地喊着。

人们将刘海放下。刘海牵着胡秀英的手,对大家说:"这次抗旱找水源,就是我的妻子带着我进的深山。而这次抗旱所用的经费,大部分是'普度寺'所出,另外的部分,是熊员外、洪老板、王掌柜所捐的善款。没有大家的共同努力,也就没有今天的成功!"

"哦——"欢乐的人们,分别跑向熊员外、洪老板、王掌柜……

普度寺

前殿大门紧闭。

一个小沙弥满脸紧张地跑到两位师叔面前:"师父,外面来了好多好多的香客。他们喊着,喊着要见慧根太师。"

"喔?!"两位师叔对视一眼,"走,看看去。"

门外,不少的香客,黑压压地跪了一片,他们分别举着写有"佛光普照""普度众生""大慈大悲"等字样的锦旗。

见几个小沙弥陪着两位师叔出来,带头的一位农人来到他俩面前:"大师,感谢慧根太师代表贵寺,捐出善银五百两，并委托刘海帮助我们从山中引水抗旱，让我们渡过难关。送来几面锦旗，借以表达感激之情。"说完，他一挥手，六个农人举着那几面锦旗送了上来。

两位师叔分别被香客们团团围住。他们俩费力地解释：

"慧根太师已经入关修炼，实在是不能出来面见大家。你们的心意，我们一定替你们转达！"

"慧根太师入关修炼，谢你们也是一样！来吧——"不知是谁一声喊，人们把两位师叔抬起，抛向空中……

"哦——哦——"

身处寺内的石头和尚，情感复杂地默默看着眼前的一切。

斗转星移。

新绿叶变得油光饱满。

田里的稻子长得茂盛，到了给田里除草的时候，农人们都在田里除草……

石头和尚的禅房内／夜

金蟾垂头丧气地："没想到，一场春旱，反而提升了刘海和胡秀英的人气！现在不只是城里人，连附近的农人，也对他们俩是刮目相看了！"

"砰！"石头和尚把桌子一拍，心情烦躁地，"别说了！"

石头和尚怔怔地望着窗外，脑子里闪过——

登上香坛的石头和尚，面对众香客在那里说解……

"石头，你又在这儿胡说什么？"突然，两位师叔的一声暴喝，打断了石头和尚的话……

"孽徒！你竟敢当众顶撞师叔？！"两位师叔当众斥责……

两位师叔被人们抛向空中……

想到此,石头和尚咬着牙,恶狠狠地说:"是时候了!"他说着,大步地从自己的禅房内走出来,径自向慧根太师的禅房走去。

慧根太师禅房前

两位守关的师叔,在那里小声地说着话:

"没想到那刘海真能参透禅机,把师兄给他的银票,用在了'普度众生'之上。"

"是啊。慧根师兄果真是独具慧眼呀……"

正说着,远处来了一个黑影。

"谁?!"两位师叔警觉地问道。

石头和尚大摇大摆地过去:"我。石头。"

●第十七章　栽赃嫁祸

两个巡更的小沙弥,听到问话,悄然地停下来,藏在了暗处。

"石头,你来这儿干什么?"两位师叔厉声地问道,"知道这是什么地方吗?"

石头和尚面无表情地:"石头有事请教。"

两位师叔对视一眼:"说吧。"

"以两位师叔的法力,难道看不出在城里的西北方,有股妖气存在吗?"

"妖气为黑,正气为清。难道你看不出吗?"师叔反问道。

"既然慧根太师已将全寺的事情交与石头打理，你二人为何要横加干预？"

"如来乃我佛之祖，岂可让你这个凡胎肉体的和尚随便自诩招摇？"

石头和尚眼露凶光："既然二位师叔虔心向佛，不如让石头来成全你们！"

两位师叔闻听此言，双手合十，齐声唱喏："阿弥陀佛。太师对你有宽容之心，我们二人却断无此念，早有替佛门清理孽徒之意！"

石头和尚恶狠狠地说："超度的经，你们就自己去念吧！"说着，他亮开双掌，两股强大的气流直朝两位师叔奔去！

两位师叔急忙同时亮开双掌，一声怒吼："佛法无边！"

四股强大的气流，与石头和尚发过来的两股气流相抵着，双方的衣襟，被气流冲激得顺风哗哗地响……

渐渐地，两位师叔的四股气流，抵不住石头和尚的两股气流，只听得两位师叔"啊"的一声闷哼，各自从嘴里吐出一口鲜血……

两个藏在一旁的小沙弥，吓得目瞪口呆……

望着两位被气流震得五脏六腑受了重伤，跌倒在地，用手困难支撑着的师叔，石头和尚眉头一皱，摇摇头，指着他俩说道："你看你看，成何体统嘛！要圆寂，也得盘膝而坐，双手合十。"

两位师叔咬着牙，困难且坚定地盘膝而坐，双手合十，话虽不高音，确语气凛然："孽徒，你等着下地狱吧！"

"你会遭万年唾弃！"

"是吗？可惜的是，你们看不到我的那一天了！"石头和尚说着，张开嘴，从里面抽出一根细细的金线，在手上一晃，金线变成了金鞭……

两位师叔睁大了双眼，吃惊地说道："孽徒，你竟把镇寺之宝据为己有？！"

石头和尚不以为然，他收回功力，金鞭又变回成金线，他把金线提在两位师叔的眼前："请问，这寺中谁有三百年的功力来使用它？你？你？"

两位师叔哑然无语。

石头和尚狂傲地吼道："良禽择木而居，宝物择主而为！我才是真正的镇寺之宝——"

说话间，他猛然一抖，将金线变成金鞭！

金鞭倏地一下，以迅雷不及掩耳之势，在两位师叔的头顶"噗、噗"点了两个大窟窿，鲜红的血"突、突"地直往外冒！两位师叔当场毙命！

石头和尚面色狰狞地冷冷一哼，再挥起第二鞭！

第二鞭把已经毙命的两位师叔卷起，抛向茫茫夜空，不知去向……

两个巡更躲在一旁，将这一切都看得清清楚楚的小沙弥，尽管他们在那里双手合十，嘴里无声地念着"阿弥陀佛"，依旧浑身瑟瑟发抖，上牙磕着下牙，发出阵阵"格格格格"的碰撞声……

"出来！"石头和尚沉声地喝道。

两个小沙弥战战兢兢地走了出来:"见、见过石、石头大、大师!"

石头和尚盘膝而坐,闭着双目:"去,把干柴拿来,把这间禅房给烧了!"

"这、这是彗根太师……"

"去不去?!"石头和尚双目微睁。

两个小沙弥慌乱地;"去,去……"

"要快!"

黑夜中,两个小沙弥穿梭般地来来去去,不一会儿,干柴就堆满了彗根太师住的禅房的四周!

吩咐:"金蟾,你来点火!"

"是。"一只癞蛤蟆应声从草丛中蹦了出来。

一阵青烟冒过后,现出身着土黄色起团花,镶着白领边长衫,头戴一顶秀才帽打扮的金蟾。

站在一旁的两个小沙弥惊愕无语……

金蟾从小沙弥手中拿过点燃的灯笼,把它往柴堆里一丢,风助火势,熊熊火焰,顿时将彗根太师住的禅房吞噬起来!

"当——当——"寺里的铜钟响起。

不少小和尚提着水桶来扑火……

石头和尚伸开双臂将他们拦住:"彗根太师圆寂了。就让他带着身前住的禅房一道走吧!阿弥陀佛——"

"阿弥陀佛——"众和尚全都坐了下来,颂着"超度经文"。

"彗根太师走时有话,你,你,平日功课十分用功,他要带你们一道去极乐世界!"石头和尚指着两个巡更的小沙弥说。

　　始而吓得浑身瑟瑟发抖的两个巡更小沙弥，此时却毫无惧色，坦然地站了出来，手指石头和尚高声说道："各位师兄弟，石头他杀师……"

　　话未说完，只见金蟾双手一推，两个巡更小沙弥飞身进了火海……

　　众和尚唱颂着"超度经文"的声音大作……

　　清晨，天际边云飞霞走。

　　树上，小鸟清脆悦耳地叫着。

丝瓜井亭子

　　一张惊恐万状的脸。

　　"啊？！啊——死人了——死人了——"

　　一名来井里汲水的妇女，吓得丢掉手中的水桶，慌乱地大声喊叫！

　　人们闻声围了过来——

丝瓜井旁

　　两个身披袈裟的和尚，直挺挺地躺在那里……

　　人们远远地围看着，不敢过去。

　　刘海揉着惺忪睡眼开门……

　　"刘海，快过来看，这儿死了两个人和尚！"

　　"什么？死了两个大和尚？！"刘海急忙跑过去，扒开众人，走到和尚尸体旁，蹲下去，用手指在他们的鼻孔下试了试，摇摇头，"没气了。这是普度寺彗根太师的两位师弟，怎么会死在这儿呢？！奇怪！"

"报官吧！"人群中有人说道。

"早有人去了。"人群中有人回答。

刘海家中

刘海妈坐在那里捻着佛珠，嘴里默默地颂着经文。

胡秀英拿着一包衣裳从房内出来："娘，这是我和刘海几件换洗的衣裳，先放到娘这里……"

"英儿，放心，娘知道该怎么做。"

"谢谢娘。"

丝瓜井旁

"闪开！闪开！"

在几名衙役的吆喝下，围观的人们让开一条路。

高条干瘦，下巴长着一撮山羊胡子的武陵郡县令栾明清，在一干人等的簇拥下，来到了案发现场。他绕着两具尸首转了一圈："仵作，立即将尸体进行检验，把报告速速递交上来！"

"是。"两名仵作立即对尸体进行检验……

栾明清看了围观的人们一眼，对衙役说："叫他们离远一点，以免影响公干！"

围观的人们，在衙役们的推搡下，退到了丝瓜井亭子的外面。

栾明清看了看案发四周的环境，问道："是谁最先看到这两具尸体的？"

"是我，大人，是民妇李碧叶。"吓得丢掉手中水桶的妇女急忙上前跪下。

"哦……"栾明清指了指刘海家的屋,"这是谁的家?"

"大人,是草民刘海的家。"刘海挤着进去跪下。

"刘海?你就是刘海?!"

"是。大人。"

"哦……这四周,除开你家,最近的一家离这儿有多远?"

"大概十丈开外。"

"昨日夜间,可否听到什么异常的声音?"

"没有。"

"大人——"衙门内的师爷,急急地挤了进来,"大人,普度寺的和尚,来衙门递上了状纸!"

"和尚告状?!他们状告什么?"

师爷将嘴附在栾明清耳旁嘀咕。

栾明清听完,清了清嗓子:"来呀!"

"在!"衙役应声前来。

"将草民刘海和其妻胡秀英等一干嫌疑人等,带回衙门问话!"

"是。"

"呃呃呃,我、我最先看到有什么罪?"民妇李碧叶不服气地直嚷嚷。

"李婶,别紧张,只不过是问问话。"刘海站起来,一边宽慰李碧叶,一边对栾明清说,"大人,草民这就去喊我的妻……"

栾明清脸色突变,指着刘海大声吼道:"把刘海和胡秀英给我拿下!"

刘海愕然地："凭什么?!"

武陵县衙

"明镜高悬"牌匾高高挂在大堂之上。

"回避""肃静"的高示牌竖立两旁。

手执水火棍的衙役分两边站立。

在师爷的带引下，栾明清从屏风后面走了出来。

栾明清来到案几前坐下。

师爷坐在右首的书记台前。

栾明清把惊堂木一拍："升堂。"

衙役们同声高呼："升堂——"

栾明清再将惊堂木一拍："带人犯！"

衙役们同声高呼："带人犯——"

带着木枷的刘海和胡秀英被带上堂来。

民妇李碧叶跟在后面上来。

"威武——"衙役们又一次同声高呼。

衙门外，已是挤得人山人海。

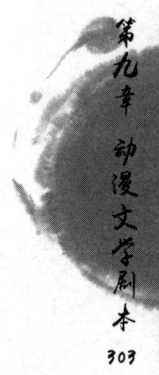

栾明清把惊堂木一拍："刘海，胡秀英，把你夫妻二人如何掳获'普度寺'的两位大师，吸取他们精血的犯案经过从实招来！"

刘海听到栾明清的问话，莫名其妙地看着他："老爷，你、你没有病吧?!"

栾明清一愣："我？我有什么病？"

围观的人们"哈哈"大笑……

"那你怎么说胡话呢？"

"我怎么说胡话了？"

"请问,是谁告我夫妻二人掳获'普度寺'的两位大师,吸取他们精血的?"

"'普度寺'的和尚。"

"原告呢?"

"我早就来了!"

人们循声望去——

金蟾不慌不忙地从厢房里走了过来。

刘海大吃一惊,脱口而出:"金秀才?!"

胡秀英看到,心中暗道:"怎么是蟾蜍师兄?!"

●第十八章 夫妻恩爱

金蟾对着栾明清深深一揖:"学生见过栾大人。"

栾明清点点头:"来呀,给金秀才看座。"

"诺。"衙役搬来一把座椅给金蟾。

"谢大人!"金蟾并没有立即坐下:"大人,各位列官,学生是受'普度寺'和尚的委托,替他们代理诉讼此案。在此,我把案发经过在此诉说一遍……"

慧根太师禅房前。

两位守关的师叔,在那里小声地说着话……

一阵白烟冒过,胡秀英现身。

她在两位守关师叔的面前搔首弄姿,媚态百出……

两位守关的师叔立即质问:"你是谁?来到这里有何公干?!"

胡秀英扭捏地:"我乃修道千年的狐狸精,特来找二位得道高僧借点东西。"

"借什么？"

"当然是不会让二位为难的东西。"

"说。"

"就是二人身上流淌着的鲜血。"

"大胆妖孽，竟敢到这里来撒野！"两位守关的师叔怒目相向。

"哎哟——不要那样看着我，叫人怪不好意思的。"胡秀英说着，扭捏地走上前去……

"出家人不杀生，你走吧！"两位守关的师叔忍让着。

"我知道，你们还有一句话，叫着'我不下地狱谁下地狱？！'"胡秀英说着，对着两位守关的师叔轻轻地吹了口气……

两位守关的师叔当场昏了过去……

就在胡秀英准备吸血的时候，"梆梆"地敲击声传来，两位巡更的小沙弥过来了……

胡秀英轻巧地将昏过去了的两位守关师叔，一手一个地搂起，口喷三昧真火把慧根太师住的禅房点燃后，化成一道青烟而去……

"今天早上，就在刘海家旁的丝瓜井边，发现了两位守关师叔的遗体……大人，各位列官，小生的案发陈述到此结束。"金秀才再次作揖后坐下。

"来呀，带人证。"

"带人证——"

在衙役的吆喝声中，民妇李碧叶被带上堂来。

"下跪何人？"

"民妇李碧叶。"

"李碧叶，本官问你的话，你只回答'是'与'不是'。听清楚了吗？"

"听清楚了。"

"你和刘海可是邻居？"

"是。"

"普度寺两位和尚的尸体，可是你最先看到？"

"是。"

"在哪里看到？"

"丝瓜井旁。"

"丝瓜井旁都住了何人？"

"除刘海一家，再无他人。"

"嗯。画押具结后下去吧！"

"是。"

李碧叶来到师爷的案几前按了个手印后，急急下堂而去。

"大人，既然诉讼人和证人，在整个案发过程中，都没有提到我的相公刘海，请大人把他给放了。"上堂后，一直未说话的胡秀英，突然开了口。

"恩？"栾明清没想到胡秀英会提出这样一个要求，一下子愣住了。他看了看金秀才⋯⋯

金秀才此时正在那儿憋着一口气，满脸涨得通红，哪来的心情与他使眼色？

他又看了看师爷，师爷正埋头整理前面的呈堂证供。

栾明清见没人给他参考意见，犹豫了一下，抽出根火签扔下堂来："本官念在刘海曾出力抗击春旱的份上，来呀，给他松绑，当庭释放。"

被衙役松开枷锁的刘海依旧跪在那里不动。

"咦，刘海，你为何还跪在那里？"栾明清不明白地问。

"大人，我的妻子还在这里，我能走吗?！"

栾明清把肩一耸："你爱跪不跪，随你。"他说着，又往堂下丢下一支火签，厉声喝道："来呀，杖责胡秀英十五棍！"

"是！"衙役们刚欲动手，门口和堂内同时有人高喊："不得胡来！"

栾明清寻声望去，只见刘海妈在蜻蜓地搀扶下来到大堂。

栾明清看着刘海妈，不解地问："你是何人？为何擅闯公堂?！"

"大人，我是目击证人。"刘海妈不慌不忙地说。

"你是目击证人?！好好好，你说，你说。"栾明清喜孜不胜。

"昨晚，刘海与胡秀英早早地就睡了，根本就没出过门。"

"你、你是怎么知道的？"

"他们俩一个是我的儿子，一个是我的儿媳。娘仨同住一家，我当然知道。"

"不行不行，你不能当证人！按律，不让你连坐就已是本官对你的体恤！下去下去。"

"大人，请让老身说完一句话再走不迟。"

"说。"

"请问金秀才，说我儿媳搂走普度寺的两位大师，目击证人是谁？"

"对，目击证人是谁？让他说！"门口看热闹的人们齐声说道。

"肃静肃静！"栾明清连连拍着惊堂木，见众人安静下来，对金蟾问道，"金秀才，你的目击证人是谁？"

此时满脸已憋得发紫的金蟾站起身来，对栾明清急急地说道："大人，学生内急……"话未说完，一头钻进了厢房。

"呃呃呃，茅厕在后……"栾明清急得直喊。

"哈……"门口看热闹的人们哄堂大笑。

"啪啪啪啪！"栾明清急急地拍打着惊堂木，冲衙役们喊道："为何还不动手？"

"诺！"衙役们刚欲动手，刘海急忙喊道："大人，刘海愿替妻子胡秀英受过！"

"海哥……"胡秀英急忙喊着刘海，嘴里欲说又止。

"啪！"栾明清把桌子一拍："好！你既然愿代胡秀英受过，本官就成全你！来呀，再加十棍！"

一支火签又落在了堂上。

上下飞舞的水火棍……

趴在地上动弹不得的刘海……

泪流满面的胡秀英……

刘海家

熊掌柜悉心地给趴在床上、光着屁股的刘海上着外伤药……

药粉不够……

刘海吃力地碰了碰站在床旁的蜻蜓……

"海哥哥,你想说什么?"蜻蜓关切地问。

刘海指了指自己的上衣……

蜻蜓从刘海上衣的口袋里掏出个油纸小包。

刘海点点头,指了指熊掌柜。

熊掌柜将油纸小包一层一层地打开,一张"金创秘方"赫然醒目!

熊掌柜看着"金创秘方",看着看着,不禁手在微微发抖:"好药!好药呀——我这就去配!我去配!"他说着,跳起来急忙出了门……

牢房内 / 夜

牢房内,一片鼾声传出……

犯人们都睡着了……

胡秀英燃起一支香,嘴里念道:"心思所至,情愿有归——姐姐们,都出来吧!"

两缕清气在牢房里急速地绕了过来,来到胡秀英面前后,一阵白烟冒过,现出大姐和二姐。

胡秀英看了看:"其他姐姐呢?"

大姐抿嘴一笑:"看到你出嫁,八妹都羡慕死了。她急急地找了个人,正忙着要出嫁,她们就委托我和你二姐过来了。说说又有什么事?"

刘海家

熊掌柜悉心地给趴在床上、光着屁股的刘海重新上着外伤药……

药粉果然有奇效——所有的创伤立即封口！

一旁看着的蜻蜓惊讶地睁大了双眼——

牢房内

二姐心疼地埋怨："你呀，你怎么就不去阻拦？让刘海吃了那么大的亏！"

"就是！那刘海不只是你的丈夫，更是我们姐妹们的恩人！你是怎么替我们来关照他的嘛？"

在两个姐姐的抱怨下，胡秀英惭愧地低下头去，两行清泪簌簌落下……

普度寺

石头和尚对着癞蛤蟆埋怨道："你呀，你就不会说你就是目击者？！"

"我、我当时再不走，就会现出原形……"

"唉——"石头和尚叹了口气，"这也是天数。算了。"

"师父，徒弟有一事不明。"

"说。"

"你这样逼着胡秀英，她会让你如愿，得到她的那颗宝珠？"

石头和尚撇嘴一笑，自信地说："我料定，她会自己送上门来。"

"送宝珠？"

"寻仇。"

"师父，您斗得过她吗？"癞蛤蟆担心地问。

石头和尚瞥了癞蛤蟆一眼:"好徒儿,知道替师父担心了。这样吧,今夜你去给我把刘海家一把火烧了!"

"可我现在这样……"

"来吧,师父再给你输入法力。"

癞蛤蟆有些心虚地:"师父,怎么你每次给我输入法力,我的功力就减退不少?"

"嗯?"石头和尚沉下脸来,"你从一只癞蛤蟆变成人形,我的法力与你身上的妖气融为一体,需要一个过程!既然你怀疑师父,你走吧,我只当没你这个徒儿!"

"不不不,师父,徒儿也只是这样一问。"癞蛤蟆急忙解释。

"那好,让为师的再为你输进一些法力!"

"是。"癞蛤蟆不太情愿地走到石头和尚的对面坐下。

牢房内

胡秀英哽咽着说:"人言可畏。刘海和婆婆都是规矩人家,我怎么能让他们受到人家的指责……"

"好了好了,我们体谅你的难处。说吧,要我们怎么帮你?"

"我不在家,怕刘海和婆婆再次受到伤害,求姐姐替我前去关照关照。"

"我去。刘海妈见过我,好说话。"

"多谢大姐。"

"那我呢?"

"请二姐找到那个姓栾的县太爷,想办法说服他放了我。"

"好。包在我身上。那,我们走了。"

"嗯。呃,二姐……"

胡秀英喊住刚欲离开的二姐。

"还有什么事?"

"不可去取人家的性命!"胡秀英不放心地叮咛。

"我呀……"二姐诡诘地眨眨眼,顽皮地一笑,"让他求生不能,求死不得!这,总该可以吧?"

胡秀英点点头,两缕清气倏然离去。

看到两个姐姐离去,胡秀英长长地舒了口气。她把衣服拿出来,按人穿的那样摆好,嘴里念念有词:"心思所至,情愿有归——变!"

一个和她一模一样的胡秀英,侧身睡在了那里。

胡秀英闭上双眼,定了定心,化着一缕清气,倏然离去……

●第十九章 惩恶扬善

普度寺

闭目打坐的石头和尚笑了笑:"胡秀英,你终于肯现身了?"

门外,一缕清气原地转了一圈,现出胡秀英。她秀眉紧锁:"石头和尚,我和你往世无怨,近日无仇,你为何一次一次地拉扯上蟾蜍师兄,一同来苦苦相逼?"

石头和尚拉开房门:"阿弥陀佛。你只知与人结怨须有前因后果，就不知'人在家中坐，祸从天上落'。"

"你这是什么意思？"

"谁叫你腹中有颗修炼千年的宝珠?!"

"修道之人，怎可贪念他人之物？更何况那是我千年修道而来，无它我也难能成人，又岂有送与他人之理？你若不再兴风作浪，我便饶过了你。你好自为之吧！"

见胡秀英有转身离去之意，石头和尚唱喏一声："阿弥陀佛。你饶过我，我可不会饶过你！"

石头和尚说着，向胡秀英打出一掌！

一股气浪，冲着胡秀英汹涌而去——

胡秀英轻巧地闪过："石头，这可是你逼我出手！"

"哈……"石头和尚狂放地大笑，"胡秀英，有什么本事，你就全都使出来吧！"

石头和尚再次直扑上去……

胡秀英与石头和尚战成一团……

刘海家门外

金蟾来到了门外。他左右看了看，见四周毫无动静，便将堆在坪里的干柴，轻手轻脚地堆码在刘海家门口，从身上拿出火捻子，一下一下地打起火来……

藏在暗处的大姐自语道："我原以为小九妹是过于担心，果真有人来加害刘海！"

大姐悄悄地来到金蟾身后，把他的肩头一拍："喂，你想干吗呢？"

"啊——"正在全神贯注点火的金蟾，被冷丁的一拍，吓得手中的火捻子都掉在地上了。他一回头，与大姐一打照面，再次吓得"啊"了一声，呆呆地站在了那里。

"蟾蜍师兄?!"大姐不解地问道，"怎么是你？"

"大姐?!你……你……我……我……"蟾蜍刚十分尴尬地想分辩，突然脸色变得很痛苦地"啊"了一声，又从人变回了原形……

"蟾蜍师兄，你下山这么长的时间，功力怎么还不如以前了?!"

蟾蜍对大姐看了看，满脸羞得通红，它趁大姐不注意，"扑通"一声，跳进丝瓜井之中——

大姐看着丝瓜井，摇了摇头，一挥袖，被金蟾搬开的干柴，又恢复了原貌。大姐想了想，抬手敲响了刘海的家门。

"谁呀？"刘海妈问道。

"婆婆，是我，九妹的大姐。"

县衙内

二姐笑眯眯地看着一脸茫然的栾明清："是我。"

栾明清仔细地看着二姐妩媚的面容。

"啊……"被二姐那无比明艳面容惊呆了的栾明清，咬着牙狠狠地掐了掐自己的脸，"哎哟……"把自己掐得龇牙咧嘴的，仍不相信地揉了揉眼睛，再次盯着二姐观看。

看着看着，他突然从床上滚到地上，对着二姐磕头："凡人栾明清，见过神仙姐姐！"

"咯……"二姐一阵娇笑，柔柔地说，"我哪是什么神仙姐姐？我是胡秀英的二姐。"

"你……你真是胡秀英的二姐？"栾明清问着，慢慢地站了起来。

"怎么，不像吗？"二姐娇滴滴地反问道。

"没骗我？"

"哎哟，你是朝廷命官，我怎敢骗你呢？"

听到二姐的这句话后，栾明清立即虎下脸来，拿腔拿调地："你黉夜擅闯本官下榻的卧室，知道是犯了什么罪吗？"

"哎哟——栾大人说是什么罪，不就是什么罪吗？"二姐说着，解开自己的上衣，露出里面贴身穿的红兜兜，娇嗔地对栾明清丢去个勾魂的飞眼，"人家是头一次见到你这么大的官，看把人家都吓出汗来了……"

被二姐那勾魂的飞眼激得浑身一哆嗦的栾明清，直勾勾地望着二姐那丰满的胸部，不住地吞咽着口水："你、你真的吓出汗来了？"

"不信？你来摸摸，看我身上有没有汗……"

"那……那我就来摸了！"栾明清说着，饿虎扑食地猛然扑了过去……

二姐灵巧地一闪，轻易地躲了过去。

"我……我就不信抓不着你！"被二姐逗撩得欲火焚身的栾明清，想再次地扑过去！

"大人，"二姐抬手制止，"我来有正事，你知道吗？"

"知道知道。"

"那……你怎么还不办呢？"二姐扭捏地说。

"办！我马上就办！来……"栾明清要亮开嗓子喊人……

二姐急忙伸手把他的嘴捂住："我不让你叫他人来办……"

栾明清趁机用双手把二姐的手紧紧地抓住："美人，我的心肝宝贝,我的姑奶奶,你叫我怎么办就怎么办。"

"我要你亲自到牢房里去放人。"

"好好好,我去,我去。"栾明清刚欲走,又止住步,"不行,你得陪着我去,不然,我回来,你走了。"

"你好坏哟——"二姐说着,用手指重重地按了一下栾明清的额头。

普度寺内

胡秀英与石头和尚战得四周飞沙走石……

石头和尚一掌接一掌地发力,其精深的功力上似乎绵绵不绝……

胡秀英灵巧地闪、挪、腾、跃,成功地避开石头和尚所发出的招数。她边打边说:"想不到你这个臭和尚,竟然会有五百年的功力?!"

石头和尚听到后一愣,不由得夸奖道:"你也不简单,能看出我有五百年的功力!"

"哼,我还看出这功力是偷来的!"

"哈……"石头和尚仰天狂笑,"狐狸精就是狐狸精!不错,比起我那个癞蛤蟆徒儿要强上一百倍!"

"你这个和尚,贪欲太盛,实在是留你不得!看招!"胡秀英银牙一咬,双手在胸前抱成圆形一转,聚集起一团真气,"着!"双手一推,那团真气汹涌地直朝石头和尚扑去!且越来越大,越来越浓……

"来得好!"石头和尚见状,从口中取出金线,一抖,金线变成了金索。他抖起金索,那金索穿过胡秀英发过来的那团浓浓的真气……

"嗵！"未曾提防石头和尚有此阴招的胡秀英，猝不及防，被金索重重地撞在了肚子上！

"哇——"胡秀英忍痛不住，一张口，一颗闪闪发光的晶莹宝珠"倏"地夺口而出……

看得分明的石头和尚，再次扬起金索，将那颗闪闪发光的晶莹宝珠钩了回来！

"还我的宝珠！"胡秀英忍着疼痛，大声疾呼。

石头和尚将得到的宝珠在手中掂了掂，放声大笑："哈……胡秀英，念在你送宝珠的份上，饶你不死！回到山中，继续当你的狐狸去吧！哈……"

牢房内

栾明清挽着二姐的手臂，来到关押胡秀英的牢房前。对着胡秀英那使法变的人说道："胡秀英，你可以回家了！"

胡秀英使法变的人一动不动。

"咦——"栾明清眉头一皱："来人呀！"

"太尊大人，有何吩咐？"一衙役应声而来。

"把门给我打开！"

"是。"

感到奇怪的二姐，睁开法眼，发现那只是用上下两件衣摆放的一个假人，急忙把栾明清的手一拉："算了，让她睡醒了，再让衙役叫她回去不迟。再说，我也不忍心看到妹妹她受到折磨后的样子。"

"呃呃呃，我可没动她一根毫毛！你，真不想见她？"

"这不是见了吗？"

栾明清淫荡地无声一笑："我知道你想的是什么。"

"你才想呢!"二姐说着,把嘴挨到栾明清的耳边,羞涩地轻声说道,"人家还是个没出嫁的黄花大闺女呢……"

"是吗?!"栾明清睁大了双眼,怔怔地看着二姐……

时而是狐狸,时而又变成人的胡秀英,跌跌撞撞地回到牢房内,她极其痛苦地呻吟着……

衙役听到声音急忙过来,开启牢门锁:"胡秀英,刚才大人来吩咐过,你醒来后就可以回家了。你快走吧。"

胡秀英挣扎着坐起,声音微弱地说:"谢谢,我这就走……"

衙役奇怪地:"这是怎么了?进来时还是好好的……"

刘海家

刘海妈端坐在那里,手捻着佛珠,嘴里无声地念着经文。

大姐心疼地看着趴在那里的刘海,她想了想,走出房门,对刘海妈说:"婆婆,您去睡吧。刘海有我照顾着呢。"

"没事。年纪大了,睡不着。海儿那里,你想怎么着就怎么着吧。不碍事。"刘海妈平静地说。

大姐用奇怪地眼神看了看瞎眼的刘海妈,犹豫了一下后,下定决心,返身再进房内,来到刘海的身旁站定……

她双手慢慢抬起,手心对着手心,在胸前形成抱团状,闭目念念有词,不一会儿,一团亮光在两只手心中出来,出来,渐渐地越来越亮,越来越大……

在那团光放射出七彩光芒时,大姐把那团光放在刘海的棒伤上,轻轻地揉了起来……

揉着揉着,伤口看着看着就愈合了。

大姐手捧着那团光,来到刘海的头前,闭目念叨之后,把那团光往刘海的头上一推,那团亮光化成一缕清气,直从刘海的头脑进去……

"啊……"沉睡中的刘海长长地舒了口气,又伸了个懒腰,精神抖擞地醒了过来。他一眼见到大姐,不禁急忙翻身而起:"大姐?!你是什么时候来的?"刚说完,他突然发现自己的裤子未穿好,又急忙系上裤子,边系边冲大姐尴尬地发笑:"嘿……大姐……"

大姐抿嘴一笑:"婆婆到现在都没睡呢!"

"娘!娘——"刘海跃身出门。

"海儿,来,快让娘看看!"刘海妈欣喜地在刘海身上摸索着。当她摸到刘海的屁股时,刘海把她的手拦住,不好意思地:"娘——"

"怎么?你娶了媳妇,就不是娘的儿了?"刘海妈含笑地嗔怪。

"嘿……"

"嘭嘭嘭!"有人在急急地敲门。

"谁呀?"刘海应声问道。

"快,是秀英!"刘海妈边说边推着刘海去开门。

刘海和从房内走出来的大姐困惑地对视一眼,急忙把门拉开。

披头散发、气息奄奄的胡秀英,一下之从门外倒在了屋内!

"英子!"

"小九妹!"

刘海和大姐异口同声地大声喊道,急忙将倒在地上的胡秀英扶进房内的床上。

刘海妈跟在后面进了房。

"英子，你这是怎么了?!"刘海心急地问。

胡秀英睁眼看到大姐，两行泪水流下："大姐，我的宝珠没了！"

"啊?!"听到这句话，大姐如同晴天霹雳，惊呆了！

刘海不解地问："什么珠子没了？"

"相公……"胡秀英拉着刘海的手，眼泪流个不停，"我对不住你……"

"什么呀？什么对不住呀？"刘海莫名其妙。

"婆婆——"胡秀英从床上爬下来，跪在刘海妈面前，"婆婆，儿媳对不住你……"

"不！你是我的好儿媳。"刘海妈摇摇头，坚定地说。

"婆婆，我不该瞒住你和相公，我真的是个狐狸精。"

"啊？英子，你说什么？不不不，你快说你不是狐狸精！你、你、你，一定是被什么给急糊涂了！"刘海语无伦次地说。

"不，相公，我真的是个……"胡秀英的话未说完，就从身后慢慢地伸出了根毛茸茸的大尾巴！

胡秀英痛苦地："海哥哥，我就是那只小狐狸……"

"你是小狐狸？你真是小狐狸？"

胡秀英可怜巴巴地看着刘海点着头。

"小狐狸——"刘海蹲下去，把胡秀英紧紧地搂在怀里，"不管你是人还是狐狸，我都会一如既往地爱着你！"

大姐动容地落下了泪水……

● 第二十章　天上人间

"海儿，秀英现在是什么样子了？"刘海妈镇定地问道。

"娘，她、她的狐狸尾巴都露出来了……"

"快去，把熊掌柜送来的那支千年夫妻参拿出来，切上一块给秀英含在嘴里！"

"呃！"

刘海把切下来的参片塞进胡秀英的口中……

慢慢地，胡秀英那条伸出的毛茸茸大尾巴，又缩了进去……

精神好了许多的胡秀英，冲着刘海妈连连磕头："谢谢娘！谢谢娘！"

大姐也跪了下来："谢谢婆婆救了小九妹一命！"

"起来，你们都起来。"

胡秀英和大姐站了起来，一左一右地依偎着刘海妈。

刘海妈长长地叹了口气："秀英，你不该单独地去找那石头和尚理论。"

"娘，以前我都忍了。可这次，他害我的相公受了这么大的苦，我怎么还能忍下呢？"

"秀英，大姐，从开始我就知道你们狐狸精，还有个什么金秀才，他应该是个蛤蟆精吧。"

"娘，您都知道?!"

"婆婆，您都知道?!"

"娘，您都知道?!"

胡秀英、刘海和大姐惊愕地异口同声。

"是海儿的人气，让你们都修成了正果。"

"啊?!"大姐急忙再次跪下，"婆婆，您法眼独具，求婆婆救我小九妹一命！"

"娘，您救英子一命吧！"

"求娘救秀英一命！"

刘海和胡秀英都跪了下来。

"起来起来。一家人要求什么？我的儿媳，我不心疼吗？都站起来听我说。"

大姐，刘海和胡秀英顺从地站起。

"秀英的那颗珠子，要是被石头和尚占据十二个时辰，就会归他所有。因此，事不宜迟，得赶快去夺回来！"

"我马上把其他的妹妹都叫来！"大姐心急地说。

"不，你们都来也没有用。只要刘海一人去就行了！"

"相公一人就行？"

"刘海一人就行？"

大姐和胡秀英惊诧不已。

"娘，我这就去！"刘海说着，转身就走。

"回来，把你平时砍柴的东西都带上！记住，不管出现了什么情况，你只要想到自己的爱妻，想到爱你的姨姐们，想到爱你的街坊、乡亲！去吧！"

一衙役急急地跑进同济堂："熊掌柜！熊掌柜！"

熊掌柜不急不忙地从里面出来："怎么了？"

"栾大人他、他不知得了什么病，软绵绵的提不起精神。"

"哦。我去看看。"

普度寺

刘海来到寺院内，高声喊道："石头和尚，你给我出来！"

那喊声，如同寺里的铜钟，在整个寺院内"嗡嗡"回响，传遍每个角落……

众小沙弥纷纷出来，在他们的眼里，此时的刘海，浑身上下都被一团金光圈着，宛如一尊现世的菩萨！

"啊?!阿弥陀佛——"众小沙弥齐声唱喏，静静地坐了下来，双手合十，唱颂着经文……

石头和尚见到浑身上下被一团金光罩着的刘海，心中暗暗吃了一惊！他假装不认识地双手合十："阿弥陀佛，普度寺乃佛门圣地，请这位施主不要在此高声喧哗！"

刘海点点头，压低嗓音说道："那好，只要你把从我妻子那里抢走的宝珠归还与我，我便立刻走人，不在此打搅。"

"阿弥陀佛。出家人四大皆空，我要你妻子的什么宝珠又有何用？况且，我也不知你妻子是谁？"

"我妻子就是胡秀英。"

"胡秀英又是谁？"

"她……她是你祖宗！"刘海被石头和尚佯装不睬的态度给激怒了，"石头和尚，你是个欺软怕硬的缩头乌龟！敢作不敢为，算什么出家之人？你没有人性！你欺师灭祖……"

刘海站在那里一个劲地想着话来骂，没想到石头和尚却在那里咬着牙，悄悄地运足了气，趁刘海骂得起劲，他突然发招，暴喝一声："口出污秽的狂徒，送你到极乐世界去吧——"双手猛地推出，只见一股强大的气流，直朝刘海扑了过去。

毫无任何思想准备的刘海，被这股气流击中，"啊——"

的一声，整个人在空中连翻几个筋斗，直到把一座假山撞得四分无裂，他才"噗"的一下，一个狗吃屎地趴着掉落在地……

石头和尚拿定架势，站在那里静静地看着。

趴在地上的刘海一动不动……

石头和尚缓缓地呼气，慢慢地收起架势……

"记住，不管出现了什么情况，你只要想到自己的爱妻，想到爱你的姨姐们，想到爱你的街坊、乡亲！"

趴在地上的刘海，脑海里响起了来时娘说的话。他嘴里轻声念着："想着爱妻，想着姨姐们，想着街坊，想着乡亲！"

此时，仿佛刘海的身后，就站着爱妻、姨姐，站着众多的街坊和无数的乡亲！顿时，一股奇特的巨大力量，让刘海从地上一跃而起！

唱颂着经文的小沙弥们提高了嗓音。

已经转过身的石头和尚感到异常，止住脚步慢慢地回过头去……

石头和尚惊恐地看着……

刘海从容地把掉落在身旁的扦担和草帽从地上捡起来，望着石头和尚，摇摇头："石头，就这点本事？你看，我没事。真的。"说着，刘海伸了伸胳膊，踢了踢腿……

刘海家门外

二姐春风满面地在外喊道："大姐，小九妹，我回来了！"

大姐闻声出门："二妹。"

"大姐！那个混蛋，要不是小九妹有叮嘱，我要吸干他的精血！"二姐得意中带着一点遗憾。

她看了看大姐身后,"咦——小九妹呢?没回来?这个混蛋!我去……"

"二妹!小九妹早就回来了。"

"她人呢?"

"二姐……"胡秀英倚着门喊道。

"小九妹!你这是怎么啦?!"二姐冲上前来,关切地问道。

"二姐,我……"胡秀英难过地说不下去。

二姐把困惑的目光投向大姐。

大姐附在二姐的耳旁说着……

"啊?!这……那……还等什么?把其他的妹妹都叫来,找那个臭和尚算账去!"二姐心急火燎地嚷道。

"二姐,我的相公,他已经去了。"

"刘海去了?!嗨,你……你怎么能让他去呢?你都不是那臭和尚的对手!不行,我得去……"二姐说着,拔腿就要走。

"回来。"刘海妈在屋内说道,"你去,只能是给海儿增添累赘。"

二姐一愣,急忙返身进屋,给刘海妈磕头行大礼:"小九妹的二姐见过婆婆。刚才因事过太急,没先来给您请安,请婆婆见谅。"

刘海妈面带微笑:"起来吧。你是个心直口快、热心热肠的人,婆婆怎么会见怪?"

"二姐,是娘不让我们去的。"

"婆婆,海哥哥他行吗?"二姐实在是不放心。

"所谓'邪不压正',刘海给千家万户送过干柴,他所拥有的扦担、砍刀、草帽,都是聚满了正气的宝物!"

二姐惊讶地眨眨眼:"难怪他身上的人气那么足,让我们九个姐妹都能修成正果!"

"他同时也把正义、仁慈、善良、诚信和博爱都传给了你们。这些,才是人间的正道啊!"

二姐和大姐对看一眼,同时又跪了下去:"多谢婆婆!多谢九妹!"

"呃,大姐、二姐,你们干什么呢?快起来吧!我可受不了!"胡秀英着急地说。

普度寺

石头和尚镇定下自己的情绪:"刘海,想不到你居然还能不死?!你敢再接一招吗?"

"别说一招,十招八招也毫无关系!"刘海不屑地说。

"这可是你说的!"石头和尚说着,再次发招!

眼看着气浪滚滚而来,情急之下,刘海将手中的草帽当着盾牌,对着滚滚而来的气浪!

"嘭——"一声巨响,气浪撞上草帽,如同海浪撞上了礁石,一部分四溅开去,另一部分却被撞了回去!

做梦都没想会有这个情况发生的石头和尚,被撞回去的气浪狠狠地打翻在地!

唱颂着经文的小沙弥们再次提高了嗓音。

一咕噜爬起来的石头和尚,对着唱颂着经文的小沙弥们恼羞成怒地吼道:"我叫你们念!"说着,抬手打出一股气浪。

刘海飞身过去,又举起了草帽——

有了准备的石头和尚虽然躲过了主流,却依然被余波冲击了一下!

显得狼狈的石头和尚从嘴里取出金线,一抖,金线变成金绳……

唱颂着经文的小沙弥们又提高了嗓音。

刘海见到石头和尚手上的金绳,急忙把捆干柴的绳索拿在手上,与石头和尚同时甩出……

两根绳索相遇,金绳被捆干柴的绳索如同蛇样地缠住,顿时失去功力,变成了金线!

"啊?!"石头和尚见势不妙,拔腿就跑。

"不许跑——把我妻子的宝珠还来——"刘海喊着,将手中的扦担像掷标枪那样掷出,又把手中的砍刀掷出——

扦担刺进石头和尚的胸膛!

砍刀劈向了石头和尚的脑袋!

衙门内

熊掌柜全神贯注地把着栾明清的脉。

栾明清如同要死的干鱼,躺在床上张着嘴出气。

熊掌柜把过一阵之后,摇摇头:"栾大人,你过度纵欲,气血两虚,非得静心调养半年以上,对美色不可动丝毫的心,否则,性命不保啊!"

丝瓜井边

大姐、二姐和胡秀英,看着刘海把手中的金线垂下去……

不一会儿,刘海对大姐、二姐和胡秀英轻声地说:"它上来了!"说着,刘海把金线猛地往上一提,身背一根金丝瓜,口咬着金线的蟾蜍,被刘海从井里钓了出来。

落地后的蟾蜍不敢抬头,口里说着:"师父,是不是这个发光的东西?"

"哈……"刘海开怀大笑,"金秀才,你看看我是谁?"

蟾蜍看着刘海,茫然地:"我师父呢?"

"蟾蜍师兄,你怎么找了这么一个师父?他把你身上的功力,足足地吸走了五百年呀!"胡秀英十分惋惜地说。

蟾蜍悔恨不已,双泪直流:"我、我……投错了门,跟错了人,我、我这是咎由自取……"

"善哉善哉。"一声唱喏,打断了他们同道师兄妹的相聚。大家抬头看去,原来是慧根太师带着一群小沙弥来到他们的面前。

刘海急忙施礼:"刘海见过太师!"

"哈……"慧根太师爽朗地笑着摆摆手,"刘海,你要是拜我,会折我的寿呀。"

刘海一脸茫然:"请太师明示。"

慧根太师避而不答,指着地上的蟾蜍说:"它与石头和尚狼狈为奸,屡屡和你过不去,不知你打算如何来处置?"

刘海想了想,对蟾蜍说:"金丝瓜乃是镇着地下水脉的宝物,不可妄动,要把它放回原处。"

蟾蜍点着头。

"念你对自己所犯之事深有悔意,又无端地失去了五百年的功力,再想修炼,已是枉然……这样吧,在人间,就罚你身背金钱,做一个送财的金蟾,在天上,你就住进广寒宫吧!"

听到这里，蟾蜍猛然抬头，两行热泪滚滚而下："谢谢刘海不杀之恩！"

"哈……善哉善哉！"刘海母亲哈哈一笑，变成了观音菩萨。众人急忙下跪。

刘海母亲摸着刘海的脸说，"玉帝本已封你为掌管人间幸福、财富和爱情的尊神，又不知你是否能够胜任，这才让你来到人间，品尝人间的七情六欲。现在你已经功德圆满，带着你的爱妻回天庭去吧！"

"啊?!"大姐、二姐和胡秀英，不认识似的看着刘海。

刘海摸着自己的后脑勺，"嘿……"地傻笑……

"哦，刘海，你手上的那根金线，是玄奘大师在本寺传颂经文、整理经文时所余，是本寺的镇寺之宝。"慧根太师提醒刘海。

"哦哦哦，理当归还，理当归还。"刘海双手把金线向慧根太师奉上。

丝瓜井旁的刘海庙

刘海头戴草帽，肩扛扦担，脚踏石头，带着一只身背金钱的蟾蜍，左手牵着胡秀英的塑像。

青烟袅袅。

牙婆带着蜻蜻跪在像前祈祷……

蜻蜻望着刘海像，无声地流着泪水……

牙婆狠狠地抽了自己一个耳光……

剧终。

后记

人生的幸福

人生的幸福是什么？

对这个问题，有很多种诠释。我以为，人这一生，能一辈子从事自己想干的事，就是指数最大的幸福。

伟大的爱国主义诗人屈原流放在常德时，写下了千古绝唱《九歌》。他在《离骚》第七节中写道：吾令羲和弭节兮，望崦嵫而勿迫。路漫漫其修远兮，吾将上下而求索。这里，羲和是太阳神的车夫，崦嵫是太阳神居住的地方。整句话的意思是：我叫羲和停鞭慢慢地行走啊，就是看到崦嵫也别让太阳急于靠近。探寻真知的路很长很长，我将百折不挠，不遗余力地去追寻和探索。

看来，想买个太阳不下山的人，当是有着浪漫主义思想的屈原。

屈原没有想到的是，"路漫漫其修远兮，吾将上下而求索"成了历朝历代无数人的座右铭。我这一辈子，也是努力去这样做的。

我从小就热爱书法、画画和文学。记得《东方红史诗》上演时,主持人的那几句朗诵词,迄今我还记忆犹新:

亲爱的同志,

你可曾记得?

在那战火纷飞的黎明,

在那风雪弥漫的夜晚,

我们是怎样的向注,

向注着胜利的一天!

我把它抄写在一个本子上。这个本子上,还有李瑛的诗作,有臧克家的诗作,刘白羽的散文……

后来,因为众所周知的缘由,我的文学梦断了。直到20世纪70年代,因为爱写几行诗句,偶尔在市文化馆的油印小报上发表,文化馆负责创作的彭信理老师,找到在城市建设管理处工作的我,问我会不会写常德渔鼓。我说不会。他就手把手地教我唱词该按什么格式来写,要编造故事和人物等,就这样,开始了我的曲艺创作生涯。

应该是1977年下半年吧(我这个人最大的缺点就是从不关注年月日的具体时间),我从常德市橡胶厂调到市文化馆(现武陵区文化馆)当文化站辅导员。这时的文化站大概是刚刚兴起(或恢复),每个街道办事处和每个公社,都设有一个文化辅导站。文化站的性质是民办公助,辅导员都是集体指标。

我先是来到城东街道办事处报道,没几天,就叫我转到城南街道办事处,原因是有个辅导员家在城东,上班方便一些。到城南街道办事处大概一两个月,又将我调到城西,因为这个站辅导员的妈妈也在城西街道办事处上班。

在城西街道办事处上了一年多吧，因为我爱好文艺创作，时而又把我抽调到文化馆来上班。但终因是"集体"成员，又回到文化站工作。后来，由于辅导员队伍的变化，面临着重新调整的局面，我主动要求到东江公社去，因为我没有下过放，不了解农村生活，为了文艺创作的需要，我必须去"补这一课"。

文化站的工作，说穿了就是辅导员自己想办法出主意给自己"找事做"：若不想干事，就没有事干。顶多跟着公社的领导到各大队、生产队了解农业生产状况。

那时的农村文化活动，基本上就是"打牌"："跑胡子""戳胡子""推牌九"。在不准赌博的高压态势下，有些人还是偷偷地玩点几分几毛的"小钱"。

1985年11月的一天，公社特派员（公安人员的称呼）带着公社的干部去抓赌，晚上10点来钟，我们出发了，拿着能装三节电池的手电筒，在坑坑洼洼的路面上晃着，见到哪个屋场的灯还亮着，就走过去趴在板壁或门缝里看。

开始，我小心翼翼地踮着脚走，特派员说，你只管大大方方地走过去，如果踮着脚走，反而会引起注意。从门缝里看，只见昏暗的灯光下，几个人打牌，筹码就是一些火柴棍。听到里面有人说，算了，不打了。几个人根据自己的筹码算账时，特派员一脚将门踢开，把里面的人带到室外禾场坪蹲下。可能是受到惊吓的缘故，一位中年妇女直说要屙尿。特派员严肃地说："不准动！"那个妇女真是憋不住了，转过身，当众方便起来。一片漆黑的四周，映衬出一个白生生的大屁股……

有次我跟着公社的负责人到东江乡驼古堤督促春耕生产，看到农村小学教室的窗户上，没有一块完好的玻璃，到处漏风漏雨，突然萌生出一个念头：农村的孩子也是孩子，他们也应该有自己幸福的童年。于是，我向公社领导提出："六一"儿童节，让全公社加入少年先锋队的小朋友，在公社的大礼堂举行集体入队宣誓，公社电影放映队给小朋友放两部电影。经领导同意，这个活动顺利举行。

考虑到农村文化生活的不够，我又提议举办东江公社第一届农民运动会。项目有象棋、跑胡子、拔河、篮球、排球。

为了让比赛顺利进行，又在公社院子的坪里修建了一个篮、排球场。篮球架竖起来了，要划场地的石灰线，没有直角器怎么办？我想到了直角三角形勾三股四玄五的"勾股定律"，利用皮尺解决了问题。

当年的12月，我又从东江公社调到了城北街道办事处文化站。

工作到1986年，遇到"考干"的机遇，在最后一批解决文化站辅导员的着落时，我通过了考试，成为文化局的"干事"，一纸调令，正式调到文化馆工作。这时的馆长，已经是方国政。之前的馆长分别是陈宝珍、王金枝。

在当辅导员的日子里，由于勤于笔耕，也有所收获：先是成为省曲艺家协会会员，再后来就申请中国曲艺家协会会员。对于全国性会员，中国曲协有个规定：凡作者必须在全国性的《曲艺》杂志发3件作品，才有资格申请中国曲艺家协会会员，而我这时已发表4件作品，且又有我创作的常德丝弦《陈毅拜师》在1986年获得全国曲艺新曲（书）目大奖赛三等奖。这次比赛，一等奖空缺。于是我又顺利地成为国家级会员。创作的《每逢佳节倍思亲》经"市台办"推荐，在福建电台多次对台播出，后又被选嵌在"中国常德诗墙"上。

"文革"后期，我市涌现出了一批"文艺青年"，大家都纷纷在业余时间进行文艺创作。那时，聚集在文化馆下面的业余作者达二三百人之多。在"下海"的浪潮风生水起之时，这支队伍逐渐地流失，剩下的真都是凤毛麟角：水运宪、盛和煜、黄士元、汪荡平，刘京仪等，他们都是从业余作者队伍中走出来，在省内外叫得响的"大家"。

成立文联后，原来在文化馆进行创作辅导的彭信理老师当了文联常务副主席，主席由时任宣传部部长担任。再后来，彭信理又调到外贸局当副局长，再后来到深圳经商。

很多年后，我又结识了常德地区戏剧工作室（即现在市艺术研究所前身）的彭道诚老师。

记得那时在省馆改稿子，我们住在一起。我请他看自我感觉写得好的唱词，满以为会得到他的赞许。哪晓得他看后把文稿往旁边一丢，用一口地道的湖北话说道："这是么得唱词？狗屁唱词！"

当时，他这句话真把我的汗都骂出来了！我忍着脸上的燥热，轻声问道："彭老师，唱词该怎么写？" "上仄下平，一韵到底！"还是一口湖北话。

彭信理老师调走了，文化馆的创作辅导工作，自然而然地落在了我的身上。

面对着这项工作，我想：现在我只会写曲艺，而来的作者就不尽然了。假如来位作者是写小说的，我总不能对他说：对不起，我不会写小说。广而推之，如果是写散文的，写戏剧的，写报告文学、纪实文学的，写歌词的，怎么办？没有退路，自己先学。慢慢地，我把自己"逼"得——报告文学《多情的啄木鸟》在省报告文学比赛中获奖；小戏《阿弥陀佛》在全国戏剧剧本最高殿堂《剧本》杂志上发表；小说《冷晚霞》在《今古传奇》刊载头版头条，被《湖南工人报》转载；报告文学《震惊全国的9·1大劫案》在《中国故事》上发表，且被多家报刊转载……

那几年，年年都是特大洪水肆虐常德。每次洪灾后，都要有专题片向省报告，得到一些救助款。于是，写专题片又成为我的写作内容之一，当然还有各种晚会的串台词。

最让我头疼的一次，是常德市举办"亚划赛"。按照惯例，国际大赛，当每个国家代表队出来时，都要简介一下这个国家的人口、面积、特色。正逢苏联解体不久，很多新的亚洲国家出现，我想了解这些国家的情况，跑遍了市区的大小新华书店，都没有相关的地理书出售。怎么办？眼看比赛时间一天天临近，主持人的串台词还没有一个字！突然，我脑子里灵光一闪：找"辞海"！翻开一看，果然都有！

为了团结业余作者，我改原来不定期的"常德文艺"为"三滴水"季刊，自己组稿、排版、校对，出一期至少要一个月。有位作者来稿，我看后问他：你有底稿吗？没有。赶紧拿回去抄一遍，寄出去。我的这期刊物没出来，你的这篇稿子就会发表。真的？不出一个星期，他的这篇稿子就在《湖南日报》上发表了。

有位作者写了一出大戏，大家讨论时苦于不知怎么修改。我说了一句："你怕穆桂英死了怎么办？不如就让穆桂英的伤不医治，三天或者七天就会死，然后就围绕这件事来写，戏就活了。"作者喜出望外，后来这出戏由市汉剧团公演。

有天刚上班，一位在德山上班的业余作者来了，递给我一个剧本："泽鹏，请你给我看一看。""好。放在那里，我等下看。""不行，我还要赶回德山上班，你现在就帮我看。"

我给他倒上一杯茶，拿起剧本看了起来。刚看完，他问："有什么意见？"我便把自己的看法一一地说给他听。说完后，我补充道："我的意见不一定准确。你到下面戏工室请匡（明忠）老师他们看看，听听他们有什么意见。"

那位作者诡异地一笑："我刚才就是从他们那里上来的。"

听到这句话，我心里在暗暗地"通娘"：你这不是在坑我吗？他们是专业，我是业余的呀！尽管这样，我还是压着不爽问："那他们是些什么看法？"

"嘿嘿嘿，和你的一样。"

送走了这位作者，我真的是五味杂陈：是来测试我？想看我的笑话？还是真想多听些各方面不同的意见？不管怎么样，我还是庆幸自己，没有在自己所处的这个位置上不学无术，碌碌无为。

还是这位作者，写了一出小戏，导演看了说不行，要我改，明天就要。为此，我连夜加班，从头到尾全部改写到天亮。这个小戏，在全省首届"洞庭之秋"艺术节获二等奖，而我得的报酬：一块二毛钱。怎么来的呢？加班超过晚上12点，算两个加班：一个加班六毛钱，两个一块二。

说到写戏，圈内人说我是"猴子摘苞谷"。我笑笑，不做解释。因为我所从事的是群众文化工作，没有专门的时间去打磨一出大戏的剧本。觉得有味就写，写了就放在那里，权当练笔。

说到群众文化工作，我有整整十个春节没在家里过。初一大清早，我们就从家里出来，在街上插彩旗，忙布置，好让市民一上街就有春节的感受。正月十五忙灯节，搭着梯子，在结了厚厚冰层的行道树干上爬上爬下，忙着挂灯牵线、清理树枝……

沅水一桥通车前，撰写通车庆典方案，策划整个庆典队伍的排列组合……

管理文化市场，打击非法出版物，文物调查，参与"三集成"工作，等等。

45岁那年，我成为民主促进会会员，当时的主委和副主委对我说："徐泽鹏，你年富力强，俺民进没有秘书长，只要你答应，明天就来上班，其他的我们负责。"

因为不舍创作，我婉拒了。

一位来局里当局长，后来又在宣传部当部长的领导对我说："泽鹏，宣传部办公室差一个写材料的。"还是不舍创作，我又婉拒了。

来了一位局党委书记，发现我不是党员，奇怪地说徐泽鹏这么优秀的人才还不是党员，一定要我入党。星期五宣誓，星期一区政协来单位考察我当副主席的事。听说我入党了，扭头就走了。

评副高，先要通过考试。我考的是古汉语，过了。但要有专著和省级论文，这两条，我没有。不是没作品，而是没钱出书。等到我出了专著，有了省级获奖论文，人又退休了。

尽管这一件又一件的"好事"和我擦肩而过，说句真心话，我一点也不觉得遗憾，更不难过：鱼和熊掌不可兼得。做人当活得洒脱一些。假如我当初走上仕途，很可能就没有今天连续出几本书的结果。

本当是2007年退休，单位想拖，在编委的一再催促下，到2008年拖不下去了，我才退休。其实，早在满54岁那年，我就没在单位按部就班了。当时有个政策：55岁可以内退。是社会接纳了我，使我每年都有忙不完的事。尽管我没有成为"大家"，但我对自己几十年来所从事的群众文化工作，真正做到了上下求索，问心无愧。

为了出这本演唱作品集。我翻出以前的那些文稿清理，这一清理，我才发现到目前为止，还真写了不少，仅演唱作品而言，就有好几百件，还有十多个大戏剧本初稿，电视专题片几十个，晚会串台词几十个，还有发表了没进入专辑的小说、报告文学等，林林总总大概几百万字。

退了休后，我市烟草专卖局要参加全国烟草系统的故事比赛，为此，市专卖局在内部下文，凡选手在全国比赛中获金奖的，提拔为科级干部。工会负责人找到我，我给他们写了两个故事：一个获金奖，一个获银奖。金奖选手果真当上了科长。一个故事，改变了一个人的命运。

现在回想起这一切，我有五个庆幸：庆幸自小就爱好文学；庆幸遇到了彭信理老师；庆幸热爱本职工作，肯钻研；庆幸有武陵区文化馆这个好单位，有好同事；庆幸自己不甘被时代淘汰，逢能者、会者就不耻下问，把原本不太知晓的拼音重新捡起，摸索着学会了电脑。

是这些庆幸，使我退休后和退休前没有巨大的落差，使得我退休后写的一些作品，都有了可查之处。不然，对于我这个不爱收检的人，不知要花费多少精力和时间。

2016丙申年快过去了一半，到12月，就是70虚岁了。

草不谢荣于春风，木不怨落于秋天。谁挥鞭策驱四运？万物兴歇皆自然。——李白·《日出入行》

出了这本演唱作品专辑后，我本不打算再出什么书了。

然而，树欲静而风不止。就在我收集这部书稿的作品时，不时有稿约接踵而来。只要还能干，那就干吧。能够被社会需要，更是人生的一种幸福。